HERA LIND | Die Erfolgsmasche

HERA LIND

Die Erfolgsmasche

Roman

Diana Verlag

FSC
Mix
Produktgruppe aus vorbildlich
bewirtschafteten Wäldern und
anderen kontrollierten Herkünften
Zert.-Nr. SGS-COC-1940
www.fsc.org
© 1996 Forest Stewardship Council

Verlagsgruppe Random House FSC-DEU-0100
Das für dieses Buch verwendete
FSC-zertifizierte Papier *Munken Premium Cream*
liefert Arctic Paper Mochenwangen GmbH.

Copyright © 2009 by Diana Verlag, München,
in der Verlagsgruppe Random House GmbH
Herstelllung | Helga Schörnig
Satz | Leingärtner, Nabburg
Druck und Bindung | GGP Media GmbH, Pößneck
Alle Rechte vorbehalten
Printed in Germany
978-3-453-29073-0

www.diana-verlag.de

Für Florian

1

Nebenan unter der Dachrinne klebt ein altes verlassenes Vogelnest. Letzten Sommer wohnte darin eine Taubenfamilie. Die Taubenmutter war genauso alleinerziehend wie ich. Sie stolzierte hektisch gurrend auf und ab und brachte Futter, während die Küken sich im Nest laut tschilpend zusammendrängten und gierig ihre Schnäbel aufsperrten. War die Taubenmutter ausgeflogen, war richtig was los in der Dachrinne! Da flogen bei den dicken, flauschigen Küken buchstäblich die Fetzen. Genau wie bei uns.

Jetzt ist die Dachrinne verlassen und vereist. Was wohl aus der Taubenfamilie geworden ist? Ob aus den Küken anständige, rechtschaffene Tauben geworden sind? Ob die Mutter an einem Nervenzusammenbruch verendet ist?

Mein Blick wandert wieder zu meinem neuen Computer. An dem arbeite ich, um *meine* Kinder satt zu kriegen. Und in dem ist der Wurm drin. Denn mein soeben verfasster Text ist unauffindbar verschwunden. Los! Gib mir meinen schönen Text wieder! Ich hacke wütend auf die Tastatur ein.

Wie die Taube auf den Wurm.

Dieses Teil namens »Äppel« will mich einfach nur in den Wahnsinn treiben! Aber meinen früheren Lebensabschnittsgefährten Jochen würde es sicherlich schwer beeindrucken. Mich verwirren die vielen bunten Symbole, die da unten am Bildschirmrand herumtanzen und mit mir spielen wollen.

Aber ich will nicht spielen. Ich will meine Kolumnen schreiben. Das ist mein Job. Das ist mein Wurm.

Hatte ich früher Probleme mit der Technik, hat Jochen mich immer ausgelacht:»Mensch, Sonja! Das kann doch jeder mit einem normalen IQ!« Tja. Danke, Jochen. Bei einem »normalen Intelligenzquotienten« habe ich offensichtlich nicht»Hier!« geschrien. Da hielt ich mich lieber in der Abteilung»Lebensfreude« und»Optimismus« auf.»Naivität« und »Gutgläubigkeit« gab's gratis obendrauf, und bei»Fantasie« habe ich den Ausgang fast gar nicht mehr gefunden. Während Jochen sich gleich dreimal in der Schlange»Überdurchschnittliche Intelligenz« vorgedrängelt hat, habe ich offensichtlich rein gar nichts kapiert. Sein Computerwissen und seine Technikvernarrtheit haben ihm allerdings jegliches Gespür für die Schönheit des wahren Lebens genommen. Bei »Lebenslust« und»Humor« gingen gerade die Rollgitter runter, als er endlich mit seinen Tüten voller»Logisches Denken« angerannt kam. Er schützt sich und seine verschüttete Seele genau wie seine vielen Apparate mit Alarmanlagen, kleinen Kameras und Virus-Schutz-Programmen, die sich allerdings gern gegenseitig austricksen und lahmlegen. Und merkt dabei gar nicht, wie das wirkliche Leben an ihm vorbeizieht, ohne ihn mitzunehmen.

Dasselbe habe ich übrigens auch gemacht. Ich bin irgendwann auch an ihm vorbeigezogen, ohne ihn mitzunehmen.

Jetzt lebe ich schon seit Jahren in einer Mietwohnung im vierten Stock, mitten in der traumhaften Altstadt Salzburgs, und fühle mich so frei und glücklich wie in meiner Studentenzeit, als ich hier am Mozarteum einen Sommerkurs absolvierte.

Mittlerweile habe ich, wie gesagt, Kinder, halte die Klappe und schreibe Kolumnen. Für ein nettes deutsches Hausfrauenblatt.

Ich weiß, es gibt Tolleres. Aber ich ernähre meine Familie damit. Genau wie die Taubenmutter im letzten Sommer auf dem Nachbardach kämpfe ich tapfer um unser täglich Brot.

Mein ältester Sohn Alex steht gerade kurz vor dem Abitur, was ihn nicht daran hindert, jede Nacht auszufliegen und erst am nächsten Morgen wieder heimzukommen. Er genießt das Leben, ist ein fantastischer Golfer und Skifahrer, höchst beliebt bei der Damenwelt und konsumiert neben seinem hochprozentigen Lernstoff auch noch viel hochprozentigen Alkohol. Offensichtlich bekommt er beides in seinem Kopf unter, denn sein Notendurchschnitt liegt bei Einskommairgendwas. Er will Golfer, Skispringer oder Gynäkologe werden.

Meine vierzehnjährige Tochter Greta besucht das Gymnasium mit dem Schwerpunkt bildende Kunst. Sie hat mir einen Klon von sich angeschleppt: ihre beste Freundin Toni, die genauso aussieht, sich genauso anzieht und sich genauso benimmt wie Greta, nämlich pubertär. Und das ist eine echte Herausforderung für mich: zwei Mädels, die mir die Wimperntusche klauen, in meinen Pumps herumstöckeln und sich stundenlang im Badezimmer einschließen. Sie haben rund um die Uhr ihr Handy am Ohr und gurren ununterbrochen vor sich hin. Oft denke ich naiv, sie sprechen mit mir, aber sie sprechen mit ihrem Handy.

Anfangs hieß es noch:»Mama, darf die Toni heute bei uns übernachten?«, und ich sagte stets gütig nickend:»Aber ja, liebe Kinder! Wenn es euch Freude macht und Tonis Mama nichts dagegen hat.« Tonis Mama hatte nichts dagegen. Jedenfalls nicht in den letzten zwei Jahren. Manchmal frage ich mich, ob es Tonis Mama überhaupt gibt. Greta steckte mir einmal, die Eltern hätten Stress und wären total verspannt. Sie würden sich scheiden lassen und die arme Toni schlagen, und da wollte ich nicht weiter in das Kind dringen. Irgendwann blieb Toni einfach. Ich wasche ihre Wäsche mit und füttere sie durch. Und wenn ich mir die Dachrinne da drüben so anschaue, frage ich mich, ob eines der Taubenkinder vielleicht ein Kuckuckskind war. Wir haben uns alle an Toni gewöhnt, sie gehört einfach zur Familie. Auch wenn sie so gut wie nie mit mir redet. Vielleicht ist sie einfach nur schüchtern.

Ihre Eltern vertrauen mir offensichtlich blind und glauben, dass ich mit ihrer Tochter alles richtig mache. Wie man heutzutage als Mutter alles richtig macht, erfährt man rein theoretisch aus Erziehungsratgebern. Aber meiner Erfahrung nach lauten die Spielregeln für Mütter von heute einfach nur: Klappe halten, einkaufen, aufräumen und nicht nerven.

Meine beiden Kinder und das Kuckuckskind sind jedenfalls zufrieden, zumindest ist mir nichts Gegenteiliges bekannt. Toni taumelt morgens genauso grußlos und verschlafen an mir vorbei wie meine eigene Tochter. Auch sie vergisst absichtlich das Pausenbrot, lässt sich lustlos zur Schule fahren und knallt wortlos die Autotür hinter sich zu, wenn wir dort angekommen sind. Nach dem Unterricht wirft sie übellaunig ihre Schultasche auf die Küchenbank, verschlingt ihr Mittagessen und äußert sich unflätig über ihre Lehrer und Lehrerinnen – genau wie Greta. Dann aber entspannen sich die runden Mädchengesichter unter ihrer Schminke. Die zahnspangenbewehrten Münder fangen an zu lästern und natürlich zu telefonieren. Man denkt, das Kind führt eine Gabel zum Mund, aber es ist das Handy. Bald danach füllt sich unsere Küche mit einheitlich gekleideten Jugendlichen – die Jungs mit halb heruntergerutschter Hose, die nur ein Drittel ihres bunten Slips verdeckt. Vermutlich jene Jungs, mit denen vorher am Handy noch wild konferiert wurde.

Es scheint sich irgendwie herumgesprochen zu haben, dass Gretas Mama zwar eine Deutsche, aber irgendwie »cool« ist, dass ihr Kühlschrank immer voll ist und man in ihrer zentral gelegenen Wohnung prima abhängen kann. Bei uns geht es zu wie im Taubenschlag. Unwillkürlich muss ich lächeln, als ich wieder aus dem Fenster schaue.

Bis auf meinen nicht vorhandenen Sinn für Technik und meine chaotische Art und Weise, den Alltag zu bewältigen, komme ich eigentlich gut zurecht. Der Österreicher würde die Gesamtsituation mit einer einzigen Silbe beschreiben: »Passt.«

Die Kinder reden zwar nicht mit mir, aber ich habe das Gefühl, dass sie glücklich sind. Sie sind hier in Salzburg aufgewachsen und sprechen die hiesige Mundart. Miteinander. Mit mir sprechen sie, falls überhaupt, hochdeutsch. Nicht aus Rücksicht, sondern um mir eindeutig zu verstehen zu geben, dass ich nicht dazugehöre. Ich werde geduldet, mehr nicht. Ich selbst stamme aus einem der finstersten deutschen Spießerflecken – sagen wir vage aus der Nähe von Paderborn (Gott erschuf in seinem Zorn …) – und schäme mich immer noch meiner peinlich platten Touristensprache, wenn ich hier einkaufen gehe. Am härtesten trifft es mich, wenn ich mich beim Metzger Erlach in der Linzer Gasse extra bemühe und »zwanzig Deka Faschiertes« bestelle, gefolgt von »geh hearst, gib ma no a Sackerl«, und die Verkäuferin mir dann beim Überreichen der Tüte (!) noch einen schönen Urlaub wünscht. Nach solchen Erlebnissen trolle ich mich frustriert unters Dach, wo ich mir und meinen Kindern ein Nest gebaut habe, und hacke wieder auf meiner Computertastatur herum.

Doch dieser angebissene Apfel macht mir klar: Mein IQ ist eindeutig unterdurchschnittlich. Wahrscheinlich sollte ich mehr Äpfel essen. Ungeduldig irre ich mit der Maus über den Bildschirm und fühle mich von dem Äppel veräppelt. Er will mir einfach nicht gehorchen.

Männer wie Jochen würden sich vor Begeisterung über den riesigen Flachbildschirm, in dem die gesamte Technik untergebracht ist, gar nicht mehr einkriegen. Der Begriff »flach« ist irgendwie total wichtig für Männer. Jedenfalls wenn es um Bildschirme geht. Oder um Handys. Die können gar nicht platt genug sein. Bei Frauen ist das natürlich wieder etwas ganz anderes. Werde eine aus den Männern schlau!

»Tief liegen« ist ja auch sehr wichtig. Aber nur bei Autos. Oder »Sound«. Wenn ein Auto so richtig aufheult, sind Männer begeistert. Macht eine Frau das gleiche Geräusch, packen sie ihre Sachen und hauen ab.

Meinen Alten hatte ich so gut im Griff. Den Computer, meine ich. Jochen überhaupt nicht. Aber darüber will ich mich jetzt nicht mehr ärgern. Mein ganzes Ärger-Potenzial ist schon verbraucht. Es ist für diesen ungehorsamen, frechen Computer draufgegangen.

2

In meiner Verzweiflung beschließe ich, mir einen Mann kommen zu lassen. In meine Wohnung. Ehrlich, so was tue ich sonst nie. Ich meine, so tief bin ich noch nicht gesunken. Dass ich mir bei der Notrufhotline einen Mann bestelle. Dabei will ich nur meinen Text wiederfinden! Meinen schönen Text, den ich soeben mit viel Herzblut und Liebe geschrieben habe! Wo ist er bloß hin? Eine einzige falsche Bewegung mit dem kleinen Finger der linken Hand, und Äppel hat meinen originellen Erguss mit einem schadenfrohen Pfeifen weggefegt. Ich bin kurz vor dem Heulen. In die Ecke, Besen, Besen! Los, alter Hexenmeister! Komm sofort her und gebiete diesem Schalk Einhalt!

Ich tippe ein:»Mann kommen lassen!«

Äppel bietet mir fröhlich blinkend kurzerhand an, die »Partnersuche zu starten«. Nein, nein. Jetzt nicht! Hach! Hinweg! Ungefragt erscheint jedoch das Bild eines hübschen Kerls in Sportklamotten: Architekt, Ende dreißig, joggt gern, einfühlsam.

Ich klicke ihn weg. Einfühlsame, joggende Männer sind sowieso schwul.

Dann heißt es:»Wassermänner strotzen vor Ideen!« Aber ich will keinen ideenstrotzenden Wassermann. Ich will einen Mann, der mir meinen übermütigen Äppel zur Räson bringt.

So eine Art Supernanny für schlecht erzogene Computer. Doch der ist gerade erst in Fahrt geraten und bietet mir immer neue Männerbekanntschaften an.

Ich fühle mich irgendwie beobachtet. Da sitzt doch einer drin, der mich heimlich filmt und sich über mich kaputtlacht! Panisch hacke ich erneut auf verschiedene Tasten ein. Äppel bietet mir zum Trost an, meine alten Klassenkameraden wiederzufinden. Nee, Alter, lass gut sein. Wenn ich nur an Rainer Wallaschek denke mit den verfilzten Haaren überm Parka. Lass den mal schön in seiner Höhle. Oder Tilman Zakowski. Obwohl der ganz süß war, eigentlich. Als ich schon erwäge, Tilman Zakowski zu kontaktieren, um ihn zu fragen, ob er etwas von Computern versteht, taucht irgendein weiblicher C-Promi auf, daneben die Botschaft: »Haarausfall muss nicht sein. Mit dem Haaraktivator stieg meine Haardichte um 83 Prozent in 16 Wochen.«

Danke. Jetzt bin ich mir SICHER, dass da ein Auge drin ist. Bei »Haare« habe ich nämlich nicht »Hier!« geschrien. Ehrlich! Ich habe den Schalter mit der Aufschrift »Schöne lange dichte Haare« überhaupt nicht gesehen! Wahrscheinlich, weil ich bei »Chaotisches Leben« ziemlich lange angestanden habe.

Ich werde sauer. Ich will meinen alten, mir vertrauten, heiß geliebten alten Computer mit der unmodernen Mattscheibe wiederhaben! Der hat mir gehorcht, aufs Wort! Der machte »Sitz« und »Platz«, sobald ich es wollte. Gut, er war ein wenig unmodern. Und die Tastatur war vorsintflutlich. Ja, zugegeben, er nahm viel Platz weg und war schon etwas angestaubt. Aber er gehorchte mir! Leider gehorchte er auch den Kindern, was ihn am Ende völlig ruinierte.

Äppel. Bitte. Ich will meinen Text wiederhaben. Mein ungebärdiger neuer Freund hat jedoch schon eine neue Idee, wie ich die Zeit totschlagen kann: »Flirten im Februar! Die besten Partner! Ihre Liebessterne!« Ja, später, Äppel. Ist ja nett gemeint. Bestimmt kannst du aus deinem winzigen versteckten Kamera-Auge sehen, wie verzweifelt ich bin. Ich raufe mir die Haare. Ob ich die Kinder um Hilfe bitten soll? Aber die schlafen noch.

Es ist Sonntag, die vielen tausend Glocken der Salzburger Altstadt scheppern mir blechern um die Ohren und teilen mir auf mittelalterliche Weise mit, dass es gerade erst zehn ist. Um so eine Uhrzeit weckt eine liebende Mutter ihre Kinder nicht.

Trotzdem – hat sich noch nicht herumgesprochen, dass wir im Zeitalter der Armbanduhren leben? Man kann auch völlig lautlos erfahren, wie spät es ist.

Ich wanke in die Küche und schenke mir bereits die fünfte Tasse Kaffee ein. Dann schlurfe ich vorsichtig zurück, um bloß keine Flüssigkeit über meinen neuen Blinkenden zu schütten. Komm, alter Junge, lass uns Freunde sein. Du und ich, wir werden bestimmt ein super Team. Wir werden uns aneinander gewöhnen. Ich mache dir jetzt einen Vorschlag zur Güte: Ich hacke nicht mehr wütend auf dich ein, dafür gibst du mir meinen Text wieder, einverstanden? Ich habe schließlich im Schweiße meines Angesichts schon drei Seiten vollgeschrieben. Viele kreative, muntere Morgenbuchstaben hackte ich in deine Tastatur, und du schlucktest sie brav und kommentarlos. Aber als ich auf »speichern« drückte oder vielleicht auch knapp daneben, flogen sie plötzlich quer über den Bildschirm. Und danach waren sie unauffindbar.

Doch Äppel hat einen schlechten Charakter. Er weigert sich, mein Eigentum herauszugeben. Bitte, wenn das so ist – ich weiß mir anders zu helfen. Ich greife hinter mich ins Regal und ziehe das Telefonbuch hervor. Darin finde ich, was ich suche: einen Mann, der etwas von Computern versteht. Ich rufe ihn an, und er verspricht so bald wie möglich herzukommen.

Den Äppel scheint das nicht zu schrecken:»Anlageberater von Quizshowgewinnerin erhängte sich!«, teilt er mir sensationslüstern mit.»Mehr« bietet er blinkend an. Meine Stimmung ist inzwischen auf dem Nullpunkt angelangt. Diese Reizüberflutung! Wie kriegen andere das bloß hin? Man wird ja ständig abgelenkt! Die Zeit vergeht, und mir qualmt der Schädel, als der Computer mich auffordert: »Klicken Sie hier, und erfahren Sie, wie Sie Ihren Mundgeruch auf natürlichem Weg beseitigen!« Woher will er wissen … Habe ich etwa … Ich hauche mir auf die Hand. Ich habe doch vorhin erst Zähne geputzt. Aber Äppel will nur spielen.»Glück zu zweit! Attraktive Singles in Ihrer Nähe!«

Es klopft. Wie aufs Stichwort. Hat Äppel schon einen attraktiven Single in meiner Nähe für mich aufgespürt? Zuzutrauen wäre es ihm.

Nein, es ist der Computermensch. Von der Firma Compact Contact.»Bin ich hier richtig bei Rheinfall?«

»Ja. Treten Sie näher.« Ich flüstere automatisch, weil die Kinder immer noch schlafen. Einladend halte ich ihm die Wohnungstür auf und lege den Finger auf die Lippen.

Er murmelt erschrocken seinen Namen, den ich nicht verstehe. Der recht große, sympathisch wirkende Mann um die Ende dreißig ist trotz der Minustemperaturen, die schon seit Wochen herrschen, mit dem Fahrrad da und streift sich artig die Schuhe ab.

»Ich habe auf die Klingel gedrückt, aber nichts gehört.«

»Die ist abgestellt. Wenn schon die Glocken andauernd läuten, muss es nicht auch noch an der Wohnungstür klingeln.«

Der Computertyp enthält sich höflicherweise jeglichen Kommentars. Andere Gäste, die mich zum ersten Mal besuchen und minutenlang vergeblich auf die Klingel drücken, sagen Sachen wie: »Ja, dazu sind Klingeln schließlich da – dass man sie abstellt.« Wenn die wüssten, wie recht sie haben! Wenn ich nur die Glocken abstellen könnte.

Der Computerexperte kommt sofort zum Thema: »Wo brennt's denn?«

Erleichtert führe ich den Menschen, der sich nun auf schüchternes Nachfragen hin als Siegfried vorstellt, in mein Arbeitszimmer. Siegfried trägt eine Brille, die sofort beschlägt. Er nimmt sie ab und schaut mich aus sehr braunen Augen fragend an.

»Ähm ja, also, ich habe einen neuen Computer, und der macht mit mir, was er will«, stammle ich kleinlaut und wundere mich über meine Verlegenheit. Wofür schäme ich mich eigentlich? Für meine mangelnde Technikbegabung natürlich.

Siegfried entledigt sich seines dunkelblauen Tuchmantels und sieht sich suchend um.

»Geben Sie her.« Ich nehme das teure Stück entgegen. Da wir in unserer Wohnung keine Garderobe haben, jedenfalls keine, die nicht schon aus allen Nähten platzt, hänge ich das schwere Gewand meines neuen Hausfreundes mit einem Bügel an die Tür des Gästeklos.

Siegfried hat inzwischen meinen Äppel, der so tut, als könnte er kein Wässerchen trüben, auf dem Schreibtisch entdeckt. Seine Augen leuchten.

»Das ist ja das allerneueste Modell!« Er reibt sich die eiskalten Hände.

Klar, der arme Mann. Bei minus siebzehn Grad Fahrrad fahren. Durch Eis und Schnee. Wenn ich der Adresse aus den Gelben Seiten Glauben schenken darf, ist er aus Grödig hierhergestrampelt. Im Schatten des mächtigen Untersbergs. Dass ihn keine Lawine überrollt hat, stimmt mich froh.

Siegfried nimmt auf meinem Stuhl Platz – ich entferne hastig die alte Strickjacke, die ich mir wegen eines akuten Schweißausbruchs vom Leibe gerissen habe – und fuhrwerkt geschäftig mit der Maus herum.

Plötzlich geht alles ganz schnell. Listen und Balken erscheinen, und Äppel ist plötzlich gehorsam und willig und macht einen auf seriös.

»Was wollen Sie denn genau machen?«

»Meinen Text wiederholen. Der ist weg.«

»Wo haben Sie den denn abgespeichert?«

»Das frage ich Sie!«

Siegfried fummelt wieder mit der Maus herum, und plötzlich … Hurra! Der Text!

»Ist er das?«

»Ja! Wo haben Sie den nur gefunden?«

»Unter DOCX.« Siegfried zeigt auf ein Symbol in der unteren Leiste. Es sieht aus wie ein Ordner, in dem einige eselsohrige Blätter stecken. Dieser Ordner hüpft dienstfertig auf und ab, bis Siegfried »Sitz!« zu ihm sagt. Da stellt er sich wieder tot.

»Mann, ist das alles ausgeklügelt«, versuche ich fröhlich, etwas Konversation zu machen.

Leider macht Siegfried keinerlei Anstalten, meinen witzigen, geistreichen Text über die lustigen Streiche meiner bezaubernden Kinder und deren Klone lesen zu wollen. Schade. Ich würde ihm zu gern den ganzen Text vorlesen. Und ihn damit zum Lachen bringen. Aber mir schwant, dass Siegfried nicht der Typ ist, der sich über so etwas kaputtlachen könnte. Trotzdem: Siegfried flößt mir Mut ein.

»Brauchen Sie sonst noch was?«, fragt er höflich.

»Nun ja, wenn Sie schon hier sind: Ich hätte gern einen anderen Bildschirmschoner.«

Siegfried betrachtet die langweiligen Quallen und Zierfische, die emotionslos an irgendwelchen Korallen vorbeitreiben.

»Das ist aber der allerneueste.«

Als ob das ein Argument wäre! Typisch Mann.

»Ich will mir keine fransigen Quallen ansehen«, gebe ich zu bedenken.

Siegfrieds Finger turnen munter auf der Tastatur herum, führen anmutig die Maus, und Äppel gehorcht. Er versteht sofort, dass man mit diesem Mann keinen Schabernack treiben kann.

Nach einer Weile erscheinen einige Zebras, die träge im Wüstensand vor sich hin trotten.

»Ach nein«, sage ich schmallippig. »Zu Zebras habe ich keine besondere Beziehung.«

Siegfried gibt dem unterwürfigen Äppel neue Befehle.

Plötzlich sehe ich übergangslos eine Auswahl grünweißen Geschirrs.

Siegfried sieht mich fragend über den Rand seiner Brille hinweg an: »Gmundener Porzellan. Das habe ich persönlich als Bildschirmschoner.«

Der Mann hat doch nicht alle Tassen im Schrank!

»Mein Bruder ist Gesellschafter dieser Porzellanfirma«, erklärt Siegfried, als er meinen verstörten Blick auffängt. »Da kriege ich alles zum halben Preis.«

»Ach so«, sage ich erleichtert. »Aber ich selbst hätte gern etwas Originelleres. Wenn ich Porzellan anschauen möchte, gehe ich in die Küche und mache die Schränke auf. Ist aber noch nie vorgekommen.«

Siegfried lacht kein bisschen über meinen Scherz. Schnell eilen seine Finger weiter.

Nun gähnen mich ein paar gelangweilte Löwen an, dann sehe ich in loser Reihenfolge ein spanisches Bauwerk – Granada oder so –, ein paar Dünen mit Kamel im Hintergrund und eine winzige Südseeinsel mit einer einzigen Palme. Nichts, was ich tagaus, tagein betrachten wollte.

Stattdessen betrachte ich Siegfrieds schlanke Hände. Das ist fast schon ein Reflex. Ich kann es einfach nicht lassen, auf die Finger eines Mannes zu schauen, das geht ganz automatisch. Wahrscheinlich tun das alle alleinstehenden Frauen. Ganz gegen meine innere Überzeugung übrigens! Ich habe null Interesse an einer festen Bindung. Bestimmt! Aus dem Augenwinkel nehme ich keinerlei Ring oder andere verdächtige Objekte daran wahr.

Vielleicht ist dieser Siegfried doch ein einsamer Single und kein Computerspezialist? Ach, was soll's. Hauptsache, er hilft mir.

Inzwischen haben uns Sankt Andrä, Sankt Imberg, Kapuzinerkloster, Dreifaltigkeit, Sankt Peter, Dom, Blasius, Mülln und Sankt Franziskus mitgeteilt, dass es zwölf Uhr mittags ist.

Das hat sich zwar zehn Minuten lang so angehört, als wäre der Krieg ausgebrochen, aber jetzt können wir uns wieder verständigen.

»Könnten Sie mir nicht meine Kinder als Bildschirmschoner installieren?«, mache ich nun einen kühnen Vorstoß.

Siegfried fährt erschrocken herum: »Wo sind denn Ihre Kinder?«

»Noch im Bett.«

»Nein, ich meine, wo haben Sie denn den Fotostick?«

Verdammt. Das hatte ich befürchtet. Jetzt fängt der an, Fragen zu stellen. Unangenehme Fragen.

»Sie meinen das winzige kleine schwarze Ding, das hinten in dem grauen Kasten steckte, der früher einmal unter meinem Schreibtisch stand?«

Siegfried nickt und blickt suchend unter den Schreibtisch. »Nein, jetzt steht er nicht mehr da.« Oh Gott. »Schauen Sie bitte nicht so genau hin, ich müsste dort dringend mal sauber machen.« Dort wälzt sich nämlich nur ein Haargummi im Staub, zwei Kinderschokolade-Papierchen und eine Nagelfeile leisten ihm Gesellschaft.

»Die ganze Angelegenheit ist ja jetzt in diesem Flachbildschirm untergebracht«, stammle ich, vor Peinlichkeit errötend. »Der alte Kasten ist ja weg.«

Siegfried hört auf, unter den Schreibtisch zu schauen. »Der Fotostick«, nimmt er den Faden wieder auf. »Den müsste man haben.«

Panisch reiße ich einige Schubladen meines Ikea-Aktenschranks mit dem schönen Namen »Effektiv« auf. Aus den überfüllten Schubladen quellen mir liebe Dinge aus meiner Vergangenheit entgegen wie die lang vermisste Videokamera, achtzig feuchte Allzwecktücher, Gretas letztes Zeugnis, ein schwarzes Kabel mit zwei Steckern, die in keine Steckdose passen, eine Skibrille, eine Blockflöte, ein Prospekt der Atem- und Stimmtrainerin Marion Schöller aus Düren, die Bedienungsanleitung für das Vorhängeschloss meines Koffers, ein Salzstreuer und eine Großpackung Tempotaschentücher.

»Ohne den Fotostick kann ich Ihnen die Kinderfotos natürlich nicht draufspielen«, sagt Siegfried und reißt mich aus meinen Gedanken. »Ist er vielleicht das hier?«

Mit spitzen Fingern hält er mir ein winziges schwarzes Ding unter die Nase, das ich, ohne zu zögern, meinen Kindern als Zäpfchen in den Hintern gesteckt hätte, wenn es in der Arzneimittelschublade gelegen hätte.

»Ja«, sage ich, »versuchen Sie mal!«

»Wo kann man das reinstecken?«, fragt Siegfried.

So, Äppel. Jetzt kriegst du die verdiente Strafe. Bück dich, Hose runter!

»Mann, wenn ich das wüsste, hätte ich Sie nicht bestellt!«

Daraufhin bemüht sich der Mann einmal um den Flachbildschirm herum, macht sich mit leicht zitternden Händen am Hinterteil des Äppels zu schaffen, und schon – wer hätte das gedacht – strahlen mich meine beiden reizenden Kinder an.

»Ja!«, rufe ich begeistert. »Es hat geklappt! Schauen Sie mal!«

Siegfried setzt sich wieder gehorsam auf meinen Schreibtischstuhl.

»Das ist Alex«, moderiere ich stolz. »Der besucht das Sportgymnasium und hat die Hauptfächer Ski und Golf. Übrigens Handicap plus eins«, blähe ich mich auf. »Und ist gerade dabei, zu maturieren«, versuche ich wieder einen Brocken Österreichisch einzustreuen. Dabei habe ich panische Angst, dass ich aus Versehen gesagt haben könnte: »Der ist gerade dabei zu masturbieren.« HABE ich das gesagt? Ich werde rot.

»Aha«, macht Siegfried und zwinkert nervös. Auf einmal wirkt er schüchtern. »Von Golf verstehe ich nichts.«

»Ja und das hier ist meine Greta. Voll in der Pubertät. Hat schon ...« Ich mache eine vage Bewegung mit der Hand vor der Brust und schlucke. »Sieht man ja.«

Siegfried kann gar nicht mehr aufhören, nervös zu zwinkern.

»Ein sehr schönes Bild«, sagt er schließlich mit belegter Stimme. Er räuspert sich. »Und das soll ich Ihnen jetzt als Bildschirmschoner installieren?«

»Ja.«

Hastig beende ich unsere fast schon zu innige Zweisamkeit und eile in die Küche. Bestimmt muss sich dieser Mann erst mal sammeln. Und ich muss es auch.

»Auf dem Fotostick sind aber noch dreihundertachtzig andere Bilder«, teilt Siegfried mir fünf Minuten später mit, als ich mit frischem Kaffee wieder hereinkomme und das atonale Glockengeschepper von halb eins verstummt ist. Siegfried ist mittlerweile völlig in unsere Urlaubsfotos vom letzten Sommer vertieft.

»Ist ja genial«, schreie ich begeistert und hätte fast den Kaffee verschüttet. »*Da* sind die also! Dass Sie *die* gerettet haben! Schauen Sie mal! Da waren wir in diesem supersüßen Hotel am Wolfgangsee! Und da auf dem Ausflugsdampfer … Mann! Wie sehe ich denn da aus, oh Gott, klicken Sie das schnell weg. Nein, dieser Bikini ist ausrangiert, also nicht, dass Sie denken … Ooohhh! Ist das nicht süß? Das Kätzchen! Das war auf der Wanderung auf den Schober, bei der Burgruine Wartenfels. Nein, *das* Bild ist hier auch noch drauf? Da bin ich gerade nicht geschminkt, blöde rote Flecken, ach, das können Sie löschen.«

Siegfried starrt auf das unvorteilhafte Foto. Ich trage klobige Wanderschuhe und lehne am Gipfelkreuz des Untersbergs. Man sieht jeden einzelnen Schweißtropfen auf meinem Gesicht.

»Sind Sie da zu Fuß rauf?«, fragt Siegfried, und ich genieße die Anerkennung, die dabei in seiner Stimme mitschwingt.

»Klar«, sage ich und mache eine wegwerfende Handbewegung. »Unter zwei Stunden.«

Dabei verschweige ich, dass ich unterwegs ein paar Mal starr auf dem steilen Weg gehockt habe wie ein Kaninchen vor der Schlange, weil ich nicht schwindelfrei bin.

»Können Sie das löschen?«, quengle ich wie ein Kind. »Da sehe ich doch bescheuert aus!«

Siegfried hat irgendwie rote Ohren bekommen. Ob ich den armen Mann überfordere?

»Also unwiederbringlich ... löschen?«

»Unwiederbringlich«, sage ich mit fester Stimme.

Wir vertiefen uns in weitere Fotos vom letzten Sommer, ich quietsche bei jedem einzelnen vor Begeisterung und erkläre dem armen Mann, wer die Leute sind, wo das jeweils war, wo ich das Kleid gekauft habe, das ich da anhabe, und wie viel Spaß wir hatten – dann läuten erst mal wieder die Glocken. Die Doppelglasfenster vibrieren. Es ist Viertel vor eins.

3

»Mamaaaa! Wo ist meine Shisha?!«

Wütende Schritte hallen durch den Flur, unwirsch wird die Tür aufgerissen. Vor dem verdutzten Siegfried und meiner peinlich berührten Wenigkeit steht im übergroßen T-Shirt mit der Aufschrift: »Wer sauft, muss auch speiben« meine vierzehnjährige Tochter. Das T-Shirt hat sie natürlich von Alex geklaut. Ihre Haare sind zerzaust, sie hat tiefe Ringe unter den Augen. Ihre stämmigen weißen Beine stecken in meinen lang vermissten roten Sportshorts.

»Guten Morgen, Greta«, sage ich liebenswürdig, während ich versuche, ruhig zu bleiben.

Greta gewahrt den fremden Gast, der mit mir Familienbilder anschaut, und keift mich genervt an: »Wo ist meine Shisha?«

»Das hier ist Siegfried, ein Computerspezialist, und das ist meine Tochter Greta.«

»Hallo«, sagt Siegfried und hebt eine Pobacke, während er der Wutschnaubenden die Hand reicht. Greta würdigt ihn keines Blickes. »Ich habe gefragt, wo meine Shisha ist!«

Das sieht mir nach einem akuten Pubertäts-Hormonstoß auf der Gefährlichkeitsstufe sieben aus. Danach kommen nur noch Hurrikane, Tsunamis und das Jüngste Gericht.

»Die habe ich konfisziert«, antworte ich mit fester Stimme.

Ja, Siegfried. Da staunst du. Ich erziehe nämlich meine

Kinder. Meist ist es ja eher umgekehrt. Aber ich kann auch anders.

»Was heißt das, konfisziert?!«

»Weg. Ich habe sie dir weggenommen.«

»Wo *ist* sie?!«

»Nicht länger available.«

Ich versuche, immer noch ein bisschen cool zu sein. Dabei möchte ich vor Scham vergehen. Was soll denn der einsame Single von uns denken? Womöglich kam er in ernsten Absichten?

»Ich will sofort meine Shisha wiederhaben!«

Kinder, die was wollen, kriegen was auf die Bollen!

»Sie hat gestern mit ihren Freunden Wasserpfeife geraucht«, fühle ich mich bemüßigt, meinem peinlich berührten Gast zu erklären. »Aber das wird nicht wieder vorkommen.«

»Dann gehe ich jetzt lieber …« Siegfried hebt erneut seine rechte Pobacke, aber ich drücke ihn in meinen Schreibtischsessel zurück.

»Bitte bleiben Sie noch!« Endlich mal einer, der Ahnung von Computern hat! »Greta, bitte *benimm* dich!«, zische ich in höchster Not. »Der arme Mann muss ja denken, du seist schlecht erzogen!«

»ICH WILL NUR MEINE SHISHA!« Die dunkelgrünen Augen meiner Tochter sprühen vor Zorn. Hinter ihr taucht blass ihr Klon auf. Toni, ihre beste Freundin.

»*Deine* Shisha«, sage ich so freundlich wie möglich, »ist für dich kein Thema mehr.«

»Die habe ich von *meinem* Geld bezahlt!«

»Von Omas Geld«, sage ich liebenswürdig. »Und die hätte das bestimmt nicht gewollt.«

»Das ist *meine* Sache, was ich von Omas Geld kaufe!«

»Nicht ganz, mein Kind. Du bist vierzehn. Dieses Thema

wäre also erledigt«, sage ich freundlich und schiebe meine Tochter in Richtung Tür.

Sie reißt ihren Arm hoch: »Fass mich nicht an!«

»Nein, natürlich nicht.«

Lag sie nicht erst gestern als süßes Baby zufrieden glucksend in meinen Armen? Damals durfte ich sie noch anfassen und ausgiebig streicheln.

Eigentlich rast mein Herz vor Aufregung und Scham, aber das darf ich mir vor diesem smarten Computermenschen nicht anmerken lassen. Was muss der von mir denken! Erst zeige ich ihm mit stolz geschwellter Mutterbrust Fotos meiner entzückenden Kinder, auf denen sie lachen und was Nettes anhaben, und dann wird er mit der nackten Wahrheit konfrontiert.

In ihrer unbändigen Wut greift Greta nach meiner soeben wiedergefundenen Videokamera – da sind bestimmt noch alte rührende Kinderszenen drauf – und zischt: »Wenn du mir mein Eigentum wegnimmst, nehme ich dir deines auch weg.«

Knall. Peng. Die Tür ist zu.

Tja, mein lieber Siegfried. Da schaust du.

»Haben Sie auch Kinder?«, beginne ich ein harmloses Geplänkel.

»Ähm … nein.« Danke, dass er jetzt nicht hinzufügt: »Meines Wissens nach nicht, haha.« Dafür mag ich ihn. Echt.

»Oh.« Dann ist der nette Mann jetzt mit Sicherheit überfordert.

»Wenden wir uns lieber wieder den Computerfragen zu.« Ich beuge mich über ihn und schicke ein stilles Gebet zum Himmel, dass er meinen akuten Achselschweiß nicht wahrnimmt – vielleicht hat er Polypen oder ist einfach nur erkältet, was bei dieser Witterung gar nicht so unwahrscheinlich wäre.

Siegfried erklärt mir noch, wo ich meine Texte ablegen kann und zieht sie wie von Zauberhand einfach in die linke Ecke meines Bildschirms. »So. Da sind sie jetzt gespeichert. Sie müssen nur doppelklicken.«

»Ähm … darf ich mal?« Ohne mich dem Mann unsittlich nähern zu wollen, wäre es vielleicht trotzdem sinnvoll, wenn er mir einmal zeigen würde, wie man mit der Maus …

»MAMA!«

»Ja, mein Kind?!«

»ICH WILL MEINE SHISHA!« Da steht sie wieder, wutschnaubender als je zuvor. Offensichtlich hat sie eiligst alle Verstecke durchwühlt, die sie mir zugetraut hat. Aber auf die Werkzeugkiste auf dem Dachboden hinter den Getränkekisten ist das liebe Kind nicht gekommen. Dafür hängen in der Küche alle Schubladen auf Halbmast.

»Wir hatten das bereits besprochen«, sage ich freundlich, aber bestimmt.

»Du weißt *genau,* dass der Pauli und der Schrulli heute kommen!« Gretas Augen schwimmen in Zornestränen. Siegfried räuspert sich betreten und fummelt in einer Art Übersprungshandlung an der Maus herum.

»Wenn du dich weiterhin so aufführst, kommen sie *nicht.*« So. Jetzt ist aber Schluss. »Ich erlaube ganz sicher nicht, dass du dich mit ein paar fremden Kerlen in deinem Zimmer verschanzt und dabei Shisha rauchst. Du bist vierzehn!«

»Du triffst dich ja auch mit einem fremden Kerl in deinem Zimmer, obwohl du schon in den Wechseljahren bist!«

Jetzt bin ich platt. Und Siegrid ist es auch. »Die Shisha ist endgültig entsorgt, und deinen Herrenbesuch heute Nachmittag kannst du hiermit absagen.« Ich versuche mich in dem Messer-Blick, den meine Mutter bei solchen Gelegenheiten draufhatte. Ach, was sage ich: in Situationen, die fünfhundert Mal harmloser waren! So weit, dass ich in Anwesenheit eines fremden Herrn penetrant mein Rauschmittel eingefordert hätte – und das im unkleidsamen Nachtgewand mit provokativer Aufschrift –, wäre es niemals gekommen! Eigentlich musste ich mich nie groß umstellen. Kaum dass meine Eltern mich nicht mehr erzogen, übernahmen das übergangslos die Kinder.

Gretas Frust ist nicht mehr zu steigern. »Dann schmeiße ich deine Videokamera eben in den Müll!«, schreit sie empört. »Da ist sowieso nur peinlicher Scheiß drauf!« Mit grenzenloser Wut stampft sie davon. Die Gläser im Wohnzimmerschrank klirren.

»Hier wäre noch mal per Doppelklick …«, sagt Siegfried.

»Sie müssen schon entschuldigen.« Ich reibe mir die Schläfen. »Sie ist normalerweise ein gut erzogenes, stilles und bescheidenes Mädchen«, stammle ich, nun doch völlig aus der Fassung gebracht. »Es ist nur so, dass sie heute zum ersten Mal ihren neuen Freund erwartet …«

Also wenn *ich* mit vierzehn überhaupt jemanden erwartet hätte, egal welchen Geschlechts, wäre ich vor lauter Bitte und Danke zu überhaupt nichts mehr gekommen. Und ein *Kerl* kam uns, bevor ich zwanzig war, überhaupt nicht ins Haus. Und wenn, schlief er im Keller neben dem Wäscheeck.

»Und hier können Sie Grafiken und professionelle Dokumente …« Siegfried reibt sich verlegen die Nase. Das macht einen irgendwie rührenden Eindruck. »Dort haben Sie die verschiedenen Formatierungsmöglichkeiten …« Er tippt auf der Tastatur herum.

»Oder meinen Sie, ich war zu streng?«

Auf einmal herrscht gespanntes Schweigen. Ich schaue meinen Computerberater fragend an. »Wie hätten Sie an meiner Stelle reagiert?«

Siegfried schaut mich ziemlich lange schweigend an. »Ich halte Sie für eine ausgesprochen nette Mutter«, sagt er schließlich. »Ich wünschte, ich hätte eine halb so nette Mutter gehabt.«

Mann, kann der lange Sätze sagen! Und dann gleich zwei hintereinander!

»Ich auch«, sage ich, und dann lächeln wir uns beide ratlos an.

»Früher waren die Erziehungsmethoden wohl anders«, sinniert Siegfried. »Bei uns hätte es Ohrfeigen gegeben.«

Ich presse die Lippen aufeinander.

»Meine Mutter hat an mir schon mal einen Kleiderbügel zerbrochen«, setzt Siegfried noch einen drauf.

»Was hatten Sie denn angestellt?«, frage ich neugierig.

»Ich war vom Baum gefallen.«

»Und dafür wurden Sie auch noch geschlagen? Ich meine, Sie hatten sich doch sowieso schon wehgetan!«

Ich stemme die Hände in die Hüften.

»Ja, aber meine Hose war zerrissen.«

Ich schüttle entrüstet den Kopf. »Was waren Eltern früher grausam!«

»Sie haben die Kinder schon sehr früh das Fürchten gelehrt«, sagt Siegfried. »Und dann haben wir alle nie wieder aufgemuckt.«

»Ich glaube, ich halte es lieber aus, dass sie aufmucken«, sage ich leise. »Wenn sie dafür später kein gebrochenes Rückgrat haben.«

Siegfried hört nicht auf, mich anzuschauen, mit diesem kleinen Anflug eines wehmütigen Lächelns.

Draußen poltert Greta wutschnaubend durch den Flur. Noch immer reißt sie Schubladen und Schranktüren auf und knallt sie wütend wieder zu.

»Ein ganz normaler pubertärer Anfall«, gebe ich eine Spur zu salopp von mir. »Da muss man gelassen bleiben.«

Die Tür fliegt erneut auf. »Nur damit du es weißt!«, schnauzt mich eine inzwischen vollständig angezogene Greta an. Sie steckt in ihren geliebten rot-schwarz karierten Stoffschuhen, die bei dem Schneematsch draußen wohl nicht ganz das Richtige sind, ihren schwarzen Jeans mit dem Totenkopfgürtel, ihrer schrill gemusterten Markenjacke und hat ihre obercoole Jamaica-Gammel-Look-Strickmütze auf. »Wenn ich hier nicht Shisha rauchen darf, dann mache ich es eben mit Toni am Bahnhof. Du bist schuld, wenn wir uns erkälten.«

Die Wohnungstür wird zugepfeffert. Danach läuten erst mal wieder die Glocken.

Wir sitzen eine Weile schweigend da, Siegfried und ich. Ich höre unsere Herzen schlagen.

»Hier ist ja ganz schön was los«, sagt Siegfried schließlich. Er wirkt völlig erschöpft.

Ein paar Sekunden lang bin ich wie gelähmt. Dann nicke ich langsam. Verblüfft bemerke ich, dass mir eine Träne aus dem Augenwinkel schlüpft. Wo kommt die denn plötzlich her? Verlegen wische ich mir über das Gesicht.

»Tut mir leid, dass Sie das jetzt alles so mitkriegen …«

»Passt schon«, sagt Siegfried schlicht. Dafür liebe ich die Österreicher. Dass sie ständig und in jeder Situation »Passt schon« sagen. So auch Greta, wenn ich sie mal umarmen oder küssen will. Passt schon, Mama. Das heißt übersetzt: Hau ab.

Siegfried wendet sich wieder der Maus zu. »Hier können Sie mit der Wiederherstellungsfunktionstaste …« Er schaut mich mitfühlend an. »Oder sollen wir eine Pause machen?«

»Aber nein! Fahren Sie fort! So was muss man als moderne Mutter locker wegstecken! Das darf man einfach nicht so eng sehen …« Ich breche ab und reibe mir die Stirn. Was fasele ich denn da? Ich merke, wie sehr mir die Sache mit Greta nahegeht. Meine Stimme fängt an zu beben. »Ja, vielleicht können wir ganz kurz die Fenster öffnen. Sie wird doch bei dem Wetter nicht …« Ich lehne mich hinaus. Unten in der engen Altstadtgasse liegt noch das Erbrochene der Nachtschwärmer. Wir sind umgeben von Nachtclubs, Studentenheimen, Touristenpensionen und Kneipen. Aber von meiner Kleinen keine Spur. Ich spähe ausgiebig nach links und rechts. In der Frühstückspension gegenüber werden gerade im vierten Stock die Betten gemacht. Eine Frau Holle schüttelt sie aus.

»Grüß Gott«, rufe ich freundlich hinüber. »Haben Sie zufällig gesehen, in welche Richtung meine Tochter gegangen ist?«

»Naa, leider«, sagt Frau Holle. Siegfried darf derweil einen verlegenen Blick auf meinen Hintern werfen. Auch wurscht.

Im selben Moment höre ich, wie die Wohnungstür aufgeschlossen wird. Greta. Die verlorene Tochter kehrt zurück. Sie hat es sich anders überlegt. In Erwartung meiner reumütigen Greta breite ich unwillkürlich die Arme aus. Doch der verstrubbelte rötliche Haarschopf, der nun knapp unter dem Türrahmen erscheint, gehört meinem achtzehnjährigen Sohn Alex. Aha. Kommt der auch schon nach Hause.

»Mama, bei wie viel Grad wäscht man einen Teppich?«

Das heisere Krächzen verheißt nichts Gutes.

»Sag erst mal Hallo.«

»Hi«, krächzt der Sohn. »Und welches Waschpulver muss ich benutzen?«

»Das ist Siegfried, mein Computerberater, und das ist Alex, mein Sohn.«

Wieder will Siegfried aufspringen und einem meiner wohlgeratenen Sprösslinge die Hand reichen, aber auch diesmal ist sein Bemühen zwecklos.

Ich kneife die Augen zusammen und bete, Folgendes hinzufügen zu können: »Dies ist mein ausgeschlafener, frisch gewaschener und keinesfalls nach Erbrochenem riechender Sohn, an dem ich mein Wohlgefallen habe.«

Stattdessen frage ich, Böses ahnend: »Welcher Teppich?«

»Ähm, der im Treppenhaus. Von Inri an aufwärts. Tut mir leid.«

Inri ist ein riesengroßes Kreuz mitsamt lebensgroßem Jesus, das bei uns auf halber Strecke im Treppenhaus hängt.

Entsetzt springe ich auf und sehe nach dem Rechten. Was sich meinen Sinnesorganen jetzt darbietet, entzieht sich jeder Beschreibung. Mein Sohn hat es geschafft, nicht nur auf jede einzelne Stufe des Treppenhauses, sondern auch noch *in* den Aufzug zu kotzen.

»Tut mir echt leid, Mama.«

»Och«, sage ich leichthin und mache eine wegwerfende Handbewegung, doch in Wahrheit möchte ich mich entleiben. Aber wie? Inri, steig mal eben runter und lass mich dran.

»Ich wollte es noch bis zum Gästeklo schaffen, aber da hing so ein Mantel, und da habe ich die Tür nicht aufgekriegt …«

Nein. Bitte. Das darf doch alles nicht wahr sein!

»Ich glaube, ich geh dann lieber«, sagt Siegfried entschlossen. Diesmal kann und will ich ihn auch nicht daran hindern. Er drückt mir mitleidig die Hand, schaut mir dabei tief in die Augen, und ich senke schnell den Blick. Mit spitzen Fingern pflücke ich seinen dunkelblauen Tuchmantel von der Gästeklotür.

»Äh, den gebe ich natürlich in die Reinigung.«

Alex lehnt leichenblass an der Wand. »Ich glaube, es geht wieder los.« Er torkelt davon. »War 'ne lange Nacht«, höre ich ihn noch rülpsen. »Maturaball vom Mädchengymnasium!«

Ja, die Österreicher feiern ihr Abitur, bevor sie es überhaupt bestanden haben. Mit Exzessen, die erst im Morgengrauen so richtig losgehen. Völlig seltsame Sitten gelten hier.

»Sie glauben gar nicht, wie peinlich mir das ist …« Die Schamesröte schießt mir ins Gesicht. Ich spüre ein Brennen, als hätte mir jemand ein Feuerzeug daran gehalten.

»Wir übernehmen selbstverständlich die Kosten.«

»Sie haben wirklich ganz schön Stress, was?« Siegfried nimmt mir den Mantel aus der Hand, verzichtet allerdings darauf, ihn anzuziehen, sondern rollt ihn auf links zusammen. »Haben Sie mal ein Sackerl?«

»Ja, natürlich.« Mit zitternden Knien wanke ich in die Küche, wo mein Sohn sich gerade würgend über die Spüle beugt. Leider muss ich genau unter der Spüle eine Küchenschranktür öffnen, um an die Plastiktüten zu kommen.

Siegfried steht abwartend im Flur und betrachtet interessiert die Kinderfotos von früher, die dort gerahmt an der Wand hängen. Meine süßen Kleinen mit weißen Krägelchen und dunklem Anzug bei der Kommunion, mit Kerze und einem geradezu heiligen Lächeln. Mit und ohne Oma, wahlweise mit Jochen, von dem ich schon lange getrennt lebe.

»Bitte schicken Sie mir die Rechnung«, flehe ich. »Ohne Mantel ist es doch viel zu kalt. Wollen Sie vielleicht meine Strickjacke …« Doch Siegfried stakst bereits wie ein Storch durchs Treppenhaus. »Und benutzen Sie nicht den Aufzug!«, rufe ich ihm noch hinterher.

4

Wenige Tage später schlendere ich gerade mit meinen prall gefüllten Einkaufstüten von Billa nichtsahnend durch die Linzergasse, als mir Siegfried im blauen Tuchmantel begegnet. Er schiebt sein Fahrrad und hält mit der freien Hand sein Handy ans Ohr. Bitte, lieber Gott, mach, dass er mich nicht erkennt. Ich versuche mich unsichtbar zu machen, indem ich, einen Schaufensterbummel vortäuschend, meine Nase an der Glasscheibe eines Fotogeschäfts platt drücke. Ein altes Männlein im weißen Kittel hantiert darin umständlich herum. Im Schaufenster stehen viele goldgerahmte Fotografien von mir unbekannten Menschen, die ich anstarre, als wären sie siamesische Siebenlinge. Hinter mir klappt gerade Siegfried sein Handy zu. Ich sehe es im spiegelnden Glas des Schaufensters.

Warum geht er denn nicht weiter? Ich bin doch unsichtbar!

Ich schaue angespannt auf das fein gerahmte Bild eines griechischen Gottes und versuche, mich total auf dieses Porträt zu konzentrieren. Der Typ sieht wirklich umwerfend gut aus, er hat Grübchen, weil er lächelt, und seine schwarz glänzenden, halblangen Haare sind voll und dunkel. Meine Güte, ist der schön. So ein toller Mann! Ich stelle mir vor, dass ich ein Date mit ihm habe, er mich mit seinen umwerfend strahlenden Augen ansieht und sagt, dass ich heute Abend ganz bezaubernd aussehe. Dass er mir ein Glas Wein reicht, wir plaudern und lachen und dann Arm in Arm über den Makartsteg bei Vollmond nach Hause gehen. Dass wir uns vor der nächtlichen Kulisse Salzburgs ganz romantisch küssen. Und dass er mir verspricht, für den Rest meines Lebens für mich da zu sein.

Ich stelle es mir ganz intensiv vor. Warum steht dieser Siegfried dann immer noch hinter mir?

Lieber Gott, mach, dass er jetzt auf seinen Drahtesel steigt und weiterradelt. Die Einkaufstüten an meinen Handgelenken werden so schwer, dass sie jeden Moment reißen müssen. Zwei Liter Milch in jeder Tüte, dazu Cornflakes, Brot, Konserven, Tiefkühlspinat, Kartoffeln, Eier, Wurst, Käse und Joghurt, vier Flaschen Mineralwasser, außerdem noch meine wöchentliche *Frauenliebe und Leben*, Deutschlands meistgelesenes Hausfrauenmagazin mit den vielen Rätseln, Schönheitstipps und der tollen Kolumne von Sonja Rheinfall. Ich freue mich schon darauf, in meine Wohnung hinaufzufahren, mir eine Tasse Tee zu machen und genüsslich meine eigene Kolumne zu lesen. Gleich brechen meine Arme ab.

Doch Siegfried bleibt so dicht hinter mir stehen, dass ich mir albern vorkomme, weiterhin diese fremden Fotos anzustarren. Speziell dieses eine. Von dem griechischen Gott.

Okay, Siegfried will es nicht anders. Ich drehe mich um.

»Tja, äh … So schnell sieht man sich wieder!«

»Hallo«, sagt Siegfried, mustert mich erfreut, und seine Augen hinter den Brillengläsern blinzeln nervös.

»Was machen Sie denn hier? So ein Zufall!«

»Ich schleppe mich und meine Einkäufe nach Hause«, sage ich lahm, während mir die Tütenhenkel immer schmerzhafter ins Fleisch schneiden. »Und Sie? Beraten Sie zufällig wieder eine verzweifelte Hausfrau in Sachen Computer?«

»Nein«, antwortet Siegfried und muss seine Brille abnehmen, weil sie beschlagen ist.

Dicke Schneeflocken fallen vom Himmel und bleiben auf seinem blauen Tuchmantel kleben. Mein Blick wandert unauffällig zu dem Saum, der seine Waden umspielt.

Nichts zu sehen. Alles bestens. Die Schneeflocken schmelzen in Sekundenschnelle und blinken mir als Wassertropfen von seinen Schultern entgegen. Siegfried setzt seine Brille wieder auf und sagt: »Ich habe gerade an der Uni einen Vortrag gehalten.«

»Oh«, sage ich. »An der Uni! Wow.«

»Na ja. Die Studenten arbeiten halt alle mit Computern, und wir bieten Userkurse für verschiedene Fachgebiete an …«

Siegfried jongliert mit Fachbegriffen – genauso gut könnte er mir von archäologischen Ausgrabungen erzählen oder von griechischen Panzerechsen, denn ich verstehe kein Wort. Natürlich nicke ich interessiert und sehe seinem Mund beim Sprechen zu.

Nur, dass meine Tüten jede Sekunde reißen können. Und meine Arme kurz davor stehen, ausgekugelt zu werden. Erschöpft stelle ich die Tüten in den Schneematsch. Sie fallen sofort um, und der Inhalt purzelt heraus. Die *Frauenliebe und Leben* blättert sich auf. Ich muss mich zwingen, sie wieder zusammenzurollen und in die Tüte zu stopfen. Viel lieber würde ich auf der Stelle die Kolumne von Sonja Rheinfall lesen. Aber das muss warten, bis ich zu Hause, im Warmen bin.

In Windeseile lässt Siegfried sein Fahrrad fallen und hilft mir beim Einsammeln meiner Habseligkeiten. Was muss der arme Mann nur von mir denken!

Der wird sich doch nicht … Ich meine, der wird doch nicht denken, dass … Ja, hat der denn kein Zuhause?

»Geben Sie her, das schaffe ich schon allein.«

»Nein, das hänge ich an meinen Lenker. Meine Güte, ist das schwer!«

Gemeinsam wuchten wir Fahrrad und Tüten hoch und trotten Schulter an Schulter nach Hause. Man könnte glatt meinen, wir sind ein eingespieltes altes Ehepaar, das jetzt zu den Kindern geht, um die Hausaufgaben zu kontrollieren!

Aber der arme Mann hat bestimmt was Besseres vor. Ich kann ihm unmöglich zumuten, mir die Tüten nach oben zu schleppen. Der bringt das glatt fertig – und ich stehe noch tiefer in seiner Schuld.

Bisher hat er mir nicht mal die Rechnung für seine Beratung und die Mantelreinigung geschickt. Die ganze Begegnung ist mir unendlich peinlich.

»Halt«, sage ich, als wir in meine schmale Straße einbiegen. »Bei mir zu Hause ist nicht aufgeräumt.« Entschlossen stelle ich einen Fuß vor das Fahrrad.

»Aber die Säuberungsarbeiten sind doch sicher schon erfolgt?«

Siegfried sieht mich so merkwürdig an. Redet der ernsthaft so förmlich, oder will er scherzen?

»Ist der Aufzug schon wieder funktionstüchtig?«

»Ja, natürlich.« Mann. Ich erröte, dabei ist dieser Siegfried überhaupt nicht mein Typ. Nicht im Geringsten! Es stört mich aber, dass er mich für ein völlig überfordertes Weibchen halten muss, das allein nicht überlebensfähig ist. Der soll mich mal kennenlernen!

»Ich möchte Sie auf ein Bier einladen«, sage ich selbstbewusst. »Hier um die Ecke ist gleich meine Stammkneipe.«

Wir fallen ins »ProBier's« ein.

Um diese Zeit ist dort noch nicht viel los. An der Bar hängen wie immer Rainer, der Weiner, der Vollhorst und dieser kleine Typ mit dem Ziegenbärtchen ab, der mir immer böse Zettel hinter den Scheibenwischer meines Kleinwagens klemmt, wenn ich wieder aus Versehen einen halben Millimeter zu nah vor seiner Garage geparkt habe.

Die üblichen Verdächtigen.

Rainer rutscht freudig überrascht zur Seite, als ich mit meinen Einkaufstüten einmarschiere, doch die Enttäuschung steht ihm ins Gesicht geschrieben, als er sieht, dass ich in männlicher Begleitung bin. Der Vollhorst ist wie immer schon voll und beachtet mich nicht. Das Ziegenbärtchen macht sich am Zapfhahn zu schaffen.

»Ah, die Frau Nachbarin! Welch seltene Ehre!«

»Aber sie hat ja 'nen Kerl dabei«, heult Rainer, der Weiner, der wieder vollkommen in sich zusammengesackt ist.

Zielstrebig schiebe ich den »Kerl« im dunkelblauen Tuchmantel, auf den »gediegener Herr« viel besser passt, ins Hintere der Bar. »So. Hier sitzt man eigentlich ganz nett. Was möchten Sie trinken?«

»Nur ein stilles Mineralwasser bitte.«

Wie jetzt? Im Ernst? Gibt es denn keinen Mann, der den goldenen Mittelweg geht? Die einen hängen volltrunken über dem Tresen, und die anderen trinken, wenn sie eingeladen werden, »nur ein stilles Mineralwasser bitte«? Kann man denn nicht ein Glas Wein bestellen oder etwas, das halbwegs Stil hat?

Das Ziegenbärtchen beugt sich fragend zu uns herüber. Es hat sich noch nicht mal die Mühe gemacht, an unseren Tisch zu treten und »Sie wünschen bitte?« zu sagen.

»Ein stilles Mineralwasser und ein großes Bier, bitte.«

Als kurz darauf das Ziegenbärtchen das Wasser vor mich und das Bier vor Siegfried hinstellt, vertausche ich stillschweigend die Gläser.

Dieses Rollendenken! Einfach beschämend.

»So, und das ist also Ihre Stammkneipe.« Siegfried sieht sich halb befremdet, halb interessiert in dem schummrigen Schuppen um.

»Na ja, so oft bin ich auch nicht hier.« Was allein schon dadurch bewiesen wäre, dass Ziegenbärtchen das Wasser vor mich hingestellt hat. Würde ich hier öfter herkommen, wüsste der Wirt, was sein Stammgast trinkt.

»Aber?!«

»Diese Kneipe liegt quasi direkt neben meinem Schlafzimmerfenster. Und jetzt raten Sie mal, was ich so zwischen Mitternacht und sechs Uhr morgens live erleben darf.«

»Ach je«, sagt Siegfried und nippt an seinem Wasser. »Schlafen Sie denn bei offenem Fenster?«

»Na, Sie denn etwa nicht?«

»Bei einem Spaltbreit offenen«, sagt Siegfried und zeigt mit den Fingern, wie weit sein Schlafzimmerfenster offen steht. Eine Bierflasche passt ungefähr dazwischen.

»Da würde ich ersticken.«

»Dafür haben Sie offenbar entsetzlichen Lärm?«

»Und ob!« Ich beuge mich vertraulich über den kleinen Zweiertisch, an dem wir wie beim Speed-Dating sitzen:

»Um zehn Uhr abends läuten zum letzten Mal die Kirchenglocken. Danach könnte man glockentechnisch gesehen ganz schnell einschlafen, denn erst um sechs Uhr früh setzt das Geläut wieder ein. Was aber die Kirchenväter nicht bedacht haben: Genau um zehn strömen die ersten Besucher in die Times Bar und ins ›ProBier's‹. Und dann geht es rund! Im Sommer stehen sogar noch Bierbänke und Tische draußen.« Ich werfe einen Blick aus dem Fenster. »Dann kommen die Studenten und die Touristen und lärmen, schreien und singen die ganze Nacht. Dann wäre da noch die ohrenbetäubende Musik aus zwei verschiedenen Kneipen und dem Studentenwohnheim gegenüber, vor dem immer besonders furchterregende Gestalten stehen, in knöchellangen schwarzen Ledermänteln und Springerstiefeln. Mein Sohn sagt, die heißen Gothics oder so. Es können aber auch Normannen sein. Jedenfalls würde ich es nie wagen, so einem grün gefärbten Haarschopf oder einem mit Sicherheitsnadeln gespickten Gesicht freundlich zu sagen, dass ich ganz gern weiterschlafen würde.«

Siegfried lächelt mich versonnen an.

»Um drei Uhr kommen die ersten Damen des horizontalen Gewerbes ›nach Hause‹, sie klappern auf ihren hohen Absätzen über den Asphalt und klopfen dann hier an die Tür.« Ich werfe Ziegenbärtchen einen verächtlichen Blick zu. »Der vermietet hier Tageszimmer. Jedes Mal, wenn eine klopft, schrecke ich auf, weil es sich anhört, als würde jemand an meine Schlafzimmertür klopfen.«

»Ach je, Sie Arme.« Siegfried nippt erneut an seinem langweiligen Wasser. »Sie haben es ja wirklich nicht leicht.«

Nein! Jetzt hält der mich schon wieder für bemitleidenswert. Das wollte ich doch gerade vermeiden.

»Na ja«, fahre ich in meiner Schilderung fort, »so gegen vier wirft der Wirt hier die letzten Leute raus. Die taumeln dann laut grölend über das Altstadtpflaster, meistens kicken sie noch leere Bierdosen vor sich her, zertrümmern ein paar Flaschen oder hauen sich gegenseitig eins auf die Rübe. Sind die letzten Nachtschwärmer dann endlich um die Ecke verschwunden, fängt der Wirt an, die Tische und Bänke zusammenzustellen. Und dann fegt er den Hof. Im Winter schippt er Schnee. Jeden Morgen. Besonders sonntags.«

Ich werfe Ziegenbärtchen, der ahnungslos am Zapfhahn

steht und seinen Gästen erneut die Gläser füllt, einen verächtlichen Blick zu.»Zum Schluss wirft er die Flaschen in den Container. Dann fährt er nach Hause. So gegen halb sechs.« Düster versenke ich mich in mein Bierglas. Als ich wieder daraus auftauche, setze ich noch einen drauf:»Und um Punkt sechs fangen die Glocken wieder an zu läuten.«

»Ja, aber warum ziehen Sie dann nicht aus der Altstadt weg?«, fragt Siegfried, dem das blanke Mitleid in den Augen steht.

»Weil ich sie liebe«, antworte ich mit leuchtenden Augen. »Hier spielt sich das Leben ab. Ich glaube, Mozart ist es da nicht anders gegangen. Der hat ja nebenan gewohnt.«

Stumm sieht Siegfried mich an und dreht das Glas mit dem Wasser in seinen Händen.

»Hier bin ich mitten im Geschehen«, schwärme ich. Klar muss man sich erst mal an die Geräusche gewöhnen, aber inzwischen …«

»Aber Ihre Kinder … müssen die nicht lernen?«

»Mein Sohn hat sich den Verhältnissen hier ja schon prima angepasst. Und meine Tochter schläft noch den gesunden Kinderschlaf der Gerechten. Die Einzige, die nachts manchmal ins Grübeln gerät, bin ich.« Ich lächle ihn an. »Wo wohnen Sie eigentlich?«

»Draußen in Grödig«, sagt Siegfried.

»Stimmt. Oje«, entfährt es mir. »Grödig, das ist natürlich …« Hastig trinke ich einen Schluck. Schließlich will ich den Mann nicht unnötig verletzen. »Da steppt nicht gerade der Bär.«

»Nein«, sagt Siegfried.

»Wohnen Sie noch bei Ihren Eltern?«

»Nein, ich habe da meine Firma.«

»Oh. Ach so.« Dann ist er also die Firma Compact Contact.

»Und Sie sind …« Siegfried sucht erneut Halt an seinem Glas, in dem nur noch eine jämmerliche Pfütze ihr Dasein fristet, »allein… ähm …stehend?«

»Alleinstehend, -sitzend und auch -liegend.« Ich trinke mein Bier aus und halte auffordernd das Glas hoch. Sofort begibt sich Ziegenbärtchen an seinen Zapfhahn.

»Und ist das nicht schwer?«

»Aber nein!« Aufatmend nehme ich das volle Glas in Empfang und proste sowohl Ziegenbärtchen als auch Siegfried aufmunternd zu. »Wieso sollte das schwer sein!? Ich habe wunderbare Kinder, die mir nur Freude machen.« Verlegen fahre ich mir über das Gesicht. »Also fast immer.« Ich trinke schnell einen Schluck Bier, bevor ich fortfahre: »Ich habe eine gemütliche Wohnung, liebe Nachbarn und Freunde« – nicht wahr, Ziegenbärtchen? – »und natürlich einen Traumjob! Ich kann von zu Hause aus arbeiten, mich deshalb um die Kinder kümmern, also, ich brauche niemanden. Höchstens mal einen Computerspezialisten«, schließe ich meine Lebensbeschreibung ab.

Endlich, endlich tut mir Siegfried den Gefallen: »Was machen Sie denn so beruflich, wenn ich fragen darf?«

»Nun«, hebe ich an und freue mich schon unheimlich auf die Augen, die er gleich machen wird. »Ich schreibe.«

»Ah.« Das letzte Schlückchen Wasser wandert durch die Siegfriedsche Kehle. Der Kehlkopf kann sich nicht entscheiden, ob er über oder unter dem geschlossenen Hemdknopf verweilen will, und vollführt wahre Purzelbäume. Na ja. Das makellose weiße Oberhemd und die blauschwarz gepunktete Krawatte versuche ich mir wegzudenken. Ebenso die paar Schuppen auf dem weinroten Schal.

Naaa? Möchtest du nicht wissen, *was* ich schreibe? Ich platze beinahe vor Ungeduld.

Doch Siegfried betrachtet nur sein mit Fingerabdrücken übersätes Glas.

»Der Computer ist mein Arbeitsplatz«, gebe ich ihm einen Tipp. »Sie haben mir neulich sozusagen meinen Wochenlohn gerettet.«

»Dieser Text?« Siegfried scheint ein Meister im schnellen Kombinieren zu sein. »Den Sie versehentlich unter ›Trash‹ gespeichert hatten?«

»Genau der.« Ich tauche theatralisch unter den Tisch und ziehe die *Frauenliebe und Leben* aus der Einkaufstüte. »Vorletzte Seite«, sage ich aufmunternd. »Lesen Sie. Die Kolumne von Sonja Rheinfall.«

»Oh«, sagt Siegfried beeindruckt. »Das sind ja Sie!«

Bingo, Sie Schnellchecker!

»Worüber schreiben Sie denn?«

»Über meine Erlebnisse als alleinerziehende Mutter.«

»Aha!« Siegfried ist nun wirklich beeindruckt. »Da haben Sie ja eine Menge Stoff.«

»Nicht wahr?«, gebe ich mich bescheiden, wobei ich mich vor Stolz kaum auf meinem Holzschemel halten kann. »Meine Kolumne ist Kult.«

»Die ist sogar mir ein Begriff«, murmelt Siegfried anerkennend, während er mit acht klammen Fingern in der *Frauenliebe und Leben* blättert.

»Wieso?« Ich könnte vor Wonne platzen.

»Meine Mutter liest jede Woche die Kolumne von Sonja Rheinfall. Sie hat allerdings vermutet, dass dieser Name ein witziges Pseudonym ist.« Er hört mit dem suchenden Blättern auf und schaut mich an, als sähe er mich zum ersten Mal.

»So heiße ich tatsächlich«, sage ich schlicht.

Siegfried schaut mich über den Rand seiner Brille hinweg an: »Das ist natürlich genau der richtige Name für eine Erfolgsautorin.« Er lächelt leicht und schiebt sich mit dem Mittelfinger die Brille zurück auf die Nasenwurzel.

Bei Siegfried weiß man nie, ob er einen verscheißern will oder nicht.

»Für eine Kolumnistin«, sage ich sofort wieder bescheiden. »Nur eine kleine Kolumne pro Woche. Nichts Aufregendes. Der Alltag mit den Kindern halt. Ungeschönt. Wie er eben so ist.«

»Sonja Rheinfall …« Siegfried lässt sich meinen Namen auf der Zunge zergehen.

»Der Name ist Programm«, grinse ich. »Er passt zu meinem chaotischen Leben.«

»Sonja klingt nach Sonne«, sagt Siegfried und lächelt schon wieder so verlegen. »Insofern passt der Name zu Ihnen.« Huch! Was war denn das?

Siegfried blättert umständlich weiter. Er hat die gesamte *Frauenliebe und Leben* jetzt schon fünfmal hin- und hergeblättert. Längst hätte ihm meine Kolumne ins Auge stechen müssen! »Leider kann ich die Kolumne nicht finden.«

»Geben Sie mal her!« Ich reiße ihm das Heft einfach aus der Hand. »Vorletzte Seite.«

Mit fliegenden Fingern blättere ich vor. Auf der vorletzten Seite ist ein Kreuzworträtsel. Hastig blättere ich zurück. Der Schweiß bricht mir aus. Auf der vorvorletzten Seite befindet sich eine ganzseitige Anzeige für eine Faltencreme. Ich lecke an meinem Zeigefinger, was ich sonst nie tue, und blättere ungeduldig weiter zurück. Da sind die Horoskope, auf der vorvorvorletzten Seite die Leserbriefe, und davor ist eine Homestory über die Kessler-Zwillinge. Ich blättere die ganze Zeitschrift von vorne durch. Das Übliche: Prinzessinnen, Hüte, Kostüme, Kosmetikanzeigen, Interviews mit Schlagersängern, eine Fürstenhochzeit, Inkontinenz-Einlagen, Be-

45

ruhigungstee, Kochrezepte, Diätpläne, die Begum und ihre Mutter Renate, die sich zum Verwechseln ähnlich sehen – Hanni und Nanni für Reiche, sozusagen –, und Rätsel, Rätsel, Rätsel.

Was bedeutet eigentlich Begum? Diese Frage brennt mir schon lange auf den Lippen. Ist es ein Adelstitel? Ein Kosename? Oder eine Verwandtschaftsbezeichnung? Für Zwillingsschwestern, die gleichzeitig Tochter und Mutter sind? »Grüß Gott, darf ich vorstellen, das ist meine Begum Bettina, und das ist meine Begum Hannelore. Komm, Begum, wir gehen.« Aber Siegfried ist mit Sicherheit nicht der richtige Ansprechpartner dafür.

Wo meine Kolumne abgeblieben ist, ist mir ein Rätsel. »Sie ist nicht drin!« Fassungslos starre ich Siegfried an.

»Offensichtlich nicht.« Siegfried scheint auch ein bisschen beunruhigt zu sein.

»Aber das kann doch gar nicht … Das ist doch nicht … Ich meine, ich schreibe seit Jahren für dieses Blatt« Panisch halte ich mein leeres Glas hoch, auf dass Ziegenbärtchen sofort ein volles bringe.

»Auf den Schreck hin trinke ich wohl auch ein Bierchen«, sagt Siegfried.

Eine Zeit lang sagen wir nichts, sondern versenken uns nur in unsere Gläser. Siegfried hat eine Spur von Bierschaum auf der Oberlippe, als er schüchtern einwendet:

»Vielleicht war diesmal aus aktuellem Anlass kein Platz für Ihre Kolumne …«

»Quatsch«, falle ich ihm ins Wort. »Was da drin steht, ist absolut das Übliche!« Mit der Rückseite der flachen Hand schlage ich verächtlich auf die Illustrierte. »Nichts, wofür meine Kolumne hätte weichen müssen. Hier! Eine ganzseitige Werbung für ätzende Gesundheitstreter aus Bad Wörishofen!« Mit klammen Fingern blättere ich Seite für Seite zurück. »Das Rätsel mit der Überschrift: Wie gut kennen Sie Elmar Wepper?« Patsch, nächste Seite. »›Wie stehen Ihre Sterne?‹ von Cornelia Längsfeld!«

»Wie stehen Sie denn?«, wagt Siegfried schüchtern einzuwerfen.

Ich starre ihn an. Dann beuge ich mich über meine Spalte: »Skorpion. Privat können Sie auf einen Freund bauen. Karrieremäßig läuft es im Moment nicht so gut. Versäumen Sie nicht ein klärendes Gespräch mit Ihrem Vorgesetzten.«

»Na sehen Sie«, lächelt Siegfried. »Dann rufen Sie doch einfach dort an!«

Als wenn das so einfach wäre! Was, wenn ich erfahre, dass meine Kolumne … gestorben ist?

Nein. Daran wage ich nicht einmal zu denken. Hastig nehme ich einen großen Schluck Bier.

Ich meine, ich *lebe* von dieser Kolumne. Ich zahle davon meine Miete, die Versicherung, diese verdammten Supermarkteinkäufe, die Klamotten von Alex und Greta, das Schulgeld – einfach alles!

In mir steigt Panik auf. »Das ist doch wohl hoffentlich nur ein Versehen?«, piepse ich mit bruchiger Stimme.

So ein Mist! Jetzt wollte ich diesem Siegfried *einmal* imponieren, und da sitze ich schon wieder wie ein hilfloses Schulmädchen vor ihm?

»Vielleicht hat der Chefredakteur gewechselt?«, mutmaßt Siegfried, der immer noch diesen winzigen Bierschaumschnurrbart auf der Oberlippe hat.

»Ach Blödsinn, das hätte ich doch erfahren.«

Zitternd habe ich schon die erste Seite aufgeblättert. »Auf ein Wort« steht da, wie immer das Vorwort des Chefredakteurs. Der heißt Robert Schumann und ist ein ganz Lieber.

Der hat mir die Kolumne auch vor über zehn Jahren anvertraut. In einem sehr netten, ausführlichen und freundschaftlichen Gespräch. »Frau Rheinfall«, hat er gesagt, »Sie haben einen witzigen und mitreißenden Schreibstil, und Ihre Erlebnisse mit den Kindern sind glaubhaft geschildert. Das ist genau das, was die moderne Hausfrau und Mutter lesen will. Sie stehen dazu, dass es bei Ihnen chaotisch zugeht, Sie kommen nicht mit dem erhobenen Zeigefinger daher, sondern schildern ungeschönt, wie das Leben mit Kindern heutzutage so aussieht. Besonders als alleinerziehende Mutter. Sie kämpfen täglich an der Familienfront, aber Sie verlieren nie Ihren Humor. Das gefällt mir. Sie schreiben mir bis auf Weiteres jede Woche einen Zweiseiter, und wir zahlen Ihnen dafür regelmäßig ...«

Angst schnürt mir die Kehle zu, als ich das Foto unter dem Grußwort des Chefredakteurs sehe. Statt in das joviale, bärtige Gesicht von Robert Schumann, dem onkelhaften väterlichen Freund und Förderer, dem ich meine finanzielle Sicherheit und mein gesamtes Selbstbewusstsein verdanke, blicke ich in die kalten Augen einer wasserstoffblonden Frau. Carmen Schneider-Basedow. Nie gehört. Wer ist das? Ich schlucke.

»Carmen Schneider-Basedow«, liest Siegfried laut, der Stielaugen macht. »Die neue Chefredakteurin.«

Aus seinem Mund hört sich das gar nicht gut an. Fast wie ein Todesurteil. Er schaut mich halb fragend, halb mitleidig an.

»Vielleicht hat sie Ihre Kolumne einfach gestrichen.«

Oh nein. Das ist jetzt nicht wahr, oder? Lieber Gott, mach, dass ich das nur träume. Ich kralle mich an der Tischplatte fest und fühle, wie mein Herz zu rasen beginnt. Es fällt mir fast aus dem Mund, so laut poltert es. Ich glaube, mir wird schlecht.

5

Oh mein Gott. Wie soll es jetzt weitergehen? Meine Kolumne ist weg! Ohne Vorwarnung! Ohne einen Brief, ohne eine Mail oder, was doch das Mindeste an Anstand gewesen wäre, einen Anruf!

»Guten Morgen, ich bin die neue Chefredakteurin, mein Name ist Schneider-Basedow. Liebe Frau Rheinfall, leider muss ich Ihnen mitteilen, dass ich das Blatt umzugestalten gedenke, und da hat Ihre Kolumne keinen Platz mehr. Aber ich wünsche Ihnen für Ihren weiteren Lebensweg viel Glück.«

Wenigstens *das* hätte in einer zivilisierten Welt möglich sein müssen! Mehrmals habe ich mit zitternden Fingern nach dem Telefon gegriffen und die Nummer der Chefredaktion gewählt. Doch immer wurde ich von irgendwelchen neuen Mitarbeitern des Blattes abgewimmelt.

»Die Chefredakteurin ist in einer Besprechung.«

»Sie ruft Sie zurück.«

»Die Chefredakteurin ist die ganze Woche in New York.«

»Sie hat keine Zeit, sie meldet sich bei passender Gelegenheit.«

»Ihre Kolumne ist für einige Zeit auf Eis gelegt. Wir melden uns, wenn wir wieder einen Beitrag brauchen.«

Auf *Eis* gelegt! Soll ich meine Kinder auch auf Eis legen oder was?!

Auf meine Frage nach dem Warum hat es immer nur vage geheißen: »Wir orientieren uns neu. Wir modernisieren das Blatt. Bitte gedulden Sie sich, wir rufen Sie an.«

Aber sie rufen nicht an! Und ich gedulde mich auch nicht!

Das darf doch alles nicht wahr sein. Verzweifelt vergrabe ich das Gesicht in den Händen, als ich wieder mal vor dem Computer sitze. Meine Mails werden nicht beantwortet. Niemand ist mehr für mich zuständig! Meine Welt ist zusammengebrochen. Die Angst nagt an mir wie ein wildes Tier. Was soll ich machen? Was soll ich nur machen? Verzweiflung und das beschämende Gefühl, einfach ausgemustert worden zu sein, haben von mir Besitz ergriffen. Ich bin ein Nobody. Ein Niemand. Und ich verdiene kein Geld mehr. Das ist das Allerschlimmste.

In meiner Not habe ich mich bei sämtlichen anderen Frauenzeitschriften beworben: Bei *Constanze, Kunigunde, Frau im Schatten, Gerda im Garten* – sogar bei *Trautes Heim* und *Die gute Mutti*!

Es ist zum Verrücktwerden! Selbst *Küche und Kirche* haben mir eine Absage geschickt! Keiner will meine Kolumnen drucken. Offensichtlich stecken diese ganzen Chefredakteure gemeinsam unter einer Decke.

Die Reserven auf meinem Konto schmelzen dahin wie Butter in der Sonne. Dabei wollen die Kinder weiterleben wie bisher. Sie wollen sich T-Shirts kaufen und verlangen fast jeden Morgen einen neuen Geldbetrag: »Heute haben wir länger Schule, ich brauche Essensgeld für die Schulkantine. Wir haben Chorprobe, ich habe den Notenbeitrag noch nicht bezahlt. Wir fahren ins Ski-Lager, bitte überweise endlich die vierhundert Euro …«

Ich versuche, so wenig wie möglich zu jammern und die Kinder nicht allzu sehr mit meinen Sorgen zu belasten.

Ich durchforste sämtliche Stellenangebote in der Zeitung. Andere Mütter jobben doch auch!

Ich werde kellnern gehen! Das werde ich schon schaffen! Aber in sämtlichen Cafés und Kneipen hat man mich spöttisch angeschaut, als ich zugeben musste, noch nie als Bedienung gearbeitet zu haben. Oder man hat mich auf den Sommer vertröstet. Wenn hier wieder mehr los ist.

Im Supermarkt habe ich mich beworben! An der Kasse! Ich kann auch Regale einräumen! Jedenfalls habe ich das behauptet. Für den Übergang … vielleicht halbtags!

Als ich die unmenschlichen Arbeitszeiten und die miese Bezahlung erfahren habe, bin ich mit Tränen in den Augen und hängenden Schultern wieder davongeschlichen. Die irren Blicke der gehetzten Kassiererinnen in dem Billiggroßmarkt verfolgen mich bis in meine Träume.

Ich habe meine Dienste als Nachhilfelehrerin angeboten und eine Anzeige geschaltet. Schließlich habe ich mein halbes Leben damit verbracht, mit meinen Kindern zu lernen. Zehn Euro pro Stunde wollte man mir bezahlen. Dafür, dass ich fünf Kinder mit Migrationshintergrund gleichzeitig in verschiedenen Fächern auf Hauptschulniveau bringe.

Auf eine Anzeige habe ich mich selbst gemeldet: Jemand suchte eine Betreuung für seine alte Mutter. Als ich begeistert anbot, mich um sie zu kümmern, sie im Rollstuhl herumzuschieben, ihr vorzulesen und für sie einzukaufen, sagte man mir, dass das aber ehrenamtlich zu verstehen sei – selbstverständlich ohne jede Bezahlung.

Mein Selbstbewusstsein ist auf die Größe einer Erbse zusammengeschrumpft. Mir ging es noch nie so schlecht.

Aber ich darf mir nichts anmerken lassen. Die Kinder dürfen keine Angst bekommen. Ich muss sie beschützen.

Wenn sie vormittags in der Schule sind, gehe ich erst mal

eine ausführliche Runde laufen und trabe durch den Schneematsch. Meine Füße werden nass und sind eiskalt, aber ich spüre sie nicht. Der Wind peitscht mir ins Gesicht, aber das tut gut. Meine Gehirnzellen weigern sich, einen klaren Gedanken zu fassen. Ich renne einfach nur und höre meinen eigenen keuchenden Atem. Dabei führe ich laut Selbstgespräche, um nicht völlig durchzudrehen.

Frustriert schlürfe ich an einem grauen Winterwochenende meinen Morgenkaffee. Ich fühle mich wie gerädert. Natürlich habe ich wieder die ganze Nacht kein Auge zugetan. Der Krach draußen strapaziert meine ohnehin schon angeschlagenen Nerven – es ist die Hölle.

Alex hängt wie ein Schluck Wasser in der Kurve über dem Küchentresen und schaufelt Beine baumelnd seine Schoko-Cornflakes in sich hinein. Heute ist er gegen fünf Uhr morgens nach Hause gekommen. Diesmal hat er übrigens aus dem Fenster gekotzt. Aus dem vierten Stock.

Mir ist auch ganz schlecht. In törichter Hoffnung habe ich mich um acht Uhr am Kiosk herumgedrückt und ängstlich die *Frauenliebe und Leben* gekauft, um dann wie von der Tarantel gestochen darin herumzublättern.

Nichts. Keine Sonja Rheinfall. Und natürlich auch kein Honorar auf dem Konto.

Ich bin so klein wie eine Maus. Und fühle mich genauso unbedeutend und nutzlos. Aber das Schlimmste ist: Statt meiner Kolumne ist jetzt die einer molligen, gelifteten Serienschauspielerin drin! Sie scheint eine enge Freundin der neuen Chefredakteurin zu sein. Ich fasse es nicht, denn diese Serienschauspielerin namens Corinna Regen, die in einer Kinderkrankenhausserie die Hebamme spielt, kann nämlich gar nicht schreiben. Wirklich nicht!

»Hör nur, Alex«, jammere ich, »was sie für belangloses Zeug schreibt!«

»Wenn's unbedingt sein muss«, sagt Alex und löffelt ungerührt weiter. »Schieß los, wenn es dir hilft!«

»In dieser Nummer hat sie sich über den Winterschlussverkauf ausgelassen.«

»Ich höre«, sagt Alex gnädig.

Inzwischen kann ich auswendig wiedergeben, was da zwischen Zahnprothesenhaftcreme- und Hornhautentferner-Werbung auf zwei schmalen Textspalten zu lesen ist. Mit gestelzter Stimme zitiere ich:

»Geht es Ihnen auch so wie mir, liebe Leserin? Eigentlich ist man doch ganz froh, wenn der Winter endlich vorbei ist. Draußen singen schon die Vögel, und man spürt die laue Frühlingsluft, die in jedem noch so alten Menschen jugendliche Gefühle hervorruft. Aber es treibt uns doch noch in die Geschäfte, wo die molligen Wollpullover und dicken Wintermäntel jetzt für einen Spottpreis zu haben sind.«

»Mir wird gleich wieder schlecht«, sagt Alex, löffelt aber ungerührt weiter.

Ich kann ihn verstehen. Im Gegensatz zu ihm bekomme ich allerdings keinen Bissen herunter. Seit dem spurlosen Verschwinden meiner Kolumne sind an mir schon vier Kilo verschwunden.

»Auch die fellgefütterten Stiefel, die wir uns vorher nicht leisten konnten, sind auf einmal halb so teuer. Und die langen Unterhosen für unseren Mann sind jetzt fast geschenkt. Wären wir egoistisch, würden wir unser Geld für ein fröhliches Frühlingskleid ausgeben. Aber wir denken an unsere Familie. Für denselben Betrag können wir unseren Lieben ein wärmendes Kleidungsstück kaufen. Die kluge Hausfrau sorgt vor. Der nächste Winter kommt bestimmt. Das ist eben die

Frauenliebe und Leben. In diesem Sinne: Genießen Sie die Zeit. Ihre Corinna Regen«

Alex prustet mit zuckenden Schultern in seine Cornflakes.

»Bitte, was ist daran *witzig*?«, ereifere ich mich.

»Wie du das auswendig kannst, echt Mama, voll die Meisterleistung!« Alex knuspert unverdrossen seine Cornflakes.

»Aber findest du, dass diese Corinna Regen schreiben kann?«

»Keine Ahnung. Im Deutsch-Leistungskurs würde dieser Text mit Sicherheit durchfallen. Aber die Weiber, die das Blatt lesen, fahren bestimmt voll drauf ab.«

»Das ist doch alles so … altbacken, so von gestern, süßlich und anbiedernd!«, würge ich heiser hervor.

»Mama, du bist doch wohl nicht neidisch auf diese … wie heißt die Tante? Regen!« Alex schaut von seinem Futternapf auf und sieht mich herausfordernd an.

»Quatsch!«, empöre ich mich. »Aber ich muss dich darauf aufmerksam machen, dass wir alle jahrelang von meiner Kolumne gelebt haben!« Ich raufe mir die Haare. »Was soll ich bloß machen? Du brauchst noch mindestens fünf bis acht Jahre, bis du selbst Geld verdienst, und von Greta will ich gar nicht erst reden.«

Alex haut mir gutmütig mit seiner Pranke auf die Schulter: »Ach Mami, sieh das mal nicht so eng. Ist eben Wirtschaftskrise. Da müssen alle dran glauben. Du schaffst das schon. Bist doch so ein heller Kopf!«

Ich werfe einen Blick in den Spiegel über dem Küchentresen und bin entsetzt. Ich bin leichenblass vor Erschöpfung, mein Haar hängt glanzlos und schlaff herab, und meine Augen liegen tief in ihren Höhlen. Es war meinem äußeren Erscheinungsbild nicht besonders zuträglich, dass ich mich heute Nacht so gegrämt und in Endlosschleife gegrübelt habe.

Und an all dem Elend ist nur diese neue Chefredakteurin schuld! Carmen Schneider-Basedow.

Ich fahre mir übers Gesicht. »Noch nicht mal einen Anruf war ich ihr wert«, sage ich niedergeschlagen. »Sie hat mich einfach aus ihrem Blatt getilgt.«

»Versink nicht so in Selbstmitleid! Mama, ich erkenne dich gar nicht wieder! Weißt du noch, was du immer zu mir gesagt hast, wenn ich Mathe nicht konnte? Ich soll den Hintern zusammenkneifen und mich durchbeißen!« Alex angelt nach meinem Handy und reicht es mir mit lässiger Geste. »Jetzt rufen wir sie gemeinsam an. Komm. Ich bin bei dir.« Er lächelt mich aufmunternd an.

»Habe ich doch schon so oft. Sie haben mich immer abgewimmelt.«

»Meine Mama lässt sich nicht abwimmeln. Meine Mama ist eine mutige Frau.«

Ich lächle kläglich. »Ich fühle mich aber nicht so.« Mir kommen doch jetzt nicht die Tränen?

Alex scheint das zu bemerken, denn jetzt zieht er die Rote Karte: »Los, Mama. Sei nicht feige.«

Meine Tränen versiegen sofort und machen einer gesunden Wut Platz. »Ich bin nicht feige«, wehre ich mich bockig und fahre mir hastig mit dem Handrücken über die Augen.

»Na, Mama? Was ist?« Alex drückt mir das Handy in die Hand. »Komm. Wir ziehen das zusammen durch.«

Es tut so gut, seine Hand auf meiner Schulter zu spüren! Schon wieder schießen mir Tränen in die Augen. Hastig wähle ich die Nummer der Chefredaktion, die in meinem Handy gespeichert ist, und stelle auf laut, damit mein Sohn mithören kann.

Ich hole tief Luft, als es in Hamburg tutet. Die Redaktion ist auch am Sonntag besetzt, das weiß ich. Tatsächlich meldet sich die mir bekannte Sekretärin, Mathilde Dauer. Sie nimmt nie ein Blatt vor den Mund und hat immer gute Sprüche drauf. Wenigstens die sitzt noch an ihrem Platz! Vielleicht wird alles wieder gut.

»Auf die Dauer hilft nur Power«, sage ich heiser und höre, wie meine Stimme zittert. Das sagt sie nämlich selbst immer, über ihren eigenen Namen scherzend. Ihr zweiter Lieblingsspruch lautet: »Nur die Harten komm' in' Garten.«

Aber diesmal nicht.

»Wer ist da bitte?« Ihre Stimme klingt schneidend.

»Ähm, hallo, Frau Dauer, ich bin's, Sonja Rheinfall.«

Ein kurzes überraschtes Schweigen am anderen Ende der Leitung.

»Oh. Ja. Ähm, hallo. Wie geht's?«

»Nicht so besonders.« Während ich das sage, bekomme ich einen Kloß im Hals. Hoffentlich muss ich nicht gleich losheulen!

»Was kann ich für Sie tun?« Frau Dauer ist heute nicht besonders redselig.

Ich reibe mir verzweifelt über die Augen. »Sie könnten mir sagen, was los ist.«

»Was soll denn los sein?«

»Ach, kommen Sie schon, Frau Dauer. Sie werden doch wohl mitbekommen haben, dass meine Kolumne nicht mehr im Blatt ist!«

Mein rotgelockter Alex hockt auf seinem Küchenschemel an der Bar und schlürft geräuschvoll seinen letzten Rest Milch. Er macht mir augenzwinkernd das »Daumen-Rauf«-Zeichen und reicht mir gleichzeitig ein Stück von der Haushaltsrolle.

»Dazu kann ich mich leider nicht äußern.«

»Aber Frau Dauer! Wir haben jetzt jahrelang unkompliziert zusammengearbeitet, und Sie haben mir stets gesteckt, was so im Busch war! Auf die Dauer hilft nur Power! Das war doch Ihr Leitspruch!«

»Neuer Chef, neuer Ton«, sagt Frau Dauer.

Ich halte den Hörer von meinem Ohr weg und betrachte ihn entsetzt. Jetzt werde ich auch förmlich. »Können Sie mich bitte mit der Chefredaktion verbinden?«

»Frau Schneider-Basedow ist in einer Besprechung.«

Das Übliche. Man versucht mich loszuwerden. »Oh.« Meine Nerven liegen blank. »Könnten Sie ihr bitte ausrichten, dass sie mich zurückrufen soll?«

»In welcher Angelegenheit?«

So. Jetzt reicht es aber. »Langsam werde ich sauer, Frau Dauer! Meine Kolumne ist weg, und ich hätte gern gewusst, warum!«

Alex nickt zustimmend.

»Frau Schneider-Basedow ist die neue Chefredakteurin, und nur sie bestimmt, wer für dieses Blatt schreibt und wer nicht.« Frau Dauer wird richtig patzig.

»Sie kann bei den nächsten fünfzig Ausgaben immer denselben Blumenkohl auf den Titel tun, wenn ihr danach ist! Oder den gleichen Spargel«, sagt Alex amüsiert und kratzt sich hemmungslos im Schritt. »Davon wird das Käseblatt auch nicht besser!«

Ich gebe ihm verzweifelt ein Zeichen, doch bitte leiser zu sprechen, aber er lacht sich kaputt.

Wie schön für Sie, Frau Dauer, dass Sie noch auf Ihrem Platz sitzen, hätte ich am liebsten geantwortet. Stattdessen reiche ich ihr verbal die Hand: »Ganz unter uns, Frau Dauer. Natürlich kann sie allein entscheiden, was in Zukunft mit der *Frauenliebe und Leben* passiert. Und wenn sie meine Kolumne nicht mehr gut findet, habe ich eben Pech gehabt.«

»Ja«, sagt Frau Dauer kalt. »So ist die Branche.«

Ich werde jetzt ganz offen und ehrlich von Frau zu Frau mit dieser Sekretärin reden. »Sie wissen schon, dass ich als alleinerziehende Mutter davon lebe?«

»Die *Frauenliebe und Leben* ist nicht das Sozialamt. Suchen Sie sich einen anderen Job.«

»Frau Dauer, ich habe über zwanzig Absagen bekommen!«

»Das ist nicht mein Problem.«

Plötzlich haut Alex mit beiden Handflächen auf den Küchentresen und schreit: »Wie reden Sie denn mit meiner Mutter, Sie blöde Kuh? Schlecht gefickt oder was?!«

»Pssssst«, mache ich verzweifelt. Sein Vokabular ist unserem Gespräch nicht gerade zuträglich!

Benommen flüstere ich in den Hörer: »Können Sie mir denn nicht wenigstens sagen, warum?! Zumindest eine Erklärung sind Sie mir schuldig! Man hätte mich vorwarnen können ...«

Mir versagt die Stimme. Jetzt heule ich doch. Verdammt. Das wollte ich nicht. Ich kneife die Lippen zusammen, lasse die Tränen kullern, spreche aber weiter: »Mir noch eine Frist geben, die letzten Folgen ankündigen. Ich habe doch keine silbernen Löffel geklaut oder so was!«, höre ich mich schluchzen.

Jetzt ist auch alles egal. Soll die Dauer ruhig hören, dass ich verzweifelt bin. Ich starre tränenblind auf die Küchenwand, an der die Kochlöffel hängen, das Teesieb, das Zwiebelnetz und die Topflappen. Auf unsere kleine heile Welt, die ich mithilfe dieser Kolumne erhalten konnte. Auf einmal gerät das alles ins Wanken! Durch so eine kaltherzige Chefredakteurin, die jetzt die Macht hat und es nicht mal für nötig hält, ausrangierte Mitarbeiter mit einem Wort des Abschieds zu bedenken.

»Ich gebe Ihnen jetzt mal einen kleinen Tipp«, flüstert Frau Dauer plötzlich am andern Ende der Leitung, und ich kann förmlich hören, wie sie sich heimlich umschaut und die Sprechmuschel mit den Händen abdeckt. »Haben Sie was zu schreiben?«

Mit klopfendem Herzen greife ich zum Einkaufszettel, den ich morgen mit zum Eurospar in der Sterneckstraße nehmen wollte.

»Am nächsten Samstagabend ist eine Pressevorstellung der nächsten Kinderklinik-Staffel im Theresien-Theater in München. Sie haben doch einen Presseausweis.«

»Ja, aber ich verstehe nicht …«

»Unsere neue Chefredakteurin Frau Schneider-Basedow wird dort in Begleitung der Schauspielerin Corinna Regen anwesend sein. Nachher steigt die After-Show-Party. Ich meine ja nur. Man könnte sich ja rein zufällig begegnen, ganz unverbindlich bei einem Glas Wein ins Gespräch kommen. Vielleicht ist man sich ja sympathisch. Frau Schneider-Basedow mag hübsche Frauen.«

Es wird mucksmäuschenstill in der Küche. Sogar Alex, der jedes Wort mitgehört hat, macht keinerlei Zwischenbemerkung. Nervös zerknülle ich den Einkaufszettel, auf den ich »Theresien-Theater München, After-Show-Party« geschrieben habe. Das Papierknäuel wandert von einer Hand in die andere.

»Und noch ein Tipp«, sagt Frau Dauer in die Stille hinein. »Hübschen Sie sich extrem auf. Frau Schneider-Basedow will Glanz und Glamour. Stylen Sie sich auffällig, ziehen Sie alle Blicke auf sich. Machen Sie bloß nicht auf bescheidenes Mäuschen.«

»Ich weiß nicht«, antworte ich schließlich verstört. »Ich bin mir nicht sicher, ob ich meinen persönlichen Stil wirklich verleugnen will …«

59

Meine Gedanken drehen sich im Kreis. Habe ich denn so wenig Stolz, dass ich dieser Chefredakteurin, die ihrerseits Prominenten in den Hintern kriecht, »zufällig auf einer Party« begegne? Und mich dafür auch noch verkleide? Das ist so gar nicht meine Art! Ich habe mich schon wahnsinnig aufraffen müssen, überhaupt hinter dieser Frau herzutelefonieren!

Alex sieht mich nur an und steckt sich symbolisch zwei Finger in den Mund. Oh nein. Bitte nicht schon wieder!

»Das werde ich nicht machen«, sage ich und richte mich auf. »Ich werde mich nicht verbiegen. Ich bin Autorin, keine Mode-Tussi.«

»Sie machen das«, sagt Frau Dauer plötzlich in ihrem altbekannten, derben Tonfall. »Nur die Harten komm' in' Garten!«

»Aber Frau Dauer …«

»Auf die Dauer hilft nur Power«, unterbricht mich Frau Dauer, und dann ist die Leitung plötzlich unterbrochen.

Ich bin total baff. Wortlos starre ich Alex an, der sich durch den zerstrubbelten Haarschopf fährt:

»Was ging denn da ab? – Besetzungscouch oder was?«

»Wo soll ich denn bloß diese extravaganten Klamotten hernehmen? Und vor allem: Wovon soll ich sie bezahlen?«

»Mami, es gibt doch diesen Kostümverleih in der Bergstraße«, sagt Alex. »Versuch es einfach dort!«

»Haben die denn Abendgarderobe?«

»Ja klar! Das weiß ich von all den Mädels von den Abibällen! Die holen sich da für jeden Abend einen anderen Fummel! Bezahlen muss man nur die Reinigung und eine Leihgebühr.«

In dem Moment poltert es hinter der Küchentür, dann

wird diese auch schon aufgerissen: Aha, meine liebreizende Tochter Greta ist erwacht. Und ihr Klon auch. Komisch, dass junge Mädchen nur im Film nett angezogen und gekämmt sind, wenn sie am Frühstückstisch erscheinen. Greta hat wieder ihr Lieblings-T-Shirt an, dazu meine seit langem vermissten Sportshorts. Barfuß lässt sie sich an den Küchentisch fallen. Der Klon schleicht hinterher. In meinem T-Shirt und meiner Seidenschlafanzughose, nach der ich auch schon ewig suche.

Ich könnte ja mal ein bisschen schimpfen und rummotzen. Aber dazu fehlt mir die Kraft.

»Was geht ab?« Lasziv wirft Greta den Kopf nach hinten und streicht sich die langen blonden Haare betont auffällig hinter die Ohren.

Mein Gott! Wer hat denn mein Kind so zugerichtet? Was sind das für tiefrote Wunden an ihrem sonst so makellosen Mädchenhals, um den ich sie immer so beneide? Sind das etwa Knutschflecken?

Der Klon hat auch welche!!

Mein Gott! Sie sind geradezu *übersät* mit Knutschflecken!

»Was glotzt du so?«, fragt Greta mit trotzig-triumphierendem Unterton.

Tja, den Gefallen habe ich ihr allerdings zur Genüge getan. Ich habe tatsächlich geglotzt.

Der Klon kichert.

»Oh!«, sage ich freundlich. »Knutschflecken!« Und zwar wie bei Loriot, *Ein Klavier, ein Klavier*!

»Ich geh dann mal lieber«, sagt Alex, verdreht die Augen und gibt mir einen Kuss auf die Wange. »War ein netter Morgen, Mama.« Und mit einem Seitenblick auf seine Schwester: »Bis jetzt.« Damit verschwindet er im Bad.

»Was ist denn an einem Knutschfleck so besonders?«, geht

Greta freudig erregt auf meine Bemerkung ein. »Wohl selbst noch nie einen gehabt?«

»Doch«, gebe ich frustriert zu, und sofort führen wir Frauengespräche. »Tilman Zakowski. Evangelisches Gemeindehaus. An einem verregneten Samstag, als die Kirchenchorprobe ausfiel und wir das als Einzige nicht mitbekommen hatten.«

Greta und ihr Klon lachen sich kaputt. »Wie uncool!« Dann rutschen sie begeistert auf der Küchenbank zusammen: »Los, erzähl, Mama!«

Die Situation ist entschärft. Mein eigenes Elend in den Hintergrund gerückt. Während ich den beiden Mädels ihre Cornflakes vor die Nase stelle und ihnen Kakao mache, erzähle ich grinsend, in schaurig-schöne Erinnerungen versunken:

»Meine Eltern wähnten mich in der Kirchenchorprobe. Das waren die einzigen zwei Stunden in der Woche, in denen ich ausgehen durfte. Die wollte ich nicht sinnlos verstreichen lassen. Also verbrachten wir die ausgefallene Probe im ›Freizeitraum‹ im Keller auf ausrangierten alten Matratzen neben der Tischtennisplatte.« Ich räuspere mich. »Na ja.« Unwillkürlich reibe ich mir das Ohrläppchen. »Ähm. Gut. Wollt ihr noch Milch?«

»Erzähl, was habt ihr gemacht?!«

»Na ja, das Übliche halt.«

»Hahaha, das glaube ich dir nicht, Mama. Du weißt ja gar nicht, was üblich ist!«

»Also, wir haben höchstens ein bisschen …«

»Geknutscht?«

»Klar. Ein bisschen.«

»Mit Zunge?«

»Ich glaube, er hat sie mir ins Ohr gesteckt.«

»IIiiiiihhhhh!« Greta und der Klon quietschen.

»Das waren noch Zeiten.«

»Oh Mama, bist du peinlich«, kichert Greta. Sie und der Klon amüsieren sich köstlich.

»Was hat denn deine Mutter dazu gesagt?«, will Greta wissen. »Bestimmt hat sie dir eine geknallt.«

»Hätte sie. Und mich als Flittchen beschimpft. Wenn ich ihr meinen Knutschfleck so provokant vorgeführt hätte wie du. Aber wozu gibt es Rollkragenpullover?«

»Oh, du arme, verklemmte, spießige Mami, du«, sagt Greta lachend, und damit ist die feierliche Knutschfleckenenthüllung beendet. Der Klon tippt inzwischen mit fliegenden Fingern eine SMS in sein Handy, und Greta nimmt mich in den Arm: »Mami, bin ich froh, dass du so cool bist und nicht dauernd rumschimpfst!«

»Na ja«, sage ich milde und halte meine Tochter auf Armeslänge von mir ab: »Manchmal fehlt mir einfach die Kraft dazu.« Wackelt meine Stimme etwa schon wieder? Werden meine Augen feucht, und kribbelt es mir in der Nase?

»Och, du liebe Mami, du …« Greta schmiegt ihre weiche, runde Mädchenwange an mein sorgenzerfurchtes Gesicht. »Sei nicht traurig, wir lieben dich ganz doll und wissen auch, was du alles für uns tust. Die Toni liebt dich auch und will nur noch bei dir wohnen. Weil du so süß und chaotisch bist.«

Aha. Das war wohl jetzt ein Kompliment.

6

So. Ich habe mich getraut. Ich bin hier. In München. Im Theresien-Theater. Auf der After-Show-Party. Und ich muss schon sagen: Ich sehe gut aus. Vielleicht findet Carmen Schneider-Basedow sogar Gefallen an mir. Ich meine, für einen männlichen Geschäftspartner hätte ich mich ja auch hübsch gemacht.

Der Kostümverleih in der Bergstraße hatte ganz irre Klamotten, wirklich der allerletzte Schrei.

Sie stammen aus ganz teuren Designer-Läden und sind irgendwie »zweite Wahl«, weil sie einen winzigen Fehler haben, den man aber gar nicht sieht.

Todesmutig habe ich mir ein zartseidenes Marc-Cain-Etuikleid in Knallrot mit schwarzen tropfenförmigen Tupfen geliehen, das eine raffinierte Schleife über der Taille hat, die den Bauch kaschiert. Dazu eine schwarz glänzende Jacke, die die Hüften bedeckt. Und, was ich mich sonst nie getraut hätte – schwarz glänzende Lackstiefel, die zwar einen ungewohnt hohen Absatz haben, aber wegen ihrer schlichten Form keinesfalls ordinär wirken, wie mir der smarte Verleiher glaubhaft versichert hat, sondern nur unglaublich lange, schlanke Beine machen. Mein ganzes Outfit wirkt gewagt und trotzdem elegant.

Eine irre Kombination.

Es kostet mich zwar wirklich Mut, so etwas Schrilles anzuziehen, aber *wie du kommst gegangen, so wirst du auch empfangen.*

Wenn die wüssten, dass ich arbeitslos bin und vor Existenzsorgen kaum noch schlafen kann!

Ob es mir an der Nasenspitze anzusehen ist, wie sehr ich diese Kolumne brauche? Und dass mein *Leben* davon abhängt? Mir zittern die Knie. Unwillkürlich kneife ich die Pobacken zusammen: Auf die Dauer hilft nur Power. Mit einem Glas Beruhigungs-Champagner in der Hand schlendere ich betont lässig durch den sich langsam füllenden Saal im Theresien-Theater. Die Pressevorführung vorher habe ich mir gespart. Ich bin ja nicht wegen Corinna Regen hier, der Serien-Hebamme, die immer im unpassendsten Moment »genießen Sie die Zeit« schreibt, sondern um – rein zufällig natürlich, womöglich auf der Tanzfläche oder so – die neue Chefredakteurin der *Frauenliebe und Leben* zu treffen. Carmen Schneider-Basedow.

Und sie, ganz nebenbei, freundlich anzusprechen und zu sagen: »Hallo, was für ein Zufall, was machen *Sie* denn hier?« Mir schlägt das Herz bis zum Hals. Aber wer nicht wagt, der nicht gewinnt.

Vielleicht kommt sie strahlend auf mich zu und entschuldigt sich für ihr Verhalten? Vielleicht liegen wir uns schon in wenigen Minuten in den Armen?

Ich lehne dank eines zweiten oder dritten Champagners schon deutlich entspannter an einer Säule und betrachte mich gelassen im Spiegel. Vor meinem inneren Auge spielen sich wunderschöne Szenen und Dialoge ab.

Die Basedow wird errötend ihre Hand auf meinen Arm legen und sagen: »Ach, sind Sie es wirklich? Frau Rheinfall! Endlich treffe ich Sie. Großartig sehen Sie aus! Sie beschämen mich. Wissen Sie, ich habe es schon gar nicht mehr *gewagt*,

Sie anzurufen. Ich stehe tief in Ihrer Schuld. Ihre großartige Kolumne, das Herzstück unserer Zeitung … also, die wollte ich eigentlich von zwei auf vier Seiten erweitern. Es war natürlich unverzeihlich von mir, mich überhaupt nicht bei Ihnen zu melden. Aber bitte bedenken Sie, dass ich mich erst einarbeiten musste in das neue Blatt. Und mein Umzug von München nach Hamburg hat mich auch so mitgenommen, dass ich Sie noch gar nicht anrufen konnte. Also, letztlich muss ich gestehen: Ich habe überhaupt noch kein Telefon.«

Dann werde ich meine frisch manikürten Finger auf ihren Arm legen und versöhnlich sagen: »So was kann doch mal passieren. Sie haben den Job ja auch ganz überraschend bekommen, nicht wahr?«

»Ja«, wird sie dann stammeln, »auf einmal Chefredakteurin, das ist wie ›Plötzlich Prinzessin‹ – dann stehen Sie da und wissen gar nicht, wie Ihnen geschieht! Gestern noch eine kleine Reportermaus für das Konkurrenzblatt, und heute beziehe ich das Chefbüro.« Sie wird verlegen lachen und mit der Hand vor dem Gesicht herumwedeln. »Das stank ja dermaßen nach abgestandenem Zigarrenrauch, dass ich es erst komplett renovieren lassen musste. Ach ja, der gute alte Robert Schumann, so ein lieber Kerl, der ist ja leider an den Folgen seines Zigarrenkonsums … Ach, das *wussten* Sie noch gar nicht? Ja, die Beerdigung und das Trösten seiner Witwe, das hat mich alles so viel Nerven gekostet, dass ich … Und jetzt treffe ich Sie hier, was für ein Glücksfall. Und wie zielsicher Sie modisch ins Schwarze getroffen haben! Welch Glanz und Glamour in unserer altbackenen Hausfrauenhütte! Sie sind die Richtige! Wollen Sie nicht meine persönliche Modeberaterin sein?«

Irgendwie sehe ich ständig Szenen aus »Der Teufel trägt Prada« vor mir. Gedankenverloren stöckele ich durch die Säle des Theresien-Theaters, treffe hier einen tot geglaubten Schauspieler und dort eine Rennfahrer-Gattin, grüße huldvoll einen Dschungel-Camp-Teilnehmer und winke einem Wetteransager, wobei ich ganz vergesse, dass er mich ja gar nicht kennt, auch wenn er jeden Abend in meinem Wohnzimmer ist.

In meinen kaum schmerzenden Lackstiefeln laufe ich die Treppe hinauf, an livrierten Portiers vorbei in den »VIP-Bereich«. Dazu berechtigt mich ein Bändchen am Handgelenk, das ich wegen meines Presseausweises bekommen habe. So gelange ich in eine weitere riesige Empfangshalle mit hohen, stuckverzierten Decken, Marmorfußboden und gigantischen, mit Blattgold überzogenen Pfeilern. Hier flanieren die wirklich Wichtigen, während stiernackige Bodyguards mit kahl rasierten Schädeln in ihre Manschetten sprechen. Na ja. Aber wenn ich ganz ehrlich bin, muss ich einräumen, dass ich ziemlich beeindruckt bin.

Mensch, ist das nicht Mike Krüger, der da vorn am Buffet steht? Und dort, weiter links: Ist das nicht Verona Pooth? Sie sieht ja in Wirklichkeit noch fantastischer aus als in den bunten Blättern! Die hat sich ihre Klamotten bestimmt nicht geliehen! Oder ist so was in solchen Kreisen vielleicht sogar … üblich?

Ihr Outfit ist noch gewagter als meins! *Das* ist Glamour!

Hoffentlich will sie keine Kolumnen schreiben.

Sie dreht sich im Blitzlichtgewitter, und eine Agentin verteidigt sie gegen hartnäckige Reporter, die so plumpe Dinge fragen wie: »Was macht die Insolvenz Ihres Mannes?« Und: »Wie geht es Ihnen nach der Steuerfahndung?«

Die Agentin fährt ihre Krallen aus und zischt wie eine fauchende Katze: »Keine privaten Fragen. Frau Pooth ist hier als Schirmherrin des Vereins für Straßenkinder in Lima!«

Donnerwetter. Das muss ich mir merken. Ich schlendere weiter.

Unglaublich, da vorn steht Boris Becker! Er wirkt total gelangweilt und tut so, als hätte man ihn für viel Geld gezwungen, hier zu sein. Aber er ist es, leibhaftig! Mein Gott, bin ich froh, so perfekt angezogen zu sein. Nur schade, dass mich niemand zu erkennen scheint. Ich bin es doch, Sonja Rheinfall! Die bekannte Kolumnistin aus der *Frauenliebe und Leben*!

Na gut, seit einigen Wochen ist aus Versehen meine Kolumne nicht mehr drin, aber Sonja Rheinfall ist höchstpersönlich angereist, um das kleine Missverständnis aus der Welt zu räumen! Ich bin hier, um Frau Carmen Schneider-Basedow eine Chance zu geben.

Nach dem vierten Glas Champagner kommt es mir wirklich so vor. Ich bin keine kleine Bittstellerin mehr, die sich nur verkleidet hat. Huldvoll die Hüften schwingend, flaniere ich weiter. Spätestens seit der neuesten Kolumne von ihrer Freundin Corinna Regen muss die Basedow doch wissen, was sie an mir hatte. Die war so peinlich, dass ich mich wundere, woher sie die wirren Gedanken hatte: »Meine Freundin ist neulich durch ein Schlagloch beachtlichen Ausmaßes gebrettert«, schrieb Corinna Regen. »Nicht so gut. Dabei haben sich einige Teile vom Auto gelöst. Auch nicht so gut. Die Polizei hielt sie an, weil sie gerade ihr Handy am Ohr hatte. Ein Punkt und fünfzig Euro Bußgeld. Erst recht nicht gut. Ein Müllauto fuhr ihr hinten drauf. Schon überhaupt nicht gut. Aber was ist das Gute daran? Denn Goethe sagt, dass das Gute naheliegt. Und das tut es auch! Man muss nur genau hinschauen! Das Riesenschlagloch in der Straße hat mit dem strengen Winter zu tun, und dass es in Zeiten der Erderwärmung noch kalte Winter gibt, das ist doch gut, oder? Genießen Sie die Zeit!«

Also spätestens jetzt wird sich Carmen Schneider-Basedow insgeheim wünschen, mich zu treffen. Und ich werde sie versöhnlich anlächeln: »Irren ist menschlich! Lassen Sie Corinna Regen weiter ihre Hebamme spielen, und genießen Sie die Zeit!«

Wir werden uns mögen, das weiß ich genau. Ich schlucke den letzten Schluck Champagner hinunter und fühle mich ganz entspannt.

Oh. Oh Gott. Da vorne durch die Schwingtür kommt eine Frau, die hat das Gleiche, aber wirklich *genau das Gleiche* an wie ich. Dieses Tupfenkleid in Knallrot. Leider sieht es an der wasserstoffblonden Frau irgendwie aus wie ein Sack, und die Schleife auf dem Bauch wirkt so … trutschig! Dann dieser schwarz glänzende Gehrock, der die Hüften umspielen soll – erst recht ein Sack. Und diese *Lackstiefel*! Das geht doch gar nicht, mein Gott das sieht ja total *ordinär* aus! Wie sie da Arm in Arm mit dieser Schauspielerin … sehe ich wirklich genauso geschmacklos aus?

Oh Gott. Mach, dass es nicht die Serienhebamme ist. Corinna Regen.

Wieso flitzen alle Fotografen auf die beiden zu und fotografieren sie ohne Ende? Weil es Corinna Regen ist.

Dann ist die Frau, die das Gleiche anhat wie ich … Carmen Schneider-Basedow.

Oh. Nicht gut. Gar nicht gut. Los, Goethe. Dein Stichwort. Irgendwas muss gut sein an dieser Situation!

Ich stehe da wie zur Salzsäule erstarrt und verkrampfe meine Finger um das Champagnerglas, das wahrscheinlich gleich zerspringen wird.

Die beiden Damen sonnen sich im Blitzlichtgewitter, drehen und wenden sich, haken einander kokett unter und vollführen einen Nasen-Kuss, wobei Corinna Regens Nase infolge der vielen Operationen eher aussieht wie ein abgebrochener Korken. Oh. Ich glaube … schluck. Sie hat mich gesehen. Carmen Schneider-Basedow hat mich gesehen. Gut. Oder nicht gut?

Sie hat mich … Wieso strebt die denn jetzt plötzlich in eine ganz andere Richtung? Gar nicht gut. Wieso zieht sie ihre Busenfreundin mit einer solchen Vehemenz in Richtung Buffet? Ich meine, die muss mich doch erkannt haben. Aber sie mag nicht, was ich anhabe. Weil es mir leider besser steht als ihr. Erst recht nicht gut.

Ziemlich betreten stehe ich da und beobachte, wie die Kamerateams abziehen, die Scheinwerfer ausgehen und Carmen und Corinna sich tuschelnd über die Vorspeisen beugen. Ich höre sie förmlich zischen: »Guck nicht hin, aber da steht …«

Natürlich guckt sie. Sie wirkt irgendwie … entsetzt.

Na, das wollen wir doch mal sehen. Ich wäre doch nicht Sonja Rheinfall, wenn ich nicht …

Entschlossen stelle ich mein Glas irgendwo ab und schreite auf fast nicht umknickenden Lackstiefeln zu ihnen hinüber.

»Oh, hallo! Na, so ein Zufall! Wir haben das Gleiche an!« Gut oder nicht gut?

Ich habe mich unfein in die Vorspeisen-Schlange gedrängt, mir zur Tarnung auch ein paar Artischockenherzen und gefüllte Pilze auf meinen Teller gelegt, und nun stehen wir dicht nebeneinander. Sie riecht sehr aufdringlich nach einem teuren Parfum, von dem ich Kopfschmerzen bekomme. Neben ihr arbeitet sich Corinna, die Serienhebamme, dem Ende der Vorspeisen entgegen. Sie flirtet gerade mit einem diensteifrigen Koch, der ihr irgendein Sahnemeerrettichtörtchen aufschwatzen will.

»Genießen Sie die Zeit«, rufe ich ihr jovial zu. »Das ist doch der Leitspruch Ihrer neuen Kolumne, nicht wahr?!«

Die Basedow rührt mit einem großen Schöpflöffel in einer japanischen Sauce.

»Kennen wir uns?«, fragt sie spitz.

»Nein, aber wir sollten uns kennenlernen!« Ich lache kokett und zeige auf unsere Teller, auf denen fast das Gleiche liegt: »Offensichtlich haben wir denselben Geschmack!«

»Wieso?«, kommt es ziemlich schneidend von ihr, während der Koch sein Sprüchlein aufsagt: »Das ist ein Sahnemeerrettichtörtchen mit einem Hauch von Gurken-Knoblauch-Zimtschnecken-Kampf-Aroma …«

Ähhh, *was*? Nein, das hat er nicht wirklich gesagt. Das, was er gesagt hat, ist an meinem Ohr vorbeigeflogen. Ich habe es sozusagen rausgefiltert. Wichtig ist doch nur, wie der Dialog mit der – inzwischen sichtbar verunsicherten! – Chefredakteurin weitergeht. Ich mache einen weiteren schwesterlichen Vorstoß:

»Na ja, wir haben die gleichen Klamotten an und das Gleiche auf dem Teller! Ich bin überzeugt, dass wir auch für *Frauenliebe und Leben* das Gleiche wollen.«

Corinna tritt einen Schritt beiseite und ignoriert den Knecht, der ihr das Brotkörbchen reichen will: »Carmen, ich geh dann mal zum Tisch. Vergiss nicht, wir werden erwartet.«

»Sofort«, sagt Carmen. »Ich bin in einer Sekunde bei dir.«

Sie könnte mich ja auch ganz nett fragen, ob ich Lust habe, mit an ihren Tisch zu kommen, aber das tut sie nicht. Im Hintergrund bauen sich eilig ein paar Kameraleute auf, und plötzlich stehen wir im hellen Scheinwerferlicht.

O Mist. Ich glaube, sie filmen uns. Gut oder nicht gut?

»Dieselben Klamotten«, ruft jemand, und schon geht das Blitzlichtgewitter los. »Haargenau dasselbe Outfit. Frau

Schneider-Basedow, wo haben Sie Ihr heutiges Gewand gekauft?«

»Das geht Sie nichts an«, blafft Carmen unfreundlich und versucht zu fliehen.

»Wir sollten über meine Kolumne reden«, sage ich mit fester Stimme, während ich froh in die Kameras grinse und kokett winke. Ich halte sie an der Schleife ihres Kleides fest, und die Kameras zoomen noch dichter heran. Bei ihr wirkt die Schleife wirklich total bescheuert.

»Aber nicht hier«, kläfft Carmen und macht eine abwehrende Geste in Richtung Kameras. Sie greift in das Brotkörbchen und hält sich eine Scheibe Vollkornbrot vors Gesicht. »Ich rufe Sie an.«

»Na, das glauben Sie doch selbst nicht!«

Mir schießt das Adrenalin bis in die Fußknöchel. Nicht gut. Gar nicht gut.

»Ich esse«, verweist mich Carmen in meine Schranken.

»Dann warte ich, bis Sie mit dem Essen fertig sind«, antworte ich, wobei mir die Schamesröte ins Gesicht schießt und gleich darauf den Hals und den Rest meines Körpers mit Beschlag belegt. Ich glaube, ich bin sogar am Ellbogen schamrot. Und hinterm Ohr. Und in der Kniekehle.

Carmen dreht nun ab und stolziert in ihren schwarzen Lackstiefeln zu dem Tisch, an dem schon Boris Becker, Udo Jürgens, Veronica Ferres und Corinna Regen sitzen. Und der Alte mit dem Toupet und dem Goldkettchen um den Hals – ist das nicht Tom Konrad, der Schlagersänger? Der lebt ja noch!

Dahin traue ich mich natürlich nicht. Mein Selbstbewusstsein ist komplett dahin. Ich möchte mich in Luft auflösen! Aber das geht nicht. Ich muss kämpfen. Noch gebe ich nicht auf!

Unauffällig stelle ich meinen Teller irgendwo ab und beäuge mein Opfer wie eine Katze die Maus. So, Carmen. Ich warte. Nimm ruhig deine Henkersmahlzeit zu dir, aber danach werden wir zwei uns unterhalten.

Ich plaudere ein bisschen mit Mike Krüger, der mir verrät, dass sein größter Hit »Nippel durch die Lasche« auch schon gut und gern fünfundzwanzig Jahre zurückliegt und dass er persönlich ja »Mein Gott, Walter« besser fand, was aber siebenundzwanzig Jahre her ist und leider langsam bei der jungen Generation in Vergessenheit gerät.

Ich stecke ihm, dass ich Sonja Rheinfall bin, womit er nichts anfangen kann.

»*Frauenliebe und Leben*«, helfe ich ihm auf die Sprünge. »Die Kolumne!«

»Die liest meine Frau«, freut er sich und nickt eifrig. »Hat sie schon vermisst!«

»Was soll ich machen?«, frage ich hektisch, während ich sehe, dass Carmen mit dem Essen fertig ist und sich erhebt, um Thomas Gottschalk zu begrüßen, der gerade eingetroffen ist.

»Sie müssen nur den Nippel durch die Lasche ziehen«, rät mir Mike Krüger und grinst. »Der Supernase muss ich jetzt auch mal Hallo sagen.« Er drückt mir freundschaftlich den Arm und lässt mich stehen.

Klar. Jeder würde mich für Thomas Gottschalk stehen lassen. Ich mich selbst auch. Das verstehe ich ja. Das kratzt auch nicht im Geringsten an meinem Selbstbewusstsein. Ich bin halt kein A-Promi. Auch nicht B oder C. Ich reibe mir die Nase und überlege, ob ich mich bei W oder Y einreihen würde. Oder doch bei Z. Ich bin nur Sonja Rheinfall. Mein Name ist wieder mal Programm.

Aus dem Augenwinkel betrachte ich Corinna Regen, die in

der Rang- und Hackordnung noch lange nicht dran ist, von Thomas Gottschalk begrüßt zu werden.

Wohingegen Carmen Schneider-Basedow von ihm überhaupt nicht beachtet wird. Sie war ja bis vor Kurzem noch eine kleine Reportermaus beim Konkurrenzblatt!

Das ist meine Chance. Beiläufig stelle ich mich neben Carmen, und wir müssen wirken wie die Begum und ihre Mutter in unserer identischen Aufmachung.

Die Blitzlichter sind alle bei Thomas und seinen Andienern, sodass wir ungestört reden können:

Ich: »So, nun sind wir ungestört.«

Sie: »Ich ruf Sie an.«

Ich: »Aber wieso denn, wir stehen doch hier nebeneinander, so jung kommen wir nicht mehr zusammen!«

Sie: »Das ist nicht der passende Augenblick!«

Ich: »Wann ist denn der passende Augenblick?«

Sie: »Ich ruf Sie an.«

Ich: »Warum ist meine Kolumne nicht mehr im Blatt?«

Sie: »Weil ich das nicht will.«

Ich: »Warum haben Sie mich nicht angerufen?«

Sie: »Ich muss jetzt Thomas Gottschalk begrüßen.«

Ich: »Ohne eine klare Ansage kommen Sie mir nicht davon!«

Sie: »Habe ich gerade gemacht.«

Ich: »Was gefällt Ihnen denn nicht an meiner Kolumne?«

Sie: »Sie hat nicht das Niveau unseres Blattes.«

Ich: »Sondern?«

Sie: »Ich will Glamour.«

Ich: »*Frauenliebe und Leben* ist ein Hausfrauenblatt!«

Sie: »Aber nicht mehr lange.«

Ich: »Finden Sie es fair, mich einfach so ohne ein Wort abzusägen?«

Sie: »Ich mache Ihnen ein Angebot: Wir werden noch vier Kolumnen von Ihnen drucken. Daneben Ihr Bild von einem Starfotografen. Aber dann ist Schluss. Ich habe mit dem Blatt ganz andere Pläne.«

Ich: »Und da kann ich Ihnen nicht hilfreich zur Seite stehen? Ich meine, ich kann auch Königskinderkolumnen schreiben.«

Sie (schneidend): »Nein.«

Ich: »Und Texte über Hüte, Kostüme und die Mutter von der Begum!«

Sie (genervt): »Nein!«

Ich: »Und das Ganze hat nichts damit zu tun, dass jetzt Corinna Regen, die zufällig mit Ihnen befreundet ist, eine Kolumne hat?«

Sie (noch viel schneidender): »*Nein!*«

Ich: »Die mit Ihnen *eng* befreundet ist?!«

Sie: »Ich sagte doch: *Nein*!«

Ich: »Sie müssen doch zugeben, dass Corinna ausgesprochenen Blödsinn schreibt!«

Sie: »Ich muss jetzt gehen.«

Ich, hinter ihr her brüllend: »Das hat doch nichts mit Glamour zu tun, was Corinna Regen über Schlaglöcher, den Winterschlussverkauf und die Mädchenknappheit in der Lausitz schreibt!«

Sie, hysterisch kreischend: »Corinna! Liebes! Warte auf mich! Ich komme!«

Tja, das war unser Dialog in der Wirklichkeit.

7

Als am Montag früh um sechs mein Wecker klingelt, fühle ich mich miserabel. Wieder habe ich kein Auge zugetan. Mit schmerzenden Gliedern quäle ich mich aus dem Bett, um meine Kinder zu wecken.

Alex murrt unwillig; er muss heute wieder in seine Sportakademie fahren. Wortlos quetscht er die von mir sorgfältig gebügelte Wäsche in seine Reisetasche, stopft sich hastig das Frühstück in den Mund, spült mit meinem Kaffee nach und verabschiedet sich mit den Worten: »Pass auf dich auf, Mama. Siehst ziemlich scheiße aus.«

Die Wohnungstür fällt ins Schloss. Ich höre ihn am Aufzug rumoren. Es klingt wie ein mittleres Erdbeben. Hastig reiße ich die Tür wieder auf.

»Ist alles in Ordnung?«

Ach je: Er räumt seine komplette Skiausrüstung mitsamt fünf prallvollen Tüten in den Hausflur. »Das Zeug hab ich im Aufzug vergessen. Kannst du das mal aufräumen? Die Skisachen bitte waschen. Ich muss weg!«

Die Aufzugstür schwingt zu, und ich wate durch all seinen Kram zurück in die Wohnung. Erst mal die Damenwelt wecken. Die gnädigen Fräuleins wünschen um Punkt halb sieben das erste Mal, um fünf nach halb sieben das zweite Mal und um zwanzig vor sieben das dritte Mal geweckt zu werden. Wenn ich das nicht genau einhalte, gibt es Punkteabzug.

Kalter Rauch schlägt mir entgegen. Nanu? Sie hat doch nicht … Ich hatte die Wasserpfeife doch … Oder hat der Klon etwa in Gretas Zimmer geraucht?

»Guten Morgen!« Auf leisen Sohlen nähere ich mich ihrer Bettstatt, wo zwei Gestalten unter zwei Bettdecken identisch zusammengerollt liegen, nur spiegelverkehrt. Man könnte meinen, es wären siamesische Zwillinge. Oder die Begum und ihre Mutter Renate.

Wie unschuldig und schutzlos sie doch wirken! Wieder muss ich sie herausreißen aus ihren süßen Träumen, die bestimmt nicht von Arbeitslosigkeit und Geldsorgen gehandelt haben.

Sanft streiche ich mit beiden Händen über die beiden Köpfe und singe: »Guten Morgen, liebe Sorgen, seid ihr auch schon alle da – habt ihr auch so gut geschlafen, na dann ist ja alles klar …«

»Mama, lass den Scheiß«, bellt mich das rechts liegende Kind an, das ich daraufhin als mein eigenes identifiziere. »Noch fünf Minuten!«

Der Klon kommt immerhin unwillig unter der Decke hervor und blinzelt mich ratlos an, bevor er sich wortlos wieder einrollt.

»Sehr wohl, die gnädigen Damen.« Ich schleiche mich in die Küche, setze erneut Kaffee auf, da ja Alex meinen ausgetrunken hat, und räume inzwischen die Spülmaschine aus. Nanu? Was haben denn die vielen Weingläser dort zu suchen? Und die Biergläser? Und sind das etwa Schnapsgläser? Ich hatte doch gar keinen Besuch, ich war doch gar nicht zu Hause.

Und die vielen Schälchen und Teller, die wir sonst nie benutzen, das ganze Besteck …

Mo-ment … Sie haben eine Party gefeiert. Während ich in München war und um unsere Existenz gekämpft habe. Sie haben unsere letzten Alkoholreserven aufgebraucht. Und gedacht, ich merke nichts, wenn sie alles in die Spülmaschine stecken. Dabei finde ich *alles*. Auch Kondome. Zum Glück bisher nur in Alex' Bett.

Wütend klappere ich mit dem Geschirr, das ich erst wieder in den Esszimmerschrank räumen muss, als das liebreizende Töchterchen in der Küchentür auftaucht: »Reiß dich zusammen, Mama!«

Ich fahre herum: »Wie bitte?!«

»Ich habe gesagt, reiß dich zusammen! Mach nicht so einen Krach!«

Jetzt reicht es mir aber. Ich stehe fassungslos da: »Wie redest du denn mit mir?!«

»Ach, Mama! Was regst du dich denn so auf?«

»Ihr habt im Kinderzimmer geraucht!«

»Bloß ein bisschen Wasserpfeife! Sei doch nicht so spießig!«

Jetzt werde ich aber fuchsteufelswild. »Das ist eine Frechheit«, ereifere ich mich, während im Hintergrund die Kaffeemaschine röchelt. »Ihr habt gegen mein ausdrückliches Verbot Wasserpfeife geraucht! Und ihr habt Alkohol getrunken«, sage ich eisig. Hoffentlich sieht Greta nicht, wie meine Halsschlagader pulsiert. Inzwischen schleicht der Klon wortlos an mir vorbei. Wie immer geht er jetzt in mein Schlafzimmer, um sich an meiner Schminkkonsole vor meinem beleuchteten Spiegel zu schminken. Während ich die Spuren ihrer Party beseitige!

»Aber nur ein bisschen Wein«, gibt Greta freundlich lächelnd zurück.

»Ein *bisschen Wein*?!« Ich stemme die Hände in die Hüften und zeige auf die Batterie von Gläsern, die ich inzwischen der Spülmaschine entnommen habe.

»Das war ganz billiger Tafelwein«, erklärt Greta geduldig,

als spräche sie mit einer debilen Dreijährigen. »Höchstens fünf Prozent Alkohol. Und jeder hat nur einen einzigen Schluck probiert.«

»Wer ist *jeder*?«

»Na, der Pauli und der Schrulli und der Didi und der Andi und der Georgi und die Sandi und die Alexi und die Leni und die Karli.«

»Willst du damit sagen, dass neun Leute in unserer Wohnung waren?«

»Mit Toni und mir waren es elf.«

Ich mache den Mund auf und wieder zu.

»Mama! Du sagst doch immer, du willst mich lieber im Auge behalten, und ich soll mich nicht woanders rumtreiben. Alle wissen, dass bei uns *open house* ist und dass ich die coolste Mutter von allen habe.« Sie grinst mich versöhnlich an: »Nun komm schon, Mama. Reg dich doch nicht künstlich auf. Davon kriegst du nur Falten.« Sie schlingt die Arme um mich und drückt mir einen feuchten Kuss auf die Wange.

Soll ich ihr noch länger böse sein? Ja, ich will ihr länger böse sein! Sie hat mein Vertrauen missbraucht!

»Du hast dich meinen Regeln widersetzt«, sage ich, indem ich mich sanft, aber bestimmt von ihr losmache. »So einfach kommst du mir nicht davon.«

»He, Mama, jetzt reicht's aber«, gibt Greta diesem Gespräch eine ganz neue Wendung. »Ich bemühe mich wirklich, deine schlechte Laune aufzufangen. Aber wenn du mich damit anstecken willst – bitte, kannst du haben!« Mit diesen Worten stapft sie lautstark davon und knallt die Küchentüre zu. »Voll die Wechseljahre!«, höre ich sie im Schlafzimmer schimpfen, als sie sich neben ihren Klon setzt und sich genau so anmalt wie er. Vor *meinem* Schminkspiegel. Mit *meinen* Utensilien. Ich möchte mich entleiben. Inri, rutsch mal 'n Stück.

Am Mittwochmorgen wanke ich ein allerletztes Mal gesenkten Blickes zum Kiosk und klammere mich immer noch an den winzigen Strohhalm, eine von den mir versprochenen vier Kolumnen im Blatt zu finden. Vergebens. Es gibt keine Sonja-Rheinfall-Kolumne auf der vorletzten Seite. Was soll ich nur tun? Wie soll es nur weitergehen? Mein Magen rebelliert, und in meinem Kopf herrscht gähnende Leere, als ich, die Hände in den Hosentaschen, wieder nach Hause schleiche.

Dort sitze ich am Schreibtisch und kämpfe mit den Tränen. Es ist noch nicht mal halb acht. Wie soll ich diesen schrecklichen Tag hinter mich bringen?

Wieder und wieder schreibe ich Bewerbungen, schicke E-Mails mit meinem Lebenslauf, biete anderen Zeitschriften meine Kolumne an.

Als das Telefon klingelt, zucke ich erschreckt zusammen. Ein winziger Hoffnungsschimmer keimt in mir auf: Carmen Schneider-Basedow? Endlich. Der versprochene Anruf. »Frau Rheinfall, ich habe es mir anders überlegt.«

Erwartungsvoll nehme ich den Hörer ab und wische mir eine Träne von der Wange.

»Sonja Rheinfall?«

»He Mama, heulst du?«

Es ist Alex, mein wunderbarer Sohn, der gerade bei ein paar Kumpels im Auto sitzt.

»Wir fahren jetzt doch noch mal zum Skifahren«, höre ich Alex' Stimme, der sich bemüht, den lauten Krach im Hintergrund zu übertönen. Aus dem Radio schallt aggressive Musik, die die jungen Leute »geile Mucke« nennen.

»Wie schön für euch! Ja, bei dem Neuschnee könnt ihr noch mal so richtig Gas geben!«

»Nur leider habe ich doch schon meine ganze Skiausrüstung nach Hause gebracht«, sagt Alex.

»Stimmt.« Gerade habe ich das letzte Teil gebügelt, gefaltet und in Plastiksäcken auf dem Dachboden verstaut. Die Ski, Skischuhe und Stöcke habe ich auch hinaufgeschleppt.

»Was hältst du davon, wenn du mir den ganzen Kram bringst? Oder soll ich mir eine teure Ausrüstung leihen, für einen Tag?«

Ich kratze mich an der Augenbraue und sage erst mal nichts.

»Du hast doch sowieso nichts mehr zu tun«, setzt Alex einen drauf.

Oh. Ich habe eine Menge zu tun. Weinen, Klagen, Sorgen Zagen! So heißt es in der Bachkantate, die ich aus aktuellem Anlass ständig höre.

»Mama? Bist du noch dran?«

»Ja, ich bin noch dran. Ich überlege gerade …«

»Mein Kumpel hier sagt gerade, sein Vater kommt auch. Der könnte in deinem Alter sein!«

Das ist ein Witz. Alex will mich damit locken, dass ein Mann in meinem Alter aufkreuzt? So wie ich ihn früher damit lockte, dass die Freundin, zu der ich gemütlich plaudern gehen wollte, einen Sohn in seinem Alter hätte? Wie tief bin ich gesunken!

Andererseits: Vielleicht bringt mich ein Skitag mit lauter netten Männern auf andere Gedanken. Vielleicht kommt mir heute die zündende Idee! Es würde mir guttun, einfach mal rauszukommen. Vielleicht ist dieser Vater möglicherweise so eine Art George Clooney, der mich aus der Krise reißt? Oder er hat zufällig einen Verlag und bietet mir eine Kolumne an?

»Mama, jetzt pass mal auf. Du nimmst jetzt das ganz Skizeug samt deiner eigenen Ausrüstung, setzt dich ins Auto und kommst her. Wir fahren heute in Mühlbach am Hochkönig. Um zehn Uhr müssen wir alle am Lift sein. Los, raff dich auf, ja? Oh Scheiße, da vorne sind die Bullen.«

Bevor ich noch groß protestieren kann, hat Alex schon aufgelegt.

In meinem Kopf rotiert es. Sich niemals hängen lassen, niemals aufgeben, niemals in Selbstmitleid versinken, das predige ich meinen Kindern schon seit Jahren. Sich immer am eigenen Schopf aus dem Sumpf ziehen. Erst recht, wenn man schon bis zum Scheitel drinsteckt.

Schnell schreibe ich Greta einen Zettel: »Bin mit Alex Skifahren, es kann später werden, kocht euch was – aber keine Jungs und keine Wasserpfeife! Liebe dich, Kuss, Mama.«

Ja, ich weiß. Ich bin eine inkonsequente, vergnügungssüchtige Rabenmutter.

8

Der Vater, den Alex' Kumpel mitgebracht hat, ist kein bisschen in meinem Alter. Er ist mindestens zwanzig Jahre älter! Mit seinem braunen Skihelm, seinem lilafarbenen Overall aus den Siebzigern und seiner tropfenden Nase ist er überhaupt nicht das, was mich jetzt aus meiner Krise reißt! Jedenfalls hat er eher den Sexappeal eines Woody Allen als den eines George Clooney! Ich werfe Alex, der sich bereits mit seinen Kumpels in der Liftschlange drängelt, einen wütenden Blick zu. Alex grinst mich entwaffnend an und zuckt nur mit den Schultern, bevor er sich mit seiner Skimontur in die Gondel wirft. Dann gleitet er vor meinen Augen nach oben. Weg ist die Jugend! Ach, was haben diese Kinder doch für ein Leben!

Woody Allen, mit dem ich nun ratlos vor der Kasse stehe und meine letzten Groschen für die Liftkarte hinzähle, stellt sich mir als »Lutz« vor, wobei er seinen Skihandschuh auszieht, sich über die Nase fährt und mir dann die Hand reicht.

Ich komme mir vor wie in einem Loriot-Sketch:

»Sie haben … Sie haben …«

»Sagen Sie jetzt nichts, Hildegard.«

»Sie haben …«

»Lassen Sie uns einen unbeschwerten Skitag in der herrlichen Natur verbringen.«

»Äh, Sie haben …«

»Trotzen wir dem schlechten Wetter und schlagen den Wolken ein Schnippchen. Sagen Sie einfach Lutz zu mir.«

»Sie haben einen … äh … Lutz an der Nase hängen!«

Während Woody sein Wechselgeld an der Liftkasse zusammensucht, macht sich der Lutz an seiner Nase selbstständig. Er wird lang und länger und fällt schließlich in den Schnee. Na toll. Mit dem soll ich also jetzt meinen Tag verbringen. Danke, Alex. Vielen, vielen Dank. Für diesen Traummann habe ich dir doch gern deine Ski und die restlichen Utensilien gebracht. Hauptsache, du hast Spaß mit deinen Kumpels!

Wir stapfen durch das dichte Schneegestöber und stellen uns an der langen Schlange vor der Gondel an. Lutz plaudert unverbindlich mit mir, und wenn er lacht, darf ich auf seine naturbelassenen, gelblich-bräunlichen Zähne schauen. Neben seiner rechten Augenbraue sitzt ein braunes dickes Muttermal, das sich wie eine Zecke an ihm festzusaugen scheint. Der ganze Mann ist die reinste Augenweide. Besonders mit dem braunen Helm. Ich kann froh sein, dass ich seine Haare oder das, was noch davon übrig ist, nicht sehen muss.

Während ich ihn unauffällig von der Seite betrachte, frage ich mich heimlich: Wenn er Geld für eine Tageskarte und eine Skiausrüstung hat – wieso hat er dann kein Geld für den Zahnarzt? Oder wenigstens für ein Taschentuch?

»Ich bin ja alleinerziehender Vater«, teilt Lutz mir stolz mit, als wir endlich mit anderen schniefenden Helmträgern in der Gondel sitzen. »Meine Frau hat mich schon vor Jahren verlassen.«

Was ich ihr nicht verdenken kann. Er hätte ja mal in den Spiegel schauen können.

In dem Moment kommt eine SMS, und ich ziehe das Han-

dy aus meiner Brusttasche: »Max hat gesagt, sein Vater sieht
okay aus! Sorry! Sohn«

Ich beiße mir auf die Unterlippe und nicke Lutz betrof-
fen zu.

Die weiblichen Wesen in der Gondel recken indessen interessiert die Hälse.

»Als alleinerziehender Vater erlebt man ja die unglaub-
lichsten Dinge«, spricht Lutz unverdrossen weiter. »Was diese
jungen Leute so alles anstellen …«

»Was Sie nicht sagen!«, antworte ich, wobei ich mir fast
schon das Lachen verbeißen muss. Na ja, das Weinen verbei-
ße ich mir schon die ganze Zeit.

»Da könnte ich glatt ein Buch drüber schreiben«, sagt Lutz
zufrieden, während wir langsam in die dickste Nebelschwa-
densuppe hineingleiten.

Auf einmal sehne ich mich nach meinem Bett, nach einer
Wärmflasche und nach einem gemütlichen Suizidversuch.
Was bin ich nur für ein armes Schwein? Warum treffe ich keine Traummänner, die mir die Hand küssen, natürlich mit
einer appetitlichen Nase, und die mir sagen, wie schön und
reizend und klug ich bin? Die mich in ihrer Villa wohnen lassen, unendlich viel Kohle verdienen und mich zu ihrer Gattin
machen?

Nein, Sonja Rheinfall. Bei »reicher Gatte« bist du gar nicht
erst aufgetaucht! Da war die Schlange von hysterisch »Hier!«
schreienden, gelifteten, wasserstoffblond gefärbten Weibern
so lang, dass du das Kampfgetümmel in weitem Bogen um-
rundet hast!

Nun sitzen wir mit acht anderen Leuten Popo an Popo in
der Gondel, während der eiskalte Sturm an uns zerrt. Ich
starre in den Nebel hinaus und verschanze mich hinter meiner Skibrille.

Lieber Gott, lass diesen Tag einfach nur vorübergehen. Und diesen Kerl auch. Einfach alles. Meinetwegen auch mein Leben.

Unsere Gondel schwebt durch die dicken Wolken, und ich male mir schon die grässliche Mondlandschaft dort oben aus, in der man die Hand vor Augen nicht sieht. Lutz wird mich zwingen, bei akuter Lawinengefahr hinter ihm her zu wedeln und in seiner Spur zu bleiben. So wie Jochen früher. Ich kann nicht besonders gut Ski fahren, und im Grunde bin ich nur hier, um meinem Alex eine Freude zu machen. Ob er das überhaupt begreift?

Plötzlich reißt die Wolkenschicht auf, und auf einmal bricht sich die Sonne Bahn. Wir sind über den Wolken! Wahnsinn. Der Himmel ist von einem so intensiven Blau, dass man es kaum begreifen kann. Wendet sich das Blatt plötzlich? Ist das ein Zeichen?

Die Leute in der Gondel machen sich gegenseitig auf das herrliche Bergmassiv des Hochkönigs aufmerksam, das noch rötlich in der Morgensonne strahlt.

Plötzlich gibt es einen spürbaren Ruck, und dann bleibt unsere Gondel unter heftigem Schaukeln in der Luft hängen. Es geht weder vor noch zurück.

Ich schließe kurz die Augen, um die aufsteigende Panik zu bekämpfen. Unter uns tut sich ein zwanzig Meter tiefer Abgrund auf. Ich hatte zwar gerade ziemlich intensiv an Selbstmord gedacht, aber an einen mit viel Alkohol und Schlaftabletten. Hier runterknallen möchte ich definitiv nicht.

Die anderen Gondelgäste lassen sich nicht das Geringste anmerken. Für die scheint das ganz normal zu sein. Ich presse meine Hände in den Sitz, um dieses Schaukeln besser ertragen zu können. In meiner Skiunterwäsche beginne ich zu schwitzen.

»Wie gesagt – ich bin ja alleinerziehend«, nimmt Lutz seine Konversationsbemühungen wieder auf. »Und da lerne ich immer schöne Frauen kennen.« Die anderen kichern erfreut, und Lutz grinst mich schiefzahnig an.

Meint der … ähm … mich? Soll das ein Annäherungsversuch sein? Er kann doch gar nicht wissen, ob ich schön bin. Unter meinem weißen Helm, hinter der Skibrille und in meinem weißorangen Skianzug fühle ich mich hässlicher denn je! Ich betrachte angestrengt die schneebeladenen Tannen und Fichten, die sich vom leuchtend blauen Himmel abheben, und überlege, ob man im Notfall auf die Baumkronen springen und was man sich dabei alles brechen könnte.

»Da hat man immer was zu erzählen«, sagt Lutz zufrieden.

Die anderen weiblichen Wesen in der Gondel lächeln ihn interessiert an.

»Ein alleinerziehender Vater«, sagt eine knapp Sechzigjährige plötzlich anerkennend. »Hut ab, das gefällt mir.«

Eigentlich müsste sie sagen: »Helm ab«, aber sie hat »Hut ab« gesagt. Auch so ein Ausdruck, den jüngere Menschen nicht mehr verwenden. Wahrscheinlich, weil Leute unter sechzig keine Hüte mehr tragen. Was tun junge Leute eigentlich, um sich gegenseitig Respekt zu erweisen? Was würde Alex sagen? Oder Greta? Im allerbesten Fall so etwas wie: »Voll der krasse Opa.«

Ich stelle mir vor, dass alle Frauen in der Gondel aus Respekt vor Lutz ihren Helm abnehmen und ihre ramponierten Frisuren zeigen – und muss fast kichern. Angestrengt spähe ich hinaus und beiße mir auf die Unterlippe.

»Alleinerziehende Mütter sind ja nichts Besonderes mehr heutzutage«, sagt die Dame, die den Hut abnehmen wollte. »Die gibt es wie Sand am Meer. Aber dass mal ein Vater ein Kind alleine großzieht, ist wirklich eine tolle Leistung.«

Das finden auch die anderen Damen in der Gondel. Sie himmeln Lutz an, als wäre er George Clooney und nicht eine hässlichere Ausgabe von Woody Allen.

Lutz sonnt sich in der allgemeinen Aufmerksamkeit, zieht zum hundertsten Mal die Nase hoch und beginnt:

»Allein schon, wie er damals im Kindergarten so geweint hat und ich ihn vom Büro aus abholen musste.«

Der Tropfen will aber nicht in der Nase bleiben. Da kann ich ihn verstehen, den Tropfen. In dieser Nase würde ich auch nicht bleiben wollen. Die anderen scheinen sich kein bisschen vor Lutz zu grausen, sondern hören ihm andächtig zu. Ich würde ihm gern ein Taschentuch reichen, aber dann denken die womöglich, wir gehören zusammen. Schlimmstenfalls denkt es sogar Lutz!

»Als meine Frau mich verließ«, fährt er mit seinen Ausführungen fort, »da hatte ich keine Ahnung vom Kochen. Ich hatte nur ein einziges Gericht auf Lager: Nudelpfanne mit viel Knoblauch.«

Ich rümpfe die Nase.

»Das kannte ich noch aus meiner Studentenzeit und habe es dann für meinen armen vierjährigen Sohn und dessen Kindergartenfreund zubereitet. Ich selbst habe das Zeug mit viel Schnaps runtergespült, aber die Kinder haben gewürgt. Der kleine Timm hat dann in eine Blumenvase gespuckt. Ich ziehe ihn noch heute damit auf: Na Timm, soll ich mal wieder meine berühmte Nudelpfanne kochen? Ich lasse auch den Knoblauch weg! Aber heute trinkt Timm selbst schon Schnaps.«

Jetzt lachen alle. Ich auch. Aber eigentlich ist das zum Weinen: Wenn eine Mutter so was erzählen würde, wäre sie eine elende Rabenmutter. Man würde sofort das Jugendamt einschalten und sie in eine geschlossene Anstalt einweisen.

Ein Vater jedoch ist ein rührender Held. Den man einfach nur lieb haben und bewundern muss. Lutz genießt die Aufmerksamkeit und erzählt weitere Begebenheiten aus seinem Leben als Mensch.

Dann hat er sogar gelernt, eine Waschmaschine zu bedienen! Ja, wie süß! Erst ist ihm natürlich alles eingelaufen, und die Unterhosen wurden rosa, weil er sie mit einem roten Wollpullover gewaschen hat. Inzwischen wollen alle Frauen in der Gondel den Mann in den Arm nehmen und einmal feste drücken. Wie goldig, wie tapfer! Er hat Söckchen ineinandergerollt und sogar ein *Hemd* gebügelt! Mittlerweile hängen wir alle an seinen Lippen. Lutz genießt das und greift noch viel tiefer in die Erinnerungskiste: Er hat erst mal gar nicht gewusst, wie man einen Staubsaugerbeutel wechselt, und musste immer seine Noch-Schwiegermutter anrufen, damit sie bei ihm putzen kommt – och, wie rüüüüührend! – wir beneiden inzwischen die Schwiegermutter!! Und auch sein erster Geburtstagskuchen für den Sohn ist völlig missglückt. Er musste mit dem Küchenhandtuch auf den brennenden Kuchen einschlagen und hat sich auf den Schreck hin erst mal einen Wodka reingezogen.

Spätestens jetzt sind alle in Lutz verliebt. Was für ein entzückender Mann!

Wenn ich genau hinsehe, entdecke ich inzwischen wirklich Ähnlichkeiten mit George Clooney. Woody Allen verschwindet sich, je mehr er erzählt. Wie er seinem Sohn das Knie verbunden hat, als er beim Radfahren hingefallen ist. Wie er ihm abends nach der Badewanne und dem Beten noch ein Schlaflied … Und dann noch die Geschichte mit der selbst gebastelten Laterne! Mir kommen die Tränen.

Lutz erzählt immer unglaublichere Dinge. Er hat dem Sohn ganz allein das Skifahren beigebracht. An seinen freien

Wochenenden ist er mit dem Kind in die Berge gefahren! Bitte! Wie konnte diese grässliche, gefühlskalte Rabenmutter ihn nur verlassen, einen so sensiblen, feinsinnigen Mann! Und sooo schlecht sieht er auch wieder nicht aus.

Jetzt möchte ich ihm wirklich ein Taschentuch reichen, aber die Dame, die mir gegenübersitzt, bietet ihm heißen Tee aus ihrer Thermoskanne an.

Lutz trinkt einen Schluck, woraufhin seine Nase erst recht zu laufen beginnt. Und seine Schilderungen werden immer dramatischer: Da hat er seinen Max *ganz allein* in den Kindergarten gebracht! Sogar mehrmals! Also eigentlich jahrelang! Vor dem Job! Und ihn nachher wieder abgeholt!

Und ihm sogar noch die Schuhe zugebunden. Und dann noch was gekocht. Sich richtig Mühe gegeben. Am Ende hat das dem Kleinen direkt geschmeckt. Und auf Elternabende ist er gegangen. Selbst in den Elternbeirat hat er sich wählen lassen. Einmal ist er sogar auf einen Wandertag mitgegangen. Meine Herren. Das ist nobelpreisverdächtig.

Mir ist irgendwie schlecht. Ich bete, dass das Schaukeln der Gondel aufhört.

Lutz kramt in seinem lila Einteiler, den er wohl von seiner abgehauenen Frau geerbt hat, und sucht nach einem Taschentuch. Na endlich, hallelujah! Er findet ein etwa tausendmal gebrauchtes, zerlöchertes Tempo, das im Sonnenlicht staubt. Wahrscheinlich ist das auch noch von seiner Frau.

Und dann erzählt er von den lustigen Streichen seines Sohnes. Einmal hat der Max ein angebrütetes Ei auf den Toaster gelegt, weil er dachte, dann würde das Küken schneller schlüpfen. Aber das Ei ist explodiert. Na, *das* hat gestunken!

Die Mitfahrer in der Gondel schlagen sich auf die Schenkel vor Lachen. Die Dame nimmt jetzt tatsächlich ihren Helm ab und schüttelt ihre Locken.

Wenn das nicht eindeutig ein Balzverhalten ist! Ich hüte mich, meinen Helm abzunehmen, obwohl mir darunter entsetzlich heiß ist, aber an meinen strähnigen Haaren gibt es nichts zu schütteln. Und ich möchte um Gottes willen kein Balzverhalten an den Tag legen. Lieber ersticke ich, als dass ich den Eindruck entstehen lasse, ich sei auch nur im Mindesten an Lutz interessiert.

Meine Mitfahrer hängen nach wie vor an seinen Lippen. Sie scheinen ganz vergessen zu haben, dass wir in einer Gondel über dem Abgrund hängen. Sie alle schenken dem hässlichen Lutz ihre Aufmerksamkeit, so unappetitlich er sich auch die Nase putzt! Und so unappetitlich auch seine Geschichten sind!

Die beiden älteren Frauen nicken wissend und erinnern sich an ihre eigene Zeit mit den Kindern. Und auch das junge Snowboarder-Pärchen grinst und freut sich offensichtlich auf gemeinsamen Nachwuchs.

Was ist das bloß, denke ich, das diesem unattraktiven Mann mit Sprachdurchfall einen solch brillanten Unterhaltungswert verleiht? Wenn *ich* so einen albernen Quatsch erzählen würde, würde man mir die Kolumne entziehen. Was ja auch geschehen ist – Geschichten von alleinerziehenden Müttern locken anscheinend niemanden mehr hinter dem Ofen hervor.

Aber Geschichten von alleinerziehenden Vätern.

9

Ja. Das könnte ich versuchen. Das könnte funktionieren. Das ist wahrscheinlich sogar eine geniale Idee!

Wo sind meine gespeicherten Kolumnen? Verdammt! Äppel, spuck sie aus! Ich habe doch noch mindestens fünf Beiträge verfasst! Jetzt werde ich fast wahnsinnig. Wo sind sie? Ungeduldig durchwühle ich den Papierkorb, wo ich allerhand Referate von meinen Kindern finde – sieh an, sieh an, sie bedienen sich also schon wieder meines Computers, obwohl sie ihren eigenen haben. »Wirtschaftliche Integration« – das ist von Alex – und »Der Blauwal« – das ist von Greta. Aber wo sind meine Kolumnen?

Verzweifelt irre ich durch unbekannte Gefilde und finde Begriffe wie »Developer«, »Library«, »iDisk«, »Uuiuu«, »Hello Arschloch«, »USB St«, »lol«, »SchülerVZ«, »Pralle Titten«, »Zuletzt benutzt«.

Höchst beunruhigt öffne ich weitere Ordner, die Äppel mir zuvorkommenderweise anbietet.

In keinem einzigen verstecken sich meine Kolumnen, obwohl ich sie genau so abgespeichert habe, wie Siegfried mir das gezeigt hat! Und so sehe ich mich genötigt, den armen Mann schon wieder anzurufen. Ist mir das peinlich!

Allerdings scheint Siegfried auch heute nichts Besseres vorzuhaben: Kurz darauf steht er bei mir auf der Matte, wieder in seinem dunkelblauen Tuchmantel, den er etwas zögerlich an die Tür des Gästeklos hängt. Während er sich die kalten Hände reibt und an meinem Schreibtisch Platz nimmt, mache ich ihm schnell einen Kaffee. Ich höre ihn im Arbeitszimmer rumoren und leise Selbstgespräche führen, dann hat er den Äppel wieder zur Vernunft gebracht.

»Sind sie das?«, fragt Siegfried, als ich mit dem Tablett eintrete.

Fast hätte ich ihn vor Freude umarmt! Meine Kolumnen sind wieder da! »Wie haben Sie die nur gefunden?«

Siegfried erklärt mir irgendwas, was ich nicht verstehe, und ich sehe nur seine sich bewegenden Lippen. Er sieht eigentlich sehr nett aus, fällt mir plötzlich auf. Seine braunen Augen hinter den Brillengläsern schielen leicht, was ich irgendwie süß finde, und seine nicht mehr ganz vollen Haare kringeln sich ein bisschen über der Stirn. Wenn er sie nur nicht so uncool nach vorne kämmen würde! Vielleicht traue ich mich eines Tages, sie zu zerstrubbeln.

»Ich habe einen Entschluss gefasst«, teile ich ihm mit, als ich mich schließlich mit zwei Tassen heißem Kaffee und ein paar Keksen zu ihm setze.

»Aha«, sagt Siegfried und lässt seine Hände sinken. Gedankenverloren rührt er sich zwei Stück Zucker in den Kaffee.

»Ich werde meine Kolumnen als Mann schreiben«, verkünde ich

»Das verstehe ich nicht«, sagt Siegfried.

Warum reißt er mich jetzt nicht an sich und schreit begeistert »Genial!«?

Ich atme scharf aus. »Als *Mann!* Als alleinerziehender Vater!«

»Aber Sie sind doch kein Mann«, stellt er begriffsstutzig fest.

»Nein. Aber ich werde ein männliches Pseudonym benutzen.«

»Aha«, sagt Siegfried wieder und nippt mit gespitzten Lippen an seinem Kaffee. Dabei hält er die freie Hand schützend unter die Tasse. Eine rührend spießige Geste, und in diesem Moment wird mir klar, dass ich mich niemals für Siegfried erwärmen werde. Als Freund kann ich ihn mir gut vorstellen. Aber als Mann: nein. Das ist nach Lutz schon der Zweite, den ich nicht geschenkt haben möchte. Wobei Siegfried alles in allem wesentlich appetitlicher ist. Aber eben leider so … uncool!

Ob ich jemals wieder einem Mann begegnen werde, der mich so richtig vom Hocker reißt?!

Nein. Besser, ich klammere mich nicht länger an diese törichte Hoffnung.

»Wenn ein Mann Erziehungskolumnen schreibt, ist das viel interessanter für die Leserin.«

»Ach so?« Siegfried stellt seine Tasse ab und betrachtet mich abwartend.

»Ja«, echauffiere ich mich. »Neulich bin ich mit einem wirklich hässlichen Kerl einen Tag lang Ski gefahren …« Täusche ich mich, oder erstirbt das zaghafte Lächeln meines Gesprächspartners?

»Und der hat die ganze Zeit über von seinen Heldentaten als alleinerziehender Vater berichtet. Und ob Sie es glauben oder nicht: Alle haben an seinen Lippen gehangen!« Da Siegfried so gar nicht reagiert, füge ich entschärfend dazu: »Wir haben allerdings auch ziemlich lange in der Gondel über einem Abgrund gehangen.«

Auch Siegfried scheint in einen Abgrund zu blicken. Und begreift rein gar nichts. Wahrscheinlich gucke ich genauso verständnislos, wenn er mir seinen computertechnischen Schnickschnack erklärt.

»Diese Frauenzeitschrift, für die ich geschrieben habe, hat zu 99 Prozent weibliche Leser«, setze ich Siegfried auseinander. »Und davon sind zunehmend mehr selbst alleinerziehend. Insofern finden sie es wahrscheinlich wenig prickelnd, was eine andere Alleinerziehende zu berichten hat.«

»Aha«, sagt Siegfried brav und genehmigt sich noch einen Schluck Kaffee.

»Aber wenn ein *Mann* ihnen von seinem Alltag als alleinerziehender Vater berichtet, wollen ihn alle heiraten«, stoße ich im Brustton der Überzeugung hervor.

Siegfried setzt leicht zitternd seine Tasse ab und schweigt. Fragend sieht er mich über seinen Brillenrand hinweg an.

»Leider habe ich keine Kinder«, sagt er schließlich ratlos.

Er schaut mich eine Spur zu intensiv an, und ich senke schnell den Blick. Nicht dass er jetzt hinzufügt: »Aber was nicht ist, kann ja noch werden.« Und mich plötzlich ruckartig an sich reißt und …

In diesem Moment höre ich den Schlüssel in der Wohnungstür. Greta stampft mit ihrem unverwechselbaren Kampfschritt in den Flur und knallt ihre Schultasche vor meine Arbeitszimmertür, bevor sie diese, ohne anzuklopfen, aufreißt.

Oh. Oje. Wenn das pechschwarzhaarige dick geschminkte Luder, das jetzt in der Tür steht, meine Tochter sein soll, dann heißt es jetzt, jedwede Überraschung und erst recht jedes blanke Entsetzen zu verbergen. Heute Morgen war sie jedenfalls noch blond. Und hatte Augen. Und keinen Pony, der ihr jetzt in dicken schwarzen Fransen über den Pupillen hängt.

»Was glotzt du so?«, wirft sie mir auch schon den ersten Ball zu.

»Kennst du Siegfried schon?«, halte ich ihn flach. »Er hilft mir mit dem Computer.«

»Ja, ja, kenn ich schon. Hi«, sagt Greta und knallt fürs Erste die Tür wieder hinter sich zu.

»War sie nicht blond?«, fragt Siegfried verwirrt.

In dem Moment fliegt die Tür ein zweites Mal auf, und Toni, ihr Klon, ebenfalls pechschwarz gefärbt und mit dickem Kajal um die Augen, die unter dem Pony kaum noch zu erkennen sind, steht vor mir. Sie kichert verlegen.

»Hallo, Toni«, sage ich. »Das ist Siegfried. Er hilft mir mit dem Computer.«

Toni ist ein stummer Klon und kann nicht sprechen. Auch nicht Guten Tag sagen. Sie ist einzig und allein dazu da, Gretas Schatten zu sein.

»Komm schon, die merken sowieso nichts, die blinden Grufties.« Sagt Greta und geht, gefolgt von ihrem Schatten.

Siegfried trinkt seinen Kaffee aus und spricht: »Da haben Sie es auch nicht immer leicht, was?«

»Wollen Sie etwa damit andeuten, dass meine Tochter nicht gut erzogen ist?«, knurre ich. Um ihm das Gegenteil zu beweisen, reiße ich die Tür auf und rufe in die Küche:

»Greta und Toni, räumt ihr bitte die Spülmaschine aus?!«

»Eh, sonst noch 'n Wunsch?!«, kommt es zickig zurück. Der Klon kichert.

»Ja«, rufe ich freundlich. »Die Herdplatten abwischen und den Abfall rausbringen! Danke!«

Bevor Greta neue Widerworte geben kann, schließe ich hastig die Tür. »Sehen Sie?«, sage ich beiläufig zum kopfschüttelnden Siegfried. »Freundlich, aber bestimmt. Das ist das Zauberwort.«

Als ich Stunden später die Spülmaschine ausräume, die Herdplatten abwische und den Abfall rausbringe, bin ich schon ganz besessen von meiner Idee.

Ich schreibe von nun an als alleinerziehender Vater Kolumnen. Fantastisch! Ich bin drauf und dran, mich in den Kerl zu verlieben, den ich da gerade erfunden habe! Mein alleinerziehender Vater ist natürlich nicht so ein uncooler Spacko wie Lutz. Und auch nicht so ein braver Langweiler wie Siegfried. Nein, er ist gut aussehend, jung, witzig, charmant und ein wilder, draufgängerischer Frauenversteher. Er ist der Mann, von dem wir Frauen träumen. Wie alt?

Ich stemme die Arme in die Hüften und überlege. Etwa Mitte dreißig. Na gut. Da er pubertierende Kinder hat, darf er Anfang vierzig sein. Jetzt brauche ich für ihn nur noch einen klingenden Namen.

Ich überlege. Lutz. Nein. Unmöglich.

Siegfried. Nein. Auf keinen Fall.

Jochen. Nein. Wirklich nicht.

Ich will die Töpfe und Pfannen in den Schrank räumen und ärgere mich, dass sie wegen des Nudelsiebs und der Salatschleuder, die da gar nicht hingehören, keinen Platz mehr darin finden.

Wie heißen die Jungs meiner Generation? Im Geiste gehe ich meine Klassenkameraden durch. Ich kratze mich am Kopf. Unter welchem Pseudonym könnte ich meine Kolumnen einreichen? Es muss ein moderner Name sein. Aber nicht so was wie Patrick, Sascha oder Kevin. Etwas Seriöses, was trotzdem nicht spießig und altbacken ist.

Ich werde meinen Sohn fragen.

Alex hockt ausnahmsweise lernend über seinen Büchern, als ich mit einem großen Bananen-Milchshake und zwei Schinken-Käse-Toasts in seiner nach gesundem Jungmännerschweiß riechenden Bude erscheine.

»Darf ich dich mal kurz stören?«

»Hm.«

»Wie findest du die Idee, dass ich meine Kolumnen von nun an unter einem männlichen Pseudonym schreiben werde?«

»Geil«, sagt Alex und beißt in den Schinken-Käse-Toast. »Sonst noch was?«

»Welches Pseudonym soll ich nehmen?«

Alex kaut auf seinem Toast herum. »Mama, denk dir was aus. Du bist doch sonst so ein heller Kopf!«

»Wie würdest du denn gerne heißen?«

»Sebastian«, kommt es wie aus der Pistole geschossen.

»Aha! Das wusste ich ja noch gar nicht! Gefällt dir Alex denn nicht?«

»Mama! War's das jetzt?!«

»Und mit Nachnamen?«

»Richter. Aber jetzt muss ich echt lernen. Tschüss, Mama!«
Alex kehrt mir den Rücken zu.

Ich verziehe mich wieder. Ja. Sebastian klingt gut. Sebastian Richter. Das hat was … Das klingt seriös und trotzdem modern.

Ich schließe die Augen und stelle mir meinen Sebastian Richter bildlich vor. Meine Güte, was ist das nur für ein fantastischer Mann! Er ist mit dichten, schwarzbraunen Locken gesegnet. Er ist groß und schlank und trotzdem männlich und durchtrainiert.

Ich grinse vor mich hin, während ich eine neue Kolumne in den Computer tippe. »Als mich meine Frau verließ …«, fange ich an, »konnte ich nur ein einziges Gericht, und das waren Nudeln mit viel Knoblauch.«

Ich schreibe einfach alles auf, was Lutz mir erzählt hat. Dann versetze ich Sebastian Richter in meine eigene Wohnung. Zu meinen eigenen Kindern. Da hat er eine Menge zu tun!

»Jeden Morgen um halb sieben gehe ich durch die Kinderzimmer und hebe die nassen Handtücher auf, die an den unmöglichsten Stellen auf dem Boden liegen.«

Wenn eine Frau das erzählt, gähnt man. Wenn ein Mann das behauptet, horcht man auf.

»Während der Kaffee durchläuft, nutze ich die Zeit, um die Wäsche aus dem Trockner zu holen und zusammenzulegen. Wenn man will, ist das auch eine Art Morgenmeditation. Wenn meine Kinder nur die Güte hätten, ihre Wäsche an sich zu nehmen! Doch die Stapel bleiben liegen, wachsen zu immer größeren Stapeln, die letztlich wieder unter nassen Handtüchern verschwinden.«

Ist das nicht süüüß? Sebastian Richter hat dieselben Sorgen wie wir! Aber wie mannhaft er das meistert! Und wie humorvoll er darüber schreibt!

Ich könnte den Mann auf der Stelle heiraten. Wenn ich ihn nicht selbst erfunden hätte.

Ich grinse verzückt und bin sofort wieder Sebastian Richter. »Nie war ich so diszipliniert wie jetzt als alleinerziehender Vater! Ich wecke sie morgens auf die Sekunde genau, denn sie wollen noch fünf Minuten liegen bleiben. Diese Zeit nutze ich, um die Spülmaschine leer zu räumen und den Abfall an die Tür zu stellen. Dann wecke ich die Kinder erneut. Dabei mache ich grausamerweise das Licht an und ziehe ihnen die Decke weg. Ihre Beschimpfungen nehme ich nicht persönlich. Jetzt bleiben mir genau drei Minuten, meinen Kaffee zu trinken und die Nachrichten zu hören, bis ich unauffällig um die Ecke schaue, ob sie sich auch die Zähne putzen. Wehe, ich lasse mich dabei erwischen! Dann quietscht es ›Raus aus dem Bad!‹, ›Ich dusche!‹ oder ›Spinnst du!‹. Nicht mal beim Militär hat man mich so angeschnauzt. Dann werde ich wieder in die Küche abkommandiert. Die Feldmarschallin, die inzwischen ihre Kampfmontur samt schweren Waffen angelegt hat, wünscht frisch geröstete Vollkornhaferflocken mit Nüssen und geriebenem Apfel zu speisen, die allerdings ihrer Zahnspange in die Quere kommen, während der Oberfeldwebel in Uniform Eier mit Speck zu frühstücken pflegt.

Dass meine Vorgesetzten morgens nicht mit mir reden, nehme ich auch nicht persönlich. Wenn sie essen, können sie wenigstens nicht mir schimpfen.

Wie jeden Morgen fordern sie im letzten Moment noch eine Unterschrift: nicht lesen, nur unterschreiben! Jawoll! Ich knalle die Hacken zusammen und unterschreibe. Wer weiß, ob ich gerade eine Immobilie gekauft habe?

Doch ich komme gar nicht dazu zu fragen, was ich da soeben unterschrieben habe, denn schon treiben mich die Häscher aus dem Haus, auf dass ich sie zur Schule fahre. Draußen warten bereits weitere uniformierte Gestalten, die sich meines Wagens bemächtigen. Und wehe, ich bleibe vor einer gelben Ampel stehen! Dann wird mir von hinten die Knarre ans Genick gehalten!«

Mein Äppel schluckt artig jeden Buchstaben. Ja, Sebastian Richter hat's drauf. Er ist witzig, charmant, kann über sich selbst lachen. Er wuppt seinen Haushalt und seine Kinder neben dem Job mit links. So ein sympathischer Zeitgenosse! Natürlich fährt er seine Kinder jeden Morgen zur Schule. Allerdings wird er genötigt, eine Straßenecke vorher anzuhalten und das Radio leise zu stellen, damit niemand etwas von diesem peinlichen Vater sieht oder hört. Der peinliche Vater fährt dann wieder heim, wirft sich in seine Laufklamotten und geht erst mal eine große Runde joggen. Wie ein einsamer Wolf trottet er durch die Morgendämmerung und fragt sich immer wieder, ob er alles richtig macht. Dann hetzt er zu seinem Job, denn natürlich zahlt ihm seine weggelaufene Frau keinen Unterhalt.

Er muss sich und seine Kinder ganz allein ernähren.

Wenn er abends heimkommt, putzt er die Wohnung, kümmert sich um die Wäsche und hilft seinen Kindern bei den Hausaufgaben. Dann zaubert er ein Abendessen auf den Tisch. Anschließend schreibt er noch, Pfeife rauchend und Rotwein trinkend, vor dem Kamin seine geistreichen Kolumnen. Dabei sitzt der Gutaussehende im Grobstrickpullover auf dem Boden und kritzelt in ein Notizbuch, das er auf den Knien hält. Neben ihm liegt ein großer, lieber Hund artig auf seinem Platz, den Sebastian beim Schreiben gedankenverloren krault, während aus der Stereoanlage leise die Musik seines Namensvetters, Johann Sebastian, auf ihn einrieselt. Sebastians Seele ist schön und rein, und warum seine Frau ihn verlassen hat, weiß kein Mensch.

Es wird Zeit, dass er endlich wieder eine Frau findet. Und durch diese Kolumne wird ihm das sehr schnell gelingen. Davon bin ich überzeugt.

10

Siegfried, mein treuer Hausfreund – wir duzen uns inzwischen –, ist erst ein bisschen skeptisch, als ich ihm meinen Plan notgedrungen ausführlich erläutere. Aber dann mischt sich in sein ungläubiges Staunen so etwas wie Neugier. Irgendwie bringe ich wohl so etwas wie frischen Wind in sein Leben. Ich meine, Männer, die sich Gmundener Porzellan als Bildschirmschoner installieren, brauchen doch mal einen richtigen Kick! So etwas Halbseidenes wie mich hat er wohl noch nie kennengelernt.

»Siegfried, das ist meine einzige Chance! Bitte lass es uns wenigstens versuchen«, flehe ich ihn an. »Du hast mit der Sache nichts zu tun, und wenn alles auffliegt, übernehme ich allein die Verantwortung!«

Kopfschüttelnd und anfangs zögerlich, richtet Siegfried mir daraufhin einen neuen E-Mail-Account ein, denn unter meiner Sonja-Rheinfall-Adresse kann ich ja schlecht an Frau Schneider-Basedow schreiben. Das leuchtet Siegfried ein. Wir verbringen einen kreativen Nachmittag, bei dem wir so etwas wie eine gemeinsame Leidenschaft entwickeln. Ja, im Eifer des Gefechtes rollt Siegfried sogar die Hemdsärmel hoch und trinkt nicht nur stilles Wasser, sondern ausnahmsweise einen »gespritzten Weißwein«! Dass ich den braven Mann zu so etwas verführen kann!

Das Ergebnis unseres kollektiven Besäufnisses ist, dass wir

nicht nur Sebastian Richter, sondern auch seine professionelle Schreibfirma samt GmbH und Eindruck schindender E-Mail-Adresse erfinden: Sebastian.Richter@Gedankenfreilassen, Freilassing. Hahaha!

Freilassing ist genau vier Kilometer von Salzburg entfernt, ich kann morgens hinjoggen oder schnell mit dem Fahrrad rüberfahren, aber es liegt in einem anderen Land!

Ich finde es wichtig, dass Sebastian Richter in Deutschland lebt. Damit Frau Schneider-Basedow gar nicht erst auf die Idee kommt, irgendwelche Rückschlüsse auf mich zu ziehen.

Und so werde ich bei Erfolg – und davon gehe ich aus! – da drüben im Nachbarstaat für Sebastian Richter ein Postfach und Bankkonto einrichten. Siegfried macht ein paar Anrufe und schafft es sogar, einer Verwandten, die praktischerweise in Freilassung wohnt, eine ihrer Telefonnummern abzuluchsen. Sämtliche dort eingehende Anrufe werden heimlich sofort an meine Salzburger Nummer weitergeleitet. Wir steigern uns immer mehr in die Sache hinein, weil wir so begeistert sind. Ich von der Idee und Siegfried von … ähm … also, natürlich auch von der Idee.

In seinem Beisein hacke ich wild entschlossen in die Tasten:

Chefredaktion
Frauenliebe und Leben
Frau Carmen Schneider-Basedow

Sehr geehrte Frau Schneider-Basedow,
mein Name ist Sebastian Richter, ich bin freier Autor aus Freilassing, schreibe Theaterstücke, Drehbücher, Kinderbücher und Kolumnen. Als alleinerziehender Vater möchte ich

Ihnen meine wöchentliche Kolumne zum Abdruck in Ihrer Zeitschrift anbieten. Als Probe sende ich Ihnen drei geplante Beiträge im Anhang zu.

Als Honorar stelle ich mir tausend Euro pro Beitrag vor.

Wenn ich binnen einer Woche nichts von Ihnen hören sollte, werde ich meine Kolumnen dem Konkurrenzblatt Frau im Schatten *anbieten, wahlweise auch* Gerda im Garten *oder* Fenster der Seele.

Ich freue mich, von Ihnen zu hören,
Ihr Sebastian Richter.

»Gedanken frei lassen GmbH, Freilassing«

Hahaha.

»Das ist wirklich eine ganz linke Masche«, sagt Siegfried mit glänzenden Augen, als wir den Computer runterfahren.

Aber in seiner Stimme schwingt weniger Angst als tiefe Zufriedenheit mit.

»Vielleicht meine Erfolgsmasche«, antworte ich keck.

»Wenn das mal gut geht«, murmelt Siegfried, der sich die Hemdsärmel wieder runterrollt. »Ich bin jedenfalls da, wenn du mich brauchst.«

Aber es GEHT GUT! Endlich gelingt mir der Volltreffer. Als ich am nächsten Morgen aufgeregt meine Mails kontrolliere, traue ich meinen Augen kaum: Die karrieregeile Frau Carmen Schneider-Basedow ist mir in die Falle gegangen! Sie hat postwendend geantwortet! Während sie mich, Sonja Rheinfall, monatelang ignoriert hat! Da sieht man mal, was ein Mann bewirken kann.

Sehr geehrter Herr Richter,

lese ich, während meine Finger die Kaffeetasse umklammern.

Mit großem Interesse habe ich Ihre Probekolumnen gelesen und muss sagen, sie sprühen nur so vor Eloquenz und Charme.

Die Abenteuer, die Sie als alleinerziehender Vater erleben, lesen sich leicht und locker wie ein Zitronenbaiser! Schon am frühen Morgen musste ich mehrmals schmunzeln und sogar ein paar Mal laut lachen. Ich denke, dass Sie sehr gut in unser Blatt passen, das wir gerade mit einem moderneren Gesicht versehen: nicht mehr so altbacken wie früher, weniger Hausfrauen-Mief, dafür ein frecherer, unkonventionellerer Auftritt.

Von daher bin ich grundsätzlich sehr interessiert, Sie unter Vertrag zu nehmen. Ich hoffe, Sie haben Ihre Beiträge noch bei keinem anderen Blatt eingereicht!

Vorsorglich möchte ich Sie noch um ein Bild bitten, das wir dann auch veröffentlichen dürfen. Bitte senden Sie uns ein professionelles, rechtefreies Porträtfoto.

Sollten Sie keine geeignete Aufnahme zur Hand haben, schicken wir Ihnen auch gerne unseren Hausfotografen. Für diesen Fototermin sollten Sie sich, wenn möglich, einen halben Tag Zeit nehmen.

Ich freue mich sehr auf unsere hoffentlich langfristige Zusammenarbeit.

Mit freundlichen Grüßen,
Carmen Schneider-Basedow
Chefredaktion Frauenliebe und Leben

Ich balle die Fäuste und schreie »Ja!«. Meine Rechnung ist aufgegangen. Sie hat nur einen einzigen kleinen Haken.

Ach so. Hm. Sie will ein Foto. Jetzt ist guter Rat teuer.

Sebastian Richter sieht nämlich umwerfend aus, und es wäre doch schade, dieser Frau Carmen Schneider-Basedow den Mund nicht noch wässriger zu machen.

Grübelnd sitze ich über meinem Freund Äppel, der mir aufmunternd zublinzelt. Ein gut aussehender, sympathischer Mann in den besten Jahren muss her. Tja. Aber woher nehmen und nicht stehlen?

Wer von meinen männlichen Freunden und Bekannten wäre bereit, mir spontan sein Foto zur Verfügung zu stellen?

Ich gehe sie alle in Gedanken durch, doch niemand will auch nur annähernd meinem Sebastian Richter ähneln.

Weder Rainer, der Weiner, noch Ziegenbärtchen noch die Lehrer meiner Kinder. Weder der Apotheker an der Ecke noch meine Cousins aus Paderborn noch meine verflossenen Männer aus Bonn, Much und Pech. Auch nicht Jochen. Nein danke. Nicht Lutz, nicht Tilman Zakowski …

Ich raufe mir verzweifelt die Haare.

Lieber Sebastian. Nun habe ich dich erschaffen, nun muss ich auch ein Foto von dir senden. Aber wessen Foto?

Hm. Ich könnte Siegfried fragen, ob ich mir sein Konterfei ausleihen darf. Aber, ganz unter uns: Auch Siegfried kann Frau Schneider-Basedow wahrscheinlich nicht hinterm Ofen hervorlocken. Sie will doch Glamour! Und Siegfried ist eher bieder bis spießig. Womöglich überlegt sie es sich anders und kippt die Kolumne wieder aus dem Blatt. Die bringt so was fertig.

Nein, bei aller Liebe. Siegfried ist auch nicht geeignet für mein Experiment.

Allerdings ist er der Einzige meiner männlichen Bekannten, der mir, ohne zu zögern, sein Bild zur Verfügung stellen würde. Irgendwie habe ich das Gefühl, dass Siegfried mir so ziemlich alles zur Verfügung stellen würde, wenn ich ihn nur ließe.

Aber will ich das?

Ganz ehrlich? Nein.

Der einzige, wirklich gut aussehende Mann, den ich kenne und der alles für mich tun würde, ist Alex. Doch der ist eindeutig zu jung. Er geht auf keinen Fall als alleinerziehender Vater durch.

Ich kneife die Augen zusammen und grübele vor mich hin.

Wieso sehe ich diesen Sebastian Richter so deutlich vor mir? Wieso habe ich den irgendwo in meinem Unterbewusstsein gespeichert? Wieso bin ich mir so sicher, ihn schon mal auf einem Foto gesehen zu haben? Es gibt ihn, das weiß ich genau!

Und plötzlich fällt es mir siedend heiß ein. Natürlich! Ich *habe* ihn gesehen! Den griechischen Gott!

Auf dem Foto im Fotogeschäft in der Linzer Gasse. Auf dem in dem goldenen Rahmen.

Das steht dort, seit ich denken kann. Jeden Morgen, wenn ich die Linzer Gasse hinuntergehe, streife ich es mit einem Seitenblick. Und wenn ich nachmittags vom Einkaufen wiederkomme. Es hat sich irgendwo in meinem Gehirn eingenistet. So richtig betrachtet habe ich es aber erst an jenem verschneiten Nachmittag, als ich Siegfried nicht begegnen wollte. Damals, als er mir mit dem Fahrrad entgegenkam und ich die schweren Einkaufstüten bei mir hatte. Da habe ich mich diesem Schaufenster zugewandt. Und in der sich spiegelnden Scheibe Siegfried beobachtet und gehofft, dass er weitergeht.

Dabei habe ich die ganze Zeit dieses Foto angestarrt. Das faszinierende Gesicht eines schönen Mannes. Der ist es! *Das ist mein Sebastian Richter!* Genau so habe ich ihn mir während des Schreibens vorgestellt!

Wenn das Bild da seit Monaten oder womöglich seit Jahren im Schaufenster steht – dann hat wohl niemand mehr Interesse daran? Vielleicht ist es käuflich zu erwerben?

Und wenn der Verkäufer sich weigert, es rauszurücken? Wenn er mich fragt, wer ich bin, in welchem Verhältnis ich zu der abgebildeten Person stehe? Bestimmt verlangt er einen Abholzettel oder so etwas. Oder meinen Ausweis.

Vielleicht kann ich behaupten, die Schwester des Mannes zu sein und unserer gemeinsamen Mutter mit dem Foto zum Muttertag eine Freude machen zu wollen.

Irgendetwas wird mir schon einfallen, wenn er Schwierigkeiten macht! Es kommt auf einen Versuch an! Los, Sonja Rheinfall! Nur die Harten komm' in' Garten!

Wie von der Tarantel gestochen springe ich auf, ziehe mir die Schuhe an und laufe die paar Schritte hinüber zum Fotoladen.

Tatsächlich. Da steht das Bild. Im Schaufenster. Im goldenen, edlen Rahmen. Mit klopfendem Herzen starre ich es an. Eine tiefe innere Ruhe breitet sich in mir aus. Das Gefühl, angekommen zu sein. Die Gewissheit, etwas richtig zu machen. Mein Herz weitet sich, und mir wird ganz warm.

Das ist mein Sebastian Richter! Versonnen betrachte ich das Gesicht des amüsiert und gleichzeitig verträumt dreinblickenden Menschen. Ich kann meine Augen gar nicht von dem Schwarz-Weiß-Foto losreißen.

Der Mann, der mir aus dunkelbraunen, ja fast schwarzen Augen entgegenschaut, ist etwa Anfang vierzig. Genau das passende Alter für mein Vorhaben! Seine vollen schwarzen Haare fallen ihm leicht gewellt ins Gesicht. Er wirkt männlich und doch verletzlich. Ein alleinerziehender Vater, wie er im Buche steht! Also, in *meinem* Buche. Ich trete einen Schritt zurück und kneife die Augen zusammen.

Er wirkt so, als könnte er Holz hacken, aber auch Wiener Walzer tanzen. Links herum. Ich kann ihn mir auf dem Fußballplatz vorstellen, aber auch im Smoking. Er passt auf ein Mountainbike, aber auch mit der Kochschürze in eine Landhausküche. Ich lege den Kopf schräg. Ja, auch auf einer Segeljacht kann ich ihn sehen oder lesend im Straßencafé. Sogar in einem klassischen Konzert kann ich ihn entdecken.

In folgenden Szenen kommt er *nicht* vor: Auf keinen Fall sitzt er mit der Bierdose vor dem Fernseher und pöbelt seine Fußballmannschaft an. Er sammelt auch keine Briefmarken, schüttet keine Körner in ein Aquarium, sitzt nicht vor einem Wohnwagen am Campingtisch, watet nicht mit hochgekrempelten Hosen in einem kneippschen Kaltwasserbecken herum und schenkt seiner Frau keine Dancing-Stars-Übe-DVD zum Geburtstag. Er kaut nicht mit offenem Mund, fährt kein Auto, an dessen Rückspiegel ein Stofftier baumelt, und lädt sich keinen Schmuddelkram am Computer runter.

Meine Güte, denke ich, was ist die Bandbreite von »Geht-nicht-Männern« riesig! Eigentlich fallen 95 Prozent aller Männer in diese Kategorie.

Aber dieser hier! Der ist es! *Der ist der Volltreffer!* Der ist meine persönliche Erfolgsmasche!

Entschuldigung, der Herr, nehmen Sie es nicht persönlich, aber ich werde Sie jetzt kaufen. Kurz durchzuckt mich der Gedanke, dass Männer das doch auch tun. Mit Frauen, die gut aussehen. Um ihr Image aufzupolieren. Um bessere Chancen zu haben.

Vorsichtig schaue ich mich um. Am liebsten würde ich heimlich in das Schaufenster grapschen und das Bild einfach klauen! Es an mich reißen, unter meine Jacke stecken und abhauen! Mich überfällt ein Triumphgefühl. Frau Schneider-Basedow, Sie sind mir auf den Leim gegangen! Hier haben Sie Ihren Glamour-Kerl! Sebastian Richter ist genau das, was die Hausfrau von heute sich erträumt.

Ein wunderbarer Vater! Und das Beste an ihm, liebe Leserinnen: Er ist *frei*! Wir können alle von ihm träumen! Wie gut, dass seine Frau ihn verlassen hat! Die dumme Kuh! Die weiß ja gar nicht, was sie da für einen Prachtkerl aufgegeben hat! Aber nun gehört er uns allen, Schwestern. Alle *Frauenliebe-und-Leben*-Leserinnen werden sich nach ihm verzehren. Und jeden Mittwoch um acht Uhr früh am Kiosk Schlange stehen. Sebastian Richter ist unglaublich, das garantiere ich euch! Ich backe ihn euch, wie ihr ihn wollt! Er kann Gitarre spielen und singt mit seinen Kindern und deren zahlreichen Freunden am Lagerfeuer. Er grillt Würstchen und weiß, wie man einen Drachen steigen lässt. Dabei verzichtet er auf jegliche Belehrungen, Erklärungen und Rechtfertigungen. Er sagt nie, dass er eigentlich was Besseres zu tun hat. Er ist weder peinlich noch spießig. Das werde ich euch schon noch nahebringen. Er liest niemals auf dem Klo Zeitung. Auch keine Bedienungsanleitungen. Ich glaube, der muss überhaupt nicht aufs Klo. Niemals. Er trägt keine Socken in Sandalen. Dafür kann er putzen und kochen. Und pfeift auch noch dabei, weil er immer fröhlich ist. Er hebt jeden Morgen nasse Handtücher auf und hängt sie schweigend über die Stange. Er kann Koch- und Buntwäsche auseinanderhalten, sortiert sie in Windeseile, wirft den Trockner an und hängt Wollpullover ans offene Fenster. Ganz automatisch und selbstverständlich. Dabei ist er immer topgepflegt, rasiert sich tadellos, cremt sich ein und riecht gut. Ohne auch nur ein Wort darüber zu verlieren, macht er natürlich morgens eine Stunde Gymnastik, denn er will ja keinen Bauch ansetzen. Er liebt klassische Musik, die er beim Kartoffelschälen und Möhrenputzen hört.

Aber er ist natürlich kein Weichei-Hausmann. Er ist nämlich bei all seiner Alleinerzieherei voll berufstätig! Aber da macht er kein Gewese drum. Er ist, wie schon erwähnt, Autor. Schreibt Theaterstücke, Drehbücher, Kinderbücher. Und – da hat Frau Schneider-Basedow wirklich Glück – Kolumnen.

Er verliert nie die Nerven. Oder die Geduld. Nie. Auch nicht, wenn er mit seinen Kindern Hausaufgaben macht. Mal ehrlich, liebe *Frauenliebe-und-Leben*-Leserinnen: Träumen wir nicht alle von genau diesem Mann?

Natürlich gibt es solche Männer nicht. Nur in meiner Fantasie. Aber da ist er ja gut aufgehoben.

Schwestern, ich bin bereit, ihn mit euch zu teilen.

Übrigens, keine Angst: Er wird nichts davon merken. Der Mann auf dem Foto sieht nicht so aus, als würde er Frauenzeitschriften lesen. Erst recht nicht *Frauenliebe und Leben*. Insofern besteht keine Gefahr, dass er sein Konterfei jemals aus Versehen beim Friseur oder beim Zahnarzt entdeckt. Nein, ein solcher Mann liest beim Friseur die FAZ. Oder Sartre.

Ich richte mich auf. Genug geträumt. Jetzt wird gehandelt. Diesen Fisch lasse ich nicht mehr von der Angel.

Entschlossen betrete ich den Fotoladen. Mein Herz klopft vor Aufregung, und unauffällig wische ich mir die feuchten Hände an meiner Jeans ab. Was soll ich sagen, wenn der Verkäufer sich jetzt weigert, mir meinen Sebastian Richter auszuhändigen? Dann muss ich eine Knarre zücken. Ich bin wild entschlossen.

Es ist inzwischen fünf vor sechs, und der ältere Verkäufer im weißen Kittel, der mich über seinen Brillenrand hinweg freundlich ansieht, wollte gerade abschließen.

»Grüß Gott, ich möchte noch schnell das Foto in dem goldenen Rahmen abholen, das da bei Ihnen im Fenster steht.«

Leider muss ich mir verkneifen zu fragen: »Sie wissen nicht zufällig, wer das ist?«

Aber dann geht alles ganz leicht.

Der nette ältere Herr mit den weißen Haaren lächelt mich fast erleichtert an und sagt: »Ich dachte schon, das wird nie mehr abgeholt.«

»Oh doch«, beeile ich mich zu sagen, »ich war nur ... verreist.«

»Sie haben einen wirklich gut aussehenden Mann.« Der Verkäufer beugt sich nun leise ächzend in das Schaufenster und greift nach dem Foto: »Es hat schon Staub angesetzt!« Mit seinem Kittelärmel wischt er darüber. Lächelnd reicht er es mir: »Die durch die Linzergasse flanierenden Damen bleiben oft stehen und schauen sich Ihren Mann an. Sie sollten gut auf ihn aufpassen!«

Ich presse das Bild an mich: »Das tue ich, das können Sie mir glauben!« Dann bezahle ich fünfundzwanzig Euro, und das Bild gehört mir.

Wie erwartet ist Carmen Schneider-Basedow begeistert. Ich wusste, dass sie auf ihn stehen würde! Das ist der Glanz und der Glamour in ihrer verstaubten Hütte, den sie sich vorgestellt hat. Vom Inhalt her das Gleiche wie früher, aber in einer völlig neuen, glänzenden Verpackung!

Sofort schickt sie an die Freilassinger Postfachadresse einen Vertrag, der mich, pardon, Sebastian Richter, zu fünfzig weiteren Kolumnen verpflichtet und noch mal explizit festhält, dass unsere Zusammenarbeit exklusiv ist. Sie hat richtig Schiss, dass ich meine Drohung wahr mache und auch noch für die *Frau im Schatten* schreibe!

»Der Autor verpflichtet sich, keine thematisch gleichen oder im weitesten Sinne ähnlichen Beiträge für den Zeitraum von mindestens einem Jahr für eine andere Zeitschrift im deutschsprachigen Raum zu verfassen oder zu veröffentlichen.«

Ich nicke gönnerhaft und unterschreibe den Vertrag mit schwungvollem Schnörkel. Klar, Carmen. Kannst du haben. Sebastian Richter ist dir treu.

Frohen Herzens radle ich zur Post nach Freilassing und lasse mir den deutschen Poststempel auf meinen Vertrag drücken. Auf dem Rückweg fahre ich an der Salzach entlang und genieße den Duft des jungen Frühlings und die leuchtend frischen Farben. Als ich im Herzen Salzburgs ankomme und am Makartplatz um die Ecke biege, entfährt mir ein staunendes Jauchzen: Die Magnolien vor der Dreifaltigkeitskirche sind eine einzige rosa Blütenexplosion.

Das Leben hat mich wieder!

Die Krise ist überstanden!

Nur die Harten komm' in' Garten!

Ich bin so glücklich wie schon lange nicht mehr.

11

»Mamaaaaa! Telefon!«

»Jetzt nicht.«

Ich hacke gerade mit roten Ohren eine Sebastian-Richter-Kolumne in meinen Computer und bin so richtig in meinem Element: Sebastian Richter berichtet gerade von einem Elternabend, auf dem er sich zwei Stunden lang tapfer auf unbequemem Holzstühlchen gelangweilt hat und auf dem es nichts zu trinken gab. Beim Schreiben klopfe ich mir vor Lachen auf die Schenkel. »Eine dicke Mutter, die ihre groß geblümten Massen erstaunlich geschickt auf dem winzig kleinen Stühlchen untergebracht hat, wird nun endlich die Frage los, die sie schon den ganzen Abend auf dem Herzen hat: ›Soll der Michael nun Filzstifte im Ranzen haben oder Buntstifte?‹ Das löst eine heftige Diskussion aus. Als Protokollführer, zu dem man mich meines Berufes wegen ernannt hat, kann ich kaum mitschreiben, wegen der tumultartigen Szenen im Saal. Da schreit eine in den Krach hinein: Turnschuhe oder Gymnastikschläppchen?«

»Mamaaaaaa!«

»Wer ist es denn?«, frage ich, während meine Finger immer noch wie dressierte Flöhe über die Tasten hüpfen: »›Die Mädchen sind für Schläppchen‹, sagt eine Robuste mit praktischem Kurzhaarschnitt der Marke ›Ich gebäre gern‹, ›aber die Jungs wollen das nicht. Das finden die schwul.‹ Ich notiere die geschlechterspezifischen Vorlieben der Erstklässler im Turnunterricht.«

»Mamaaaa! Telefon!«

»Sofort, Sekunde …«

Ich schreibe weiter: »›Wie sieht es eigentlich mit Getränken aus?‹, ruft eine Erstmutter im kleinen Schwarzen, was ich für den ersten gelungenen Wortbeitrag halte. ›Ja‹, rufe ich durstig, ›wie sieht es hier eigentlich mit Getränken aus?‹ ›Ich meine doch das Kakaogeld‹, rügt mich die Erstmutter.«

In diesem Moment stapft eine schwarzhaarige ponyblinde Greta barfuß herein und reicht mir mit vorwurfsvollem Blick den Hörer. Hinter ihr steht wortlos der Klon. Was für eine Zumutung für mein armes Kind, das gerade beim Chillen, Abhängen oder Augenbrauenzupfen war und gutgläubig vermutete, irgendein Pauli, Schrulli, Didi, Georgi oder Andi wäre am Apparat! Jetzt musste es sich extra hierherbemühen und mir das Telefon bringen.

»Wer ist es denn?«, wiederhole ich.

»Weiß ich doch nicht!«, weist Greta mich in die Schranken. »Irgend so 'ne Tusse, die sich wahrscheinlich verwählt hat«, teilt sie mir gnädig mit und knallt den Apparat neben meine angebissene Quarktasche auf den Schreibtisch. Blitzschnell hat die töchterliche Hand die Quarktasche an sich gerissen und in den töchterlichen Mund gestopft. Das Kuckuckskind im Hintergrund sperrt den Schnabel auf. Prompt kriegt es die andere Hälfte. Mein Teller ist leer.

»Wenn sie sich verwählt hat, wieso will sie mich dann sprechen?«, hauche ich, die Hand über dem Hörer.

»Siewilldichjagarnichschprechn«, kommt es aus vollem Mund. »SiewillirgendsonSpackonamensSchebaschtianRischterspchrechn.«

Oh. Ach du liebe Güte. Das ist jetzt … Ähm, der kann jetzt

nicht. Mein Herz fängt an zu rasen. Der kalte Schweiß bricht mir aus. Damit hätte ich rechnen müssen. Sie will Sebastian Richter sprechen.

Ich räuspere mich: »Management Sebastian Richter?«, sage ich so kalt und geschäftsmäßig, wie meine zitternden Stimmbänder es zulassen.

»Chefredaktion *Frauenliebe und Leben*, Carmen Schneider-Basedow. Ich hätte gern Herrn Sebastian Richter gesprochen.« Es folgt ein nervöses Räuspern.

»Worum geht es bitte?«, frage ich eisig, während meine Faust triumphierend in die Höhe schnellt.

Kopfschüttelnd macht Greta ihrem Klon Zeichen, die wohl ausdrücken sollen, dass ich jetzt endgültig durchgedreht bin.

»Das würde ich ihm gern selbst sagen«, säuselt Carmen Schneider-Basedow.

»Herr Richter ist in einer Besprechung«, behaupte ich dreist. »Und danach ist er für eine Woche in New York.«

So. Wie du mir, so ich dir.

»Und mit wem spreche ich?«, fragt Carmen schon unfreundlicher.

Oh! Verdammt! Jetzt darf ich mich natürlich nicht als Sonja Rheinfall outen. Schnell! Ein Name!

Ich kneife die Augen zusammen und überlege. Wie hat Alex gesagt? »Mama, lass dir was einfallen. Du bist doch so ein heller Kopf!«

»Hella Kopf«, improvisiere ich schnell. »Ich bin seine Agentin und Geschäftsführerin der Firma ›Gedanken frei lassen‹.«

Ja! So! Nimm das! Meine Faust schnellt erneut in die Höhe. Greta und ihr Klon glotzen mich verständnislos an.

Ich sehe wieder die robuste Agentin von Verona Pooth vor mir, die ihren Schützling so vehement gegen dreiste Fragen verteidigt hat.

»Oh.« Die Enttäuschung in Carmens Stimme ist deutlich herauszuhören. »Dann muss ich wohl mit Ihnen sprechen.«

»So ist es.« Ich lehne mich wohlig in meinem Computersessel zurück und grinse über das ganze Gesicht.

»Nun, wir bekommen eine Menge Leserpost, und ich wollte Herrn Richter bitten, diese persönlich zu beantworten.«

»Das wird er zeitlich nicht schaffen«, sage ich bedauernd. »Er ist unheimlich beschäftigt.«

»Das weiß ich ja«, räumt Carmen Schneider-Basedow ein. »Er ist ja wirklich fleißig.«

»Er ist nicht nur ein alleinerziehender Vater und Kolumnist«, sage ich genüsslich, während ich die kauende und Augen verdrehende Greta aus dem Zimmer scheuche, »sondern er arbeitet auch noch an einem Kinderbuch.«

Ich bin selbst überrascht, dass mir diese dicke Lüge so glatt über die Lippen gekommen ist.

»Davon weiß ich ja gar nichts«, sagt Carmen Schneider-Basedow erstaunt.

Ich auch nicht, möchte ich am liebsten sagen. Aber es ist mir gerade so eingefallen.

»Wovon handelt das Buch denn?«, möchte Carmen Schneider-Basedow wissen. »Das könnten wir natürlich in unserem Blatt ganz groß ankündigen!«

Nun, lassen Sie mich überlegen. Wovon könnte so ein Kinderbuch handeln? Keine Ahnung … vielleicht von Drachen und Schlangen und einer fiesen Frau Mahlzahn?

»Darüber kann ich leider keine Auskunft geben«, sage ich nüchtern.

»Und für welchen Verlag?«

»Herr Richter hat eine Verschwiegenheitsklausel unterschrieben.«

»Oh. Dann werde ich meine Fühler einmal ausstrecken. Ich kriege es schon raus.«

Tun Sie das, Sie Schnecke. Sie werden auf Granit beißen. Denn es gibt weder ein Buch noch einen Verlag. Es gibt noch nicht mal Sebastian Richter. Es gibt nur mich, Sonja Rheinfall. Und ich freue mir gerade ein Loch in den Bauch. Hahaha, reingefallen!

»Nun ja, jedenfalls, was die Leserpost anbelangt … Es sind natürlich hauptsächlich alleinerziehende Mütter, die Autogramme von Herrn Richter haben wollen.«

»Was Sie nicht sagen.«

»Hat er Autogrammkarten?«

Nein, möchte ich schreien. Natürlich nicht! Ach du Schreck! Muss ich die jetzt etwa auch noch …

»Selbstverständlich«, knurre ich. »Um so etwas kümmere ich mich als seine Agentin.«

»Dann werde ich wohl in Zukunft öfter mit Ihnen zu tun haben?«, fragt Carmen. »Wie war noch Ihr Name?«

»Hella Kopf.«

So. Jetzt wird sie höhnisch lachen und sagen: »Verarschen kann ich mich selber.«

Doch sie schluckt das.

»Frau Kopf, wie kann ich Herrn Richter einmal persönlich erreichen? Ich würde ihn gern wenigstens telefonisch sprechen.«

»Frau … wie war noch Ihr Name?«

»Schneider-Basedow.«

»Frau Schneider-Basedow«, sage ich, »es ist meine Aufgabe, Herrn Richter den Rücken frei zu halten. Sebastian soll in seiner kreativen Phase nicht gestört werden.«

Erst recht nicht durch dich, du falsche Schlange!, denke ich zufrieden.

»Nun denn. Unsere Leserinnen schreiben Herrn Richter natürlich auch ihre ganz persönliche Geschichte. Viele schicken Anregungen für seine nächsten Kolumnen.«

Oh ja, denke ich erfreut. Nur her damit.

»Schicken Sie das ganze Zeug einfach an seine Postfachadresse nach Freilassing.«

»Wann kann ich Herrn Richter denn mal persönlich sprechen?«, bohrt Carmen mit der ihr eigenen Penetranz weiter. »Irgendwann wird er doch mal fünf Minuten Zeit für ein Gespräch unter vier Ohren haben?!«

Mir bricht der Schweiß aus. Die lässt aber nicht locker.

»Sie können ihn morgen ganz kurz telefonisch erreichen«, winde ich mich aus dem Würgegriff der Python. »Um sechzehn Uhr.«

So, Sonja Rheinfall. Nun sitzt du dummes Karnickel in einer selbst gestellten Falle.

Warum musstest du dieser Giftschlange denn deine Friedenspfote reichen? Das hat sie doch gar nicht verdient! Aber das ist wieder meine Gutmütigkeit, schimpfe ich mit mir selbst. Immer biete ich allen Leuten meine Hilfe an, immer will ich Frieden schaffen ohne Waffen. Das liegt einfach so in meiner Natur. Und deshalb falle ich auch immer auf so ausgekochte, kaltschnäuzige Luder wie diese Carmen rein.

Dabei wollte ich doch die Fäden in der Hand behalten! Der einzige Mensch, der eine tiefe Stimme hat und in Reichweite ist, ist mein Abiturient Alex. Wie peinlich, ihn jetzt mit so etwas behelligen zu müssen!

Mein lernwilliger, blasser Alex darbt während seiner Abiturvorbereitung in seiner Lasterhöhle vor sich hin. Zurzeit ist er auf dem »Zwanzig Äpfel-am-Tag-Trip«, was ich besser finde als zwanzig Bier am Tag. Es ist ihm also wirklich ernst.

Schuldbewusst und schüchtern klopfe ich an Alex' Tür. Mein armer Sohn sitzt gerade am Computer und lernt wie ein Wahnsinniger. Oder ist das zufällig ein Kampfspiel? Nein. Sicher die Schlacht am Teutoburger Wald. Das braucht er für seinen Leistungskurs Geschichte. Neben ihm auf dem Fußboden liegt ungefähr ein Dutzend abgenagte Apfelstrünke im Staub.

»Darf ich mal einen klitzekleinen Moment stören?«

Gern würde ich ja mal staubsaugen in seinem Reich, aber solcherlei Lärmbelästigung hat sich mein lieber Sohn schon vor Wochen verbeten.

»Hm«, brummt Alex. Er hat seine rotblonde Mähne mit einem Stirnband gebändigt und sieht so rührend aus, dass ich ihn auf der Stelle in den Arm nehmen und an mich drücken will.

»Ich habe da, glaube ich, Scheiße gebaut«, beginne ich, während ich mich schwer ächzend auf seinem zerwühlten Bett niederlasse.

Alex sieht mich aus glasigen Augen an: »Was denn jetzt schon wieder?«

»Du hast doch gesagt, dass du den Namen Sebastian Richter schön findest.«

»Ja. Und?«

»Nun habe ich den Kerl erfunden, schreibe Kolumnen unter seinem Namen – und er wird am Telefon verlangt.«

»Nee, ne, Mama?!«

Ich erzähle meinem geplagten Kind von meinen hinterlistigen Betrügereien, und ein leichtes Grinsen umspielt seine Mundwinkel. Einige Härchen auf seinen immer noch runden Knabenwangen haben dem Rasierapparat getrotzt und leuchten nun im Gegenlicht, von Staubkörnchen umtanzt. Ach, wenn ich hier doch mal sauber machen dürfte! Und meinen Jungen noch mal küssen, so wie früher, als ich stundenlang an seinen prallen Bäckchen herumgeschmust habe, ohne dass er nach mir schlug!

Aber das ist lange her.

»Könntest du vielleicht morgen um 16 Uhr für fünf Minuten mit der Chefredaktion von *Frauenliebe und Leben* telefonieren? Bitte, Alex!«

»Hä? Und was soll ich der Schreckschraube sagen?«

»Dass du Sebastian Richter bist. Und im Moment an einem Kinderbuch arbeitest. Und dass du die Leserpost bearbeiten wirst, sobald du wieder Zeit dafür findest.«

»Und wenn sie mir blöde Fragen stellt?«

»Dann sagst du, du hast keine Zeit. Stimmt ja auch. Du arbeitest. Und den Rest macht dein Management. Sie muss nur mal deine Stimme hören. Das ist wichtig, verstehst du?«

Flehentlich sehe ich ihn an und ziehe den familieninternen Flunsch. So hat er früher immer geschaut, wenn er noch länger fernsehen wollte. Dann konnte ich dem Kerl auch nichts abschlagen.

»Mama, für dich mach ich alles«, sagt Alex. »Ich kapiere zwar nicht so ganz, was das alles soll, aber du kannst es mir ja irgendwann erklären. Nur bitte nicht jetzt, okay, Mama? Ich muss lernen. In drei Tagen schreiben wir die erste Leistungskursklausur.« Mit einem genervten Blick scheucht er mich zur Türe hinaus.

Es ist wohl an der Zeit, einen Krisenrat einzuberufen. Alex, Greta und ihr Klon sitzen mit mir am Abendbrottisch, als ich sie endgültig ins Vertrauen ziehe. Die Bratpfanne in der Hand, schöpfe ich ihnen eine Extraportion ihres Lieblingsessens, nämlich mit Käse überbackene Schinkennudeln, auf die Teller.

»Ihr Lieben, ich schreibe meine Kolumnen jetzt als Mann.«

»Ach so! *Du* bist also Sebastian Richter«, schlussfolgert Greta und schlägt sich mit der flachen Hand gegen die Stirn. Sie fängt an zu essen und sagt: »Wir haben uns schon gewundert, warum der am Telefon verlangt wird!«

Toni, der Klon, schaut nur stumm auf dem ganzen Tisch herum. Sie hat natürlich noch gar nichts begriffen. Verwirrt schaufelt sie die Nudeln in sich hinein.

»Wieso schreibst du als Mann?« Alex ist mit einem Auge in sein Geschichtsbuch vertieft, das er in seiner Linken hält, mit der Rechten isst er wie ein Scheunendrescher.

»Als Frau hatte ich keinen Erfolg mehr, weil eine alleinerziehende Mutter nichts Besonderes ist.«

»Aber das stimmt doch gar nicht, Mami!« Plötzlich springt Greta auf und legt den Arm um mich. »Du bist eine ganz besondere alleinerziehende Frau, und wir sind total froh, dass wir dich allein erziehen dürfen!«

»Hahaha«, mache ich. »Das gelingt euch ja auch super.«

Der Klon blinzelt. Das ist hier alles eine Nummer zu hoch für Toni.

Plötzlich schlägt Alex sein Buch zu und haut mit der flachen Hand darauf: »Mama, das ist genial! Deshalb wolltest du von mir einen tollen Männernamen wissen!« Er grinst über das ganze Gesicht. »Sebastian Richter! Meine Erfindung!«

»Ja, der Name klingt gut«, sage ich, während ich mich mit meiner Resteportion zu ihnen setze. »Ich habe mich schon richtig in diesen Kerl verliebt.«

»Kennst du den denn?«, fragt der Klon.

»Nein, natürlich nicht. Ich habe ihn mir ja nur ausgedacht.«

»Und die Chefredaktions-Schnalle ist darauf reingefallen?« Alex kann sich gar nicht wieder einkriegen vor Freude.

»Na ja, nur wenn du sie morgen am Telefon ein bisschen einseifst.«

»Es ist mir ein Vergnügen«, sagt Alex. »Die Alte mache ich verbal zur Schnecke.«

Um Punkt sechzehn Uhr klingelt am nächsten Tag das Telefon. Greta will schon genervt danach greifen, als ich auch schon eilig herbeispringe und verschwörerisch flüstere: »Für Alex!«

»Du meinst, für Sebastian Richter?« Nun leuchten ihre Augen auf einmal. Das ganze gespielte Desinteresse ist verflogen.

»Genau«, scheuche ich sie flüsternd aus dem Raum. Nachdem ich mich kühl als »Management Sebastian Richter, Hella Kopf« gemeldet habe, meldet sich am anderen Ende Frau Dauer genauso kühl mit »Sekretariat Chefredaktion *Frauenliebe und Leben*. Wir haben einen Termin.«

Ich möchte rufen: Hallo, Frau Dauer! Ich bin's, Sonja Rheinfall! Danke für Ihren Tipp von neulich!

Aber natürlich geht das jetzt nicht. Ich schraube meine Stimme also eine kleine Terz tiefer und sage sonor: »Moment bitte. Herr Richter ist gerade am anderen Apparat. Er telefoniert mit Moskau.«

Muss ich denn immer so dick auftragen?, schimpfe ich mich selbst. Andererseits: Sebastian Richter ist natürlich international gefragt. Und seine Kolumnen werden weltweit gelesen. Der Exklusivvertrag gilt schließlich nur für den deutschsprachigen Raum. Und das Kinderbuch wird ja ins Russische übersetzt. Das wussten Sie noch gar nicht? Ich auch nicht.

»Ich werde sehen, was ich tun kann.«

Wo steckt Alex bloß? Er hatte mir doch versprochen … Seine Zimmertür steht offen, sein Schreibtisch ist verwaist.

»Herr Richter?«, brülle ich durch den Flur. »Sebastian? Telefoooon!«

Die Klospülung rauscht, die Badezimmertür öffnet sich. Sich die Boxershorts zuknöpfend, erscheint barfüßig und nicht zu Scherzen aufgelegt: Alex, der Abiturient im Dauerstress. Er nagt an einem Apfelstrunk.

»Ja, hallo«, knurrt er sauer in den Hörer, den ich ihm mit zitternden Fingern reiche.

Ich lehne angespannt an der Wand und höre Carmens süßliche Stimme auf meinen Sohn einreden.

»Wann solln das sein?«, fragt er schließlich unwirsch. Verzweifelt rudere ich mit den Armen und bedeute ihm, nett und freundlich zu sein. Schließlich geht es um meine, nein, *unsere* Existenz!

Süßholzgeraspel am anderen Ende. Ich versuche zu lauschen, aber Alex verscheucht mich wie eine lästige Fliege.

Offensichtlich will sich Carmen Schneider-Basedow mit meinem Sohn verabreden. Ich höre Sprachfetzen wie »ein gemütliches Abendessen« und »ganz entspannt bei einem Glas Wein«. Zu meinem Schrecken höre ich auch noch »Homestory mit Ihren Kindern« und »Schicke Fotografen vorbei«.

»Nee, das geht echt nicht«, sagt Alex. »Ich stehe wahnsinnig unter Stress.«

Sie scheint ihm ein Datum vorzuschlagen. Oh Gott! Die lässt nicht locker! Die Spinne hat meinen armen Alex im Netz!

»Da ist Klausur«, sagt Alex und fügt, als ich die Augen verdrehe, hinzu: »Ich meine, da bin ich in Klausur.«

Ich raufe mir die Haare und starre ihn an. Junge, verdirb

es jetzt nicht! Alex bleibt jedoch ganz cool und spricht in den Hörer: »Exerzitien in Taizee.«

Bitte, *was*? Woher kennt mein Sohn solche Wörter? Wenigstens hat er nicht gesagt: »Komasaufen in Malle.« Das haben er und seine Mitabiturienten nämlich vor, wenn die Prüfungen vorbei sind.

»Ja, volle Kanne ausspannen. Na logo ist das anstrengend. Immer nur aufräumen und putzen, Kolumnen schreiben und dann noch alleinerziehender Vater sein.« Er streicht sich mit der freien Hand die rotblonde Haarpracht aus dem blassen Gesicht und zieht sein Stirnband zurecht.

»Das ist Tonis Stirnband!«, giftet Greta von der Tür her. »Das hat sie schon gesucht!« Sie will danach greifen, aber ich wehre sie ab und mache verzweifelte Zeichen, dass sie die Klappe halten soll!

»Also, mein Sohn geht ja noch, aber die pubertären Zicken hie …«

Ich schüttle vehement den Kopf.

Alex bremst sich ein: »Aber Hauptsache, die Kohle stimmt. Insofern werd ich jetzt mal wieder Kolumnen schreiben gehen.«

Ich presse die Fäuste an die Wangen und starre ihn an. Bitte, Alex, sag jetzt nichts Falsches! Mein Herz hämmert, und ich bete, dass dieses Telefonat ganz schnell vorübergeht.

»Freut mich, dass Ihnen mein Geschreibsel gefällt.« Alex grinst mich an und hebt den Mittelfinger. »Nee, keine Sorge. Da fällt mir immer was ein. Aber jetzt muss ich echt aufhören, hab echt noch was zu tun.«

Er drückt das Gespräch weg und reicht mir den Hörer. »Na? Zufrieden?!«

»Ja, sehr«, hauche ich dankbar und presse das Telefon an meine hämmernde Brust.

Als Alex mit lautem Türenknallen in seinem Zimmer verschwunden ist, lasse ich mich an der Wand herabgleiten. Gleich wird sie wieder anrufen und zischen: »Sie können mich nicht für dumm verkaufen, Frau Rheinfall! Das war niemand anderer als Ihr achtzehnjähriger Sohn! Für wie blöd halten Sie mich eigentlich?« Aber das Telefon bleibt stumm.

12

Statt meiner morgendlichen Joggingrunde radele ich nun jeden Morgen nach Freilassing und stehe schon um acht Uhr früh in der Post. Ich musste mir ein zweites Postfach dazumieten und habe mir vorn und hinten einen Fahrradkorb anbringen lassen. Auf dem Rückweg komme ich mir vor wie ein überladener Briefträger. Es gibt Tage, da muss ich den Drahtesel schieben.

Täglich werde ich geradezu überschwemmt von Zuschriften und Briefen, die alle mit »Sehr geehrter Herr Richter« beginnen und weitergehen mit »Ich verschlinge alle Ihre Kolumnen und lerne sie regelrecht auswendig«. Dann heißt es meist: »Aber auch meine Geschichte ist wahnsinnig spannend, ich habe nämlich Schlimmes durchgemacht, ich wurde von meinen Eltern/meinem Mann/meinen Kindern/vom Schicksal geschlagen. Bestimmt können Sie aus meiner Lebensgeschichte einen Bestseller machen. Ich würde sie Ihnen gern bei einem Glas Wein/einer Tasse grünem Tee/einem Kaffee/einem gemütlichen Abendessen bei mir zu Hause erzählen. Gern dürfen Sie mein Leben aufschreiben/meinem Leben einen Sinn geben/mein Leben mit Ihrer Anwesenheit bereichern/mir aber auf jeden Fall schnellstmöglich persönlich antworten.«

Auf jeden Fall wollen alle meinen Sebastian Richter persönlich kennenlernen. Selbst siebzigjährige Damen bieten ihm die Heirat an und fügen hinzu, dass es sein finanzieller Schaden nicht sein soll. Sie haben auch Villen/Jachten/Friseurläden und vieles andere zu vererben und wissen gar nicht wohin mit dem ganzen Firlefanz.

Ich habe alle Hände voll zu tun, die vielen Briefe zu beantworten und jeder einzelnen Leserin zu versichern, dass ich, also Sebastian Richter, der Vielbeschäftigte, wahnsinnig gern die Lebensgeschichte der besagten Briefschreiberin erfahren/lesen/bearbeiten/aufschreiben/veröffentlichen/verfilmen würde, aber zurzeit *leider* sehr beschäftigt bin mit der Erziehung meiner Kinder/dem Verfassen von Kolumnen/der Pflege meiner kranken Mutter (dies schreibe ich allen Damen über siebzig)/dem Ausführen meines Hundes (dies schreibe ich allen Damen, die ihr Haustier erwähnt haben) oder mit dem Verfassen eines Kinderbuchs. Letzteres gefällt mir als Ausrede immer besser, denn es hört sich erstens nach echt viel Arbeit an und klingt zweitens supersympathisch.

Da alle ein signiertes Foto verlangen, müssen dringend Autogrammkarten her. Natürlich ist es wieder Siegfried, der mir bei diesem Anliegen hilft. Erst ist er skeptisch, als ich ihm das Foto dieses umwerfend gut aussehenden Mannes unter die Nase halte.

»Aber das ist Verletzung von Persönlichkeitsrechten«, wendet Siegfried schüchtern ein.

»Wieso? Welche Persönlichkeit verletze ich denn?«

»Na, den hier!« Siegfried zeigt auf das Foto, das ich ihm zur Autogrammkartenherstellung überantwortet habe. Er kennt nämlich einen Grafiker, der ihm einen Freundschaftspreis macht. »Sebastian Richter!«

»Aber liebster Freund! Das *ist* ja gar nicht Sebastian Richter!«, sage ich lachend und tätschele ihm dabei beschwichtigend den Arm. »Den Namen habe ich mir doch nur ausgedacht!«

»Das weiß ich doch! Aber irgendwann wird dieser Mann sich vielleicht erkennen!«, gibt Siegfried mit schwacher Stimme zu bedenken. »Und dann kann er gegen dich klagen.«

»Wirst du mich dann im Knast besuchen?«, frage ich schelmisch, aber Siegfried wird ganz rot, und ich werde schnell wieder ernst.

»Warum sollte er denn gegen mich klagen? Er ist durch mich zu Ruhm und Reichtum gekommen!«

»Na, das Geld geht doch wohl auf dein Konto und nicht auf seines.«

Mein Gott. Dass Männer immer so begriffsstutzig sein müssen. »Er weiß doch gar nicht, dass es ihn überhaupt gibt! Sebastian Richter ist meine Erfindung, und der Typ auf dem Foto wird denken, dass es einen Sebastian Richter gibt, der ihm täuschend ähnlich sieht! Außerdem liest dieser Mann auf dem Foto mit Sicherheit keine Frauenzeitschriften«, beruhige ich Siegfried.

»Und wenn doch?«

»Dann wäre ich sehr enttäuscht von ihm.«

Jeden Morgen, wenn ich voll beladen mit Fanpost an der Salzach entlangradele, überlege ich, was ich heute im Haushalt erledigen werde. Das macht zwar jede Hausfrau, aber ich bin jetzt schließlich ein Mann. Und o Wunder: Auf einmal interessiert sich die Welt dafür, was ich kochen/putzen/erledigen/einkaufen werde und welche Dialoge ich mit meinen Kindern führe. Das alles als Mann zu tun, ist einfach eine Heldentat.

Im Vorbeifahren werfe ich einen Blick auf die Terrasse des Café Bazar, wo morgens um neun immer die wichtig aussehenden Geschäftsmänner in ihren Trachtenanzügen sitzen, frühstücken und vorgeben, Zeitung zu lesen. Geht ihr alle mal nach Hause und trennt die Buntwäsche von der Kochwäsche, denke ich. Bringt den Abfall raus, sucht mit eurem Kind verzweifelt die Turnschuhe, schreibt eine Entschuldigung für den Klavierlehrer, übt mit dem gereizten Kind Mathe, spielt Tag für Tag den Taxifahrer und wartet stundenlang vor Schwimmhallen, Balletträumen, Flötenschulen und Tennisplätzen. Und spart euch das Geld für den Nachhilfelehrer vom Munde ab.

In Wirklichkeit schielen die wichtig aussehenden Geschäftsmänner, die vorgeben, wahnsinnig beschäftigt zu sein, auf die vorbeiflanierenden Damen im Dirndl, die mit ihren Einkaufskörben zum Grünmarkt eilen. Das muss man den Salzburgerinnen tatsächlich lassen: Sie werfen sich echt in Schale, bevor sie einkaufen gehen. Das propere Dekolleté lugt keck aus dem Rüschenbluserl hervor, und die gestärkte Seidenschürze über dem weit schwingenden Rock signalisiert Dienstbarkeit und Fleiß.

Auf mich schauen die beschäftigten Männer natürlich nicht, denn ich komme in verschwitzten Joggingklamotten von Eduscho mit dem Fahrrad daher. Irgendwie fühle ich mich von diesen weiblichen Zwängen befreit. Ich bin ein Mann. Ich bin Sebastian Richter. Ich rieche nach gesundem Schweiß. Und das ist bei Männern nicht nur erlaubt, sondern sogar erwünscht. Heute werde ich eine Kolumne über das umweltfreundliche Radfahren schreiben. Sebastian Richter hat es nämlich nicht nötig, mit einem Porsche herumzubrettern. Er ist kein Angeber. Ach, mir wird dieser Gutmensch immer sympathischer. Hoffentlich verliebe ich mich nicht noch in ihn! Das würde nämlich ein ziemlich böses Erwachen geben!

Bis jetzt habe ich es bis auf die eine erwähnte Ausnahme immer geschafft, Carmen Schneider-Basedow am Telefon abzuwimmeln. Aber als sie zum wiederholten Male anruft und richtig unangenehm wird, weil sie unbedingt Sebastian Richter persönlich sprechen will, reiche ich in meiner Not Siegfried den Hörer, der zufällig wieder an meinem Computer sitzt.

Wir haben inzwischen ganz tolle Autogrammkarten entworfen, und er zeigt mir gerade die verschiedenen Modelle und Schriftzüge.

»Siegfried«, zische ich, während ich die Sprechmuschel an meinen Busen drücke, »du bist jetzt Sebastian Richter, okay?«

»Was soll ich denn sagen?«, flüstert Siegfried in panischer Angst zurück.

»Dass du dich *auf keinen Fall* mit ihr triffst!«

»Und wenn sie darauf besteht?«

»Bist du krank. Oder im Ausland. Irgendwas. Du kannst jetzt nicht. Klar?«

Ich reiche dem armen Siegfried den Hörer, und zu meiner grenzenlosen Erleichterung spielt er auf seine spröde Weise mit.

»Ja, hallo? Sebastian Richter.«

Am anderen Ende der Leitung flötet Carmen Schneider-Basedow in den höchsten Tönen auf ihn ein.

Ich reiße Siegfried das Telefon aus der Hand und stelle mit zitternden Fingern auf laut. Nun kann ich mithören.

»Herr Richter, ich weiß, wie beschäftigt Sie sind, und Ihre Managerin hat mir ja schon mitgeteilt, dass Sie an einem Kinderbuch arbeiten.«

»Ach so«, sagt Siegfried und zuckt fragend die Achseln.

Ich nicke heftig. Ja, du schreibst ein Kinderbuch. Auch wenn du das nicht glauben kannst.

»Ja, natürlich«, sagt Siegfried. »Das Kinderbuch.«

»Nun habe ich ein bisschen recherchiert, aber es gibt keinen namhaften Verlag, der das bestätigt.«

Scheiße. Diese Hexe. Überall hat die ihre Spinnenarme drin! Ich schüttle heftig den Kopf.

»Nein«, sagt Siegfried. »Es ist ein völlig unbekannter Verlag.« Ich bedeute ihm, dass er sich nicht so kleinmachen soll, und Siegfried sagt: »Ein ausländischer Verlag.«

»Dann kann das ja nicht besonders lukrativ sein.«

»Wie man's nimmt«, sagt Siegfried ausweichend. »Besser der Spatz in der Hand als die Taube auf dem Dach.«

Ich mache ihm ein Zeichen, als wollte ich ihm die Kehle durchschneiden: Klappe, Mann!

Siegfried schweigt.

Carmen räuspert sich. »Na gut, diese Frage werden Sie mir nicht beantworten.«

»Nein.«

»Herr Richter, ich würde Sie gerne mit einem wichtigen Produzenten bekannt machen«, kommt Carmen jetzt zur Sache. »Er ist Geschäftsführer der erfolgreichsten und bekanntesten Musical-Produktionsfirma Deutschlands namens ›Big Applause‹ in Hamburg, und er würde Ihnen gern ein Angebot machen. Vergessen Sie die provinzielle Geschichte, an der Sie gerade arbeiten.«

Siegfried schaut mich fragend an, und ich schüttle heftig den Kopf.

»Auf keinen Fall«, sagt Siegfried. »Meine Arbeit ist mir heilig.«

»Aber Herr Richter! Wissen Sie, von welcher Hausnummer ich rede?«

»Nein.«

»›Mamma Mia!‹ Sagt Ihnen das was?«

»Ähm … kam das nicht irgendwann im Kino?«

Ich reiße ungläubig die Augen auf. Das ist jetzt nicht das, wonach es klingt?

»Das ist *das* Erfolgsmusical weltweit, Herr Richter! Mit den weltberühmten Hits von ABBA!«

»ABBA?«, sagt Siegfried und wartet auf ein Zeichen von mir.

»Wollen Sie mich auf den Arm nehmen?«

»Nein, nein. Ich mache nur Spaß.«

Na, das wüsste ich aber. Dass Siegfried Spaß macht.

»Mein … ähm … guter Bekannter und ich, wir haben uns am Wochenende ganz zufällig getroffen, und dann kam noch viel zufälliger das Gespräch auf Sie.«

»Aha.«

»Na ja, Sie sind inzwischen in aller Munde, Herr Richter. Sie schreiben brillante Kolumnen! Mit dem Kinderbuch verschwenden Sie Ihre Zeit.«

»Aha.«

Carmen Schneider-Basedow räuspert sich und scheint hochgradig irritiert zu sein. »Hören Sie, warum schreiben Sie nicht gleich ein Kindermusical? Für die ganz große Bühne?!«

»Ach so … wirklich?« Siegfried schaut mich fragend an, und ich presse mir die Hand auf den Mund.

»›Big Applause‹ möchte ein Kindermusical von Ihnen. Die Antwort auf Mamma Mia sozusagen.«

»Also irgendwas mit Papa?«, fragt Siegfried.

Ich möchte ihm den Hörer wegreißen. Stattdessen gestikuliere ich verzweifelt.

»Papperlapapp!«, sagt Siegfried schnell.

»Ja! Sie sind ja genial!«, schreit Carmen Schneider-Basedow und lacht ganz schrill. »Der Titel ist bereits geboren! Mamma Mia! – Papperlapapp! Herr Richter, das ist gut!«

Mein Herz klopft inzwischen ganz laut. Wenn ich dieses Telefonat richtig interpretiere, bekomme ich, also Sebastian

Richter, gerade WIRKLICH den Auftrag für ein Kindermusical? Für die »Big Applause!« – die weltweit größte Musicalproduktionsfirma?

Ich hüpfe möglichst geräuschlos auf und ab. Siegfried muss denken, ich bin komplett durchgedreht.

»Sie sollten den Chef der Firma jetzt ganz schnell kennenlernen«, sprudelt Carmen eifrig hervor. »Es handelt sich um den bekannten Produzenten Werner Gern.«

»Das ist ein schöner Name«, sagt Siegfried.

Werner *Gern*! Das ist doch *der* Produzent der erfolgreichsten Kinderfilme und Musicals! Ich fasse es nicht! Der ist interessiert an mir? Ähm, ich meine, an Sebastian Richter?

Ich schlage mir die Hand vor den Mund.

»Wenn Sie wollen, arrangiere ich ein Treffen mit Ihnen und Werner Gern.«

»Gern«, sagt Siegfried dienstbeflissen.

Ich schüttle aufgeregt den Kopf.

»Nein. Doch nicht. Ich hab's mir anders überlegt.«

Ich. Nicht Sebastian Richter alias Siegfried. Ich tippe mir entschieden auf die Brust und strecke die Hand nach dem Hörer aus.

»Ich selbst habe leider keine Zeit«, sagt Siegfried. »Für solche Dinge ist meine Agentin da. Die steht zufällig gerade neben mir.«

»Nun gut, für ein erstes Gespräch wird das vielleicht reichen«, sagt Carmen Schneider-Basedow enttäuscht.

Puh, das ging ja noch mal glatt! Ich könnte platzen vor Freude!

»Meine Managerin hat auch die viel besseren Ideen«, sagt Siegfried noch überflüssigerweise, bevor ich ihm kopfschüttelnd den Hörer entreiße.

»Hella Kopf. Guten Tag. Ich glaube nicht, dass Herr Richter aus dem Kinderbuchvertrag mit Russland so einfach rauskommt«, sage ich streng. »Gerade die Russen verstehen da keinen Spaß.« Siegfried staunt mich halb lachend, halb ängstlich an. Dann reibt er Daumen und Zeigefinger aneinander. Der ausgekochte Bursche! Ihm beginnt die Sache langsam auch Spaß zu machen!

»Aber gegen eine entsprechende Ablösesumme werde ich sehen, was ich tun kann«, füge ich mit gepresster Stimme hinzu.

Frau Carmen Schneider-Basedow bleibt nichts anderes übrig, als sich wortreich bei mir für die Zusammenarbeit zu bedanken.

Ich hingegen weise darauf hin, dass die Kolumne von Sebastian Richter die Auflage des Blattes inzwischen deutlich in die Höhe getrieben hat und dass man neu über das Honorar verhandeln müsse.

»Natürlich können wir jederzeit über das Honorar reden«, sagt Carmen Schneider-Basedow, und ich halte es für besser, das Telefonat ganz schnell zu beenden. Sonst quietsche ich ganz laut in den Hörer!

Danach falle ich dem verdutzten Siegfried begeistert um den Hals.

13

Das glaube ich ja selbst nicht: Jetzt sitze ich im Flieger nach Hamburg und treffe mich gleich mit dem Produzenten der bekannten Musicalfirma »Big Applause«, um für Sebastian Richter zu verhandeln! Natürlich habe ich mein schwarzes Businesskostüm angezogen und meine Haare zu einem strengen Knoten hochgesteckt. Die Kinder haben mich gar nicht erkannt, als ich ins Taxi stieg!

»He, Mama? Ist die Oma tot?«

»Nein, nein. Ich habe nur einen Geschäftstermin. Wegen Sebastian Richter. Ihr wisst schon. Kann ich euch zwei Tage allein lassen?«

»Ja klar, Mama! Auch drei!«

Die Kinder haben grinsend hinter mir her gewinkt. Sturmfreie Bude! Hoffentlich passiert nichts. Ich lehne mich zurück, genieße mein Glas Tomatensaft und schaue zum Fenster hinaus.

Ich habe mich selbst neu erfunden! Und bin meine eigene Managerin geworden! Ist das zu fassen? Alles läuft fantastisch!

Jetzt darf mir nur nicht der kleinste Fehler unterlaufen! Meine beiden telefonischen Sebastian Richters waren wirklich die absolute Notlösung – Alex in seiner spätpubertären Raubeinigkeit und Siegfried in seiner einsilbigen Hilflosigkeit. Zum Glück hat Carmen Schneider-Basedow in ihrer Karrieregeilheit die beiden Stimmen nicht auseinanderhalten können. Sie hat mir sozusagen beide abgekauft. Ich schließe die Augen. Sie haben wirklich ähnliche Stimmen, sprechen beide mit ganz leichtem Salzburger Akzent. Wenn sie sich auch völlig unterschiedlich artikulieren! Seufzend denke ich: Das ging ja noch mal glatt. Aber beim nächsten Mal könnte die Sache ins Auge gehen. Ich muss jetzt wirklich verstärkt darauf achten, dass nur noch mit mir telefoniert wird! Hella Kopf schirmt ihren vielbeschäftigten Autor von nun an ab. Rigoros.

Am Ausgang des Hamburger Flughafens steht ein schwarz gekleideter junger Mann und hält ein Schild in die Höhe: »Big Applause«.

Ich tippele auf meinen hohen Pumps auf ihn zu: »Management Sebastian Richter. Hella Kopf.«

»Dann bin ich Ihr Abholer.« Er nimmt mir mein kleines Köfferchen ab und schreitet vor mir her zum Parkhaus. Mit einem lustigen Geräusch entriegelt er per Fernbedienung eine schwarze Limousine, und wie von Geisterhand geht der Kofferraum auf. Der Abholer legt meinen Koffer vorsichtig hinein, nachdem er mir die Beifahrertür geöffnet hat.

Ich fühle mich wie »Plötzlich Prinzessin«, als wir durch Hamburg fahren. Überall blüht es, die Stadt zeigt sich in ihrer ganzen Pracht.

Ich möchte mit den netzbestrumpften Beinen strampeln vor Wonne! Wann hat mich jemals eine schwarze Limousine vom Flughafen abgeholt? Mit einem geschniegelten Jüngling drin? Normalerweise schiebe ich mein überladenes Fahrrad durch die Stadt!

Vor dem »Vier Jahreszeiten« an der Binnenalster hält der Fahrer an: »Wir haben uns erlaubt, für Sie eine Suite mit Alsterblick zu buchen. Ich hoffe, es ist Ihnen recht.«

Na logo, möchte ich schreien, es ist mir so was von recht! Wollt ihr mal meine Spelunke zu Hause sehen? Wo vor dem Schlafzimmerfenster gerade ein Haus abgerissen wird? Aber stattdessen sage ich cool: »Für eine Nacht wird es schon gehen.« Dabei muss ich den Kopf wegdrehen, damit er mein mühsam unterdrücktes Grinsen nicht bemerkt!

Das ist ja alles wie ein Traum!

Ein Butler mit grauem Zylinder auf dem Kopf hält mir den Wagenschlag auf. Er reicht mir die Hand, und ich gleite grazil aus der Limousine. Der Zylindermann hebt mein Köfferchen aus dem Kofferraum. Als ich danach greifen will, sagt er geflissentlich: »Das bringe ich selbstverständlich auf Ihr Zimmer, gnädige Frau.« Die gnädige Frau möchte den Zylindermann küssen und mit ihm auf offener Straße Walzer tanzen.

Der junge Fahrer verspricht, mich hier morgen Vormittag wieder abzuholen und zum Flughafen zu fahren. Anschließend wünscht er mir höflich einen schönen Aufenthalt.

Die gnädige Frau schwebt in das Hotel, wo sie von einer jungen hübschen Rezeptionsdame in grauer Uniform mit Goldknöpfen freudestrahlend erwartet wird.

Wenn ich in Salzburg nach Hause komme, meine Einkaufstüten hereinschleppe und auf den Küchentresen wuchte, hebt noch nicht mal jemand den Kopf!

»Management Sebastian Richter«, sage ich mit einer Selbstsicherheit, die ich mir irgendwo geklaut haben muss.

»Guten Tag, Frau Kopf. Hatten Sie eine gute Anreise?«

Oh ja. Die hatte ich. Ungewohnt, aber gut. Ich lächle herzlich und unterschreibe das Anmeldeformular, das schon von »Big Applause« ausgefüllt worden ist.

Im spiegelverkleideten Aufzug schwebe ich nach oben. Er hat keinerlei Ähnlichkeit mit meinem altersschwachen Lift zu Hause, in dem die Wand nicht mitfährt und in dem man sich folglich nicht anlehnen kann. Dieser hier umschmeichelt mich mit leiser klassischer Musik, während der zu Hause scheppert und quietscht. Außerdem ist der Wandspiegel in mildes Licht getaucht, während der Spiegel im Lift zu Hause von einer einzelnen grellen Funzel gemeingefährlich beleuchtet wird.

Auf flauschigen Teppichen schreite ich durch lange Gänge, und dann stehe ich wirklich in einer wunderschönen Suite mit Blick auf die Alster. Das Wasser kräuselt sich blaugrau im Sommerwind, und Schwäne gleiten anmutig darauf herum.

Ich kann mein Glück kaum fassen. Ungläubig drehe ich mich ein paar Mal um die eigene Achse. Auf dem Glastisch, der zwischen zwei schweren dunkelblauen Sesseln steht, entdecke ich eine riesige blaue Schale mit Früchten und Pralinen, daneben ein langstieliges Glas mit frischen Erdbeeren.

»Das Hotelmanagement freut sich, Sie in unserem Hause begrüßen zu dürfen, und heißt Sie herzlich willkommen«, steht auf einem handgeschriebenen Brief aus Büttenpapier. »Wir hoffen, dass Sie sich in unserem Hause wohlfühlen, und stehen Ihnen für Fragen und Wünsche jederzeit zur Verfügung.« Daneben liegt ein aufgeschlagenes Gästebuch mit dem Vermerk: »Bitte Autogrammkarte von Sebastian Richter.« Ich unterschreibe schnell eine und lege sie auf die gewünschte Seite.

Weil ich bis zu meinem verabredeten Treffen mit Werner Gern noch Zeit habe, schlüpfe ich in die Joggingschuhe und laufe erst mal eine Runde um die Alster. Hunde tollen übermütig herum, Spaziergänger und andere Jogger begegnen mir, und sie alle haben ein Lächeln im Gesicht. Die Luft ist herrlich, und ich bilde mir ein, das Meer zu riechen.

Meine Güte, wie hat sich mein Leben geändert, seit ich …
ein Mann bin! Wie war mir im Winter noch bang und elend
zumute! Wie sehr habe ich um meine nackte Existenz gefürchtet! Wie habe ich mich klein und hässlich gefühlt …

Und jetzt? Ich schwebe! Ich bin leicht! Es ist Sommer!
Am liebsten würde ich die Alsterrunde gleich noch einmal
machen, aber dann trinke ich nachher womöglich Wein gegen den Durst und könnte dumme Dinge sagen, sodass Werner Gern Verdacht schöpft. Also zwinge ich mich quasi, mit
dem Laufen aufzuhören. Mein Gott, ist das toll, unter Seroto-
nin zu stehen!

Nach einer Dusche im Hotel schlüpfe ich in den bereitlie-
genden flauschigen Bademantel und schminke mich sorgfältig vor dem tollen Vergrößerungsspiegel im Bad. Diesmal
gibt es keine Greta und keinen Klon. Nur mich. Es ist unbe-
schreiblich. Bin ich wichtig? Geht es etwa heute Abend um
mich?

Nein. Jetzt reiß dich mal zusammen, Sonja Rheinfall. Es
geht um Sebastian Richter.

Ich grinse frech in den Spiegel. Wie immer nach dem Laufen ist meine Haut gut durchblutet, meine Augen leuchten,
und ich fühle mich, als könnte ich Bäume ausreißen.

Für das Treffen mit Werner Gern wähle ich das rote Etui-
kleid mit den schwarzen Tupfen, das ich mir im Kostümverleih ein zweites Mal ausgeliehen habe. Er kennt es ja noch
nicht! Eine kurze Schrecksekunde lang denke ich, er könnte
es auf Pressefotos mit Carmen Schneider-Basedow gesehen
haben, aber ich vertraue auf den sprichwörtlichen männlichen blinden Fleck.

Nachdem ich ein paar Mal probiert habe, wie es im Sitzen
aussieht, werde ich unsicher: Ist das nicht ein bisschen gewagt?

Greta würde sagen: »Mama, das geht *gar* nicht! Zieh das peinliche Teil aus!«

Alex würde durch die Zähne pfeifen und sagen: »Geiler Fummel. Kannst du dir doch leisten, Mama. Bei deiner Figur. Besonders von hinten. Von vorne sieht man halt dein Gesicht.«

Ich lächle mein Spiegelbild an und freue mich ausnahmsweise mal, dass meine beiden Modeberater gerade nicht da sind.

Mit klopfendem Herzen betrete ich um fünf nach acht die Lobby, nachdem ich mich im verspiegelten Aufzug noch einmal von allen Seiten betrachtet habe. Zwei Mal war mein Finger schon auf der »Sechs«, weil ich drauf und dran war, wieder nach oben zu fahren und mich umzuziehen. Doch das »Ist die Oma tot?«-Kostüm erscheint mir unpassend.

Jetzt gibt es kein Zurück mehr.

Ich bin jetzt nicht mehr die alleinerziehende Mutter, die im vierten Stock einer Mietwohnung mit einem Haufen Pubertierender zusammenhaust und immer den Müll mitnimmt, wenn sie mit dem Lift nach unten fährt.

Ich bin jetzt die geschäftstüchtige Managerin eines sehr gefragten Autors, für den ich die Gage für ein Musical aushandele. Und genauso sehe ich auch aus.

14

Blitzschnell verschaffe ich mir einen Überblick über die Lage in der Lobby. In gepolsterten Sitzgruppen sitzen distinguiert wirkende Herrschaften, manche arbeiten am Laptop, andere trinken Tee, Kaffee oder einen Aperitif. Teure Kostüme und Anzüge, Uhren, Schmuck und tadellose Frisuren, wohin das Auge sieht. Insgeheim bin ich dankbar für meine wagemutige Entscheidung, das rote Kleid angezogen zu haben. Ich sehe mich suchend um.

Dort hinten an der Wand sitzt ein in hellbraunen Tweed gekleideter Herr, der bei meinem Anblick sofort aufspringt und sich das Jackett zuknöpft. Er ist sehr groß, vielleicht ein Meter neunzig, und strahlt mich aus grüngrauen Augen unter buschigen Augenbrauen erfreut an. Als ich auf ihn zugehe, merke ich, dass ich auf einmal schrecklich nervös bin. Mein Mund ist trocken, und meine Knie – sie schlackern doch nicht etwa? Man sollte meinen, dass ich etwas routinierter mit so einer Situation umgehen kann. Er lächelt doch!

Mit hoch erhobenem Kopf schreite ich auf ihn zu und schenke ihm ebenfalls mein strahlendstes Lächeln, während er mir einen angedeuteten Handkuss spendiert.

»Welche Überraschung«, sagt er mit angenehm dunkler Stimme, als er von meinem glücklicherweise frisch eingecremten Handrücken wieder auftaucht. »Herr Richter hat eine bezaubernd aussehende Managerin.«

Ich sollte aufhören, auf seine Hand zu starren. Das ist ja schon peinlich, dass ich immer als Erstes den Ehering-Check mache. Er hat keinen. Was *nichts* zu bedeuten hat!

Werner Gern blickt lächelnd auf mich herunter. Er riecht schwach nach einem angenehmen Aftershave. Sein Blick hat etwas Gütiges, Strahlendes und Neugieriges. Er mag Anfang fünfzig sein.

»Und Frau Schneider-Basedow hat einen ausgesprochen charmanten Bekannten«, presse ich hervor.

Werner Gern stutzt einen Moment und muss dann lachen. »Hat Carmen gesagt, dass ich ihr Bekannter bin?«

»Ihr guter Bekannter«, setze ich noch einen drauf.

»Nicht so gut, wie Sie womöglich glauben«, murmelt er und fährt sich verlegen über das Grübchen am Kinn. »Sie orientiert sich eher in der Damenwelt.«

Aha. Das hatte ich mir ja schon gedacht. Und die Kolumne von Corinna Regen erklärt sich nun auch. Ganz kurz keimt Panik in mir auf. Wenn der Betrug auffliegt! Wenn meine ganze dreiste Schwindelei … ach was! Carmen Schneider-Basedow hat es nicht anders verdient. Ich recke mein Kinn. Vor der habe ich doch keine Angst! Vor der doch nicht!

Werner Gern weist mit der Hand auf den samtroten Sessel, der neben dem seinen steht: »Darf ich Sie auf einen Aperitif einladen?«

Ja, das darf er. Die Sache lässt sich hervorragend an. Unsere Begegnung beginnt mir Spaß zu machen. Ich setze mich so damenhaft wie möglich hin und streiche mein rotes Kleid über den Knien glatt. Verdammt. Es ist doch kein Sitzkleid. Am liebsten würde ich stehen bleiben.

»Ich kenne die gute Carmen noch aus alten Zeiten«, sagt Werner Gern. Er streckt die Beine aus und legt einen Fuß über den anderen, so als wollte er es sich erst mal bequem machen, bevor er von den alten Zeiten spricht. »Da hat sie noch in Hamburg für die Bildzeitung geschrieben.«

Ja, Männer dürfen sich so hinlümmeln. Die sehen ja noch in der Horizontalen gesellschaftsfähig aus. Aber ich ziehe alles ein, was ich habe, und halte die Luft an. Meine Knie parke ich artig nebeneinander.

Ein junger Mann im dunklen Anzug stellt dezent zwei Champagnergläser vor uns ab.

»Und jetzt ist sie Chefredakteurin von *Frauenliebe und Leben*«, sage ich, obwohl er das natürlich weiß.

»Nun ja, Sie wissen selbst, dass in dieser Branche Beziehungen alles sind«, klärt Werner Gern mich auf und hebt leicht sein Glas: »Auf Carmen, die Sebastian Richter entdeckt und uns zusammengebracht hat.«

»Auf Carmen«, stoße ich hervor. »Sebastian Richter ist allerdings *meine* Entdeckung. Nur dass wir uns da richtig verstehen.« Ich presse die Lippen zusammen und schaue so hochmütig, wie ich kann.

»Oh ja. Natürlich.« Täusche ich mich, oder verbeißt er sich gerade das Lachen?

»*Sie* haben Sebastian Richter entdeckt. Den neuen Star am Autorenhimmel. Wie geht es ihm denn so?«

»Er hat viel zu tun«, sage ich distanziert. »Er ist, wie Sie wissen, alleinerziehender Vater.«

Würde ich das von einer Frau berichten, fingen alle an zu gähnen. Ach so, ja echt? Erzählen Sie mir mehr aus dem Land der Langeweile. Aber ein Mann: Boah!!! Alleinerziehend *und* noch beruflich erfolgreich!

Die Welt ist so *ungerecht!*

Ich nehme erst mal einen Riesenschluck von meinem Champagner, um mich zu beruhigen.

»Er muss ein toller Bursche sein«, sagt Werner Gern lächelnd. »Carmen hat mir das Bild von ihm gezeigt.« Wieder fährt er sich fast ein wenig verlegen über das Grübchen am Kinn: »So ein gut aussehender Mann!«

»Auch gut aussehende Frauen sind manchmal alleinerziehend«, kann ich mir nicht verkneifen, trotzig zu murmeln.

»Wo haben Sie den eigentlich … ›entdeckt‹?« Werner Gern malt Anführungszeichen in die Luft.

»Äh … bitte?« Huch, mir wird plötzlich ganz heiß. Kann denn hier nicht mal einer das Fenster aufmachen?

»Nun ja, wie entdeckt man einen alleinerziehenden Vater, der Kolumnen schreibt?«

Ich unterdrücke ein leichtes Unwohlsein, räuspere mich und schlage erst mal die Beine übereinander. Gute Wahl, das rote Kleid. Sehr gute Wahl. Werner Gern ist für Sekundenbruchteile abgelenkt.

»Ich kenne den guten Sebastian auch noch aus alten Zeiten«, improvisiere ich, sobald ich die Fassung wiedergewonnen habe. »Da hat er noch für den *Kölner Express* die Kleinanzeigen betreut.«

»Laut Carmen hat dieser geniale Kerl bereits einen passenden Titel für das Kindermusical aus seinem kreativen Ärmel geschüttelt?!«

»Ähm … wie?« Ich fühle mich irgendwie auf den Arm genommen.

Kreativer Ärmel?

»Papperlapapp!«, hilft mir Werner Gern auf die Sprünge.

Das wollte ich gerade sagen. Ich werde so rot wie mein Kleid. »Das war nur so ins Blaue hineinfantasiert«, stoße ich hervor. »Das ist noch überhaupt nicht spruchreif. Nichts, was Frau Schneider-Basedow sofort ungefiltert weitergeben sollte.« Ich zupfe den Saum über den Knien zurecht. »Es ist ja noch nicht mal sicher, dass Sebastian Richter dieses Musical überhaupt schreibt.«

»Oh, das wollen wir doch hoffen!« Werner Gern lächelt mich gewinnend an.

»Frau Schneider-Basedow sollte sich aber nicht weiter einmischen«, stelle ich klar. »Sie ruft auch so schon dauernd an. Also ihn. Sebastian Richter. Das stört.«

»Sie mögen Carmen offensichtlich nicht besonders?« Werner Gern wirkt amüsiert.

»Wie kommen Sie darauf?« Ich trinke hastig einen Schluck und stelle das Glas eine Spur zu heftig ab. »Ich kenne sie doch gar nicht!«, beeile ich mich hinzuzufügen. »Jedenfalls nicht persönlich. Nur vom Telefon.«

Wir sind uns nämlich nie begegnet, mein Lieber. Die peinliche Episode mit den identischen Outfits im Münchner Theater hat nie stattgefunden. Und erst recht nicht unser hochnotpeinliches Gespräch am Buffet.

»Carmen ist eine falsche Schlange, aber wie alle Schlangen besitzt sie einen untrüglichen Instinkt«, sagt Werner Gern, während er amüsiert seine Schuhspitzen betrachtet, die im Schein der Kronleuchter glänzen. »Sie hat ein gutes Gespür für das, was geht und was nicht geht.«

So. Und *ich* gehe also nicht. Das gibt mir einen Stich. »Aha«, sage ich und spüle meinen aufkeimenden Schmerz mit einem weiteren Schluck Champagner hinunter.

»Mit der Kolumne von Sebastian Richter hat sich die Auflage ihres Hausfrauenblattes verdoppelt. Die Leserinnen fahren total auf den Mann ab. Er ist ein Phänomen.«

»Ich weiß«, sage ich und bemühe mich um einen selbstbewussten Tonfall. »Sebastian Richter schreibt eben gut.«

Täusche ich mich, oder schaut mich Werner Gern eine Spur zu lange an?

»Und er sieht geradezu un-glaub-lich gut aus.«

Das letzte Wort sagt er eine Spur zu gedehnt. Ich schlucke.

»Wieso ist der Mann eigentlich alleinerziehend?« Werner Gern nimmt sich ganz nebenbei ein paar Nüsschen und vertilgt sie genüsslich. Ich kenne schätzungsweise hundertdreiundzwanzig Männer, denen ich nicht beim Nüsschenkauen zusehen will. Aber bei Werner Gern macht es mir nichts aus. Im Gegenteil.

»Weil er keine Frau hat?«

»Und wieso hat er keine Frau – ich meine, bei seinem Aussehen?«

»Weil er so seine Ansprüche hat?«

Also das geht jetzt gar nicht. Meine Knie werden weich. Hoffentlich fragt er mich jetzt nicht, in welcher Beziehung ich zu Sebastian Richter stehe. Ich bin seine Agentin, und ich sollte dringend die Fäden in der Hand behalten. »Wie stellen Sie sich denn nun die Zusammenarbeit mit uns vor?«, frage ich hastig, um seinem prüfenden Blick auszuweichen. Dabei nehme ich mir auch eine großzügige Handvoll Nüsschen.

»Uns?« Werner Gern hebt fragend eine buschige, rotbraune Augenbraue.

»Ja. Mit Sebastian Richter und mir. Er ist der kreative Kopf, und ich erledige das Geschäftliche.«

Ich räuspere mich, kaue und stelle das Glas ab.

»Ich dachte an das gleiche Erfolgsschema wie bei ›Mamma Mia‹«, sagt Werner Gern, und nun kommt richtig Leben in den Mann. »Die Hits der Gruppe ABBA waren ja schon weltweit bekannt, als eine Hausfrau in England den Auftrag bekam, diese Hits mit einer Handlung zu verbinden. Sie hat sich mit ihrer Idee übrigens gegen fünfundzwanzig Mitbewerber durchgesetzt.«

Ich staune.

»Sie kennen die Handlung?«

Natürlich, Mann! Ich war dreimal in dem Film und zweimal in dem Musical!

»Die griechische Insel und die drei möglichen Väter?«, stelle ich mich blöd.

»Genau. Das junge Mädchen lädt alle drei möglichen Väter ohne das Wissen der Mutter zu ihrer Hochzeit ein. Durch die unterschiedlichen Charaktere dieser Männer gelingt es der Autorin, sämtliche Liebesschnulzen der Gruppe ABBA in der Handlung unterzubringen.«

»Eine englische Hausfrau?«, hake ich nach.

»Ja. Wussten Sie das nicht? Eine alleinerziehende Mutter. Die saß am Küchentisch und hat diese Geschichte erfunden. Jetzt ist sie schätzungsweise mehrfache Millionärin.«

Ich bekomme ganz feuchte Hände.

»Und an wessen Lieder haben Sie für das Kindermusical gedacht? Ich meine, gibt es die schon? Lieder komponieren kann ich nämlich wirklich nicht.«

»Sie?« Werner Gern sieht mich fragend an.

»Ähm, Quatsch! Sebastian Richter«, lache ich eine Spur zu schrill. »Wenn ich ›ich‹ sage, meine ich ihn.«

»Sie scheinen sich ja wirklich sehr nahezustehen.« Täusche ich mich, oder nimmt Werner Gern eine andere Haltung ein? Irgendwie zieht er die Beine an und verschränkt plötzlich die Arme vor der Brust.

»Die Musik gibt es schon. Genau wie damals die ABBA-Songs. Die Handlung müsste passend dazu erfunden werden.«

»Und von wem ist die Musik?« Ich werde ganz aufgeregt.

»Tom Konrad«, sagt Werner Gern. Sein Blick ist prüfend auf mich gerichtet. »Kein Geringerer als er.«

»Aha«, sage ich schnell. »Tom Konrad …« Ich verstumme

148

verwirrt. Habe ich den nicht vor Kurzem noch am Promi-Tisch in München gesehen? Und mich gewundert, dass er noch lebt?

In Werner Gerns Augen tritt ein temperamentvoller, ja leidenschaftlicher Ausdruck. »Wir haben uns lange überlegt, wessen Schlager wir als musikalische Basis für unser Musical verwenden sollen. Tom Konrad kennt jeder in Deutschland, seine Lieder kann jeder Vierjährige im Kindergarten genauso auswendig mitsingen wie die neunzigjährige Oma im Altersheim.«

Ich schaue ihn einen Moment lang ungläubig an. Dann muss ich ihm recht geben. Ich nicke beeindruckt. Ich selbst gehöre zwar nicht zu seinen Fans, könnte aber auf Anhieb ein Dutzend seiner Lieder pfeifen.

»Tom Konrad ist laut einer Umfrage der beliebteste Schlagersänger Deutschlands. Wussten Sie das?«

»Nein.« Ich nehme noch einen Schluck Champagner. »Ehrlich gesagt, habe ich solche Schlager nie aktiv gehört. Von klein auf liebe ich klassische Musik.«

Werner Gern sieht mich sehr intensiv an.

»Aber Sie *kennen* die Lieder! Wie jeder, der nach 1930 geboren ist!«

Um ehrlich zu sein, fühle ich mich ein bisschen seltsam. Das hier muss ein ganz großer Wurf werden, so wie Werner Gern sich ins Zeug legt ... Da soll ich nun ... Ich meine, da soll Sebastian Richter ... Ich stelle das Glas ab und richte mich auf. Na und? Ich bin total flexibel! Oder habe ich das immer noch nicht unter Beweis gestellt?

»Mit dem Lied ›Bleib bei mir, Papa‹ ist Tom Konrad als Sechsjähriger über Nacht berühmt geworden. Da hieß er noch Hansjürgen Rummelmeier.« Werner Gern taxiert mich, als warte er darauf, dass ich in ungläubiges Staunen ausbreche.

»Manchmal muss man nur seinen Namen ändern, um Erfolg zu haben«, sage ich lapidar. Ich streiche mir eine Strähne aus dem Gesicht und lächle mein Gegenüber verbindlich an. »Als Hansjürgen Rummelmeier konnte er wohl keinen Blumentopf gewinnen.«

»Ja, und ich wette, Hella Kopf ist auch nicht Ihr richtiger Name?« Werner Gern taxiert mich neugierig.

Ich sehe überrascht auf und merke, wie ich rot werde. Schnell senke ich den Blick und lasse eine Haarsträhne vors Gesicht fallen. »Wie kommen Sie denn darauf?« In einer Art nervöser Übersprungshandlung greife ich erneut zu den Nüsschen.

»Wäre doch eine gute Erfolgsmasche«, sagt Werner Gern und lehnt sich entspannt zurück. »Bei Tom Konrad hat sie jedenfalls funktioniert.«

Plötzlich wird mir klar, dass ich ihn wie einen Außerirdischen anstarre. Der Mann ist nicht doof. Dem kann man so schnell nichts vormachen. Trotzdem. Frechheit siegt. So schnell gebe ich nicht auf. Ich bin gerade dabei, einen Riesenfisch an Land zu ziehen. Da werde ich mir doch nicht den Wind aus den Segeln nehmen lassen!

»Sebastian Richter *kann* was«, sage ich so selbstbewusst wie möglich. »*Seine* ›Erfolgsmasche‹, wie Sie das nennen, sind Fleiß, Disziplin, Witz und eine gute Schreibe.«

Werner Gern stützt sich mit beiden Ellbogen auf den Tisch und beugt sich vertrauensvoll zu mir herüber. Seine buschigen Augenbrauen sind jetzt so nahe an meinem Gesicht, dass ich jede Borste einzeln zählen kann. Im verschwörerischen Flüsterton sagt er zu mir:

»Davon bin ich überzeugt.«

Ich gebe mir einen Ruck und räuspere mich geschäftsmäßig. »Dieses … Kinderlied«, versuche ich zum Thema zurückzukommen. »Das ihn berühmt gemacht hat … Wie ging das noch gleich?«

Mein Ablenkungsmanöver gelingt. Werner Gern spitzt die Lippen und fängt an zu pfeifen. Erst leise, mit Rücksicht auf die anderen Gäste, die sich gepflegt an den umstehenden Tischen unterhalten, aber als ich anfange mitzusingen, knödelt er beherzt los: »›Bleib bei mir, Papa, lass deinen Jungen nicht allein, bleib bei mir, Papa, ich will auch immer bei dir sein.‹« Daraufhin eilt der gut gekleidete junge Mann sofort erneut mit der Champagnerflasche herbei, um uns zum Schweigen zu bringen. Die Leute gucken schon.

So eine grässliche Schnulze, denke ich. Wie soll man da eine Handlung draus machen?

»Tom Konrad ist inzwischen ein rüstiger alter Herr, dessen Tourneen immer noch ausverkauft sind«, erklärt mir Werner Gern. »Er hat sich tatsächlich in die Herzen von vier Generationen gesungen.«

»Von drei vielleicht«, sage ich. »Die Generation meiner Kinder hat er übersprungen. Die würden sagen: voll der ätzende Opa mit dem voll ätzenden Toupet.«

Werner Gern lacht. »Ach, Sie haben Kinder?«

»Natürlich«, sage ich nervös und presse ganz schnell die Lippen zusammen. »Aber wir sollten über das Geschäftliche reden. Wie sähe die Arbeit für … ich meine für Sebastian Richter genau aus?«

»Sagen Sie Sebastian Richter, dass er aus den vierundzwanzig bekanntesten Schlagern von Tom Konrad eine kindgerechte, witzige turbulente Drei-Generationen-Komödie basteln soll, die vom Vierjährigen bis zum Hundertjährigen jeder versteht.«

Oh. Oh Gott. Ich glaube, das kann ich nicht. Das ist ja … Da baue ich ja noch lieber eine Hängebrücke über Nordrhein-Westfalen. Verdammt. Wieso habe ich Sebastian Richter erfunden? Was habe ich mir nur dabei gedacht?

»Und die genau hundertvierzig Minuten dauert. Mit Zugabe hundertfünfzig.«

Ich schlucke. »Das ist ja … keine Kleinigkeit.« Nervös kaue ich auf meinen Fingernägeln herum.

»Seien Sie nicht albern. Sebastian Richter ist ein Shootingstar. Er schreibt russische Kinderbücher und treffsichere Kolumnen. Wie sagten Sie so schön? Er hat Talent, Witz, Humor und Disziplin. Er kriegt das bis Juli hin.«

»Bis Juli?«, stoße ich fassungslos hervor. »Ähm … welchen Jahres?!« Ich breche verwirrt ab.

»Natürlich noch dieses Jahr. Frau Kopf, richten Sie ihm aus: Wir wollen ihn. Und nur ihn!«

Das nimmt mir total den Wind aus den Segeln. Mein Herz rast. Ich schaue in sein strenges Gesicht. Es hat keinen Zweck, ihm länger etwas vorzumachen. Er hat mich doch längst durchschaut. Er weiß, dass es keinen Sebastian Richter gibt. Er spielt mit mir. Ich sollte mit hoch erhobenen Händen den Saal verlassen.

»Hundertvierzig Minuten«, wiederholt Werner Gern herausfordernd. »Das kriegt Ihr Mann doch hin!«

Ich atme hörbar aus. »Hundertfffff … mit oder ohne Applaus?«, frage ich schüchtern. Mir wird auf einmal ganz schwindelig. Plötzlich bin ich so erschöpft, dass mir kein einziges Wort mehr einfällt. Die Nummer hier ist mir eindeutig zu groß! Ich will doch nur spielen!

Er grinst. »Big Applause! Jede einzelne Szene muss ein Knaller sein.«

Hat er es etwa immer noch nicht geschnallt? Dass ich ihm die ganze Zeit etwas vorspiele?

»Das ist … selbst für einen Sebastian Richter … in diesem

Zeitraum …«, ringe ich mir von den Lippen. »Ich fürchte, das wird er nicht schaffen. Ich meine, er hat ja auch noch die Kinder, den Haushalt und das ganze … ähm …Drumherum. Er müsste schon auf eine einsame Insel fahren, um das zu schaffen.«

Werner Gern nickt und mustert mich eindringlich. »Mit Ihrer Hilfe schafft er das.«

So schnell ich kann, greife ich zu meinem Glas. Es ist so gut wie leer. Wie peinlich! Es ist mir unmöglich, diesem gutgläubigen Produzenten in die Augen zu sehen. Das Schlimme ist: Ich finde ihn richtig sympathisch. Er ist so gütig und aufbauend … Er tut mir so gut! Was für ein Gegensatz zu dieser kalten, verlogenen Schnepfe Carmen Schneider-Basedow! Wie gern würde ich für Werner Gern arbeiten! Am liebsten würde ich mich an seine breite Brust werfen und alles beichten.

Gott, ich muss mir auf die Zunge beißen. Schließlich bin ich hier, um für Sebastian Richter einen guten Vertrag auszuhandeln. Ich reiße mich zusammen. Wie hat Alex gesagt? Mama, du bist doch ein heller Kopf! Ich *bin* Hella Kopf! Von so einem Angebot träumen Millionen von schreibenden Hausfrauen, wie ich eine bin!

»Das ist natürlich eine Wahnsinnsarbeit«, stottere ich und versuche mit allen Mitteln, meine schwankende Stimme im Zaum zu halten. »Eine Handlung so zu führen, dass sie an vierundzwanzig Tom-Konrad Schlagern vorbeigleitet …«
Versonnen knabbere ich auf meinem Daumennagel herum.

»Nicht vorbei«, verbessert mich Werner Gern und fährt sich mit dem Zeigefinger über das Grübchen auf dem Kinn. »Mitten hinein. Wie ein Schnellzug in jeden neuen Bahnhof. Da darf die Handlung dann knapp drei Minuten verweilen.«

»Hm«, lasse ich so besorgt vernehmen, wie ich tatsächlich bin. »Das hemmt natürlich die Fantasie des Autors, weil er sich ja immer wieder an diese Tom-Dingsbums-Schlager halten muss. Die ja vom Text her nicht sehr viel Tiefgang haben …«

»Dafür wird der Autor ja auch sehr gut bezahlt«, sagt Werner Gern lächelnd. »Dass er der Sache mehr Tiefgang gibt. Wir brauchen seinen Witz und seinen Ideenreichtum, um die verstaubte Tom-Konrad-Kiste mit neuem Leben zu füllen. Da gibt es für uns nur einen: Sebastian Richter.«

Ich vergrabe das Gesicht in den Händen und tue so, als müsste ich über Sebastian Richter nachdenken. Dabei bricht mir der kalte Angstschweiß aus. Ich muss irre sein. Das läuft nicht. Das läuft nie. Ich meine, wie soll ich das schaffen? Mein Schreibtisch steht mitten im Wohnzimmer in einer kleinen Wohnung unterm Dach, in der die Kinder ständig Chaos anrichten. Alex macht Abitur, er braucht mich, ich muss auf ihn Rücksicht nehmen! Mit der wöchentlichen Kolumne von Sebastian Richter bin ich komplett ausgelastet! Es geht uns wieder gut! Und außerdem: Ich bin nun mal keine ausgefuchste Agentin. Ich kann das nicht.

Eine Weile sagt niemand etwas, man hört nur das dezente Gläserklirren von den Nachbartischen. Ja, das hier ist eine Welt, in die ich nicht gehöre. In diese Sphären kann ich mich nicht durch eine Lüge katapultieren. Ich sinke erschöpft in meinem Plüschsessel zusammen.

Plötzlich bekomme ich einen Adrenalinstoß, der mich aus meinen trüben Gedanken reißt: Habe ich mir nicht sehnsüchtig gewünscht, endlich mal einen vernünftigen Auftrag zu bekommen? Ich war wochenlang *arbeitslos*! Nutzlos, wertlos, tatenlos! Ich habe Klinken geputzt, Bettelbriefe geschrieben, ins Telefon geheult, um einen Job gebettelt! Ja, was denn jetzt? »Nur die Harten komm' in' Garten«, höre ich Frau Dauer sagen. Brust raus, Bauch rein!

Ich setze mich aufrecht hin und straffe die Schultern.

»Über eines sollten wir als Erstes reden«, reagiere ich endlich. »Über das Finanzielle nämlich, denn deshalb bin ich ja angereist. Und davon hängt letztlich auch ab, ob ich Sebastian Richter die Sache schmackhaft machen kann.« Ich mache einen besorgten Gesichtsausdruck.

»Natürlich«, sagt Werner Gern und erhebt sich zu seiner vollen Größe. »Das sollten wir allerdings bei einem schönen Abendessen tun.« Er reicht mir die Hand und hilft mir galant aus dem tiefen Ohrensessel.

Sofort stürzt wieder der gut gekleidete Kellner herbei. »Die Herrschaften möchten speisen?«

Och ja. Das möchten die Herrschaften. Dieser Job als Agentin einer von mir erfundenen Figur gefällt mir auf einmal wieder. Innerlich balle ich die Faust. Ich schaffe das!

»Wenn ich ins Restaurant vorgehen darf …« Der Kellner eilt davon, und Werner Gern lässt mir den Vortritt. Als ich mit hochrotem Kopf hinter dem Kellner herschreite, spüre ich Werner Gerns Blick im Nacken. Hamburg: Die Frisur sitzt! Ich muss mich zwingen, nicht mit einem lauten Jubelschrei an die Decke zu springen. Wahrscheinlich bin ich einfach nur total durchgeknallt.

15

Das Abendessen verläuft ganz anders, als so ein Geschäftsessen normalerweise sein sollte. Schon beim ersten Glas Wein haben wir eine zündende Idee. Wir diskutieren lautstark, mit welchem Schlager wir beginnen könnten.

»Wir verlegen die Handlung in ein Internat irgendwo auf dem Land«, sprudelt es nur so aus mir heraus. »Der junge Held wird von seinen Eltern dort abgegeben, und als er zum ersten Mal seine Mitschüler sieht, die alle viel stärker und älter sind als er, bekommt er es mit der Angst. Während seine Eltern schon wieder ins Auto steigen, steht er tränenüberströmt er am Fenster und singt ›Bleib bei mir, Papa!‹«

Werner Gern sieht mich mit funkelnden Augen über seinem Weinglas an: »Ja, das könnte funktionieren. Dann haben wir gleich den Tom-Konrad-Megahit in der Anfangsszene.«

Ich versuche, meine aufsteigende Röte zu verbergen. »Das ist doch wichtig!« Ich rühre energisch in meiner Spargelsauce, bevor ich sie mir, um Lässigkeit bemüht, über die Vorspeise gieße. Grüne Spargelspitzen mit Lachs.

»Wie sagten Sie so schön: ›Die Erfolgsmasche. Das ist doch sozusagen die Visitenkarte!‹«, gebe ich zufrieden von mir. »Den Refrain singen dann natürlich alle Kinder, sie rütteln an den vergitterten Fenstern der Klosterschule, unten auf dem Parkplatz stehen die Eltern, Mütter ziehen die Väter weg, steigen in ihre Autos und fahren davon.«

»Das wäre eine grandiose Szene für das Finale im ersten Akt«, sagt Werner Gern und schaut mich über seinem Vorspeisenteller wohlwollend an. »Moderne Gesellschaftsproblematik, verpackt in eine romantische Schnulze.«

Eifrig fuchtle ich mit der Gabel und unterbreche ihn. »Die Eltern wollen sich trennen, der Junge soll von alldem nichts merken«, sinniere ich laut, während ich eine Spargelspitze aufspieße und genüsslich in die köstliche Sauce tunke. »Er findet dann Anschluss bei einem Mädchen, das wegen seiner roten Haare gehänselt wird.«

Werner Gern zeigt mit seiner Gabel auf mich: »›Rote Susi, du gefällst mir so!‹«

»Genau«, lache ich erfreut. »Damit haben wir schon Schlager Nummer zwei untergebracht.«

»Als er sich gerade eingelebt hat und nie wieder nach Hause will, kommt allerdings seine Großmutter und holt ihn ab. Sie bringt ihm Kuchen mit, und er singt: ›Der Kuchen von der Oma ist der beste auf der Welt!‹«

»Kennen Sie das etwa noch?«, meint Werner Gern erfreut. »Das war in den Fünfzigerjahren der Hit!«

Wir singen schon wieder, und die Leute drehen sich befremdet nach uns um. Dass wir hier in einem Fünf Sterne-Schuppen den Kuchen von der Oma besingen, ist vielleicht etwas unpassend.

»Da er sich aber in die rote Susi verliebt hat …«, überlegt Werner Gern …, »will er gar nicht mit der Oma nach Hause.«

»›Zu Hause ist, wo du bist!‹«, rufe ich begeistert. »Das singt dann die Oma, die volles Verständnis für ihn hat, dann passt es wieder.«

»Keine schlechte Idee«, sagt Werner Gern und schluckt seine letzte Spargelspitze mit etwas Weißwein hinunter. »Wir müssen die ältere Generation miteinbeziehen. Und vor allen Dingen sympathisch darstellen.«

So diskutieren und planen wir die ganze Handlung, singen, verwerfen Ideen und beginnen wieder von vorn. Zweimal kommt der Kellner und bittet uns, ein wenig unsere Stimmen zu senken.

»Wir brauchen im ersten Akt auch noch was aus der Elterngeneration«, überlegt der Produzent.

»Der Vater will den Jungen nicht hergeben, die Mutter auch nicht, und ein Scheidungsanwalt singt: ›Macht, was ihr wollt, aber macht es gut‹.«

Wir lachen begeistert. Ich freue mich wie eine Schneekönigin. Plötzlich fallen mir Tom-Konrad-Schlager ein, von denen ich gar nicht wusste, dass ich sie jemals gehört habe!

»Ja, das ist es!« Irgendwann zieht Werner Gern einen schweren Markenkugelschreiber aus seinem Innentaschenfutter und beginnt, Personen und Handlungsstränge auf eine Serviette zu kritzeln. Ich muss mich mehrmals bremsen, ihm den Kugelschreiber nicht aus der Hand zu reißen, weil mir schon wieder etwas Besseres eingefallen ist.

Wir bauen noch einen witzigen alten Hausmeister ein, der unbedingt singen muss »Ich bin Schreiner von Beruf«, und überlegen, ob wir es wagen können, ein lebendiges Pferd einzuplanen, für den Mega-Hit »Alles Glück dieser Erde ist auf dem Rücken der Pferde«.

»Im zweiten Akt könnte dann die ganze Klasse nach Capri fahren«, schlage ich vor.

Werner Gern zeigt mit seinem Buttermesser auf mich: »›Capri und vino italiano‹.«

»Genau.« Dieser Mann verfügt über eine erstaunlich rasche Auffassungsgabe. Der vino italiano macht uns dann richtig Kopfzerbrechen. Es soll ja ein Kindermusical werden!

Wir diskutieren, ob wir Kinder über Alkohol singen lassen sollen oder ob wir den vino italiano nicht lieber für den Scheidungsanwalt reservieren, der mit seiner Mandantin am Ende in der Kneipe was trinken geht. »Sie sollten auch etwas essen. Dann kriegen wir vielleicht auch noch den zweiten Mega-Hit, ›Gute Butter für die Mutter‹, unter«, schlage ich vor, während der Hauptgang serviert wird.

»Das war ein Nachkriegssong«, erklärt mir Werner Gern, »da sprach man noch von ›guter Butter‹.«

Ich kneife die Augen zusammen und überlege, ob Werner Gern noch aus der Nachkriegsgeneration ist. Nein. Er sieht jünger aus.

Wir plaudern und palavern, wir gestikulieren und lachen, wir kritzeln die Serviette voll, und als wir beim Nachtisch angekommen sind, haben wir Tom Konrads vierundzwanzig größte Hits in unserer Handlung untergebracht. Sogar »Hauptsache fair«.

Die Ideen purzeln mir nur so aus dem Mund, ohne dass ich es verhindern kann.

Werner Gern schaut mich über seiner Erdbeermousse im Rhabarberbett versonnen an:

»Jetzt hat Sebastian Richter fast nichts mehr zu tun. Sie haben ihm die größte Arbeit ja bereits abgenommen.«

Mein seliges Lächeln erstirbt. »Von wegen!«, beeile ich mich zu sagen und setze wieder einen ganz geschäftsmäßigen Blick auf. »Das hier ist nur ein grober Entwurf, den ich Sebastian Richter bei passender Gelegenheit unterbreiten werde.« Ich koste von der köstlichen Mousse und lasse sie mir genüsslich auf der Zunge zergehen.

»Verstehe«, sagt Werner Gern und macht ein nachdenkliches Gesicht. Warum sieht der mich bloß so an? Ich verändere meine Sitzposition, und da stößt mein Fuß unter dem

Tisch aus Versehen an seinen. Oder war es das Tischbein? Nein, denn dann würde es nicht zurückzucken. Oder bin ich zurückgezuckt? Wieso zucken jetzt seine Mundwinkel? Ich tue so, als wäre mir die Serviette heruntergefallen, und tauche kurz ab.

Ganz klar. Es war sein Fuß. Jetzt parkt er wieder artig neben seinem Stuhlbein.

Hat er … Weiß er … Will er mir signalisieren, dass er …? Ich darf nicht die Contenance verlieren.

»Die Dialoge, die ganzen szenischen Feinheiten, die Pointen – das muss noch alles auf den Punkt gebracht werden!«, sage ich, während ich wieder auftauche.

»Und das kann eben nur Sebastian Richter.« Täusche ich mich, oder beißt sich Werner Gern auf die Unterlippe?

Ich tupfe mir mit der Serviette die Mundwinkel ab und lege sie dann artig wieder auf meinen Schoß. »Und das kann eben nur Sebastian Richter«, wiederhole ich. »Und ich bin nur hier, um seine Interessen zu vertreten.«

Unsere Blicke treffen sich.

»Natürlich«, sagt Werner Gern.

16

Kaum zu Hause angekommen, stürze ich mich mit Feuereifer auf mein Musical. Die Kinder werden angehalten, mich nur noch im äußersten Notfall zu stören. Sie sollen sich bitte ihr Essen allein warm machen und auch ihre nassen Handtücher selbst aufheben.

Natürlich muss zuerst mal Siegfried kommen und mir eine professionelle Drehbuchsoftware installieren. Das herrliche Frühlingswetter hat selbst ihn dazu gebracht, auf seinen dunkelblauen Tuchmantel zu verzichten. Er trägt ein klein kariertes kurzärmeliges Hemd und eine einzelne rote Gerbera, die an einem dünnen Draht befestigt ist. Er überreicht sie mir mit den Worten: »Herzlichen Glückwunsch zum Vertrag! Du bist ja wirklich ein heller Kopf!«

Dieses Wortspiel hätte ich ihm gar nicht zugetraut! Ich umarme ihn eine Spur zu stürmisch. Nicht dass er jetzt denkt …

Aber Siegfried begibt sich stante pede zu meinem Äppel und fummelt wieder geschickt mit der Maus herum. Als er gerade in seiner unendlichen Geduld anfängt, mir die einzelnen Menüs und Kurzbefehle zu erklären, poltert Greta mit dem Telefon herein.

»Für Sebastian«, sagt sie. Der Klon hinter ihr kichert. Die beiden sind inzwischen voll eingeweiht und finden mein kleines Versteckspiel ziemlich aufregend.

So viel Frechheit hätten sie ihrer alten spießigen Mama gar nicht zugetraut.

»Management Sebastian Richter«, melde ich mich streng, während ich Siegfried zuzwinkere. »Hella Kopf.«

»Musicalproduktion ›Big Applause‹, Hamburg, ich verbinde Sie mit dem Produzenten«, leiert eine Frauenstimme herunter, und sofort schießt mir eine unkleidsame Röte ins Gesicht. Warum zittern denn jetzt meine Finger? Es knackt in der Leitung, und mein Herz gerät ins Stolpern.

»Soll ich rausgehen?«, fragt Siegfried dienstfertig, doch ich bedeute ihm, sitzen zu bleiben.

»Werner Gern, guten Tag, Frau Kopf«, kommt es mit sonorer Stimme aus dem Hörer. »Ich wollte eigentlich nur wissen, wie es so geht.«

»Mir oder Herrn Richter?« Ich fasse mir an den Hals, an dem es pulsiert.

»Natürlich erst mal Ihnen!« Herr Gern scheint zu lächeln. »Sind Sie gut gelandet?«

»Der Pilot ist gut gelandet«, sage ich schnell. »Ich selbst habe nur dabeigesessen.«

Das war einer meiner weniger gelungenen Scherze, und Werner Gern weiß darauf auch nichts zu erwidern. Deshalb komme ich schnell zur Sache: »Herr Richter und ich arbeiten bereits.«

Siegfried ahnt Schreckliches und tippt aufgeregt auf der Tastatur herum. Sein Gesichtsausdruck sagt: »Bitte nicht schon wieder! Ich bin nicht da!«

»Oh, dann ist Herr Richter also gerade in der Nähe?«

»Natürlich«, sage ich. »Er hat ja nur bis zum ersten Juli Zeit. Da habe ich ihm gleich ganz schön Druck gemacht!« Ich lache, vielleicht eine Spur zu hysterisch.

»Wenn das so ist – und das hatte ich natürlich gehofft …«

Werner Gern scheint sich köstlich zu amüsieren. »Dann würde ich ihm gern persönlich Guten Tag sagen.«

»Selbstverständlich.« Ich kneife die Augen zusammen und atme tief durch: »Sebastian!«, rufe ich dann und tue so, als müsste ich eine Vorzimmertür öffnen. »Der Produzent möchte dich sprechen.«

Greta und der Klon kichern sensationslüstern. Greta hämmert an Alex' Tür und flötet schrill: »Sebastian! Der Produzent möchte dich sprechen!«

»Oh Scheiße, Mann«, hallt es aus seinem Zimmer. »Kann man nicht ein Mal in Ruhe arbeiten?!«

Die Tür fliegt auf, ein Stuhl fällt um, es poltert und kracht. Alex pfeffert sein Buch auf den Boden. Unwillig kommt er in seinem üblichen Boxershorts-Outfit aus seinem Zimmer gelatscht: »Was will der alte Sack?!«

»Nein, nicht du«, zische ich. »Geh in dein Zimmer und sei leise!«

Siegfried vergräbt verzweifelt seinen Kopf zwischen den Händen, aber ich lege ihm erbarmungslos den Hörer an die Backe.

»Sag Herrn Gern Guten Tag!«, flüstere ich, zwinkere den Mädchen zu und lege beschwörend den Finger auf die Lippen. Aber die machen sich fast in die Hose vor Lachen.

»Guten Tag«, sagt Siegfried und wird rot bis in die Haarspitzen.

Ich lege meine Wange an Siegfrieds, zwischen uns ist also nur noch der Hörer, aber ich will doch wissen, was der Produzent mit meinem Sebastian Richter zu besprechen hat! Dabei rast mein Herz wie ein Presslufthammer. Einerseits wegen Siegfried – wir benehmen uns wirklich dauernd wie ein altes Ehepaar –, andererseits wegen Werner Gern, den wir nun buchstäblich an der Backe haben.

Siegfried riecht leicht nach Schweiß, was ja nicht verwunderlich ist. Schließlich ist er wieder mit dem Fahrrad hier. Und hat einen akuten Angstschweiß-Ausbruch.

»Sie sind also der sagenumwobene Sebastian Richter«, beginnt Werner Gern mit tiefem Bass genüsslich das Gespräch. Siegfried schaut mich fragend an. Ich nicke heftig.

»Ja.«

»Tut mir leid, dass ich störe. Frau Kopf hat schon angedeutet, wie ungern Sie bei der Arbeit unterbrochen werden.«

»Ist schon gut«, sagt Siegfried. »Sie stören nicht. Jedenfalls nicht sehr.« Mir wird heiß.

»Ich schaue mir gerade Ihr Foto an«, sagt Werner Gern. »Das hat ja auf die Damenwelt eine unglaubliche Wirkung.«

»Na ja«, sagt Siegfried. »Die einen sagen so, die anderen so.«

Die Mädchen quietschen vor unterdrücktem Harndrang, und ich bete, dass diese Unterhaltung gut ausgeht.

»Ich wollte Sie fragen, ob Sie einverstanden sind, dass wir es hier in Hamburg an die Litfasssäulen hängen. Oder haben Sie ein besseres?«

Siegfried windet sich unter Qualen, und ich raufe mir die Haare.

»Ich denke, das können Sie ruhig verwenden«, sagt Siegfried heiser.

»Ich finde auch, darauf bist du gut getroffen«, werfe ich locker ein. Dabei möchte ich vor Verzweiflung schreien!

»Und hat Ihnen Ihre Agentin schon alles Wesentliche über unseren geplanten Plot erzählt?«

Ich nicke heftig, während Siegfried den Kopf schüttelt.

»Im Wesentlichen ja, … ähm … wir sind gerade noch bei den computertechnischen Details.«

»Wir sind gerade mitten in der Besprechung!«, rufe ich

unfein in sein Gestammel hinein. »Wir entwickeln gerade die Figuren!« Ich manövriere mich immer tiefer in eine ausweglose Situation hinein! Werner Gern muss doch förmlich *riechen*, dass er es hier mit einem schlecht inszenierten Betrugsversuch zu tun hat! Er lacht sich wahrscheinlich heimlich über uns kaputt!

»Herr Richter, wie werden Sie denn die erste Szene anlegen? Halten Sie das Landschulheim für eine gute Idee?«

Siegfried schluckt. Er schaut mich ratlos an, und der Hörer fällt auf seinen Schoß. Panisch angle ich danach, peinlichst darauf bedacht, den armen Mann nicht auch noch unsittlich zu berühren.

»Ähm … ja … so weit ganz prima«, sagt Siegfried. »Prima Idee.«

»Können Sie dem jungen Protagonisten ein paar coole Sprüche in den Mund legen? So wie in Ihren Kolumnen?«, erkundigt sich Werner Gern.

»Äh … bitte?«

Oh Gott, mir wird schlecht.

»Coole Sprüche hört er hier genug«, schreie ich. »Da muss er nur seinen Kindern aufs Maul schauen!«

»Ja. Ähm. Genau«, sagt Siegfried. »Kindermund tut Wahrheit kund.«

»Sie haben eine sehr kreative Managerin«, höre ich Werner Gern sagen. »Hoffentlich greift sie Ihren ganzen Ideen nicht vor! Ich konnte sie gestern Abend kaum einbremsen.«

Oh. Ich sollte mich mäßigen.

»Nein«, stößt Siegfried schließlich hervor. »Ich lasse mir nicht die Butter vom Brot nehmen!«

»Dann bin ich aber beruhigt«, sagt Werner Gern. Ich sehe ihn förmlich grinsen. »Was sagen Sie denn zu dem Honorar, das Ihre Agentin für Sie ausgehandelt hat?«

»Was für ein Honorar?«

»Darüber haben wir noch gar nicht gesprochen!«, schreie ich dazwischen.

»Herr Richter, am ersten Juli ist Abgabetermin. Schaffen Sie das?«

Ich raufe mir verzweifelt die Haare, bevor ich heftig nicke, und Siegfried sagt: »Das schaffe ich mit links.«

He! Ich haue ihn gleich!

»Ich habe für dieses Datum auch gleich eine Pressekonferenz einberufen. Ich möchte Sie also bitten, sich diesen Tag frei zu halten und uns in Hamburg für Pressefotos gemeinsam mit Tom Konrad zur Verfügung zu stehen.«

»Tom Konrad?«, flüstert Siegfried überfordert. »Ist das nicht dieser Schlagersänger, den meine Großmutter so toll findet? Mit dem soll ich mich fotografieren lassen? Dann fällt meine Oma tot um vor Freude!« Siegfried schaut mich hilfesuchend an, und ich nehme ihm entschieden den Hörer weg. »Herr Richter wird selbstverständlich für die Pressekonferenz und den Fototermin zur Verfügung stehen«, sage ich mit Bestimmtheit. Dabei versuche ich, nicht wahnsinnig zu werden. Wenn die vorher schon das Foto von Sebastian Richter an alle Litfasssäulen hängen, dann weiß ich nur eines: dass es nicht Siegfried sein wird, der zur Pressekonferenz nach Hamburg fährt.

17

Oje. Jetzt habe ich ein Problem. Ich hole tief Luft und versuche ruhig zu bleiben. Aber in mir kocht die Angst hoch. Was soll ich nur machen? Am ersten Juli muss dieser griechische Gott aus dem Fotoladen aus der Linzer Gasse in Hamburg sein. Auf einer Pressekonferenz. Und Dinge sagen, von denen er jetzt noch keine Ahnung hat. Warum habe ich nur dieses Bild geschickt? Wie konnte ich nur? Mein Gesicht glüht. Meine Augen brennen. Ich könnte heulen.

Keine Panik. Ich werde das schon irgendwie hinkriegen. Es gibt keine Probleme. Es gibt nur ungelöste Aufgaben. Ich habe Verstand. Ich habe einen hellen Kopf. Ich bin Hella Kopf. Die Managerin von Sebastian Richter, dem Mann auf dem Foto. Ich meine, diesen Mann auf dem Foto, den gibt es ja wirklich. Der ist ja existent! Er heißt zwar nicht Sebastian Richter, aber er wird sich an diesen Namen gewöhnen müssen. Ich werde diesen Mann auftreiben. Ich werde ihn finden. Das kann doch nicht so schwer sein!

Diesmal lasse ich mir nicht wieder mein Leben kaputt machen. Meine Erfolgsmasche hat bis jetzt funktioniert. Ich kann schreiben. Alle sind begeistert. Von der Kolumne und demnächst auch von dem Musical. Und wenn sie es nicht von einer Frau wollen, dann kriegen sie es von einem Mann. Und zwar von *diesem* Mann. Auch wenn der von seinem Glück noch gar nichts weiß. Lieber Gott, mach, dass er kein Ausländer ist, der gar kein Deutsch versteht. Oder den Dativ mit dem Akkusativ verwechselt. Lass ihn Abitur haben. Oder wenigstens mittlere Reife. Er muss immerhin Interviews geben! Er muss eloquent sein, sprühen vor Charme und Witz!

Auch wenn das Foto schon ein paar Jahre alt sein sollte: Der Typ lebt doch hoffentlich noch und ist zwischenzeitlich nicht fett und glatzköpfig? Ich muss ihn finden. Ich muss wissen, wer dieser Mann ist.

Mit hängenden Schultern schleiche ich also wieder in den Fotoladen.

Der alte Mann im weißen Kittel staubt gerade seine Schaufensterauslagen ab. Etwas Besseres scheint er nicht zu tun zu haben. Das Fotogeschäft geht schlecht. Die Leute machen sich heutzutage ihre Fotos mithilfe von Digitalkameras und Computerprogrammen selbst. Er ist richtig erfreut, dass überhaupt jemand seinen Laden betritt.

»Oh, hallo, schönes Fräulein. Was kann ich für Sie tun?« Er sieht mich forschend an.

Das schöne Fräulein windet sich ein wenig, bevor es spricht: »Sie könnten mir sagen, wer der Mann auf dem Foto ist.« Ich ziehe das Foto aus meiner Handtasche und halte es ihm vor die kurzsichtigen Augen. Er betrachtet es blinzelnd in gebückter Haltung.

Unmöglich. Er wird es mir nicht sagen. Der Verkäufer stellt sich gerade hin und mustert mich: »Es ist also gar nicht Ihr Mann?«

»Nein«, muss ich zugeben. »Leider. Ich kenne den Mann überhaupt nicht.« Ich hypnotisiere ihn förmlich mit meinen Blicken. »Aber ich möchte ihn dringend kennenlernen«, stoße ich schließlich hervor. Es ist vollkommen still in dem Laden. Nur eine Fliege summt ratlos zwischen den angestaubten Bildern herum.

»Hm.« Das alte Fotografenmännlein runzelt die Stirn und stößt ein meckerndes Lachen aus. »Dann hätte ich es Ihnen gar nicht verkaufen dürfen.« Ratlos stellt er eines der Fotos wieder in das Schaufenster zurück.

»Wahrscheinlich nicht«, gestehe ich zerknirscht.

»Geben Sie es einfach wieder her«, schlägt der alte Mann vor und lächelt mich verständnisvoll an. Er streckt die Hand danach aus. »Ich stelle es zurück ins Fenster, und wir tun so, als wäre nichts passiert.« Verzweifelt muss ich mitansehen, wie er das Foto wieder ins Fenster stellt.

Mein Foto! Meinen Sebastian Richter! Der bereits auf Tausenden von Autogrammkarten in deutschen Haushalten auf der Kommode steht! Der in Poesiealben klebt, unter Kopfkissen liegt und demnächst in Hamburg unzählige Litfasssäulen zieren wird! Zu meinem Entsetzen stelle ich fest, dass mir die Tränen in den Augen stehen. Keine Ahnung, wo die so plötzlich herkommen.

»Es ist aber leider was passiert«, sage ich kleinlaut. Ich weiß nicht, wie ich dieses heikle Thema ansprechen soll! Wie kann ich das nur erklären?

»Sie haben sich in ihn verliebt.« Der Verkäufer stemmt die Hände in die Hüften und schaut mich lächelnd an. »Und das kann ich sogar verstehen. Obwohl ich ein Mann bin.« Er stößt einen hingebungsvollen Seufzer aus. »Ich war auch mal jung, müssen Sie wissen …«

»Na ja«, sage ich und schaue verlegen zu Boden. »Wenn es nur das wäre …«

»Ich habe nämlich nachgedacht.« Der Verkäufer geht nun um seinen Tresen herum und setzt sich schwer atmend auf einen Stuhl. »Die Frau, die das Bild vor Jahren in Auftrag gegeben hat, sah Ihnen überhaupt nicht ähnlich.« Er wischt sich über die Stirn.

Ich starre ihn gebannt an. Sofort schrillen bei mir sämtliche Alarmglocken los. »Sie erinnern sich, wer das Bild in Auftrag gegeben hat?«

»Tja!« Der Mann erhebt sich mühsam wieder, öffnet eine Schublade und entnimmt ihr eine eselsohrige, speckige Kladde. »Eigentlich darf ich Ihnen überhaupt keine Auskunft geben. Aber ich sehe ja, dass es eine Herzensangelegenheit für Sie ist.« Er schaut mich verständnisvoll über seine Brille hinweg an. »Aber der Mann ist verheiratet. Kindchen, machen Sie sich doch nicht unglücklich! Oder sind Sie ... in Erwartung?«

Ich möchte laut auflachen. Ich halte die Luft an, denn eine Art von Hysterie keimt in mir auf, aber ich kämpfe sie tapfer nieder. »Nein, nein. Ich bin nicht schwanger. Ich würde nur gern ein paar Worte mit dem Mann sprechen ... oder notfalls auch mit der Frau ...«

»Sie müssen wissen, was Sie tun. Aber um Himmels willen, verraten Sie mich nicht! Ich hätte Ihnen das Bild nie und nimmer verkaufen dürfen. Bringen Sie mich nicht in Schwierigkeiten.«

»Natürlich nicht. Versprochen. Großes Indianer-Ehrenwort.« Einen Moment lang herrscht Stille. Der Alte scheint mit sich zu kämpfen. Schließlich überwindet er sich: »Die Frau ist eine ziemlich engagierte Tierschützerin.« Der Alte kramt in der Kladde herum und blättert umständlich vor und zurück. »Das ist mir wieder eingefallen, nachdem Sie das Bild gekauft hatten. Da dachte ich mir, da stimmt doch was nicht! Die Frau ist ja rothaarig, und Sie sind blond. Außerdem ist die Dame älter als Sie.«

»Eine ... Tierschützerin?«

»Ja! Haben Sie schon mal von dem Gnadenhof auf dem Teufelberg gehört?«

»Ich weiß ungefähr, wo das ist. Da sind viele Tiere, die von Touristen besichtigt werden?« Ich erinnere mich vage. Da fahren sogar Busse rauf, und bei Kaffee und Kuchen kann man Schweine, Pferde und Ziegen besichtigen.

»Ja, und die Dame, die das im großen Stil betreibt, die heißt …« Er rückt seine Lesebrille zurecht und fährt mit seinen alten, verkrümmten Fingern über die Spalten in der Kladde. »… Elvira Berkenbusch.«

Mein Herz klopft. »Und wann hat die das Bild in Auftrag gegeben?« Wo er gerade schon dabei ist, sein Gekritzel zu entziffern, möchte ich auch mehr erfahren.

»Am 30. August 2002.«

»Oh«, sage ich. »Das ist ja auch schon ein Weilchen her.«

»Ja«, seufzt der Alte und hustet röchelnd. »Die Zeit vergeht.« Er wendet sich ab, um ausführlich weiterzuhusten.

»Danke für die Auskunft«, rufe ich dazwischen.

Bevor das Männchen sich zwischen seinen Hustenattacken zu einem Abschied durchringen kann, bin ich schon aus dem Laden gestürmt – allerdings nicht ohne meinen Sebastian.

Den habe ich im Rennen wieder aus dem Fenster geklaut.

18

Der Gnadenhof auf dem Teufelberg liegt wirklich wunderschön, hoch oben über dem Attersee. Während ich mit dem Auto die Serpentinen hinaufkurve, genieße ich den traumhaften Ausblick. Hier weiden Schafe zwischen zarten Birken, Bauernhäuser säumen vereinzelt den Wegesrand, ein alter Skilift liegt verlassen da, seine Schleppanker glänzen in der Morgensonne. Satte grüne Wiesen sind mit gelben Butterblumen übersät, in den Gärten der Häuser biegen sich Kastanien unter ihrer Blütenlast, die sich beeindruckend vom blauen Himmel abhebt. Auf der anderen Seite des dunklen Sees erheben sich schroffe Felsen, auf denen noch Schneereste in der Sonne funkeln, darunter verläuft ein Band sanfter grüner Hügel. Das Österreich, das man von Postkarten kennt. Ein Paradies. Hoffentlich wissen das die Schweine, Pferde und Ziegen der Frau Elvira Berkenbusch zu schätzen.

Mein Herz klopft, als ich mich im zweiten Gang den steilen, immer schmaler werdenden Forstweg hinaufarbeite. Dabei fahren hier sogar Busse rauf, rufe ich mich selbst zur Ordnung. Da wird es auch eine Ostwestfälin, die im Großraum Paderborn ihren Führerschein gemacht hat, im geleasten Kleinwagen schaffen!

Der kleine Birkenwald lichtet sich, und vor mir liegt der prächtige, holzverkleidete Hof mit seinen Stallungen. Der Schlagbaum ist oben, niemand ist zu sehen. Kein Stallknecht kommt mir mit erhobener Faust entgegen, kein Förster zielt mit seinem Gewehr auf mich. Alles ist friedlich. Heute stehen auch keine Touristenbusse vor dem riesigen Gutshaus. Vielleicht ist Ruhetag oder so was?

Ich parke ein Stück weit von den Gebäuden entfernt und schlendere an verschiedenen Gehegen vorbei, in denen allerlei Vierbeiner ihr Unwesen treiben. Die meisten Tiere stehen nur friedlich kauend da und glotzen mich an. Manche Viecher rennen meckernd, mähend oder grunzend herum, besonders die jüngeren Vertreter ihrer Gattung. Es riecht ziemlich deftig nach Mist. Plötzlich laufen mir ein paar große zottelige Hunde hechelnd entgegen, und ich zwinge mich, nicht vor Panik zu vergehen.

»Hallo, ihr Lieben«, gurre ich, während sie unhöflich meinen Schritt beschnuppern. »Wo ist denn euer Frauchen anzutreffen?«

Natürlich antworten die Hunde nicht, sondern lassen nach kurzer Zeit desinteressiert von mir ab. Stattdessen kommen mir ein paar graubraun gefiederte Gänse schnatternd entgegengewatschelt, sie scheinen mit mir zu schimpfen: »Wir sind hier ein Gnadenhof, und wer uns besichtigen will, muss eine Patenschaft für uns übernehmen! Du peinliche Deutsche, hau ab!« Einen Moment lang erinnern sie mich an Greta, ihren Klon und den Rest der Clique.

»Ist ja schon gut«, sage ich zaghaft. »Ich tu euch ja nichts in die Suppe!«

Ich wate über einige grünbraune Kuhfladen und erreiche die offen stehende Haustür des Gutshofs. Darin ertönt diffuses Klaviergeklimper. Es klingt nach einem wütenden Kleinkind, das auf die Tasten eindrischt. Kein Ton passt zum anderen.

»Hallo?«, rufe ich zaghaft und klopfe an. Die Tür knarrt

und quietscht. Ich habe überhaupt keinen Plan, was ich sagen soll, aber wenn ich dieser Frau Elvira erst mal gegenüberstehe, wird mir schon was einfallen.

Ich klopfe schüchtern weiter an die massive Holztür. Keine Reaktion. Das entfernte Klaviergeklimper geht weiter. Ich fasse mir ein Herz und will gerade einen vorsichtigen Schritt in die dunkle Halle setzen, als mein Fuß auf einen Widerstand stößt.

Huch! Da liegt ein riesiges rosabraunes Schwein! Mitten im Eingang! Unwillig zuckt es zusammen und stößt einen erschrockenen Grunzer aus. Ich habe es wohl gerade beim Meditieren gestört. Seine feuchte Steckdosennase wackelt beleidigt, und zwei winzige Schweinsäuglein lugen unter gigantischen Fettmassen hervor. Ist das ein Schwein oder ein trockengelegtes Flusspferd? So ein fettes Exemplar habe ich noch nie gesehen.

»Entschuldigung«, sage ich schnell. Soll ich mich jetzt bücken und das borstige Ungetüm streicheln? »Ich wusste nicht, dass du hier im Eingang liegst.«

»Wurk«, macht das Schwein unflätig.

»Sag mal, ist denn dein Frauchen zu Hause?«, frage ich das Schwein unterwürfig und komme mir fürchterlich dämlich vor.

Das Schwein denkt gar nicht dran, mir Auskunft zu geben. Es lässt einen rasselnden Furz und wälzt sich träge mitten im Hauseingang. Wenn ich das richtig interpretiere, heißt das: »Mach dich fort.«

Stille. Ich warte eine Weile, doch außer dem bestialischen Aroma, das mich nun umweht, passiert nichts. Als ich gerade aufgeben und den mit Ziegenscheiße gesprenkelten Weg zum Schlagbaum zurücklaufen will, geht plötzlich im Nebengebäude die Tür auf. Ein Pferd schaut möhrenkauend um die

Ecke und schnaubt verächtlich, als es mich sieht. »Wer hat dir denn die Möhre gegeben, du liebes Tier? Hm? War das vielleicht jemand, der sprechen, lesen und schreiben kann?« Das Pferd nickt.

Endlich kommt ein Stallknecht im blauen Einteiler um die Ecke, in der einen Hand eine Mistgabel, in der anderen eine Zigarette. »Sie kommen zu spät«, sagt er und zeigt mit seiner brennenden Zigarette auf mich.

Ich drehe mich um. Meint der mich? Vielleicht redet er auch mit dem staubigen Esel, der wie aus dem Boden gestampft plötzlich hinter mir steht? Fragend lege ich die Hand auf meine Brust: »Reden Sie mit mir?«

»Ja, mit wem denn sonst?«, sagt der Stallknecht und zieht an seiner Zigarette. »Die Baronin wartet schon auf Sie.« Er schaut mich forschend an.

Huch! Die Baronin!? Welche … Ist Elvira Berkenbusch etwa eine … Wartet die auf mich? Keine Ahnung, was der meint. Ich schlucke. Hat das alte Fotografenmännlein etwa …

»Meinen Sie, ich könnte mit der Dame des Hauses kurz ein paar Worte wechseln?«, frage ich den Stallknecht. Das Schwein hebt sein Schweineohr, als wollte es empört quieken: »Ich hör wohl nicht richtig!«

»Passt schon«, sagt der Stallknecht. »Gehen Sie nur hinein.«

Ja, wie jetzt? Ich soll über das Schwein steigen? Wie der gleichnamige Fußballer? Da der Stallknecht keine Anstalten macht, mich über den Schweineberg zu heben, stakse ich wie ein Storch im Salat darüber.

»Immer dem Geklimper nach«, ruft der Stallknecht amüsiert. »Ich kann leider nicht mitkommen, im Haus darf nicht geraucht werden.« Er wedelt erklärend mit seiner Zigarette.

Das glaube ich gern. Aber wenn ein Schwein im Haus furzt, scheint das niemanden zu stören.

Im Halbdunkel taste ich mich durch einen bäuerlich riechenden Vorraum, und das Geklimper wird lauter. Hoffentlich liegt hier kein Hirsch oder ein Elch, denke ich bange. Schließlich stoße ich eine angelehnte Tür auf, wobei ich gleichzeitig höflich daran klopfe. Vor einem gigantischen Konzertflügel sitzt, mir den Rücken zugewandt, eine schmale Frau mit einem langen rotblonden Zopf. Sie trägt ziemlich viele bunte Röcke übereinander, dazu riesige Ohrringe, die über ihren schmalen Schultern baumeln.

»Na endlich«, ruft sie genervt und winkt mich herein. »Nun machen Sie schon! Wir hatten zehn Uhr gesagt!«

Ich werfe einen raschen Blick auf die goldene Wanduhr, die über dem Flügel hängt. Fünf vor halb elf. Dann erstarre ich wie vom Donner gerührt: An derselben Wand hängt das Bild! *Das Bild!!!* Von Sebastian Richter! Da ist er! Ich habe ihn gefunden!

Mit offenem Mund starre ich darauf. Mein Herz rast. Mir wird ganz anders. Hier wohnt er also! Und *das* ist seine Frau! Aus irgendeinem Grund erwartet sie mich.

»Oh«, entfährt es mir. »So spät schon! Ja, ich hatte nicht mit diesem weiten Weg gerechnet …«

»Das Gut Teufelberg ist doch bekannt«, näselt sie mit tadelndem Unterton. »Wie kann man sich denn da verfahren?« Endlich dreht sie sich zu mir um. Sie sieht eigentlich ganz hübsch aus. Sommersprossig, verletzlich, durchsichtig. Sie wirkt angenehm überrascht und sagt: »So habe ich mir eine Klavierlehrerin gar nicht vorgestellt!«

Sie hält mich für eine Klavierlehrerin! Einfach lächerlich. Ich muss das richtigstellen. Ich räuspere mich. »Ich mir auch nicht«, will ich das Missverständnis gerade aus dem Weg räumen, als sie schon mit der Hand neben sich auf den langen Klavierschemel klopft:

»Na los. Wir haben keine Zeit mehr zu verlieren.«

Bevor ich auch nur den Mund aufmachen kann, zupft sie mich am Ärmel.

»Kommen Sie schon. Ich beiße nicht.« Ich blicke mich um und versuche einen klaren Gedanken zu fassen. Er ist hier! Er wohnt hier! Er kommt jeden Moment um die Ecke! Oh Gott. Meine Beine zittern. Was soll ich nur zu ihm sagen?

Sie sind der Mann, der mir den Arsch gerettet hat und der mich den Kopf kosten wird. Sie sind meine Erfolgsmasche. Wie heißen Sie eigentlich wirklich? Lesen Sie nie die *Frauenliebe und Leben*? Sie hängen in Hamburg an jeder Litfasssäule! Ich habe Sie benutzt, und jetzt müssen Sie mitspielen! Ich flehe Sie an! Meine Existenz hängt davon ab!

»Auf was warten Sie denn? Oder brauchen Sie erst was zu trinken?«, reißt mich die rothaarige Baronin aus meinen Gedanken.

Ich schüttle verwirrt den Kopf.

»Komm, Jacob, mach der Dame Platz.«

Erst jetzt sehe ich, dass eine Art Eichhörnchen – oder was ist das für ein Tier mit buschigem Schwanz? – nüsschenknabbernd neben ihr auf dem Klavierschemel sitzt. Es trippelt über die schwarzen Tasten davon. Das klingt wie Béla Bartók. Wie in Trance gehe ich auf sie zu und schiebe mich mit einer Pobacke zaghaft neben sie. »Ja, dann hallo erst mal.« Es gelingt mir sogar, ein wenig freudige Erwartung in meine Stimme zu legen. Ich reiche ihr die Hand, und sie legt ihre eiskalten weißen Finger in meine. »Schön, Sie kennenzulernen.«

»Ja, ganz meinerseits.« Die Frau lächelt mich kühl an. »Jetzt können wir endlich mit dem lang ersehnten Unterricht beginnen.«

Sie wirkt wie eine verzauberte Elfe, wie nicht ganz von dieser Welt. Ihr seltsam betörendes Parfum weht zu mir herüber. Ganz benommen lasse ich meinen Blick schweifen: Der große Salon grenzt an einen sonnigen Wintergarten, in dem einige Hühner und ihre Küken sanft piepsend herumtrippeln. Direkt bei uns rekelt sich etwa ein Dutzend Katzen auf brokatüberzogenen Sesseln und Sofas.

»Sie tun ja so, als hätten Sie noch nie ein Klavier gesehen«, sagt die Baronin mit ihrer seltsam hohen, nasalen Stimme.

»Was für ein wunderschöner Flügel«, staune ich, nachdem das Eichhörnchen an ihm heruntergekrabbelt ist.

Sie betrachtet ihn ohne großes Interesse. »Den hat mein Mann hier stehen lassen«, erklärt sie mir.

Mein Herz fängt an zu klopfen: Sebastian Richter! Wenn er ihn stehen gelassen hat, ist er womöglich … ausgezogen? Vielleicht wollte er sein Reich nicht mehr mit den vielen Viechern teilen? Ich kann mich vor Aufregung kaum auf dem Klavierschemel halten. Plötzlich wird mir bewusst, auf welch dünnem Eis ich mich hier bewege. Ich täusche etwas vor, das ich gar nicht bin! Aber jetzt gibt es kein Zurück mehr. Ich muss mitspielen. Im wahrsten Sinn des Wortes.

Ich schaue sie von der Seite an: »Ja, ähm, ich sollte mich wohl erst mal vorstellen …«

»Hatten Sie Ihren Namen nicht schon am Telefon genannt?« Sie streicht sich eine widerspenstige rote Strähne aus der Stirn und greift nach einem goldenen Notizbuch, das auf dem Flügel liegt. An ihrem Ringfinger steckt kein Ring.

»Sonja Rheinfall«, stammele ich verwirrt. »Das steht da wahrscheinlich nicht drin.«

»Na, dann werde ich Sie Sonja nennen, wenn Sie nichts dagegen haben.« Sie lächelt ein bisschen, und ich erkenne feine Fältchen um die Mundwinkel.

»Ich glaube, Sie erwarten jemand anderen …«, hebe ich an, aber sie fällt mir ins Wort:

»Am besten spiele ich Ihnen vor, was ich schon kann.« Sie legt ihre schmalen Finger auf die Tasten und beginnt, abgehackt und laut darauf herumzuhämmern.

Auch wenn ich keine Klavierlehrerin bin, kann ich doch nach drei schiefen Tönen feststellen, dass die gute Baronin eine blutige Anfängerin ist. Und noch dazu völlig unmusikalisch. Was das für eine Melodie sein soll, kann ich beim besten Willen nicht erkennen.

»Ähm, ich weiß nicht …« Unruhig rutsche ich auf dem Lederschemel herum. Eigentlich müsste ich der adeligen Dame spätestens jetzt verraten, warum ich hier bin! Mehrmals hole ich Luft, weiß aber nicht, was ich sagen soll.

Sie spielt unverdrossen weiter, wobei ich fast den Eindruck gewinne, dass sie sich die blanke Wut von der Seele spielt. Vielleicht ist sie wirklich so sauer, dass ich mich verspätet habe? Eine Baronin lässt man nicht warten! Ich sollte ihr wirklich erklären, dass ich …

»So.« Die Baronin hört auf zu klimpern und schaut mich erwartungsvoll an.

»Wie fanden Sie das?«

»Ähm … ich muss sagen, da war schon viel Schönes dran.« Schluck. Ich bin eine miserable Lügnerin. Mir schießt die Röte ins Gesicht. Ich glaube, ich möchte lieber wieder über das Schwein steigen und davoneilen.

»Nein«, sagt sie streng. »Das war grauenvoll.«

Aus dem Flur ertönt ein bestätigendes »Wurk!«.

»Das findet sogar Eduard«, sagt sie. »Und der ist sehr musikalisch.«

Ich fahre mir über die Stirn. »Nun, wenn Sie meine Meinung hören wollen …«

»Natürlich! Schließlich sind Sie vom Fach!«

»Das ist natürlich noch sehr ausbaufähig«, wage ich

schließlich zu sagen. »Das klang ein bisschen … aggressiv. Man müsste mehr legato spielen. Und mezzopiano.«

Huch! Was fallen mir denn da auf einmal für Worte ein? Gut, ich habe ein paar Jahre lang im Chor gesungen, offensichtlich sind ein paar Grundbegriffe hängen geblieben. Nun gut. Das ist meine Chance! Ich verleihe meiner Stimme so etwas wie Autorität. »Wo sind denn überhaupt die Noten dazu?«

»Hier!« Sie greift über meinen Kopf hinweg nach einem Notenstapel. Ein Huhn, das ich bis jetzt noch gar nicht bemerkt habe, flattert erschrocken auf.

Mit einem Blick stelle ich fest, dass es sich um eine Klavierschule für Erwachsene handelt, einschließlich CD. Die ist aber noch originalverpackt. Ich habe den hässlichen Verdacht, dass die Baronin darauf wartet, dass ich anfange zu spielen.

»Haben Sie sich das alles selbst beigebracht?«, frage ich, um Zeit zu gewinnen.

»Ja. Ich bin Autodidaktin. Richard hat es immer abgelehnt, mit mir zu arbeiten.«

Richard. Er heißt *Richard!!!* Mein Herz macht Purzelbäume.

»Ist … ähm … Richard …?«, frage ich schüchtern.

»Mein Mann. Also, mein … getrennt lebender Mann. Die Scheidung ist nur noch reine Formsache.«

Er ist frei! Ich kann's nicht fassen!

»Und kann er Klavier spielen?«

Sie wirft mir einen gereizten Blick zu. »Er ist Musiker.«

»Und was … ähm … für ein Instrument?« Mein Herz will sich gar nicht wieder beruhigen.

»Klavier«, sagt sie plötzlich mit einem süßsäuerlichen Unterton. »Er ist Korrepetitor bei den Salzburger Festspielen. Er arbeitet mit den Sängern vom Chor. Besonders mit den Damen. Die sind ihm alle rettungslos …, aber was plaudere ich da aus dem Nähkästchen. Er sieht gut aus. Sehen Sie ja.« Sie zeigt mit ihren filigranen Fingern auf das Bild an der Wand. »Aber mit mir und meinen Tieren hatte er keine Geduld. Es muss immer die hohe Kunst sein.«

Ich staune sie an. Mein Mund will sich gar nicht mehr schließen! Ich habe ihn! Er arbeitet am Festspielhaus! Er lebt in Scheidung! Ich merke, wie mein ganzes Gesicht anfängt zu prickeln.

Sie runzelt die Stirn. »Was starren Sie mich denn so an? Sind Sie etwa … Haben Sie etwa … *Kennen Sie meinen Mann?*«

Oje. Sie glaubt, ich habe was mit ihm. Womöglich denkt sie, ich sei hergekommen, um mir meine Rivalin anzusehen. Ich hole tief Luft, um zu protestieren, und mache den Mund wieder zu.

»Nein«, sage ich schließlich mit belegter Stimme. »Ich kenne ihn nicht. Ehrlich. Ich … ähm … bin ihm noch nie begegnet.« Ich versuche, das rechte Maß an Gleichmut in meine Stimme zu legen. »Ich fragte nur so … interessehalber.«

»*Was* fragten Sie interessehalber?« Ihre Stimme klingt nun schneidend.

»Also, ehrlich gesagt, interessiert es mich, warum Sie Klavier lernen wollen.«

Boh. Hoffentlich fand sie das nicht dreist von mir. Aber ich musste mal ganz schnell das Thema wechseln.

Sie streicht sich über das lange rötliche Rapunzelhaar. Ihr Gesicht bekommt ganz weiche Züge. »Weil ich meinen Tieren etwas vorspielen will«, sagt sie seltsam zärtlich. Sie sieht mich so verträumt an, dass ich einen Kloß im Hals bekomme. »Richard wollte das nicht.« Sie schenkt mir einen vielsagenden Blick.

Habe ich sie richtig verstanden?

»Sie wollen den Tieren etwas vorspielen?«, hake ich vorsichtig nach.

»Das sind sensible, tief traumatisierte Lebewesen«, entgegnet die Baronin mit Nachdruck. »Sie sollten alle geschlachtet werden. Ich habe sie in letzter Sekunde gerettet. Manche hatten schon einen Strick um den Hals! Jacob, das Eichhörnchen, saß in einer Wildererfalle! Ich habe ihn monatelang am Busen getragen. Damit er sein Trauma überwindet. Nur stillen konnte ich ihn nicht.« Sie kämpft mit den Tränen. »Auf Gut Teufelberg sollen sie sich wie im Paradies fühlen. Ich möchte ihnen Liebe und Zuwendung geben.«

Sie spricht so langsam und deutlich, als spräche sie mit einem kompletten Idioten. Wahrscheinlich gucke ich auch so.

»Sie brauchen Musik. Sie brauchen das Gefühl, in guter Obhut zu sein. Sie müssen das Vertrauen in das Wahre, Schöne und Gute zurückgewinnen.«

Sind Sie sicher?, möchte ich fragen. Oder sind Sie einfach nur durchgeknallt? Glauben Sie im Ernst, dass dieses träge Schwein da draußen Ihre Fingerübungen genießen will? Oder die vielen Katzen, die hier auf Ihren Brokatsesseln pennen? Und überhaupt: Seit wann werden in Österreich Katzen geschlachtet? Vielleicht werden die Ziegen und Schafe da draußen von Ihrem Geklimper erst recht traumatisiert. Ganz zu schweigen von dem einzigen musikalischen Wesen hier auf dem Gut, diesem Eichhörnchen und seinem Béla Bartók.

»Können Sie mir das mal vorspielen?«, fragt mich die Baronin abrupt. »Wie das richtig klingen muss?« Sie stößt ein klirrendes Lachen aus. »Richard hat sich nie die Mühe gemacht, mir das Klavierspielen beizubringen. Er meinte, ich sei unmusikalisch und hätte einen Vogel.«

Ich starre sie verwirrt an. Einen?

Die Baronin rutscht bereitwillig zur Seite und sieht mich abwartend an.

Ich habe das Gefühl, irgendetwas sagen zu müssen. Stattdessen rutsche ich in die Mitte des Schemels, räuspere mich und lasse die Finger knacken. Ich kann Noten lesen. Ich war schließlich mal an der Sommerakademie des Mozarteums. Damals, als ich bei dieser reizenden fröhlichen Frau Unterschlupf fand. Und ein bisschen Klavier spielen kann ich auch. Also. Das hier sieht doch gar nicht so schwer aus. Meine Finger zittern leicht. Soll ich? Aber wenn sie es merkt …

»Waaks!«, sagt das Huhn, das bis eben noch auf dem Notenberg thronte.

Okay, wenn das Huhn meint, ich soll, dann wage ich es einfach. Das Klavierstückchen ist wirklich leicht, in C-Dur und nicht beidhändig. Ich spiele es fehlerlos, ja, es hat sogar eine erkennbare Melodie.

»Das klingt wirklich wunderhübsch«, sagt die Baronin anerkennend. Ihre kleinen Fältchen um den Mund werden auf einmal zu Lachfältchen. »Sie spielen so schön legato!«

Oh. Das Wort kennt sie also.

»Ja, vielleicht sollten Sie versuchen, Ihr Handgelenk ruhiger zu halten und die Finger runder zu machen, dann klingt es nicht so abgehackt …« Ich führe ihr sanft den Arm.

Sie stolpert erneut durch das Stück, aber abgesehen von ein paar Ausrutschern klingt es jetzt schon ganz passabel.

Nach einer halben Stunde, in der wir richtig konzentriert gearbeitet haben, lächelt sie mich erschöpft, aber glücklich an: »Das hat mir richtig Spaß gemacht, Sonja. Sie sind eine so geduldige Lehrerin!« Eine zarte Röte kriecht über ihren Hals und ihre Wangen.

Ich bin halb gerührt, halb beschämt. »Na ja«, winke ich ab, »ich hab ziemlich lange nicht mehr … äh … unterrichtet.«

»Sie kommen also jetzt regelmäßig?«, fragt sie, springt auf und wühlt in ihrer Handtasche, die über einer Sessellehne hängt. »Fünfzig Euro die Stunde, hatten wir gesagt?«

Oh Gott. Oh nein. Das kann nicht ihr Ernst sein. Sie will mich auch noch dafür bezahlen, dass ich sie so schändlich hintergangen habe! Sie und ihren armen gut aussehenden Mann, der völlig zu Recht behauptet hat, seine Frau sei unmusikalisch und hätte einen Vogel.

Baronin Berkenbusch, ich muss Ihnen etwas gestehen. Ich bin überhaupt keine Klavierlehrerin. Ich muss nur dringend Ihren Mann sprechen. Den müsste ich mir nämlich mal ausborgen. Nicht dass Sie glauben, ich wollte was von ihm. Es ist nur so, dass ich ihn … benutzt habe. Zu beruflichen Zwecken. Und dass ich ihn nun anflehen muss, mein abgekartetes Spiel mitzuspielen. Doch irgendwie bringe ich es einfach nicht über die Lippen.

Elviras Augen haben sich verengt, als würde sie ihre großzügige Geste bereits bereuen. »Sie sind eine halbe Stunde zu spät gekommen! Wir konnten nur noch eine halbe Stunde üben! Ich habe Sie aber für eine ganze Stunde engagiert!«

»Äh … in Ordnung«, stoße ich schwach hervor. »Ich meine, für diese Probestunde nehme ich erst mal überhaupt kein Geld. Schließlich müssen wir beide ja erst mal schauen, ob die Chemie stimmt.«

»Für mich stimmt sie«, sagt die Baronin, schreitet energisch auf mich zu und steckt mir den Fünfziger in die Jackentasche. »Und beim nächsten Mal wissen Sie ja, wie weit der Weg ist, und finden pünktlich her. Da wird der liebe Richard aber schauen, wenn ich ihm den Schubert vorspiele! Und den Brahms. Vielleicht können wir schon bald den Sommernachtstraum von Mendelssohn einstudieren. Den lieben meine Tiere besonders. Weil das so ein filigranes Werk ist, das im Wald spielt. Nicht wahr, meine Moppel? Eduard mag übrigens am liebsten den Hochzeitsmarsch.«

Mich überläuft es heiß. Ich will irgendwas Unbekümmertes, Fröhliches sagen, aber mir fällt nichts ein. Vielleicht möchte Eduard bald heiraten?

Sie geleitet mich freundlich, aber bestimmt durch den dunklen Flur zur immer noch offen stehenden Haustür und sagt: »Eduard, lass die Dame vorbei.«

Das Schwein rappelt sich mühsam auf und schleppt sich einen Meter weiter, wo es wieder unter seinen Fettmassen zusammensackt.

»Kommen Sie mal zu einer Führung, wenn Sie Lust haben«, sagt Elvira freundlich, als sie sieht, dass ich meinen Blick über ihre Tierwelt schweifen lasse. »Und vielleicht übernehmen Sie sogar für eine Ziege die Patenschaft.«

Ich starre sie einen Moment lang an wie ein Schaf, doch mir fällt keine passende Ausrede ein.

»Also, ich bin froh, wenn ich meine eigenen Kinder ernähren kann«, platzt es plötzlich aus mir heraus. »Und ein Kuckuckskind füttere ich auch noch mit durch.«

Ich kann förmlich zusehen, wie der Baronin ein Licht aufgeht. Sie sieht mich mitfühlend an und sagt: »Deswegen müssen Sie sich mit Klavierstunden durchschlagen!« Sie legt einen Finger an die Lippen, zieht einen zweiten Fünfziger aus ihrer Tasche und stopft ihn mir in die Jeanstasche.

»Nein«, sage ich rasch. »Das meinte ich nicht … Ich will nur nicht … noch eine weitere Ziege.«

»Machen Sie sich keine Sorgen«, unterbricht mich die Baronin, während sie mich mitsamt meinen leicht verdienten hundert Euro zu meinem geleasten Kleinwagen schiebt. »Hauptsache, Sie kommen wieder. Ich werde so lange üben, bis meine Tiere zufrieden mit mir sind.« Sie lächelt verschmitzt, klopft auf mein Autodach und verschwindet in Richtung Haus – gefolgt von einem Dutzend Ziegen, Schafen, Schweinen und Lämmern.

So einen merkwürdigen Auftritt hatte ich schon lange nicht mehr erlebt. Aber wie dem auch sei – Hauptsache, ich habe ihn gefunden.

Meinen Sebastian Richter.

19

Tag und Nacht träume ich von ihm. Ist das nicht Wahnsinn? Wenn ich an den Mann denke, der keine dreihundert Meter von mir entfernt im Festspielhaus sitzt und die Sänger beim Üben am Klavier begleitet, wird mir ganz anders. Ich habe ihn ausgesucht. Ohne ihn zu fragen, ob er das will. Mehr noch, ich habe ihn mir ausgeborgt. Für meine beruflichen Zwecke. Die Wahrheit ist: Ich habe ihn mir einfach … genommen!

Noch habe ich es nicht gewagt, Richard aufzuspüren. Aber ich weiß jetzt, wer er ist! Wie er heißt, was er macht und wo ich ihn finden kann!

Vor unserer ersten Begegnung brauche ich dringend noch eine neue Frisur, vielleicht ein paar frische Strähnchen und neue Klamotten. Was hat Elvira gesagt? Er wird von seinen Chordamen angehimmelt. Wie soll ich es da schaffen, sein Interesse zu wecken?

Auf einmal hat die ganze Sache Zeit. Bin ich etwa … feige? Habe ich Angst, er könnte mich auslachen, zurückweisen, ja sogar böse auf mich sein? Meine schlimmste Befürchtung ist die, dass er mich ignorieren könnte. Ich meine, er arbeitet mit einem Damenchor! Sicher schläft er mit allen … war da nicht was mit »Besetzungscouch«? Diese Vorstellung versetzt mir einen schmerzhaften Stich.

Ich werde zuerst noch ein paar Erkundigungen über ihn einholen. Es ist wichtig, dass ich mich auf unsere erste Begegnung sehr sorgfältig vorbereite. Auf meine nächste Klavierstunde mit Elvira Berkenbusch freue ich mich richtig. Wetten, dass sie mir eine Menge über ihren Exmann erzählen wird?

Bis es so weit ist, nutze ich die Zeit zum Arbeiten. Jeden Tag sitze ich an meinem, also natürlich Sebastian Richters, Kindermusical. Immer wieder höre ich die Schlager von Tom Konrad und feile an meinen Texten. Passt ein Lied zu dieser oder jener Bühnenperson? Welche Verse lege ich welchem Protagonisten in den Mund? Wie läute ich das nächste Lied ein? Wo soll der Chor den Refrain singen? Meine Zungenspitze tanzt vor lauter schöpferischem Eifer mit meinen über die Tastatur huschenden Fingern um die Wette.

Manchmal ruft Werner Gern an und fragt, wie es vorangeht. Da Sebastian Richter nicht gestört werden will, erörtere ich als seine Managerin die neuesten Entwicklungen mit Herrn Gern. Der ist jedes Mal hocherfreut und lässt Sebastian Richter die besten Grüße und Wünsche für weitere kreative Ideen ausrichten.

Am Wochenende packe ich Greta und ihren Klon ins Auto und fahre zu Paulis Mama an den hintersten Zipfel des Mondsees. Pauli ist Gretas neuer Freund, und ich will ja nicht spießig sein und den beiden im Wege stehen. Also werde ich mir Paulis Mutter mal ansehen. Wir Mütter sollten an einem Strang ziehen, die Sache in Ruhe besprechen und gemeinsame Regeln aufstellen. Wir sollten Kontakt halten, unsere Kinder zwar ihre Erfahrungen machen lassen, aber immer eine helfende und führende Hand nach ihnen ausstrecken. Trotz meines Termindrucks und einer intensiven schöpferischen Phase steht Gretas Seelenheil für mich an oberster Stelle.

Mit Paulis Mutter habe ich Glück: Sie ist eine ganz Liebe

und wohnt mit ihrem Sohn in einem urgemütlichen kleinen Holzhaus auf einem Hügel. Es ist ein atemberaubend idyllisches Fleckchen. Eine Katze rekelt sich zufrieden schnurrend auf einer grünen Bank vor der Haustür. Ich bin ganz außer Atem, als wir uns den schmalen Weg hinaufgekämpft haben. Von hier aus blickt man auf den majestätischen Schafberg, der immer noch unter Schneeresten in der Sonne glänzt. Der Mondsee ist zurzeit ganz grün. Das liegt an den vielen jungen grünen Bäumen, die sich im See spiegeln. Alles hier wirkt vollkommen authentisch, echt und unverkrampft.

Paulis Mama heißt Maria und hat extra eine köstliche Erdbeersahnetorte gebacken. Sie bittet uns lächelnd auf die Terrasse. Auch ihr scheint es eine Herzensangelegenheit zu sein, dass wir Mütter uns kennenlernen und hoffentlich gut verstehen.

Ihr entzückender Pauli, den ich inzwischen richtig ins Herz geschlossen habe, fährt jeden Morgen um zehn nach sechs mit dem Bus bis nach Mondsee. Dort steigt er in einen anderen Bus, der ihn über die Autobahn nach Salzburg bringt. Dann latscht er vom Mirabellplatz zu unserem Mietshaus in der schmalen Straße unter dem Kapuzinerberg. Dort wartet er geduldig neben den Mülltonnen, bis meine Prinzessinnen frisch geschminkt erscheinen. Und ich die jungen Herrschaften zur Schule fahre.

Paulis Mama bedankt sich herzlich dafür, dass ihr Sohn nun eine Viertelstunde weniger zur Schule braucht, und ich freue mich einfach über die nette Einladung an diesen paradiesischen Ort. Ich habe das Gefühl, dass sich etwas von der Ruhe und Gelassenheit dieser Frau auf mich überträgt, während ich ihr ein bisschen frischen Wind aus der Stadt mitbringe.

Wir verstehen uns auf Anhieb – die Stadtmaus und die

Landmaus. Uns beiden ist wichtig, dass unsere Kinder ihre erste Liebe, die sie ihr Leben lang im Herzen tragen werden, ohne Verbote und Heimlichkeiten genießen können.

»Wenn ich mir vorstelle, was mein Vater mit mir gemacht hätte, wenn ich mit vierzehn mit einem Freund angekommen wäre«, sagt Maria lachend, die hier auf diesem Grundstück aufgewachsen ist. Sie macht eine Handbewegung, die nach einer Tracht Prügel aussieht. »Ich hätte es auch nie gewagt«, sinniere ich laut, während ich die köstliche Erdbeertorte in mich hineinstopfe.

»Das wäre überhaupt kein Thema gewesen!«

»Unsere Eltern hätten uns richtig zur Schnecke gemacht!«

»Das haben sie schon aus nichtigeren Anlässen ...«

Wir ergötzen uns an unseren unerfreulichen Jugenderinnerungen, die alle von drakonischen Strafen und tiefkatholischen Schuldgefühlen handeln. Die Kinder, die derartige Schilderungen immer mit wohligem Gruseln genießen, haben sich längst in den ersten Stock verzogen. Dort hört man sie kichern, quietschen und herumalbern.

Habe ich schon erwähnt, dass Toni, der Klon, natürlich auch einen festen Freund hat, der nun ebenfalls bei uns herumhängt? Er heißt Didi und ist auch sehr in Ordnung. Besser, sie hängen bei mir herum als unter der Salzachbrücke oder am Bahnhof.

»Inzwischen füttere ich vier junge Leute durch und räume hinter ihnen her«, seufze ich lachend. »Auf so eine Idee wären unsere Eltern nie gekommen.«

»Solange sie noch zu viert sind, mache ich mir keine Sorgen«, sagt Paulis Mama grinsend.

»Du weißt, dass meine Greta erst vierzehn ist?« Ich nehme erst mal einen Schluck Kaffee, um mich ein wenig zu entspannen.

»Ich hatte keine Ahnung!«, gesteht Maria. »Pauli sagt, sie sei sechzehn!«

»Ich halte es für meine Mutterpflicht, diese kleine Notlüge zu korrigieren!«

»Sie wirkt wirklich wie sechzehn. So reif, erwachsen und vernünftig.«

Ich ziehe die Augenbrauen hoch. Spricht sie von *meiner* Tochter?

»Da wird in den nächsten Jahren auf keinen Fall etwas laufen«, sage ich mit warnendem Unterton. »Bei mir zu Hause habe ich die Verantwortung, und wenn sie hier auf dem Land sind, bist du gefragt. Ist das ein Wort unter Müttern?«

Maria grinst. »Du kannst dich auf mich verlassen. Pauli liebt Greta viel zu sehr, um sie zu etwas zu drängen. Es ist ihm richtig ernst mit ihr. Er redet von nichts anderem mehr.«

»Wie ernst es so jungen Menschen sein kann mit ihren Gefühlen«, sage ich versonnen, während ich mir noch ein zweites Stück von dem köstlichen Kuchen einverleibe. »Wenn auch wir sie und ihre Gefühle ernst nehmen und ihnen ganz unauffällig zur Seite stehen, bleibt so eine erste Liebe unvergesslich.«

»Ja, so etwas vergisst man nie«, stimmt Maria mir bei.

Dann kommen wir auf uns selbst zu sprechen. Wir sind beide alleinerziehend, wobei sich Maria gerade wieder frisch verliebt hat. In den Mathe-Nachhilfelehrer ihres Sohnes Pauli. Sie wird ganz rot und bekommt leuchtende Augen, als sie mir von Walter erzählt. Er ist schon pensioniert und lebt drei Häuser weiter unten am See. Seit Jahren kommt er nun schon ins Haus und paukt mit Pauli Mathe, aber erst vor drei Wochen hat es bei ihnen beiden gefunkt. Er hat ihr geholfen, ein paar schwere Vorhänge aufzuhängen, und dabei haben sie es auf einmal gemerkt! Dass sie sich schon lange lieben! Jetzt sind sie ganz aus dem Häuschen vor Glück, wollen es aber noch vor Pauli geheim halten. Oh Gott. Verknallstufe rot. Sämtliche Liebesglocken bimmeln. Nur bei mir nicht.

Ich bin gerührt. So eine Frau von gut und gerne vierzig verliebt sich noch genauso wie eine Vierzehnjährige! Sie wirkt so jung und mädchenhaft, dass ich sie fast in den Arm nehmen will. Dabei kennen wir uns doch gerade erst zwei Stunden!

»Und du?«, fragt sie schließlich neugierig und rutscht noch etwas näher an mich heran. »Hast du einen Mann, den du liebst?«

»Einen virtuellen«, entgegne ich würdevoll. »Einen, den ich mir selbst erschaffen habe. In den bin ich allerdings ziemlich verliebt.«

»Selbst erschaffen?«, stößt sie fassungslos hervor.

Ich erzähle ihr, in welche Situation ich mich hineinmanövriert habe: »Unter einem männlichen Pseudonym haben meine Kolumnen plötzlich funktioniert! Ist das nicht aberwitzig?« Nervös streiche ich mir eine Haarsträhne aus der Stirn.

»Und wie lautet es?« Maria hat sich aufrecht hingesetzt und sieht mich gespannt an.

»Sebastian Richter«, sage ich, nichts Gutes ahnend. »Warum?«

Daraufhin springt Maria mit hochrotem Kopf auf und läuft ins Haus.

Als sie wieder herauskommt, hält sie etwas in der Hand, das ... das ist doch ... Ich starre sie einen Moment lang an wie ein Schaf.

»Sein Autogramm«, sagt sie und legt es auf den Tisch.

»Sein Foto mit Unterschrift!« Sie schaut mich fragend an und verschränkt die Arme vor der Brust. »Den kannst du dir doch nicht ausgedacht haben!«

»Doch«, sage ich kleinlaut und spüre, wie ich rot werde. »Es tut mir leid, Maria, aber Sebastian Richter bin ich.« Mein rechtes Bein ist eingeschlafen, und ich fühle mich plötzlich wie gelähmt.

»Das kann doch nicht sein«, stößt sie ungläubig hervor. »Das Foto … ich meine, wo hast du das denn her?«

»Das habe ich einem alten, trotteligen Fotografen abgekauft. Und an den Verlag geschickt. Und Autogrammkarten davon anfertigen lassen. Aus nackter Existenzangst!« Ich schreie beinahe. »Ich muss doch meine Kinder ernähren!«

»Da bin ich aber ganz schön drauf reingefallen.« Maria dreht und wendet die Autogrammkarte ratlos in ihren Händen. »Für Maria Sendlinger mit ganz lieben Wünschen«, liest sie die Widmung vor. »Von Sebastian Richter!«

Ich senke den Blick. »Das habe ich geschrieben«, würge ich tonlos hervor. »Nicht böse sein, Maria. Ich wollte dich wirklich nicht kränken. Ich wusste ja nicht, dass wir uns einmal begegnen würden …« Ich schlage mir die Hand vor den Mund. Was rede ich denn da?

Plötzlich wird mir klar, dass ich einer fast vollkommen Fremden mein Geheimnis verraten habe! Warum kann ich bloß meine verdammte Klappe nicht halten? Was ist, wenn ich ihr nicht vertrauen kann?

Meine Gedanken rasen. Sie könnte im Verlag anrufen und mich verpfeifen. Sie könnte meine mühsam erlogene Existenz ruinieren. Warum bin ich so vertrauensselig? Ich schaue Maria prüfend von der Seite an. Wird sie … Könnte sie ein Interesse daran haben … Ich fasse mir mit beiden Händen an den Kopf. Aber dann spüre ich wieder Marias beruhigende Ausstrahlung: Diese Frau ist keine Intrigantin, keine Tratschtante, keine Wichtigtuerin. Sie will mir nichts Böses. Im Gegenteil.

Nein, ich muss nicht an ihr zweifeln.

Maria hingegen hätte allen Grund dazu. Das muss ein schrecklicher Schock für sie sein. Die Mutter des Mädchens, das ihr Sohn liebt, die Frau, mit der sie soeben freundschaftliche Bande geknüpft hat, ist eine eiskalte Betrügerin! Oh Gott. Ich schäme mich vor ihr.

Auf einmal bin ich den Tränen nahe. Erst jetzt wird mir bewusst, wie viele Frauen Sebastian Richter vertrauen. Sie haben ihm Koch- und Backrezepte geschickt, ihm Tipps gegeben, wie man Kalkreste in der Badewanne beseitigt, Brombeeren einweckt und Bettwäsche weichspült. Sie haben ihm Liebesbriefe geschickt, Schokolade, Kuchen, Kekse und Anregungen fürs Serviettenfalten – und zwar nur, weil sie davon ausgingen, dass sie es mit einem *Mann* zu tun haben. Einer *Frau* hätten sie niemals ihre Hilfe angeboten. So grotesk und beschämend die Situation ist: Sie dürfen es nie erfahren!

»Ich habe alle seine Kolumnen gesammelt …« Maria springt schon wieder auf und läuft ins Haus. Mit einem Stapel Seiten aus *Frauenliebe und Leben* kommt sie zurück. Sie schlägt fassungslos mit der flachen Hand darauf: »Ich habe sie gemeinsam mit meinen Schwestern und meiner Mama gelesen! Wir sind begeistert von dem Mann!«

»Er ist nun mal kein Mann«, korrigiere ich sie vorsichtig. »Kannst du dich eventuell an den Gedanken gewöhnen, dass Sebastian Richter eine Frau ist? Die zufällig gerade vor dir sitzt? Die die gleichen Sorgen und Probleme hat wie du, deine Schwester, deine Mama und all die hunderttausend Leserinnen? Gerade *weil* sie eine Frau ist?«

Stumm starrt Maria mich an. Ich werfe einen verstohlenen Blick auf die oberste Kolumne. Es ist die, die ich vor einem Monat geschrieben habe. Über den dringenden Wunsch meiner Tochter nach einem Hund. Ohne dass meine Tochter –

Verzeihung, Sebastian Richters Tochter – auch nur freiwillig einen Fuß vor die Tür setzen würde. Früher strafte man Kinder mit Stubenarrest. Heute straft man sie damit, rausgehen zu müssen. Sie und ihr Klon wollen trotzdem einen Hund. Der sich – genau wie ihre Computergefährten – in Luft auflöst, wenn sie ihn wegdrücken. Wenn sie schon nicht fähig oder willens sind, eine schmutzige Tasse in die Spülmaschine zu stellen oder ein nasses Handtuch aufzuheben – wie viel Lust haben sie wohl dazu, Hundehäufchen zu beseitigen?

Auf diese Kolumne hat Sebastian Richter Hunderte von Leserbriefen bekommen. Mindestens zwanzig davon enthielten den Vorschlag, sich ihren eigenen Hund erst mal als Leihund Probehund auszuborgen. Die Verfasserinnen dieser Briefe boten sich ausnahmslos an, mit Sebastian Richter und dem Hund lange Spaziergänge zu machen!

»Wie wäre es jetzt mit einem Schlückchen Prosecco?«, frage ich hastig. Ich habe welchen mitgebracht, er ist in der Kühlbox im Kofferraum. »Auf die Liebe unserer Kinder«, füge ich betont fröhlich hinzu, »und auf die kleinen Lebenslügen.«

Als wir wenig später mit unseren Sektgläsern nebeneinander in der untergehenden Sonne sitzen, fragt mir Maria Löcher in den Bauch. Sie ist mir zum Glück nicht ernsthaft böse, dass ich sie und Hunderttausende anderer Leserinnen so skrupellos hinters Licht geführt habe. Inzwischen findet sie die Sache sogar wahnsinnig spannend. Stadtmaus und Landmaus sitzen im Gras und erzählen sich was.

»Und was machst du jetzt mit diesem Mann?« Sie zeigt auf das Foto. »Der sieht ja wirklich verdammt gut aus! Wenn ich nicht gerade frisch verliebt wäre, würde ich mich auf der Stelle … Aber das tun ja wohl alle seine … also, deine Leserinnen!«

Ich erzähle ihr, dass ich immerhin schon seine Frau Elvira kennengelernt und ihr aus Versehen eine Klavierstunde gegeben habe. Ich zeige auf den Hügel schräg hinter uns, auf dem das Gut Teufelberg liegt.

»Die Baronin Berkenbusch?«

Jetzt schlägt sich Maria die Hand vor den Mund. »Die kennt hier wirklich jeder! Die ist ein bisschen durchgeknallt mit ihrer abgöttischen Tierliebe.«

»Meinst du, sie hat einen an der Waffel?«

»Das kannst du glauben!«, sagt Maria nachdrücklich.

»Den Eindruck hatte ich auch«, gestehe ich besorgt. »Sie hat den armen Mann bestimmt rausgeekelt mit ihrem Tierspleen. Sie wollte allen Ernstes, dass er Konzerte für die Tiere gibt!«

Maria und ich wollen uns schier ausschütten vor Lachen, und bevor ich fahre, muss ich ihr versprechen, sie weiter auf dem Laufenden zu halten.

20

Bei meiner nächsten Klavierstunde auf dem Teufelberg erfahre ich mehr über meinen Sebastian Richter, der in Wirklichkeit Richard Berkenbusch heißt. Elvira erzählt ziemlich
atemlos von ihrer gescheiterten Ehe, während ich schweigend
neben ihr auf dem Klavierschemel sitze. Begierig sauge ich
jede Information über Richard auf.

»Er hat mich ja nur geheiratet, weil ich den Hof geerbt
habe«, sagt sie und lacht verbittert. »Und den Adelstitel wollte er! Der geht ihm aber mit der Scheidung verloren!« Ich
mustere sie durchdringend. Ist Richard tatsächlich ein …
Erbschleicher?

»Aber meine Tiere wollte er nicht lieb haben! Jedenfalls
nicht so, wie ich mir das vorgestellt habe! Ein *bisschen* von
seinem Talent hätte er ihnen schon widmen können. Aber er
wollte ihnen einfach nichts vorspielen!« Elvira atmet hörbar
aus. »So, genug geredet. Wir sind schließlich zum Klavierspielen hier. Und jetzt spiele *ich* meinen Tieren vor. Richard
wird schon sehen, dass er ersetzbar ist.«

Während die Baronin, in eine Pferdedecke gehüllt, Töne
produziert, die mir in den Ohren wehtun, lasse ich meinen
Blick zu seinem Bild schweifen, das neben der Wanduhr über
dem Flügel hängt. Immerhin hat sie es noch nicht entfernt.
Vielleicht liebt sie ihn doch noch? Oder will sie nur den Tieren den Anblick einer weißen Wand ersparen? Dieser Mann

sieht wirklich fantastisch aus. Er schaut den Betrachter direkt
an, während er eine Hand auf den Tasten des Flügels liegen
hat. Ich muss schlucken.

Was für ein Mensch er wohl ist? Ein berechnender, kalt-
herziger Typ, der nur ihr Geld und den Adelstitel wollte, so
wie Elvira ihn beschreibt?

Wann werde ich ihn endlich kennenlernen? Ich könnte
ihn mir stundenlang anschauen. Offensichtlich tue ich das
auch. Plötzlich hört Elvira auf zu spielen.

»Mein Mann gefällt Ihnen, was?« Elvira hat meinen ver-
klärten Blick bemerkt. Ihre Stimme ist schneidend. Ich habe
Angst, dass sie mir den Klavierdeckel auf die Finger knallt.

»Ähm, nun ja, er sieht wirklich ausnehmend gut aus ...«
Mir wird ganz heiß.

»Sie sind auch *wirklich* nicht hinter meinem Mann her?«,
fragt Elvira, und ihre Stimme bekommt etwas Eisiges. Mir
wird ganz anders. *Natürlich* bin ich hinter ihrem Mann her!

»Nein, wirklich nicht. Ich kenne ihn überhaupt nicht. Ich
bin Ihrem Mann noch nie begegnet.« Mein Mund fühlt sich
ganz trocken an.

»Ich habe es nämlich wirklich satt, wie diese Chorgänse
meinen Mann anhimmeln. *Noch* sind wir schließlich verheiratet. Wenn auch nur auf dem Papier.«

Interessant, dass Elvira das Wort »Gänse« verwendet. Wo
Gänse doch grundsätzlich schutzbedürftige, traumatisierte
Wesen sind. Die Chorgänse würde sie ganz offensichtlich
nicht vor dem Schlachter retten.

Ihre Wut auf die vermeintlichen Nebenbuhlerinnen steht
ihr ins Gesicht geschrieben, während sie sich nun an »Im
Märzen der Bauer« versucht. Ihre Finger zittern. Ich muss ein
bisschen grinsen, als die Baronin mir eifrig die kindliche Melodie vorspielt. Es klingt so schlimm und falsch, dass ich fast

Mitleid mit ihr bekomme. Vorsichtig nehme ich ihre verkrampfte Hand und lege sie sanft auf die Tasten: »Runde Finger. Schauen Sie. Halten Sie das Handgelenk ruhig.« Ihre kindliche Seele scheint im Trotzalter stehen geblieben zu sein.

Elvira lächelt mich dankbar an. »Schließlich wollen wir meine Tiere ja nicht verschrecken«, sagt sie. »Die sollen ja innerlich zur Ruhe kommen.«

»Sehen Sie. Und deshalb spielen wir jetzt *legato* und *piano*.« Mein Lächeln ist so bemüht, dass es wehtut.

Eduard, das übergewichtige Schwein, liegt heute vor dem Gästeklo. Es schnarcht ganz laut, aber Elvira und ich lassen uns dadurch nicht stören. Dafür stört uns heute eine Ziege namens Corri, die offensichtlich mitspielen will. Der arme Richard. Der muss hier gestorben sein vor Frust.

Elvira scheint das nicht zu irritieren. Schließlich musiziert sie ja für die Tiere. Also auch *mit* den Tieren. Die dürfen ruhig mitspielen. Dass Richard nicht für die Tiere spielen wollte, ist aber auch wirklich hartherzig von ihm!

Ich habe heute ein paar uralte Noten mitgebracht, die ich vom Dachboden geholt habe: meine eigene erste Klavierschule. Vor dreißig Jahren habe ich als kleines Mädchen daraus gelernt, und der Vorteil ist: Ich kann noch sämtliche Stückchen fehlerlos spielen. Sie haben sich sozusagen in mein Unterbewusstsein eingegraben. Als neues Stück üben wir »Komm lieber Mai und mache«, das passt besser zur Jahreszeit. Nach einer Stunde eifrigen Übens kriegen wir es zusammen hin. Corri meckert verdrossen. Sie ist mit dem Ergebnis noch nicht zufrieden. Und wer weiß? Vielleicht kann sie es besser?

Elvira strahlt mich an: »Sie sind wirklich eine tolle Lehrerin!«

»Nicht doch«, wehre ich ab. »Es macht mir auch wirklich

Spaß mit Ihnen … und natürlich mit Corri. Sie ist sehr musikalisch.« Ich könnte mir direkt in die Hosen machen vor unterdrücktem Lachen. Aber angesichts des verbarrikadierten Gästeklos sehe ich lieber davon ab. Wer weiß, ob Eduard nicht gerade was Schönes träumt?

»Wo unterrichten Sie denn sonst?«, fragt Elvira freundlich, während sie mir eine Tasse Tee reicht. Sie scheucht die fettbäuchige Ziege weg, die ihre Hörner angriffslustig gegen meine Tasse richtet: »Corri, du hattest soeben ein Honigbrötchen. Nein, das ist jetzt für Sonja. Am Mozarteum?«

Hoffentlich will sie nicht, dass ich Corri dort zum Studium anmelde.

»Nein, dort habe ich nur einen Sommerkurs belegt, aber das ist schon eine Ewigkeit her«, antworte ich wahrheitsgemäß. »Das war eine wunderschöne Zeit, an die ich gern zurückdenke … Ich bin eigentlich auch Autodidaktin.« Hastig trinke ich einen Schluck Tee. »Ansonsten arbeite ich hauptsächlich mit Kindern.«

Die Ziege denkt gar nicht daran, mir meinen Tee neidlos zu überlassen. Sie neigt ihren Kopf und versucht, an meiner Tasse zu lecken. Dabei darf ich ihren nicht ganz stubenreinen Hinterausgang betrachten.

»Da können wir aber froh sein«, sagt Elvira gestelzt. »Dass Sie sich unserer annehmen. Es muss auch Menschen geben, die sich um benachteiligte Randgruppen kümmern. Nicht wahr, Corri?«

Als ich mich gerade frage, wie ich das Thema wieder unauffällig auf Richard bringen soll, stolziert ein Huhn herein und fängt an, auf meinen Schuhen herumzupicken.

»Lass das, Leonie«, sagt Elvira sachlich. »Die Dame möchte das nicht.«

»Took«, sagt das Huhn beleidigt.

»Wo ist Ihr Mann eigentlich?«, frage ich so harmlos wie möglich. »Ich meine, er wohnt hier wohl nicht mehr?«

»Er ist schon länger ausgezogen«, sagt Elvira mit gestelzter Stimme. »Zu seiner Mutter. Ihm passten meine kleinen Lieblinge hier nicht.« Wie auf Kommando steht ein staubiger Esel auf dem Perserteppich und schüttelt bedauernd den Kopf.

»Er arbeitet lieber mit Menschen als mit Tieren. Was uns letztlich auseinandergebracht hat. Richard wollte immer allein Klavier spielen! Die Tiere durften nicht im Raum sein, wenn er übte! Geschweige denn, wenn eine seiner Sängerinnen zum Üben kam. Das ist doch nicht normal, so was!«

»Nein«, sage ich erschüttert, um dann ganz nebenbei zu fragen: »Und was macht Ihr Mann jetzt?« Dabei biedere ich mich bei der Ziege an, indem ich ihr struppiges Fell streichle. »Wo würde man ihn finden, wenn man ihn suchen würde?«

»Im Moment ist er vollauf mit den Pfingstfestspielen beschäftigt«, erklärt Elvira. »Und studiert für Mutti den *Sommernachtstraum* ein.«

»Für Mutti? Für seine Mutter? Bei der er jetzt wieder wohnt?«

»Ricardo«, sagt Elvira herablassend. »Der ist auch kein Tierfreund.«

Ich erstarre. Mit *Muti*? Ricardo Muti? Den *Sommernachtstraum*? Das war mein Lieblingsstück, als ich das Mozarteum besuchte. Eines, das ich noch heute auswendig kann.

»Ja, und dann gehen sie damit auf Tournee. Erst nach Griechenland, Spanien und Italien und dann in die Schweiz.« Sie sieht mich erstaunt an: »Ist Ihnen nicht gut?«

»Doch«, sage ich schnell. Plötzlich wird mir bewusst, dass ich jetzt handeln muss. Bevor mir dieser göttliche Richard entwischt.

21

Das Festspielhaus liegt in der Abendsonne. Ich sitze im »Triangel«, das heißt draußen auf einer der Bänke, und halte mich an meinem Bierglas fest. Das »Triangel« ist *die* angesagte Kneipe direkt gegenüber dem Festspielhaus, und hier verkehren Leute wie Anna Netrebko, Jürgen Flimm und Ricardo Muti. Oder eben so kleine Gaffer wie ich.

Für den unwahrscheinlichen Fall, dass es mir gelingen sollte, eine Karte für das Konzert zu ergattern, habe ich vorsorglich mein langes schwarzes Kleid angezogen. Manchmal stehen draußen Leute, die ihre Karte zu Schwarzmarktpreisen verscherbeln wollen. Ich habe mir selbst ein Limit von zweihundert Euro gesetzt.

Wobei ich noch keinen Plan habe, wie ich in den Künstlerbereich des Festspielhauses gelangen soll. Nervös trommle ich mit den Fingern auf die Tischplatte und beobachte, was um mich herum geschieht.

Die Kellner umschwirren die Festspielgäste und Möchtegerne wie Motten das Licht. Neben mir sitzt ein Ehepaar in Lodentracht, das einen Dalmatiner dabeihat. Die wollen wohl auch »nur gucken«. Die ältere Dame trägt eine rot-weiß gestreifte Bluse unter einem altrosa Trachtenjanker und isst »Reinanke mit Bärlauch-Erdäpfelsalat«. Der gut erzogene Dalmatiner will davon offensichtlich nichts abhaben, er liegt unter dem Tisch und fixiert den Künstlereingang – genau wie ich! Doch wir sind zu früh dran. Ich betrachte unauffällig den Gatten. Er trägt ein blau-weiß gestreiftes Hemd unter grünem Trachtenjanker.

Pferdegetrappel lenkt mich von meinen Beobachtungen ab: Prächtige Kutschen mit schwarzen Kaltblütern ziehen am Festspielhaus vorbei.

Ein japanisches Touristenpaar schlendert ermattet auf Flipflops vorüber, während ein einzelner Salzburger Philharmoniker mit lässig über die Schulter geworfener Frackjacke dem Künstlereingang entgegenstrebt. Er hat einen Geigenkasten dabei.

Der Dalmatiner ist aufgestanden und schüttelt sich. Sofort bringt ihm der freundlich lächelnde Kellner einen Wassernapf. Das Trachtenpaar neben mir spricht tiefsten Ruhrpottslang.

Jetzt schiebt sich ein schwuler Stadtführer samt Reisegruppe ins Bild. Ich höre ihn näseln: »Gegründet wurden die Festspiele im Jahr 1917. Der Wiener Regisseur Max Reinhardt rief sie ins Leben. 1920 gab es zum ersten Mal Hugo von Hofmannsthals ›Jedermann‹! Heute gibt es drei Spielstätten: das Große Festspielhaus, die Felsenreitschule und das neue Haus für Mozart. Folgen Sie mir jetzt bitte zur Kirche der Franziskaner …« Die Touristen trappeln weg.

Währenddessen zahlen und erheben sich am Nebentisch zwei Paare, die offensichtlich Karten für den *Sommernachtstraum* haben. So langsam geht es los! Neue Gäste, denen man das Geld, nicht aber das Glück ansieht, laufen vor dem »Triangel« auf. Die Bussi-Bussi-Gesellschaft umarmt sich, während Kameraleute herbeispringen und auf sie draufhalten.

»Darf ich vorstellen«, zirpt nun eine besonders Dünne im Seidendirndl, »das sind Herr und Frau Doktor Wichtig vom Verein der Freunde und Förderer, Graf und Gräfin Selbstverliebt, Baronin und Baron von Aadabei, Herr und Frau Neureich aus Stuttgart. Bitte behalten Sie doch Platz!«

Der Dalmatiner, der bis jetzt so artig war, bellt nervös und zerrt an seiner Leine.

Im Hintergrund schlendert ein kleiner Junge in Krachlederner vorbei und lässt sein Jo-Jo auf- und abhüpfen.

Inzwischen wird von dem Fernsehteam ein Mikrofon, das aussieht wie ein Langhaarterrier, über die adeligen Herrschaften gehalten. Diese lachen und jubeln ganz aufgekratzt, während sie mit ihren Begrüßungen fortfahren. Hauptsache, das ist heute Abend in »Seitenblicke« zu sehen.

Doch ich lasse mich nicht ablenken und behalte den Künstlereingang genau im Blick. Die Mitglieder des Orchesters trudeln nach und nach ein, und ich möchte an den eisernen Gitterstäben rütteln und rufen: »Ich will da rein!« Wenn ich doch nur irgendjemandem seine Karte abkaufen könnte! Jemandem, der gar nicht freiwillig in dieses Konzert will! Der diese Erste-Sahne-Mucke unter Ricardo Muti gar nicht zu schätzen weiß! Irgend so einem Bäuerlein, das viel lieber in der Kneipe sitzen würde! Suchend blicke ich mich um. Ein Bus hält direkt vor dem Künstlereingang. Die Türen öffnen sich, und ihnen entsteigen … lauter schwarz gekleidete Damen! Ist das der … Das ist der Chor, der Festspielchor! Die etwa vierzig Damen raffen ihre langen Kleider und tragen schwarze Notenmappen unter dem Arm. Mein Blick irrlichtert zurück zu dem Bus. Woher … Wieso … Der Bus hat ein Bregenzer Kennzeichen! Dann ist das ein Gastchor, der den Festspielchor verstärkt. Ja! Natürlich! Das müssen die Damen des Bregenzer Festspielchores sein! Hatte ich das nicht ganz klein gedruckt auf dem Plakat gelesen? Die Kolleginnen vom Salzburger Festspielchor kommen doch nicht mit dem Bus! Die wohnen doch hier! Ja, genau, da kommen noch andere.

Sie strömen aus verschiedenen Richtungen herbei. Eine ganze Wolke von schwarz gekleideten Chordamen wälzt sich nun in Richtung Künstlereingang. Wie ein Insektenschwarm.

In meinem Kopf spielen sich ungeheuerliche Szenen ab: Ich könnte … Ich könnte doch einfach … Nein, das ist ja Wahnsinn. Wenn ich erwischt werde! Aber wenn nicht … Sie sehen doch alle gleich aus. Das ist meine Chance! Ich bin eine Chordame! Optisch falle ich nicht auf. Ich mische mich ganz unauffällig unter sie.

Zwei verschiedene Damenchöre. Aus zwei verschiedenen Festspielhäusern. Sie kennen sich nicht. Man wird denken, ich gehöre zum jeweils anderen Chor. Das könnte klappen! Ich laufe unauffällig mit den plaudernden Damen durch den Künstlereingang. Dabei zittern mir so sehr die Knie, dass mein langer Rock vibriert. Sie müssen es doch merken! Sie müssen es mir doch ansehen! Doch nichts passiert.

Niemand hält mich auf und schreit: »Halt! Sie gehören nicht dazu!« Oder: »Dienstausweis!« Oder, was mein persönlicher Albtraum wäre: »Vorsingen!«

»*Schwarze Käfer, uns umgebt nicht mit Summen! Macht euch fort!*«, trällert eine selbstverliebt, und die andere, die sich bei ihr eingehängt hat: »*Nachtigall, mit Melodei sing in unser Eiapopei! …*« Andere stimmen mit ein, und ich bekomme eine wohlige Gänsehaut. Das habe ich damals im Sommerkurs im Chor mitgesungen! Ich war sogar der erste Solo-Käfer! »*Nun gute Nacht, mit Eiapopei!*«, singe ich ganz unauffällig mit. Die Musik ist sofort wieder da, Ton für Ton. Das Unterbewusstsein schüttet sie großzügig aus seinem Füllhorn! Ich bin … eine von ihnen! Sie merken es nicht! Soll ich mich bei einer einhängen? Nein, das wäre vielleicht doch zu dreist. Aber ich kann es noch! Es geht noch! Genau wie bei den Klavierstückchen für Anfänger! Mir wird heiß. Ob vor

Begeisterung oder Angst, kann ich nicht sagen. Soll ich jetzt einfach …

»Einsingen im Chorsaal in der fünften Etage«, ruft ein Pförtner, der von dem summenden Insektenschwarm fast niedergetrampelt wird. »In den Aufzug passen immer nur zwanzig, der Rest geht zu Fuß!« Die Wolke der schwarzen Käfer überrollt ihn fast, er zieht sich in seine Pförtnerloge zurück. Ich laufe einfach mit. Ich renne!

»Es passen noch zwei rein«, schreit eine, als ich gerade die Treppenstufen in Angriff nehmen will, und hält ihren Fuß vor die Lichtschranke.

Ehe ich michs versehe, werde ich von einer anderen, besonders Dicken, in den Aufzug gedrängt. Nun stehe ich da, mit zwanzig Chordamen, und senke meinen Blick verschämt zu Boden. Sie müssen doch merken, dass ich mich hier reingemogelt habe! Dass ich nicht zu ihnen gehöre!

»Der Chordirektor von denen ist ja soooo süß«, wispert eine, »habt ihr den schon gesehen?«

»Wieso?«, ätzt die Dicke, die mich in den Aufzug geschubst hat. »Findet ihr unseren Eckhard etwa nicht süß?«

Allgemeines Gelächter ist die Antwort.

»Du musst wissen, unser Eckhard ist alt und fett«, vertraut mir die Dicke an, die mich natürlich für eine der Salzburgerinnen hält. Mein Herz klopft wie verrückt.

»Und launisch und versoffen. Aber wir lieben ihn.«

»Jedenfalls einige von uns!« Großes Gelächter, Insider-Sprüche eines eingespielten Teams, das über jahrelange gemeinsame Erinnerungen verfügt. Ich kapiere rein gar nichts. Ich wünschte, ich *wäre* eine der Salzburgerinnen. Dann wäre ich täglich in *seiner* Nähe.

»An wen erinnert mich euer Chordirektor bloß?«, fragt mich die Erste. »Der ist ja so was von …«

»Moment«, ruft eine große schlanke Blonde. »Kenne ich den nicht aus irgendeiner Zeitung oder so?«

Mir bleibt die Luft weg.

»Hat der nicht Ähnlichkeit mit einem Schauspieler? Mit diesem Typen aus der Kaffeewerbung?«

»Nein, der sieht genauso aus wie der Kolumnist in *Frauenliebe und Leben*!«, ruft die große schlanke Blonde.

Ich reiße die Augen auf.

»Dieser alleinerziehende Vater?«, schlussfolgert eine Schmallippige mit asymmetrischem Haarschnitt.

»Ja, genau«, quietscht eine Mollige in Samt, »die Ähnlichkeit ist wirklich verblüffend!«

»Sebastian Richter!«, hallt es im Chor.

Ich sterbe. Die müssen doch sehen, dass mein Kopf rot ist wie eine Tomate? Mir wird plötzlich unerträglich heiß in diesem vollgestopften Aufzug.

»Nein, der heißt Berkenbusch. Richard Berkenbusch. Steht ja im Programmheft. Sieht dem Schreiberling aber täuschend ähnlich, das finde ich auch.«

»Einer so süß wie der andere. George Clooney für Arme!«

Jetzt reden und lachen sie alle durcheinander. Ich zwinge mich, den Blick nicht zu heben. In meinen Ohren rauscht es. Bevor ich einen klaren Gedanken fassen kann, öffnet sich die Fahrstuhltür wieder. Wir sind im fünften Stock. Unsanft werde ich aus dem Aufzug gedrängelt.

»Hier entlang, der Chorsaal ist hinten links! Toiletten sind rechts!«

Zusammen mit dem schwatzenden, lachenden Weiberhaufen werde ich in einen großen Saal gespült.

Hier sieht es aus wie in einer Schulklasse aus dem Heimatmuseum. Lauter Reihen mit alten Holzbänken, ganz vorne steht ein Flügel. Die Damen verteilen sich gackernd. Ich bleibe zunächst ratlos stehen, fasse mir dann aber ein Herz und schiebe mich wie selbstverständlich in die vorletzte Reihe neben eine Rothaarige, die mir sofort eine Lutschpastille anbietet.

»Erster oder zweiter Alt?«

»Ähm, und Sie?«

»Zweiter.«

»Ich auch«, höre ich mich sagen.

Was mache ich nur? Jetzt komme ich aus der Nummer endgültig nicht mehr raus!

»Wir können ruhig du sagen. Tun doch alle. Ich bin Anne Marie.«

»Sonja«, sage ich in das allgemeine Summen und Singen hinein.

Plötzlich wird es vollkommen still.

Alle Köpfe wenden sich dem Eingang zu. Die Tür, die sich nun hinter dem Chordirektor schließt, verschwimmt vor meinen Augen.

Da steht er. Er ist noch viel schöner als auf dem Bild – er ist *der Hammer*!

Richard Berkenbusch.

Mein Sebastian Richter.

Mein Herz zieht sich sehnsüchtig zusammen. Er trägt ein weißes Hemd über der knackig sitzenden Jeans und betritt mit federnden Schritten den Raum. Wahrscheinlich gaffen ihn jetzt vierzig verknallte Chordamen mit offenen Mündern an. Sein Gesicht ist mir so vertraut, als wären er und ich schon lange ein Paar. Und das sind wir ja auch – also im weitesten Sinne!

Wenn du wüsstest, Richard!

Oh Gott, mich überkommt eine Hitzewallung. Ich spüre, wie das Blut in meinen Schläfen pulsiert. Warum schaut er nicht zu mir hin? Er muss mich doch längst erkannt haben? Er könnte doch wenigstens verstohlen winken oder mir ganz unauffällig zublinzeln … Ach Quatsch. Er kennt mich ja gar nicht.

»Guten Abend, meine Damen!«, sagt er mit fester, tiefer Stimme, während er sich schwungvoll auf den Klavierschemel setzt.

»Guten Abend«, murmeln einige überwältigt. Andere ziehen es vor zu schweigen.

»Wir haben nur noch wenige Minuten zum Einsingen. Bitte gleich mal das *Allegro ma non troppo*, Lied mit Chor. Wer ist die Solistin?«

»Ich«, möchte ich rufen, kann mich aber gerade noch beherrschen.

Eine schmale Schwarzhaarige mit leichter Hakennase hebt den Arm. Er nickt ihr zu und lächelt kaum merklich. Richard Berkenbusch beginnt nun mit rasender Geschwindigkeit jene Arpeggien zu spielen, die ich noch aus dem Sommerkurs kenne! Sie stehen für die Insekten und Reptilien, die sich nachts im Wald tummeln. Mit dem freien Arm gibt er der Schwarzhaarigen den Einsatz. Seine Handbewegung wirkt so zärtlich, dass ich vor Eifersucht vergehe. Hallo! Hier bin ich! Mich sollst du so versonnen anlächeln, nicht die Hakennase!

Die Solistin setzt mit wunderschöner, glockenheller Stimme ein: »*Bunte Schlangen, zweigezüngt, Igel, Molche, fort von hier, dass ihr euren Gift nicht bringt, in der Königin Revier …*« Bei dem Text von Shakespeare durchfährt mich ein wohliger Schauer. Ja, das ist sie, die wunderschöne Musik von damals, bei der ich immer eine Gänsehaut bekam.

Sebastian – Verzeihung, Richard – schenkt der leider gut singenden Solo-Schlange einen erfreuten Blick. Er lauscht mit leicht geöffnetem Mund, während er ihre Stimme mit der freien Hand vor sich her trägt wie eine kostbare Vase. Mein Gott, mir wird so weich in den Knien! Warum musste ich mir ausgerechnet diesen griechischen Gott für meine Betrügerei aussuchen? Hätte es Siegfried nicht auch getan?

Plötzlich wird mir bewusst, dass ich seine Hände, die so leicht über die Tasten gleiten und die Stimme der Solistin in der Luft streicheln, ein wenig zu auffällig anstarre. Ich sollte mich lieber in die Noten vertiefen. Aber ich habe keine! Soll ich bei meiner Nachbarin reinschauen? Aber dann wird auffallen, dass ich nicht dazugehöre! Also begnüge ich mich damit, meinen Traummann weiterhin anzustarren.

Er spielt die rasenden Pizzicati mit einer Präzision, dass mir ganz anders wird. Nie im Leben werde ich diesen Mann dazu kriegen, mit mir nach Hamburg zu fahren und so zu tun, als hätte er für Tom Konrad ein Musical geschrieben. Das ist total unter seinem Niveau! Dieser Mann hier ist ein griechischer Gott, ein … Genie! Tom Konrad ist ein alter, Toupet tragender Schlagerheini! Oh Gott! Wieso habe ich dieses Foto gekauft? Ausgerechnet *dieses* Foto? Was habe ich mir bloß dabei gedacht?

Oh. Unser Einsatz. Natürlich. Die Rothaarige neben mir fängt an zu brummen: »*Nachtigall, mit Melodei sing in unser Eiapopei …*«

Ich blöke mit. Irgendwie pendelt meine Stimme sich ein. Habe ich damals nicht irgendwie höher … im Sopran oder so? Die Rothaarige wirft mir einen irritierten Seitenblick zu. Oh, Entschuldigung. Ich glaube, ich bin eine Oktave oder zwei zu hoch geraten.

Richard hebt bremsend die linke Hand, weil ich in meinem Übereifer plötzlich zu schrill und zu laut bin. Er schüttelt ganz leicht den Kopf, sein eben noch so verklärtes Lächeln verebbt, und mir schießt die Schamesröte ins Gesicht. Hat er gemerkt, dass ich gar nicht dazugehöre? Doch er rudert schon wieder mit den Armen, lächelt die Chordamen aufmunternd an und scheint völlig in der Musik aufzugehen.

Seine Finger erinnern mich an sehnige Balletttänzer, aber auch an flatternde Schmetterlinge. Sich vorzustellen, dass er mit diesen Fingern mein Gesicht streicheln könnte … oder womöglich noch etwas anderes … Sonja! Sitz! Klappe!

Längst ist unsere kleine Strophe vorbei. Richard zaubert das Zwischenspiel, ich starre ihn an, plötzlich schiebt er seinen Unterkiefer schelmisch vor und gibt den Einsatz für die zweite Solistin, die ich inzwischen vor Eifersucht erschlagen könnte. Sie singt zwar leider auch gut, sieht aber wie eine alternative Gesundheitsschuh-Trägerin aus mit ihrem naturbraun belassenen Nicht-Haarschnitt der Marke »Ich liebe Johann Sebastian Bach und sonst niemanden«.

Auch sie lächelt er aufmunternd an, was ich kaum ertrage. Er unterstützt sie mimisch und gestisch, als wollte er ihre feine, zirpende Stimme wie ein Insekt vorsichtig zum Fenster tragen, um es dort in die Freiheit zu entlassen. Seine Lippen zucken, er imitiert das nervöse Flattern der Käfer, Bienen und Motten, die in dieser Nacht im Mondlicht herumflattern. Er lachelt verzückt, scheint selbst im nächtlichen Wald zu sein. Jetzt springt er halb auf, als würde er mit den Elfen tanzen.

Mein Gott, ich bin unsterblich in ihn verliebt. So wie alle anderen in diesem Raum auch. Und das ist wirklich das Letzte, was mir passieren sollte! Ich starre Richard an und lasse meine Gedanken eine Schlacht austragen. Soll ich es wagen, gleich wirklich auf die Bühne zu gehen? Auf die Bühne des Salzburger Festspielhauses? Oder soll ich ihn vorher ansprechen? Mich outen? Ist das hier der richtige Ort und Zeitpunkt? Ich halte die Anspannung kaum noch aus. Ich glaube, ich kriege Schüttelfrost.

»Liebe Damen vom Chor, es hat zum dritten Mal geklingelt«, kommt plötzlich eine knarrende Stimme aus dem Lautsprecher. »Orchester sitzt. Bitte nehmen Sie Ihre Plätze ein!«

Richard breitet die Arme aus, macht eine dankende und gleichzeitig aufmunternde Geste: »Sie werden das wundervoll meistern, meine Damen. Viel Glück und toi, toi, toi!«

Er dreht sich um und verlässt im Eilschritt den Raum.

Oh Gott! Er ist weg! Einfach so!

Soll ich hinter ihm herlaufen?

Einem Impuls folgend, renne ich zur Tür, stolpere noch über eine Treppenstufe und klammere mich Hilfe suchend an eine hölzerne Bank. Eine Notenmappe fällt zu Boden.

»Entschuldigung«, stammele ich, hebe sie auf und haste weiter. Doch der Ausgang ist schon von einer Traube schwarzer Chordamen verstopft. Wie die Dohlen vor einem Mauseloch stehen sie da und krächzen: »Aufstellen! Zweite Reihe zuerst! Gastchor hinten oder vorne?«

Das löst erst mal eine heftige Diskussion aus. Die eine Hälfte ist für »Gastchor vorne«, die andere für »Gastchor hinten«! Es wird abgestimmt.

Die Maus ist entwischt!

Plötzlich stellen sich alle Damen hintereinander auf. Sie setzen sich in Gang, um auf die Bühne zu gehen. Ich versuche, mich irgendwo unauffällig hineinzudrängeln. Hier ist eine Lücke. Hier könnte ich … Moment! Ich zögere, strauchle, stolpere fast. Bin ich Gastchor oder Hauschor? Ich sollte genau die Mitte erwischen. Oh, Vorsicht. Ich darf meiner Vorderfrau nicht in die Hacken treten. Gleich gibt es Ärger.

»Die Noten rechts!«, kommandiert eine, die hier wohl das Sagen hat. Chorvorstand oder Klassensprecher oder so.

Alle Notenmappen wandern geschlossen auf die rechte Seite der Damenschlange.

Ich tue so, als hielte ich auch Noten unterm Arm, und marschiere mit einer möglichst unbeteiligten Miene im Gleichschritt durchs Treppenhaus. Dabei schaue ich unauffällig auf jedes Türschild, in jede Nische.

Wo ist Richard abgeblieben? Wo? Durch welche Seitentür ist er entschlüpft?

Wir wandern durch Flure und Gänge, und plötzlich stehen wir vor einer Tür, über der blinkt es: »Bühne! Ruhe!« Die riesige Hinterbühne. Staubflocken tanzen im Scheinwerferlicht.

Ich hole tief Luft. Soll ich … soll ich wirklich … Die Damen bleiben abwartend stehen, ordnen sich noch einmal die Haare, zaubern schnell noch einen Lippenstift hervor …

Das Orchester stimmt die Instrumente. Eine ungeheure Spannung liegt in der Luft. Dieser Geruch! Das ist also die berühmte Bühnenluft, die man ein Mal im Leben geschnuppert haben muss … Ich schließe die Augen und inhaliere tief. Sich vorzustellen, Mitglied in diesem Chor zu sein! Jeden Tag Richard begegnen zu dürfen, diese wunderschöne Musik einstudieren zu dürfen und damit auch noch Geld zu verdie …

»Wo sind deine Noten?«, reißt mich plötzlich die energische Stimme meiner Hinterfrau aus meinen Träumen.

Ich versuche, überrascht zu klingen. »Ähm … Noten? Die habe ich aus Versehen im Chorraum liegen lassen …«

»Sie gehört gar nicht dazu«, ruft die Dicke, die mich vorhin in den Aufzug gedrängt hat. »Sie hat überhaupt keine Noten!«

Benommen sehe ich hoch. Mit zittern die Beine. Ich bin entlarvt!

»Zu uns auch nicht!«, brummt die Rothaarige, die mir die Lutschpastille angeboten hat.

»Ich dachte, sie ist eine von euch?«

»Nein! Ich hab die überhaupt noch nie gesehen!«

»Wieso hat sie keine Noten?« Sie haben es entdeckt.

»Sie kann überhaupt nicht singen!«, brummt die Rothaarige, die neben mir stand. »Sie hat im Sopran eingesetzt, aber eine Terz zu tief.«

»Hallo, Security! Entfernen Sie diese Frau! Sie gehört nicht zu uns!«

»Schon wieder eine Stalkerin von Richard«, quietscht eine. »In letzter Zeit wird der dauernd von fremden Frauen verfolgt!«

»Ja, weil er diesem Zeitungstypen so ähnlich sieht!«

Ein Arm greift nach mir, ein anderer schubst mich weg.

»Ist ja gut!« Ich reiße mich los. »Ich geh ja schon!«

»Auftritt!«, schallt es aus dem Lautsprecher.

Mit hängendem Kopf stehe ich an der Wand. Ich möchte im Boden versinken. Vierzig Augenpaare starren mich verächtlich an. Dann betreten die Chorsängerinnen die Bühne und lassen mich im wahrsten Sinne des Wortes links liegen. Ich bin ausrangiert.

22

Müde, beschämt und elend schleppe ich mich nach Hause in meine Wohnung unters Dach. Dieser Ausflug in die große weite Welt war kein Erfolg. Ich sollte lieber zu Hause bleiben und meinen Mutterpflichten nachkommen.

»Mama! So'n Spacko aus Hamburg hat schon ein paar Mal angerufen!« Greta hockt mit ihrem Klon an der Küchentheke und schaufelt Spaghetti mit Tomatensoße in sich hinein. Der kleine Küchenfernseher läuft. Beide sehen sich nur flüchtig nach mir um, als ich schwer atmend den Raum betrete.

»Wie siehst du denn aus? Ist die Oma jetzt tot?«

»Nein, ich habe nur … ein Konzert besucht, beziehungsweise bin rausgeflogen und nur knapp einer Anzeige wegen Hausfriedensbruches entkommen …«

Doch mein Nachwuchs interessiert sich nicht für meine dramatische Geschichte, sondern verfolgt irgendeine amerikanische Show auf MTV.

»Das mag ich aber gar nicht gern, dass ihr beim Essen fernseht«, würge ich hervor.

»Passt schon, Mama!« Greta schiebt mich aus ihrem Blickfeld. »Geh du lieber in dein Arbeitszimmer und ruf diesen Typen zurück.«

»Welchen Typen?« Mein Herz fängt schon wieder an zu rasen.

»Keine Ahnung, wie der hieß. Von irgend so einer Produktionsfirma oder so.«

Der Klon versucht, an mir vorbeizuschauen und reckt seinen Hals. Im Fernsehen gleiten gerade ein paar waghalsige Skater über eine amerikanische Strandpromenade samt dem dazugehörigen Mäuerchen. Blondmähnige Luder mit freien Bauchnabeln bejubeln sie und wackeln mit ihren bombastischen Brüsten. Dazu läuft ohrenbetäubend laute Popmusik.

Und ich komme gerade aus dem *Sommernachtstraum!*

»Werner Gern?«, frage ich beklommen.

»Weiß ich doch nicht! Kannst du jetzt endlich aus dem Bild gehen?«

Ich seufze etwas selbstmitleidiger, als ich eigentlich vorhatte. Vergeblich, es kommt keine Reaktion.

Jetzt muss ich wohl Werner Gern anrufen. Und ihm sagen, dass es Sebastian Richter gar nicht gibt. Er ahnt es bestimmt längst. Er hat keine Lust mehr auf dieses Spiel. Nachdem mir heute sowieso schon alles misslungen ist und ich jetzt im Festspielhaus Hausverbot habe, kann ich mir den anderen Stachel auch noch ziehen. Herr Gern, werde ich sagen, es war alles Schwindel. Es gibt keinen Sebastian Richter, und der Mensch auf dem Foto ist ausgerechnet ein viel umschwärmter Chorleiter aus dem Salzburger Festspielhaus. Ich habe überhaupt keine Chance, an den ranzukommen. Ich habe es noch nicht mal geschafft, ihn unter vier Augen zu sprechen, und er wird nie, niemals damit einverstanden sein, mein plumpes Spiel mitzuspielen. Er wird nicht nur von seiner durchgeknallten Frau, sondern auch noch von vierzig Chorsängerinnen eifersüchtig bewacht. Außerdem wohnt er bei seiner Mutter.

Keine Chance.

Ich schleiche in mein Arbeitszimmer und suche das Telefon.

Zu diesem Zweck hebe ich verschiedene Wolldecken, Kissen und Mädchenzeitschriften. Unter einem weißen Kopfpolster auf dem Teppich neben dem Sofa finde ich schließlich das Mobilteil.

Zitternd wähle ich die Hamburger Nummer. Es tutet. Mein Herz schlägt mir unter der Zunge. Ich fühle mich elend, klein und mies. Aus der Küche dringt Gekicher und Gekreisch. Dabei habe ich das alles nur für sie gemacht, geht es mir durch den Kopf. Den ganzen Schwindel mit dem erfundenen Sebastian Richter.

»Werner Gern?«, meldet sich die sonore Stimme. Er klingt überhaupt nicht schlecht gelaunt oder sauer. Er klingt wie immer, aufgeräumt und zu allen Schandtaten bereit.

»Sonja Rheinfall«, sage ich matt. »Sie wollten mich sprechen.«

»Ja bitte?«, hallt es mir freundlich entgegen. »Was kann ich für Sie tun?«

»Sie wollten, dass ich Sie zurückrufe.« Mein Herz hämmert immer noch.

»Entschuldigung?«, kommt es fragend aus dem Hörer. »Daran kann ich mich nicht erinnern. In welchem Zusammenhang …?«

Ja, Hilfe, kann ich denn gar keinen klaren Gedanken mehr fassen?

»Entschuldigen Sie, dass ich mich nicht vorgestellt habe. Ich bin … ähm … die Sekretärin von Hella Kopf«, höre ich mich sagen. »Sie sollte Sie zurückrufen.« Ich trommle nervös mit den Fingernägeln auf der Sprechmuschel herum.

Wahrscheinlich bekommt der arme Werner Gern Ohrensausen.

»Frau Kopf? Herr Gern auf Leitung drei!«, brülle ich in den leeren Raum hinein. Ich schließe die Augen und zwinge

217

mich, bis zehn zu zählen, bevor ich als Hella Kopf mit fester Stimme und nicht mehr so piepsig wie vorher in den Hörer spreche:

»Herr Gern. Hella Kopf hier. Ich war gerade auf der anderen Leitung. Moskau und so. Sebastian Richter geht ja ab wie ein Zäpfchen.«

Ich klinge wahnsinnig beschäftigt und tue so, als würde mich diese Störung jetzt wirklich ein bisschen ärgern. Hinter meiner aufgesetzten Arroganz versuche ich meine mäuschenhafte Angst zu verbergen: Der nordische Seeadler wird der dummen Taubenmutter sowieso gleich den Kopf abreißen. Oh Gott, was ist nur mit mir los? Mein Herz klopft wie wild. Ich knabbere an einer Haarsträhne.

»Frau Kopf!« Werner Gern scheint sich aufrichtig zu freuen, seine Stimme hat jedenfalls einen noch freudigeren Ton angenommen. »Wie schön, dass ich Sie endlich erwischt habe!«

Da. Da haben wir es. Er sagt selbst, dass er mich endlich erwischt hat. Er will es mir leicht machen. Das Geständnis. Jetzt. Dann bin ich zwar meinen Job los, habe es aber wenigstens hinter mir. Ich hole tief Luft. Komm schon. Das ist wie Pflasterabziehen. Je schneller man es macht, desto schneller ist es überstanden. Also los. Sag es. Ich schließe ganz bewusst die Augen und zwinge mich, tief durchzuatmen.

»Frau Kopf? Sind Sie noch dran?«

Also echt! Als wenn er mich nicht schon lange genug auf die Folter gespannt hätte!

»Ähm, ja.« Ich räuspere einen Kloß von der Größe eines Golfballes von meinen Stimmbändern. »Was möchten Sie wissen?«, winde ich mich aus der Schlinge, die längst um meinen Hals liegt.

»Wie geht es mit der Arbeit voran? Wie weit ist Sebastian mit unserem Musical gediehen?« Oje. Mir wird ganz anders.

Ich muss mich setzen. Ist es *das*, was er von mir wissen will? Ist er immer noch der Meinung, es gäbe einen Sebastian Richter, der gerade für ihn ein Musical schreibt?

»Tja … eigentlich gut«, gebe ich schließlich von mir. »Er geht ganz in der Arbeit auf. Im Moment recherchiert er gerade außerhalb. Also um ehrlich zu sein, macht er gerade eine Studie mit Chorsängern.«

»Ich wollte ihm eigentlich nur meine Hilfe anbieten«, sagt Werner Gern ernsthaft. »Falls er Fragen hat oder irgendwie nicht weiterkommt. Eine Studie mit Chorsängern, aha … das klingt ja sehr professionell. Prima! Vielleicht sollten wir den Plot noch mal besprechen! Ich könnte ihn gern einmal besuchen.«

»Danke, er kommt zurecht«, ringe ich mir von den Lippen. Oh Gott. Das fehlte noch. Dass der Gern hier plötzlich auf der Matte steht! »Man sollte ihn in seiner kreativen Phase nicht stören. Er nimmt seine Aufgabe sehr ernst.«

In dem Moment höre ich den Schlüssel in der Wohnungstür, und eine riesige Tasche wird auf den Fußboden geknallt. Ein Golfsack wird hinterhergewuchtet, und dann fallen noch ein Paar Golfschuhe auf den Parkettboden.

»Da kommt er übrigens gerade«, höre ich mich erleichtert sagen. »Wollen Sie ihn sprechen?«

Ja, spinne ich denn total? Das war doch gar nicht nötig!

Die Tür wird polternd aufgerissen, und ein verschwitzter Alex, dem die Müdigkeit und Erschöpfung ins Gesicht geschrieben stehen, taucht mit eingezogenem Kopf im Türrahmen auf. Sein müder gereizter Gesichtsausdruck schreit: »Hunger, Wäsche, essen, duschen, in Ruhe lassen, abhängen, chillen, keinen Stress machen.«

Ich bedeute ihm panisch, dass er jetzt nicht »Hallo, Mama« sagen soll. »Herr Gern, ich gebe Ihnen schnell Sebastian Richter. Aber nur kurz, er kommt gerade von einem Go…ttesdienst.«

Alex verdreht die Augen, wischt sich den Schweiß von der Stirn und nimmt, wenn auch widerwillig, den Hörer.

Im selben Moment schiebt sich ein blondes Mädel in knapp sitzenden Jeans und einem megaengen T-Shirt hinter ihm ins Zimmer. »Hi«, sagt sie verschüchtert und entblößt ihr makelloses Gebiss. Ich begrüße sie mit stummen Gesten und lege den Finger auf den Mund. Kenne ich die schon? Oder ist die neu? Nicht, dass ich nachher was Falsches sage. Jedenfalls kichert sie und bleibt abwartend im Raum stehen.

»Hallo?«, brummt Alex unwillig. Er lauscht, und ich sehe seine Halsschlagader pulsieren. Schließlich hat er einige Zentner Schmutzwäsche und seine ganze Golfausrüstung hier raufgeschleppt.

»Ja, alles im grünen Bereich. Nee, geht klar. Nee, lassen Sie mal. Das pack ich schon allein. Keine Panik auf der Titanic. Ich geb Ihnen dann jetzt mal wieder meine Mu … Ma … Managerin. Ja! Passt. Tschau. Servus derweil!«

Während ich weiter mit Werner Gern rede und mich bemühe, möglichst geschäftsmäßig zu klingen, sehe ich noch, wie Alex die drei Zentner Wäsche ins Badezimmer schleppt und das blonde Gift in seine Höhle.

23

Irgendwie läuft es zurzeit nicht so besonders. Offen gestanden, läuft es sogar ziemlich beschissen.

Jetzt habe ich die Situation zwar noch ein letztes Mal retten können. Alex hat seine Rolle einigermaßen überzeugend gespielt. Werner Gern hat uns offensichtlich geglaubt. Ich könnte mich zurücklehnen und am Musical weiterarbeiten. Aber tief in meinem Innern ist mir die Ungeheuerlichkeit meiner Lüge nur allzu deutlich bewusst. Was nur eine Retourkutsche für die blöde Chefredakteurin Carmen Schneider-Basedow sein sollte, ist jetzt zu einem gefährlichen, ja wahrscheinlich sogar strafbaren Akt geworden. Ich führe diesen netten Produzenten, der es wirklich nur gut meint, wiederholt hinters Licht. Und benutze dafür auch noch meinen Sohn.

Ich fühle mich schäbig und elend. Wie komme ich aus dieser selbst gestellten Falle nur wieder heraus? Verzweifelt suche ich nach einer Lösung. Sebastian Richter ist für mich unerreichbar. Er wird nie und nimmer mitspielen. Werner Gern setzt sein gesamtes Vertrauen und seine ganze Hoffnung in das Musical. Er hat schon eine sehr großzügige Vorauszahlung geleistet, die mein Bankkonto erst mal aufgefüllt hat. Finanzielle Sorgen plagen mich im Moment nicht, aber genau das macht mir ja solche Schuldgefühle! Bestimmt muss ich alles zurückzahlen, wenn der Schwindel auffliegt!

Wahrscheinlich gibt es da so Paragrafen wie »Wegen Vorspiegelung falscher Tatsachen«, »Wegen Verletzung der Persönlichkeitsrechte«. Vielleicht muss ich sogar ... in den Knast? »Wegen vorsätzlichen Betruges«?

Oh Gott, ich darf gar nicht darüber nachdenken. Blinder Aktivismus hält mich davon ab.

Ich bügle Wäscheberge, streiche Brote und koche den vielen jungen Leuten, die mir hier begegnen, täglich ein nahrhaftes Essen. Danach räume ich die Küche auf, bringe den Abfall runter und schüttle die Betten auf. Ich will wenigstens eine gute Mutter sein.

Am Musical arbeite ich wie ein Tier, um es bis zum ersten Juli zu schaffen. Vielleicht ergibt sich doch noch irgendeine Lösung! Werner Gern hat noch mal darauf hingewiesen, dass er ein großes Doppelinterview mit Tom Konrad, dem Schlagersänger, und Sebastian Richter, dem Autor des Musicals, in der *Frauenliebe und Leben* platzieren wird, um so auch Carmen Schneider-Basedow das erste Exklusivinterview zu sichern. Er habe es ihr bereits versprochen, schließlich sei der heiße Tipp mit dem jungen Starautor von Carmen Schneider-Basedow gekommen und er stehe in ihrer Schuld.

Werner Gern hat noch versucht, mich als Sebastians Managerin dazu zu bringen, einer Homestory zuzustimmen. Um der Wahrheit Genüge zu tun: Er hat es nicht nur versucht.

Es ist ihm gelungen.

Ich vergrabe das Gesicht in den Händen. Auf was habe ich mich da nur eingelassen! Aus lauter Erleichterung, dass Werner Gern meinen Schwindel immer noch nicht durchschaut hat, habe ich lammfromm Ja gesagt, als er meinte:

»Das käme unheimlich sympathisch rüber, wenn er mit

seinen Kindern in seinem Haus und Garten für einen Fototermin zur Verfügung stünde! Eine bessere PR kann er sich
gar nicht wünschen! Bitte überreden Sie ihn doch, Frau Kopf.
Auf Sie hört er doch!«

»Ich werde sehen, was ich tun kann«, habe ich verzweifelt
gestammelt. »Aber er ist wirklich sehr öffentlichkeitsscheu!«

Werner Gern hat gelacht: »Bei *dem* Aussehen, Frau Kopf,
da muss sich Herr Richter doch wirklich nicht verstecken!
Nein, das schuldet er seinen Leserinnen, dass er ihnen einen
kleinen Einblick in seine vier Wände gestattet!«

Daraufhin hat die Schneider-Basedow angerufen und gesagt: »Wie ich höre, klappt die Homestory, Frau Kopf: Wir
wollen ein Bild von ihm, wie er sich rasiert! Oder vielleicht
sogar eines, wie er unter der Dusche steht! Eines, wie er mit
nacktem Oberkörper Holz hackt! Der Mann ist so sexy! Unsere Leserinnen sind total verrückt nach ihm!«

Schon wieder so eine selbst gestellte Falle, in die ich gegangen bin! Warum musste ich mir so einen *schönen* Mann
aussuchen?

In den letzten Kolumnen habe ich Sebastian Richters Einfamilienhaus beschrieben. Wo er abends immer mit seinem
zotteligen Hund am Kamin sitzt und Rotwein trinkt, während er schreibt. Wo er tagsüber liebevoll im Garten werkelt.
Mitten zwischen seinen zutraulichen Ziegen und Lämmchen.
Und Hühner hat er auch, die dürfen sogar frei rumlaufen in
seinem Haus. Weil er nämlich nicht nur kinder-, sondern
auch noch tierlieb ist. Das bringt ihm unglaublich viele Sym-
pathien ein!

Oh Gott, diese *Homestory*! Nur damit Werner Gern keinen
Argwohn hegt und endlich von mir ablässt, habe ich sie ihm
zugesagt! Wie konnte ich nur?! Wie bin ich nur auf die sau-
dumme Idee gekommen, in meiner überbordenden Fantasie

auch noch ein gemütliches kleines Landhaus mit Kamin, Steinskulpturen und Tieren im Garten zu beschreiben?

Wo soll ich die denn hernehmen???

Meine Dachwohnung im vierten Stock eignet sich überhaupt nicht! Und ein anderes Domizil *gibt* es nicht!

Nein. Es wird keine Homestory geben. So wie es keinen Sebastian Richter gibt.

Verzweifelt raufe ich mir die Haare.

Vielleicht kann ich behaupten, Sebastian Richter wäre tödlich verunglückt. Ach nein, dann ist ja die Kolumne auch gestorben.

Oder doch zumindest schwer erkrankt, weshalb er nicht zur Pressekonferenz kommen kann. Er lässt keine Fotografen in sein Haus. Wegen der … Schweinegrippe. Genau. Die grassiert nämlich in seinem Landhaus. Seine Kinder und Tiere stehen unter strenger Quarantäne. Das klingt vielleicht etwas übertrieben. Nachher stehen noch die Paparazzi an seinem Gartenzaun.

Ach, Blödsinn! Ich schlage mir mit der flachen Hand an die Stirn. Es *gibt* ja gar keinen Gartenzaun! Weil es Sebastian Richter *nicht gibt*!!!

Oder seine Kinder haben die Masern. Etwas Normales, was alle Mütter kennen und akzeptieren. Windpocken. Möglichst etwas Ansteckendes. Mumps. Röteln. Irgendwas mit einem hässlichen Ausschlag. Er kann sich nicht sehen lassen, weil er über und über mit roten Pusteln bedeckt ist. Eine Allergie! Er hat Muscheln gegessen, und nun ist sein Gesicht komplett zugeschwollen. Seine Lippen ähneln Autoreifen, und er kann kaum noch aus den Augen schauen.

Genau. Deshalb kann er auch nicht zur Pressekonferenz kommen. Nein, besser: Er musste bei seinen kranken Kindern bleiben! Das kommt doch wahnsinnig sympathisch rüber, wenn ein *Mann* so etwas tut! Bei einer Mutter ist das ja selbstverständlich. Aber bei einem Vater! Vielleicht gelingt es mir, dass Sebastian Richter eines Tages heiliggesprochen wird, ohne dass er jemals lebend gesehen wurde? Meine Fantasie treibt schon wieder Blüten, und ich hänge mit einem dümmlichen Lächeln im Gesicht über meinem Schreibtisch. Der heilige Sebastian Richter.

Dann steht er vielleicht als marmorner Säulenheiliger im Mirabellgarten oder am Leopoldskroner Weiher, umlagert von einem Haufen fotowütiger Japaner, und der Fremdenführer erklärt, um wen es sich handelt.

»Hai, hai«, werden die Japaner dann nickend murmeln. »Sebastian Lichtel!« Und ihn von allen Seiten fotografieren.

»Du siehst nicht gut aus«, begrüßt mich Siegfried, als er mich grübelnd am Computer sitzen sieht. Auf meinem Schreibtisch befinden sich eine halb volle Kaffeetasse und ein angebissenes Brot, das ich ganz vergessen habe. Mein Magen knurrt, und trotz des sommerlich warmen Wetters friere ich wie ein Schneider in diesem kalten Gemäuer. Überall liegen Zettel mit den geplanten Handlungssträngen und Schlagertexten herum.

Einem Impuls folgend, springe ich auf und falle dem lieben Siegfried um den Hals. Einfach so.

»Ach, Siegfried«, höre ich mich seufzen. »Schön, dass du da bist!«

Siegfried erstarrt vor Schreck. Schließlich hebt er einen Arm und tätschelt mir unbeholfen den Rücken. »Ja … äh … ich war gerade zufällig in der Nähe.«

Ich halte ihn auf Armeslänge von mir ab und spähe prüfend in sein Gesicht. Winzige Schweißperlen stehen auf seiner Oberlippe. Wie immer ist seine Brille beschlagen.

Mit einer fahrigen Bewegung nimmt er sie ab und schaut

mich mit seinen leicht schielenden dunkelbraunen Augen eine Spur zu intensiv an.

»Sonja, ich wollte … Ich wollte dir eigentlich schon lange sagen, dass ich gefühlsmäßig … Also, ich finde, dass du eine wirklich tolle Frau bist und fühle mich in deiner Nähe …«

Mein Herz setzt aus. Oh Gott, bitte nicht. Jetzt nicht auch noch das.

»Siegfried, können wir das bitte … verschieben?«

Er hat sich doch nicht etwa in mich … Ich meine, er glaubt doch nicht etwa, dass …

»Siegfried«, sage ich mit dem entschlossensten aller Ich-hab-mich-im-Griff-Blicke, »lass mich erst das Musical zu Ende schreiben. Und dann besprechen wir alles Weitere.«

Ich räuspere mich und lasse auf der Stelle von ihm ab. »Also! Willst du einen Kaffee? Oder hast du Hunger? Musst du Pipi?« Ich höre mich schon genauso mit ihm reden wie mit den Kindern.

»Ich dachte, wir sollten dir vielleicht ein Notebook kaufen«, sagt Siegfried. »Dann kannst du draußen arbeiten. Ich weiß doch, was für eine Sonnenhungrige du bist!« Siegfried nimmt ein Taschentuch und putzt umständlich seine Brille. »Ich war sogar schon draußen in Mayrwies und habe mir ein passendes Gerät für dich angesehen.«

Mein Herz zieht sich schmerzhaft zusammen. Dieser Mensch scheint sich wirklich pausenlos Gedanken um mich zu machen. So was bin ich gar nicht gewohnt. Noch nie hat sich jemand in so rührender, eifriger Weise um mich gekümmert.

Warum liebe ich ihn denn bloß nicht? Warum liebe ich … ein Foto? Ein … Phantom?

»Mamaaaa!«, tönt es aus der Küche, in der inzwischen ein

halbes Dutzend Jugendliche versammelt ist. »Kannst du mir das weiße Hemd bügeln?«

»Alex geht heute auf einen Maturaball«, raune ich Siegfried verschwörerisch zu. »Er hat ein neues blondes Gift dabei!«

Ich traue mich nicht, nach ihrem Namen zu fragen aus Angst, sie könnte schon mal hier gewesen sein. Die blonden Gifte von Alex ähneln einander wie die Stiegl-Flaschen in einem Bierkasten. Noch einmal möchte ich nicht in folgendes Fettnäpfchen treten:

»Tanja, du hast letztes Wochenende dein Haargummi bei uns vergessen!«

»Mamaaa! Erstens ist das Silvana, und zweitens ist das ein Tangaslip.«

Als ich Siegfried von meinem peinlichen Irrtum berichte, kommt Leben in den Mann. »Warum bügelst du dir dein Hemd nicht selbst?«, ruft er zurück. Ich erstarre.

Siegfried kann rufen! Wie wird Alex reagieren?

»Gute Idee«, tönt es, begleitet von wieherndem Gelächter aus der Küche. »Wenn du mir zeigst, wie man so was macht?«

Schon schleppen zwei aus Gretas Gefolge das sperrige Bügelbrett herbei, der Klon zückt das Bügeleisen, und Greta steckt den Stecker ein. Partystimmung.

»So. Und jetzt?« Alle versammeln sich um das Bügelbrett wie Pathologen um einen Seziertisch und verschränken die Arme vor der Brust.

»Da muss destilliertes Wasser rein«, befindet Siegfried. »Habt ihr so was?«

Dienstbeflissen latsche ich ins Badezimmer und hole die Flasche, die auf dem Bord neben der Waschmaschine vor sich hin destilliert.

»So, junger Mann. Und jetzt schaust du mir mal genau

zu!« Ich kann es kaum fassen! Siegfried krempelt die Ärmel hoch, putzt sich erneut die Brille, die schon wieder beschlagen ist, und bügelt mit geübten Griffen die beknopfte Vorderseite des weißen Hemdes. Dann dreht er es geschickt, zupft es über dem Bügelbrett zurecht und reicht dem verblüfft zuschauenden Alex das zischend heiße Eisen: »Jetzt bist du an der Reihe.«

»Ja, äh, aber ich weiß doch nicht, wie ich das Ding anfassen soll. Oh, heiß, das dampft ja vielleicht … scheiße eh, ist das heiß!«

Alex streicht mit dem heißen Eisen über die Rückseite seines Hemdes und lacht verlegen. Die andere Hand zuckt panisch zurück, sobald er sich zu verbrennen droht.

Das Hemd ist ein einziger Faltenwurf. Ein verknubbelter Haufen heiße Falten. Alex lacht hilflos und schaut mich fragend an. Ich lächle und verschränke meinerseits die Arme vor der Brust.

Siegfried zeigt und hilft, führt Alex die Hand. Das blonde Gift lehnt abwartend am Kühlschrank und trinkt ein Bier aus der Flasche. Ihre wasserblauen Augen folgen jeder seiner Bewegungen, so als kontrolliere sie, ob der Mann eines Tages alltagstauglich sein wird oder nicht.

Die anderen haben einen Halbkreis um das Bügelbrett gebildet und rufen im Sprechchor »A-lex, A-lex, A-lex!« und klatschen anfeuernd.

Ich werfe Siegfried einen anerkennenden Blick zu und ertappe mich schon wieder bei dem Gefühl, wir wären ein altes Ehepaar.

»Äh Mama, kannst du hier mal weitermachen?«, quietscht Alex hilflos.

»Du schaffst das schon«, sagt Siegfried und schiebt mich aus der Küche. »Ich gehe jetzt mit deiner Mutter einen Laptop kaufen. Und vergesst nicht, den Stecker zu ziehen, wenn ihr fertig seid!«

Meine nächste Kolumne steht. Sebastian Richter bringt seinem Sohn das Bügeln bei.

24

Jetzt habe ich einen Laptop! Ein schneeweißes, kleines, handliches, *flaches* (!!!) Teil, das im Grunde alles kann, was mein inzwischen aufs Wort gehorchender Äppel zu Hause auch kann. Nur, dass diese Miniaturausgabe seines häuslichen Vorbildes auch noch gern Gassi geht! Superstolz trage ich das elegante Ding in einer gepolsterten knallroten Tasche mit mir herum und komme mir wahnsinnig cool und busy vor.

Siegfried war gestern geschlagene vier Stunden hier, um mir das Notebook genau so einzurichten, dass ich wirklich nur den USB-Stick vom Haushund auf den Straßenköter umstecken muss. Und selbst das haben wir ungefähr dreißigmal geübt.

Nun sitze ich wie eine wahnsinnig beschäftigte Geschäftsfrau im Café Bazar unter einer blühenden Kastanie und sauge den Duft aus weißen Blütenkelchen begierig ein. Mensch, ist das schön hier! Und das habe ich mir alles entgehen lassen, nur um für Sebastian Richter in meiner fensterlosen Mansarde ein Musical zu schreiben?!

Die Kinder sind in der Schule, ich habe mein Joggingpensum hinter mir und dabei neue Ideen gesammelt. Nun weiß ich auch, wie ich die letzten beiden Schlager unterbringe. Ich habe wieder mal eine Figur rausgeworfen und eine andere eingesetzt. So passt der Text. So wird es glaubhaft. Schon freue ich mich auf das nächste Telefonat mit Werner Gern. Ich werde ihm meine neue Idee – *Sebastians* neue Idee – brühwarm mitteilen. Bei der Gelegenheit kann ich ja auch schon mal einfließen lassen, dass Sebastian sich in letzter Zeit gar nicht so wohlfühlt und ein paar Tage vom Bett aus arbeiten musste. Er hustet auch so komisch, und ich wollte mich nicht anstecken.

Ja, das könnte funktionieren. Zufrieden greife ich zu meinem Milchkaffee. Während ich einen großen Schluck nehme und mir verstohlen den Schaum von der Lippe wische, schaue ich mich unauffällig um: Alle Tische auf der schattigen Terrasse sind besetzt. Die üblichen Zeitung lesenden Anwälte, Banker, Juweliere und Geschäftsleute sitzen hier. Früher habe ich hier nur mein voll beladenes Fahrrad vorbeigeschoben und fühlte mich den taxierenden Blicken dieser Salzburger Herren nur selten gewachsen. Heute sitze ich mit dem *flachen! schmalen! weißen!* Laptop in einem rot gemusterten Sommerkleid mitten unter ihnen und tippe ungeheuer geschäftig darauf herum. Natürlich ist es merkwürdig, als Hausfrau und Mutter von zwei Kindern am helllichten Tag hier zu sitzen und Melange zu trinken.

Aber ich bin ja auch ein Mann. Ich *arbeite*. Ich bin *wichtig*.

Jeden Vormittag schreibe ich nun bei dem herrlichen Wetter draußen. Jetzt erst wird mir bewusst, was für ein unbeschreibliches Paradies der Arbeitsplatz Salzburg ist! Grüne Matten und Hügel, so weit das Auge reicht: der liebliche Gaisberg mit seiner unverwechselbaren Spitze, daneben der schroff anmutende Nockstein, auf der anderen Seite der Salzach der wirklich majestätische Untersberg, dessen winzige Gondeln von ferne in der Sonne glänzen. Davor zum Greifen nahe der schmale Mönchsberg mit der majestätischen Festung, hinter mir der Kapuzinerberg mit den vielen kleinen Wehrturmhäuschen, in denen die Obdachlosen wohnen.

Drei Lieblingsplätze habe ich: besagtes Café Bazar, direkt am Ufer der Salzach, von dem aus man einen herrlichen Blick auf die Altstadt hat, die Steinterrasse hoch oben auf dem Dach des Hotels Stein, wo der Blick noch viel umwerfender ist, oder – je nach dem Stand der Sonne – der geschwungene Balkon vom Café Tomaselli. Dort sitze ich heute, genieße den Blick auf den Dom und das bunte Treiben auf dem Alten Markt und dem Residenzplatz. Eine ganz in Weiß gehüllte, weiß geschminkte Person steht als lebende Statue vor den Blumenständen und verbeugt sich jedes Mal, wenn jemand eine Münze in ihre Schale wirft. Kinder staunen, Erwachsene fotografieren, Gruppen bleiben lachend stehen, werfen Münzen, die Figur verbeugt sich.

Neugierig blicke ich mich um: In der linken Ecke des Balkons sitzt tagaus, tagein ein dicker, glatzköpfiger alter Mann, Typ pensionierter Hofrat, in hellbrauner Trachtenjoppe mit Hirschhornknöpfen. Er hat die Hände über seinem beträchtlichen Bauch gefaltet und liest in einem Buch. Ich sehe förmlich seine ehemals wackere Witwe im Grabe liegen und seiner harren. Mich beachtet er nie. Niemals. Einer wie er beachtet Frauen nicht. Und Frauen, die mit einem Laptop auf dem Balkon sitzen, statt zu Hause im Dirndl Knödel mit Gulasch zu kochen, schon erst recht nicht. Bestimmt hat er eine Haushälterin mit Dutt, die mit dem Backhendl auf ihn wartet. Vor ihm auf dem schmalen dreibeinigen Tisch steht ein kleiner Brauner. Das ist eine Art Espresso, nicht etwa ein Leibeigener, obwohl der auch gut zu ihm passen würde. Ich nenne den Dicken heimlich das Murmeltier, weil er wie gleichnamiges in meinem Lieblingsfilm täglich grüßt. Er gehört einfach zu

Salzburg wie der Dom, das Glockenspiel und Mozarts Geburtshaus.

Auch die anderen Tische sind gut besetzt. Jeder zweite Mensch spricht in sein Handy. Früher plauderte man mit dem Menschen, der einem gegenübersaß. Heute plaudert man mit seiner rechten Hand am Mund.

Eine Mamsell mit weißer Rüschenschürze und Kuchentablett läuft unermüdlich zwischen den Gästen umher und bietet verschiedene Mehlspeisen feil, die sie alle einzeln anmoderiert: »Und da hätt mer jetzt den gedeckten Apfelstrudl, hier an Topfenstrudl mit Schlag, und dös san a Mohnstrudl, a Nussbeugerl, a Marillenknödel, a Palatschinken und a Sacher Torte.« Das hört sich alles so appetitlich an, zum Reinbeißen und Wohlfühlen!

Das Leben in Salzburg ist wirklich ein Traum. Der hellblaue Himmel wölbt sich über den barocken Prachtbauten und hüllt alle Menschen in ein freundliches Licht.

Ich halte beim Schreiben inne, um über eine bestimmte Figur in meinem Musical nachzudenken, und lasse wieder meinen Blick schweifen. Der Kellner geht an mir vorbei und fragt: »Was darf es denn sein?«

Eine warme Männerstimme antwortet: »Einen großen Braunen, bitte.« Ich zucke zusammen und spitze die Ohren.

Die Stimme kommt mir bekannt vor. Sehr bekannt. Es ist, als wäre es meine eigene.

Und dann setzt plötzlich mein Herz aus. Der Mann, der gerade am Ecktisch neben der Wendeltreppe Platz genommen hat, ist Sebastian Richter beziehungsweise Richard Berkenbusch.

Mit offenem Mund starre ich ihn an. Er ist allein! Keine Chordame folgt ihm, niemand setzt sich zu ihm! Er schlägt eine Zeitung auf und lehnt sich entspannt zurück. Mein Gott, was sieht dieser Mann gut aus! Er trägt eine weiche braune Lederjacke über einem schwarzen T-Shirt, und eine Sonnenbrille verdeckt seine dunkelbraunen Augen. Der Dreitagebart betont die Ähnlichkeit mit George Clooney zusätzlich. Ich darf ihn nicht so anstarren!

Ich hacke Buchstaben in meinen Laptop, aber sie ergeben keinen Sinn. Meine Finger zittern. Ich treffe keine einzige Taste. Buchstabensalat.

Mein Herz hämmert. Da sitzt er! Zum Greifen nah! Ich muss mir jetzt ein Herz fassen. Ich muss ihn ansprechen. Ein zweites Mal darf ich ihn nicht entwischen lassen. Die Zeit drängt! Oh, oh Gott. Ich sollte … Ich nehme meinen Schminkbeutel aus der Handtasche. Vielleicht sollte ich kurz Lippenstift auflegen? Oder zumindest meine Haare ordnen? Wieso habe ich heute nur dieses blöde alte lila T-Shirt an? Mit dem verwaschenen Saum? Was habe ich mir nur dabei gedacht, als ich es angezogen habe? Hätte ich gewusst, dass ich »Sebastian Richter« treffe, wäre ich vorher mindestens zum Friseur gegangen! Und hätte mein rotes Marc-Cain-Kleid mit den schwarzen Tupfen angezogen! Ich spähe über den Rand meiner Sonnenbrille vorsichtig zu ihm hinüber. Er liest konzentriert den Kulturteil. Soll ich … Soll ich einfach … Mein Herz holpert so merkwürdig. Ich trau mich nicht.

Ich fühle mich wie ein dummes kleines Mädchen, das alles falsch gemacht hat. Und das habe ich ja auch! Meine Beine sind wie Pudding. Ich muss doch nur aufstehen und zwei Meter hinübergehen! Warum schaffe ich das nicht?

Ich könnte ganz keck fragen: Ist hier noch frei? Oder: Brauchen Sie die Zeitung noch? Oder: Sind Sie nicht George Clooney?

Während ich mir noch das Hirn zermartere, wie ich den armen Mann ansprechen kann, ohne ihn zu verschrecken, stürmen plötzlich zwei Touristinnen mit gezückten Notizblöcken herbei. Sie haben bunte Nicki-Halstücher um, tragen Jeans, Turnschuhe und Rucksäcke. Eine von ihnen hat einen Fotoapparat in der Hand. Was wollen die denn? Die wollen doch nicht *meinen* heiligen, unberührbaren »Sebastian Richter« beim Zeitunglesen stören?! Hilfe! Setzen die sich jetzt etwa dazu?

Haut ab, ihr Trampel!

»Entschuldigung, dass wir Sie hier einfach ansprechen«, stammelt die Erste mit roten Flecken im Gesicht vor lauter Aufregung. »Aber wir hätten gern ein Autogramm.«

Ihr Akzent ist unverwechselbar deutsch. Meine Güte, denke ich, so klinge ich auch, wenn ich den Mund aufmache. Greta hat schon recht: Ich sollte einfach stumm bleiben und lächeln.

Richard Berkenbusch schaut ratlos, aber freundlich lächelnd von seiner Zeitung auf.

»Meinen Sie mich?« Er zeigt fragend auf seine Brust und schaut sich suchend um.

»Ja, natürlich«, giggelt die Erste, und die Zweite kichert: »Süüüß!«

»Aber wieso wollen Sie von mir ein Autogramm? Ich bin doch nicht prominent!«

Die beiden Frauen erstarren. Eine von ihnen wird so rot wie ihre Bluse.

»Sind Sie NICHT Sebastian Richter?«

»Nein«, sagt Richard mit ehrlichem Bedauern. »Sie müssen mich verwechseln.«

Genau wie George Clooney in der Kaffeewerbung!

»Oh Mann, ist das *peinlich*«, kreischt nun die andere, und fluchtartig trampeln beide die Wendeltreppe wieder hinunter. Dort warten andere Weiber und harren der beiden. »Isser gar nich!«, gesteht die Vorhut, und alle brechen in hysterisches Gelächter aus. »Wie *peinlich*!«

»Ich happes doch gleich gesacht«, prustet eine mit wirren Locken und übergroßer Handtasche.

»Der sieht dem nur *ähnlich*!«

»Aber sooo was von täuschend ähnlich!«, wiehert eine Zweite, die sich vor Lachen auf die Schenkel schlägt. »Mensch, ich hätte so *irre* gern ein Autogramm von dem gehappt!«

Eigentlich könnte ich ein paar von der Brüstung werfen, denke ich. Ich habe sie ja griffbereit in der Handtasche. Unterschrieben sind sie auch schon.

»Lasst uns bloß hier wech«, ruft nun die, die gefragt hat. Unter wieherndem Gelächter und Hyänengeheul setzt sich die deutsche Hausfrauentruppe in Bewegung.

Ich beiße mir auf die Lippen. Meine Fingerknöchel, die sich an die Tischkante krallen, sind weiß. Gleich falle ich in Ohnmacht.

Richard nimmt seine Sonnenbrille ab und schaut mich aus seinen Wahnsinnsaugen an. »Das passiert mir in letzter Zeit öfter«, sagt er mit seiner samtenen Stimme, als sei er mir eine Erklärung schuldig.

»Was meinen Sie?«, stammle ich, während ich versuche, nicht in hysterisches Gelächter auszubrechen.

»Dass fremde Frauen mich um ein Autogramm bitten. Ich scheine da offenbar jemandem sehr ähnlich zu sehen.«

Ich balle die Fäuste unter dem Tisch. Jetzt! *Jetzt!* Das ist meine Chance! Er spricht mit mir! Er hat das Thema selbst angesprochen!!!

Also passen Sie mal auf, mein Lieber. Die Sache ist schnell erklärt: *Ich* habe Ihr Foto nämlich an einen Hausfrauenblättchenverlag geschickt und schreibe mithilfe Ihres Bildnisses sehr erfolgreich Kolumnen. Am Telefon gebe ich mich als Ihre

Managerin aus. Sie haben soeben ein Kindermusical für einen alternden Schlagerstar geschrieben, und Ihr Bild hängt in Hamburg an jeder Litfasssäule. Wollen wir siebzig:dreißig machen? Oder sagen wir, fifty-fifty? Übrigens, ich heiße Sonja Rheinfall und habe mir erlaubt, Sie Sebastian Richter zu nennen. Angenehm, Grüß Gott, behalten Sie doch Platz.

Warum bleibt mir nur die Spucke weg? Warum kann ich mich denn jetzt nicht lässig an seinen Tisch setzen, die Beine gekonnt übereinanderschlagen und sagen: »Ich erlöse Sie jetzt mal von Ihrer Ahnungslosigkeit. Hören Sie mir gut zu, mein Lieber. Die Sache verhält sich nämlich wie folgt …«

Tatsache ist: Ich kann es *nicht*. Ich kann ihn nur anstarren, auf meiner Unterlippe herumknabbern und versuchen, nicht vom Stuhl zu fallen.

Da ich so spröde schweige und weder piep noch pup sage, vertieft sich Richard erneut in den Kulturteil.

Schließlich murmele ich: »George Clooney hat sich auch nicht geoutet, weil er seinen Kaffee nicht abgeben will.«

Richard lacht. »Aber ich bin *wirklich* nicht George Clooney.«

Ich starre ihn an wie ein seltenes Tier.

»Und ich bin auch sonst nicht berühmt«, sagt Richard mit einem bedauernden Lächeln. »Ich wollte, ich wäre es.«

Mir fallen fast die Ohren ab. Er wäre gern berühmt! Na, dazu kann ich ihm verhelfen.

Ich zwinge mich, wieder auf meinen Laptop einzuhacken.

»Was schreiben Sie denn da?«, fragt er plötzlich von schräg links.

Äh, bitte? Will er tatsächlich Kontakt zu *mir* aufnehmen? Ich meine, findet er mich etwa … möglicherweise …

»Ähm, ein Musical«, höre ich mich sagen.

»Ein Musical? Was denn für eins?« Richard Berkenbusch

faltet seine Zeitung zusammen und beugt sich interessiert zu mir. Seine Hände! Diese wundervollen schlanken Finger, mit denen er neulich so erotisch dirigiert hat, dass ich mir lieber nicht vorstellen wollte, was er damit sonst noch …

Sitz! Klappe! Spinnst du, Sonja!

»Och, nichts Besonderes.« Hastig klappe ich den Laptop zu und stütze meine verschränkten Oberarme darauf, wie ein Kind, das in der Schule die Banknachbarin nicht abschreiben lassen will.

Wie kindisch bin *ich* denn? Warum verhalte ich mich denn so sagenhaft *blöde*?

Warum nutze ich nicht die Gunst der Stunde und weihe ihn endlich ein?

»Ich bin nämlich Musiker«, sagt Richard und streicht seine dunklen Locken zurück. »Allerdings weder berühmt noch erfolgreich.«

»Das könnte sich in Kürze ändern«, murmele ich in meine Kaffeetasse hinein, hinter der ich mich nun verstecke.

»Kennen wir uns nicht von irgendwoher?«, fragt Richard plötzlich und lächelt mich so unglaublich nett und verbindlich über seine Sonnenbrille hinweg an, dass ich spüre, wie mir der Magen in die Kniekehle rutscht.

Klar, Mensch!, sollte ich rufen. Ich gebe mich seit Monaten als *Sie* aus! Ich benutze Ihr Gesicht und habe damit einen Schweine-Erfolg! Wissen Sie was? Wir teilen uns die Kohle! Lassen Sie uns einen trinken gehen, und dann reden wir über alles, als alte Geschäftsfreunde! Außerdem kenne ich bereits Ihre durchgeknallte Frau, das Schwein Eduard, die Ziege Corri, den staubigen Esel und noch so allerhand bescheuerte Tiere, die angeblich Mozarts Enkel sein sollen. Und unter uns: Ich kann gut verstehen, dass Sie wieder zu Ihrer Mutter gezogen sind!

Doch mein Mund gehorcht mir nicht. »Sie müssen mich verwechseln«, höre ich mich krächzen. Dann huste ich in meinen Kaffee. Ich möchte mich über das Tomaselli-Geländer stürzen vor Peinlichkeit.

Richard lacht ein kleines, glucksendes Lachen. »Da scheint es uns beiden ja ganz ähnlich zu gehen! Allerdings wollte ich von Ihnen kein Autogramm …«

»Nein«, sage ich, meinen ganzen Mut zusammennehmend. »Und ich bin auch leider nicht Renée Zellweger.«

Hahaha, Sonja. Sehr witzig.

»Ich will ganz ehrlich sein: Ich war vor Kurzem bei der Einsingprobe im Chorsaal. Mendelssohn. *Sommernachtstraum*. Ich … wollte Sie einfach mal sehen.«

So. Jetzt habe ich die Wahrheit gesagt. Jedenfalls fast.

Wir lachen. Endlich. Der Bann ist gebrochen. Jetzt werde ich mich zu ihm setzen und ihm alles erklären.

»Dann sind Sie aus dem Gastchor? Wie gefällt Ihnen Salzburg?«

»Oh, großartig, ganz großartig! Wissen Sie, ich war als junges Mädchen mal im Mozarteum in einem Sommerkurs, und da haben wir den *Sommernachtstraum* …«

»Wollen Sie sich nicht zu mir setzen?« Sebastian schiebt mir einladend einen freien Stuhl hin. »Dann können wir ein bisschen fachsimpeln!«

»Ja«, hauche ich schwach. »Das können wir!«

Gerade als ich den Mut und die Kraft gefunden habe, eine Pobacke zu heben, kommt wieder jemand die Wendeltreppe herauf. Unter heftigem Gewackel des Geländers arbeiten sich eine Menge Beine die Stiege hoch, ich höre ein Hecheln und Keuchen, und dann tauchen ein paar große Hunde auf, die an ihren Leinen zerren. Ihre großen sabbernden Köpfe stören unsere romantische kleine Zweisamkeit ganz empfindlich.

Täusche ich mich, oder zuckt Sebastian Richter wie ertappt zusammen? Jedenfalls lässt er sofort den Stuhl los, den er mir gerade noch angeboten hatte.

In der Sekunde taucht auch schon das dazugehörige Frauchen auf. Zuerst sehe ich rote wirre Haare, dann rote wirre Augen und dann eine rote wirre Frau.

Es ist Elvira Berkenbusch.

»Oh!«, sagt sie, als sie uns bemerkt hat. Und ihr Blick wandert irritiert zwischen uns hin und her. »Sagten Sie nicht, Sie kennen meinen Mann nicht?« Ihr Ton ist schneidend.

Die Hunde zerren an ihren Ketten und hecheln mir gegen die Beine. Gleich werden sie mich fressen. Einer legt seine Schnauze auf meinen Laptop, der zum Glück zugeklappt ist, und sabbert darauf. Bäh.

»Wir … ähm … kennen uns auch nicht«, stammle ich errötend, während ich versuche, die Schnauze des Riesenköters von meinem kostbaren Teil zu schieben. »Wir saßen rein zufällig nebeneinander!«

»Ja, und kamen soeben ins Gespräch«, hilft mir Richard. Sein Blick drückt Solidarität aus. »Was, sagten Sie, schreiben Sie gerade?«

»Ein Musical«, flüstere ich. Meine Halsschlagader pocht.

»Und *das* soll ich jetzt glauben!«, empört sich Elvira. Ihre grünen Augen leuchten gefährlich. »Habt ihr das gehört?«, fragt sie ihre Hunde.

Die tun so, als hätten sie nichts gehört. Sie zerren an ihren Leinen und versuchen, einen Platz im Schatten zu ergattern.

»Darum liebe ich Tiere! Weil sie nicht lügen! Sitz, Alois, und du auch, August. Und mach Hermann Platz. Wir hatten das *besprochen*!«

Sie lügen nicht nur nicht, denke ich, während ich mich an

Richards Blick wärme, der auf mir ruht. Sie sagen auch nichts. Weil sie nämlich nicht sprechen können.

»Ihr Mann fragte mich, woran ich gerade arbeite«, sage ich und hebe meinen schönen neuen, glänzenden Laptop hoch, an dem nun Hundespucke klebt.

Richard reicht mir eine Papierserviette, die ich dankbar annehme. Eine Sekunde lang berühren sich unsere Hände. Wie elektrisiert zucke ich zurück. War das … Absicht? Aufgeregt wische ich an meinem Laptop herum.

»Und da hat sie mir gesagt, dass sie an einem Musical arbeitet. Ich sagte, dass ich auch Musiker bin, und sie sagte, dass sie nicht Renée Zellweger ist, wofür ich sie aber auch nicht gehalten habe. Sie sagte, dass sie Salzburg liebt und früher mal am Mozarteum einen Sommerkurs besucht hat. Und dass sie Mendelssohns *Sommernachtstraum* kennt. Ich sagte, dass ich nicht George Clooney bin. Mehr Dialog hat noch nicht stattgefunden.«

Er blitzt mich schelmisch an, und ich sehe seine Mundwinkel zucken.

Richard schiebt Elvira einladend einen Stuhl hin. »Setz dich doch, Liebes. Was möchtest du trinken?«

Liebes! Er nennt Elvira Liebes!

Sie schaut mich einen Augenblick prüfend an, immer noch keuchend. Offensichtlich hat ihr der Kampf mit den Hunden in der belebten Altstadt richtig zugesetzt.

»Ein Wasser«, sagt sie matt. »Nur ein großes kaltes Wasser. Und was möchtet ihr?«, fragt sie die Hunde, die ruhelos um unsere Stühle kreisen und uns regelrecht fesseln mit ihren Leinen. Erwartet sie jetzt ernsthaft, dass die Hunde antworten?

Ich lächle schwach, während ich weiterhin mit der Serviette auf meinem schönen neuen Laptop herumwische. Da treffen sich aus Versehen unsere Blicke. Ich schlage die Augen nieder. Mein Herz poltert so laut, dass er es hören muss. Ich werde nicht zu ihm hinsehen. Nein, ich werde *nicht* zu ihm hinsehen.

»Ich möchte nicht stören«, stammle ich und versuche aufzustehen. Leider haben mich Alois, Hermann und August eingewickelt.

»Sie stören doch nicht«, sagt Richard. »Elvira, das ist eine Dame aus meinem Gastchor. Aus Bregenz, nicht wahr? Machen Sie hier Urlaub?«

»Nein«, krächze ich angsterfüllt und ziehe die Beine fast bis unters Kinn, um mich von der Hundebelagerung zu befreien.

»Sagten Sie nicht, Sie seien *nicht* im Chor???«

Elvira hat hektische Flecken im Gesicht. Ihre wasserblauen Augen durchbohren mich förmlich.

»Bin ich auch nicht«, beteuere ich kleinlaut. »Wie geht es Eduard?«, versuche ich das Thema zu wechseln.

Doch Elvira lässt sich nicht so leicht ablenken. »Eduard geht es gut«, belehrt sie mich und scheint auf eine Erklärung zu warten. Zum Glück kommt der Kellner herbeigeschossen und stellt einen Wassernapf auf den Boden. Die hechelnden Hunde stürzen sich auf ihn und reißen mich fast von meinem Stuhl.

»Woher kennen Sie denn das Schwein?« Jetzt ist Richard aber wirklich verwirrt.

»Sie ist meine Klavierlehrerin«, sagt Elvira und lächelt schmallippig. »Du wolltest mich ja nicht mehr unterrichten. Und jetzt macht das Sonja. Sie ist einfühlsam, geduldig und hat sehr viel Verständnis für meine Lieblinge. Sie sagt, Corri sei besonders musikalisch.«

»Und das Eichhörnchen«, stimme ich ihr zu. »Das hat neulich sogar Béla Bartók gespielt.«

»Genau«, nickt Elvira triumphierend. »Béla Bartók.«

Richard schaut mich aus zusammengekniffenen Augen an. Ich zucke kaum merklich mit den Schultern.

Elvira schaut zwischen uns beiden hin und her.

Die Hunde schlabbern und schlürfen und lecken sich die Lefzen.

»Ja dann …«, sage ich und ergreife so elegant wie möglich die Flucht. »Es war nett, Sie kennenzulernen!« Und zu Elvira: »Passt Ihnen Mittwoch? Zur gewohnten Zeit?«

Ich fühle Richards Augen in meinem Nacken brennen, als ich die Wendeltreppe hinunterstürze.

25

»F-Dur hat ein B. Sie müssen mit dem vierten Finger ... Nein, bitte, nicht so feste. Ganz sanft, schauen Sie. So. Dann setzen Sie unter, führen den Daumen auf die nächste weiße Taste, aber eben erst nach dem vierten Finger, und dann können Sie die Tonleiter ...«

Ich hocke wieder mal neben Elvira auf dem Schemel und quäle mich durch die Klavierstunde. Elvira drischt auf die Tasten ein, und Eduard, das Schwein, schnarcht wieder vor dem Gästeklo. Noch vier Wochen bis zum ersten Juli! Ich weiß nicht, wie ich meinen Plan bis dahin in die Tat umsetzen soll!

Einerseits habe ich »Sebastian Richter« inzwischen gefunden. Andererseits habe ich mich ganz fürchterlich in ihn ... Nein, darüber darf ich gar nicht nachdenken. Ich will keinen Mann mehr. Ich brauche keinen. Ich bin mein eigener Herr. Und will es bleiben. Außerdem ist der Mann ja gar nicht frei, ich meine, der hat diese verrückte Elvira an der Backe und wohnt bei seiner *Mutter!* Warum habe ich mich bloß Hals über Kopf ... Es waren seine Hände. Nein, seine Augen. Sein Blick. Dieses volle, gelockte Haar. Seine Stimme. Nein, sein federnder Gang, seine edle Gestalt. Sein Kuss ...

Mein Gott, dass mir das passieren musste! Meine lesenden Hausfrauen sollten sich alle in ihn verlieben. Das war der Plan. Aber *ich* doch nicht! Ich sollte doch professionell genug sein, nicht auf meinen eigenen Bluff hereinzufallen!

Wir üben geduldig, Elvira »spielt«, ich schwitze neben ihr und schaue aus dem Fenster. Draußen rennen die Ziegen und Schafe durcheinander, ein Knecht latscht pfeifend um die Stallungen, die Hunde hecheln um ihn herum, Gänse flattern krächzend ihres Weges, Kühe grasen, und Pferde kauen Möhren, und kein Schwein – im wahrsten Sinne des Wortes – schert sich um das Geklimper der Hausherrin.

Dabei denke ich immerfort nur an ihn. Mir geht Robert Schumann durch den Kopf: *Er, der Herrlichste von allen, Wie so milde, wie so gut!*

Da fährt plötzlich ein Auto vor. Unwillkürlich recke ich den Hals. Wer kann das sein? Lieber Gott, lass es … Oder lass es bitte auf keinen Fall …

Elvira klimpert aggressiv, und ich erstarre: Es ist Richard, der da geschmeidig aus dem Wagen gleitet. Er bückt sich und holt eine große Sporttasche hervor.

Ich zucke zusammen. »Ich glaube, da kommt Ihr Mann!«

»Lassen Sie uns schnell das Vierhändige spielen«, zischt Elvira. »Das, was so toll klingt!«

Ich habe keine Ahnung, wovon sie spricht, aber als sie anfängt zu hämmern, weiß ich, dass sie den Schubert meint. Den *Trauermarsch in a-Moll.*

Wir spielen. Elviras Anschlag ist so brutal, dass ich laut aufjaulen könnte. Sie will den Flügel zertrümmern! Ich sollte ihr eine Axt anreichen. Was hat sie nur? Warum ist sie nur so aggressiv? Wegen Richard?

Er kommt. Er betritt den Flur. Er steigt über das Schwein. Vor lauter Schreck zittern mir die Finger. In ihr falsches Spiel hinein sorge ich auch noch für Missklänge. Es klingt zum Steinerweichen. Eduard müsste jetzt eigentlich aufwachen und »Buh!« rufen.

Gerade als ich flüstere: »Bitte etwas sanfter!«, geht die Tür auf. Ich spüre den Luftzug im Nacken, und da steht Richard auch schon im Raum. Ich möchte im Boden versinken. Lieber Gott, lass mich mitsamt meinem Klavierschemel …

»Das klingt ja interessant«, sagt er mit leisem Spott.

Ich wirbele herum und spüre, wie ich knallrot werde. »Nun ja«, sage ich bescheiden. »Wir üben noch.«

»Ist das nicht sensationell? Sie hat mir in einem Monat das Klavierspielen beigebracht!«

»Na ja«, wende ich ein, »sagen wir, die Anfänge.«

»Hallo?!«, entrüstet sich Elvira. »Hast du schon mal eine Schülerin gehabt, die innerhalb eines Monats bereits Schubert spielte?«

Die Frau macht mich fertig mit ihrer Selbstüberschätzung. Richard schaut mich mit einer winzigen Spur mitleidigen Spotts an. Herrje, das ist frustrierend. Hoffentlich denkt er nicht, ich sei genauso hysterisch wie seine Frau. Bestimmt meint er, ich bin aus dem gleichen Spinner-Club. Warum hört der denn nicht auf zu gucken?

Mir wird schwindelig. Ich spüre, wie ich rot werde. »Na ja«, stammele ich und knete meine Finger, als mich plötzlich aus dem Hinterhalt die Ziege mit ihren Hörnern anstupst. Erschreckt zucke ich zurück.

»Sie will natürlich auch Klavierunterricht bekommen«, sagt Elvira ganz ernsthaft. »Corri, du lernst auch beim Zuhören! Du musst dich nur still verhalten.«

Richard verdreht die Augen. Ich fasse es nicht. Sie meint das doch nicht ernst! Sie kann das nicht ernst meinen. Bestimmt will sie unsere Schmerzgrenze testen. Wenn wir laut lachen und ihr einen Vogel zeigen, wird sie mit dem Quatsch aufhören.

Ich schenke Richard mein flehentlichstes Lächeln. »Wie gesagt … wir üben noch.« Ich halte inne.

Richard sieht mich an. Plötzlich versetzt es mir einen Stich. Ich möchte mit diesem Mann endlich reden! Ihm endlich erklären, warum ich diesen Schwachsinn mitmache!

»Richard, sei mir nicht böse, aber du störst unsere Arbeit.« Elvira hat sich bereits wieder auf den Klavierschemel fallen lassen. »Sonja! Bitte! Meine Zeit ist knapp!«

Mir wird heiß. Mein Blick zuckt hinüber zu Richard, der mit in den Händen in den Hosentaschen neben der Ziege steht.

»Wenn Sie nachher Zeit haben, würde ich gerne kurz mit Ihnen reden.«

War das Richard? Hat er das wirklich gesagt? Ich öffne den Mund und schließe ihn wieder. Ich bin sprachlos. Er will mit mir reden. Nicht *ich* habe ein Problem, sondern *er*. Und was für eines.

»Einverstanden«, sage ich. »Wir sehen uns dann … draußen.«

Elvira klimpert schon wieder wild drauflos, und Corri drängelt sich unfein zwischen uns beide. Mit gesenktem Kopf versucht sie, ihre Hörner auf die Tasten zu stoßen.

»Sie ist so ungeheuer lernwillig«, sagt Elvira ganz ernsthaft.

Ich werfe Richard einen letzten Blick zu. Achselzuckend verlässt er den Raum.

Wir spielen eine gute halbe Stunde, und am Ende kriegen wir den vierhändigen Schubert ganz gut hin.

»Richard will einfach nicht begreifen, dass auch Tiere musikalisch sind!« Elvira lässt die Finger sinken und schaut mich vorwurfsvoll an.

Ich fühle mich bemüßigt, etwas zu antworten, habe aber keine Ahnung, was ich sagen soll. Deshalb zucke ich nur mit den Schultern. »Ihr Mann ist ein Künstler«, sage ich schließlich schüchtern. »Er möchte vielleicht lieber mit Menschen arbeiten?« Wieder zucke ich mit den Schultern.

»Daran *hindert* ihn ja auch keiner«, entgegnet Elvira empört. »Aber dass er meine Lieblinge so gar nicht von seiner Kunst profitieren lassen will!« Sie schaut mich an, als erwarte sie, dass ich ihr beipflichte. »Was würden *Sie* dazu sagen, wenn Ihr Mann Ihre Kinder einfach nicht beachten würde?«

Ich bin einen Moment sprachlos. Dann sage ich: »Genau das ist bei uns der Fall.«

»Und? Haben Sie wenigstens Konsequenzen daraus gezogen?« Sie hebt streng den Zeigefinger.

»Klar«, sage ich. »Ich habe ihn verlassen.«

Sie breitet die Arme aus, als hätte sie soeben das Ei des Kolumbus erfunden. »Meine Rede! Was *kann* eine Frau denn anderes tun, als zu ihren Kindern zu stehen?«

Ich beiße mir auf die Unterlippe und versuche, das alles zu verdauen. Sie hält die ganzen Viecher hier für ihre Kinder.

»Man kann im Leben nicht alles haben!«, schimpft Elvira nun laut. »Er wollte die Ruhe, die frische Luft, die Abgeschiedenheit, und gleichzeitig treibt es ihn immer wieder in die Stadt.« Sie sieht mich abschätzig an. »Zu seinen Chordamen.«

Ich hebe abwehrend die Hände: »Also, ich war nur mal ganz kurz, aus Versehen … Nicht dass Sie glauben …«

Elvira legt ihre schmale eiskalte Hand beruhigend auf meine.

»Ich glaube *gar* nichts«, sagt sie mild. »Es ist nur so, dass mein lieber Richard …« Sie senkt die Stimme und tritt zum Fenster, wo sie offensichtlich einen Blick auf ihren Gatten wirft. »Dass mein lieber Richard viel lieber Zeit mit den Damen vom Chor verbringt als mit *unseren Schützlingen*.« Während sie das sagt, bückt sie sich und angelt eine Schildkröte hinter dem seidenen Vorhang hervor. »Nicht wahr, meine kleine Emma? Er hat sich einfach nicht mehr um uns gekümmert.« Elvira spitzt die Lippen und küsst die Schildkröte auf den Panzer.

Die Schildkröte streckt alle fünfe von sich. Also vier faltige Extremitäten und einen faltigen Kopf. Sie will so schnell wie möglich wieder festen Boden unter den Füßen haben.

»Dabei *leidet* sie so, seit Richard hier nicht mehr spielt. Und neuerdings wird er ständig von fremden Frauen angesprochen! Richard behauptet steif und fest, sie nicht zu kennen! Fremde Frauen sprechen ihn in der Stadt an und wollen ein Autogramm von ihm! Und das alles nur, weil Richard sein Karma nach außen lenkt. Statt in seinem Wesenskern zu bleiben.«

Sind Sie sicher, Sie durchgeknalltes Weib?, möchte ich fragen, verkneife es mir aber. Der arme Richard! Oh Gott, ich fühle mich schuldig! Die fremden Frauen gehen auf mein Konto. Andererseits: Wie konnte er nur an so eine abgedrehte, weltfremde Frau geraten? Wenn ich mich daran erinnere, wie er dirigiert und gespielt hat, dann zieht sich meine Kopfhaut zusammen, und eine Million Härchen auf meinen Armen stellen sich auf. Der Mann steht doch mitten im Leben! Er ist ein hochbegabter Künstler! Der will doch keine Schildkröten streicheln!

Ich versuche, ruhig zu bleiben. Flach atmen. Sie kann nichts dafür. Sie ist einfach so. Sie hat einen Furz im Hirn und ist auch noch stolz darauf.

»Jetzt wissen Sie, warum ich so froh bin, Sie zu haben«, beschließt Elvira die heutige Klavierstunde. Sie schreitet entschlossen zu ihrer Handtasche, in der es sich ein Hamster gemütlich gemacht hat, und kramt den üblichen Fünfzig-Euro-Schein hervor.

»Bleib liegen, Freddy, ich komm schon dran. Erst habe ich gefürchtet, Sie hätten meinen Mann auch um ein Autogramm gebeten, als ich Sie beide im Tomaselli gesehen habe. Aber Richard sagt, Sie hätten ihn in keinster Weise belästigt.«

Gerade als ich mich frage, wann sie nun den Hamster Freddy bitten wird, das Geld nachzuzählen, wird sie sachlich: »Seien Sie einfach nächsten Mittwoch um zehn Uhr wieder hier.« Sie überreicht mir den Schein mit einem liebenswürdigen Lächeln. »Richard wird schon merken, dass er ersetzbar ist! In meinem Schlafzimmer schlafen zurzeit dreizehn Hunde. Zehn davon in meinem Bett. Auf Wiedersehen, Sonja. Corri und ich werden den Schubert üben, bis wir ihn vorwärts und rückwärts spielen können!«

Damit drückt sie mir den Arm und begleitet mich zur Haustür.

»Na dann«, sage ich zu dem staubigen Esel, der kopfschüttelnd im Flur steht. »Das war's wohl für heute.«

Der Esel nickt.

Oh Gott. Was soll ich tun? Ich fühle mich miserabel. Ich schlendere über den Hof auf meinen parkenden Wagen zu, wo Richard wie zufällig zwischen den Gehegen und Stallungen mit einem Notizbuch auf einer Bank sitzt. Er hat die Beine übereinandergeschlagen und zeichnet irgendwas. Bei näherem Hinsehen bemerke ich, dass er Noten malt. Er komponiert!

»Hallo!« Richard lächelt mich an, rutscht zur Seite und zeigt neben sich auf die sonnige Bank: »Wollen Sie sich einen Moment zu mir setzen?«

Ich bin definitiv nervös. Hinsetzen? Zu ihm?

»Bitte«, sagt Richard, aber ich rühre mich nicht vom Fleck.

»Ich muss mich bei Ihnen bedanken«, sagt Richard und schaut sich hektisch um. »Sie tun meiner Frau sehr gut.« Er verzieht kurz das Gesicht.

Ich überlege mir eine freundliche Antwort. Aber diese ganze Unterhaltung ist verlogen. Schließlich fasse ich mir ein Herz und gleite neben ihn auf die Bank. Ganz aus der Nähe bemerke ich auch bei ihm Anzeichen von Nervosität. Ist er wegen *mir* nervös? Wohl kaum. Wegen Elvira? Bestimmt. Die Frau macht ihn fertig. Er hat dunkle Ringe unter den Augen und trommelt nervös mit seinen Fingerkuppen.

»Wie läuft's?«, frage ich und weise mit dem Kinn auf die Notenblätter, an denen schon ein paar Gänse knabbern.

Stille. Dann: »Sie sehen ja, was hier los ist.« Richard senkt den Kopf und vergräbt ihn zwischen den Händen. Ich möchte ihm über seine dichten schwarzen Haare streichen und ihm Trost spenden!

Dabei habe *ich* ein Attentat auf *ihn* vor! Wie kann ich ihm nur sagen, dass ich sein Foto benutzt habe, um *meine* Karriere aus dem Dreck zu ziehen?!

»Elvira schwärmt von Ihnen«, sagt Richard, während er die Hände wieder sinken lässt. Er schaut mich mit seinen umwerfend braunen Augen dermaßen aufrichtig an, dass ich den Blick senken muss. Mein Herz setzt einen Schlag aus. Was *tue* ich? Was um aller Welt richte ich hier an?!

»Wenn ich Ihnen ein paar Dinge erkläre, werden Sie die Gesamtsituation besser verstehen«, sagt Richard, nachdem er den Kopf in den Nacken gelegt und ziemlich lange in die Luft gestarrt hat.

»Sie müssen nicht …«, hebe ich beklommen an, aber Richard hebt die Hand, als wollte er seinen Chor zum Schweigen bringen.

»Elvira und ich, wir …« Richard verstummt und legt wieder den Kopf in den Nacken. Hilflos starrt er in den Himmel, als erwarte er von dort weitere Regieanweisungen. »Wir haben uns in gewisser Weise …«

251

»Auseinandergelebt«, helfe ich ihm spontan. Ich bin ganz erschrocken, dass ich ihm ins Wort gefallen bin. Noch erschrockener bin ich, als ich merke, dass ich einen struppigen Köter kraule, der mich schon seit Längerem anstupst. Ich lehne mich zurück, schließe die Augen und versuche zu begreifen, in welch aberwitzige Situation ich mich begeben habe.

»Elvira hat sich so sehr Kinder gewünscht«, beginnt Richard plötzlich. »Aber es hat nicht funktioniert. Dabei hatten wir anfangs wirklich eine schöne Zeit – hier auf dem Gut Teufelberg, das sie von ihrem Vater geerbt hat. Es war das reinste Paradies. Ich habe geübt und komponiert, die ganzen Künstler von den Festspielen waren bei uns zu Gast, wir haben Mittagessen gegeben und Partys gefeiert … Die Partys der Baronin von Berkenbusch waren legendär ….« Er blinzelt eine Träne weg. »Na ja, und irgendwann hat Elvira diese verrückten, übertriebenen Muttergefühle für Tiere entwickelt. Sie fing an, von sich als ›Mama‹ zu sprechen und von mir als ›Papa‹. Ständig sollte ich für die Tiere Klavier und Geige spielen und sie schließlich auch noch ›unterrichten‹.« Beim letzten Wort malt er Gänsefüßchen in die Luft.

Er muss schlucken und schaut mir direkt in die Augen: »Ich weiß nicht, ob Sie wirklich Klavierlehrerin sind, und will es auch gar nicht wissen. Aber irgendwann habe ich plötzlich gemerkt, dass ich dieses kranke Spiel nicht mehr mitspielen kann. Dass ich nicht für ein *Schwein* Geige spielen will oder für einen Esel Klavier und dass ich nicht für ein Pferd ein Geburtstagslied komponieren will oder für eine Gans eine Lege-Hymne …« Seine Stimme klingt verzweifelt. Er fährt sich mit beiden Händen über die Schläfen und vergräbt seine Hände in seinen dichten dunklen Haaren. Ich widerstehe dem plötzlichen Impuls, ihn an mich zu ziehen.

Und ich dachte immer, eine Mutter von pubertierenden Kindern zu sein, sei anstrengend!

Richard fängt sich wieder. Er blinzelt erneut eine Träne weg und sieht mich an: »Ich habe Elvira wirklich geliebt. Sie hatte Ideale. Sie ist so sozial. Sie hat hier etwas Großartiges aufgebaut. Sie hat es sogar geschafft, aus diesem Gnadenhof eine Touristenattraktion zu machen. Es gibt keinen sogenannten ›Promi‹« – wieder malt er Anführungszeichen in die Luft –, »der nicht medienwirksam auf Gut Teufelberg ein Tier gestreichelt und damit sein Image aufgebessert hat. Sie ist im Grunde eine geniale Geschäftsfrau. Aber jetzt übertreibt sie es wirklich.« Er presst die Lippen zusammen und sucht verzweifelt nach den richtigen Worten. »Keine Ahnung, warum ich Ihnen das alles erzähle … aber Elvira mag Sie sehr, Sie tun ihr gut, Sie nehmen sie ernst, geben sich geduldig mit ihrer weltfremden Art ab. Sie hat zum ersten Mal wieder Spaß am Leben, seit ich einfach ›abgehauen‹ bin …« Wieder diese Gänsefüßchen in der Luft. Er unterbricht sich erneut und schaut mich fragend an: »Das *tun* Sie doch, oder etwa nicht?«

Mir schießt das Adrenalin in die Blutbahn. »Ähm … ja!«, beteuere ich und hasse mich dafür. Viel lieber hätte ich gesagt: »Mensch Alter, spring in meinen Wagen und hau mit mir ab! Ich hab ganz andere Dinge mit dir vor!«

»Sie sind also …« Er schaut mich prüfend an und fährt sich nachdenklich über den Dreitagebart. »Sie sind also bereit, meiner Frau weiterhin ein bisschen moralisch und musikalisch …«

Hören Sie auf!, möchte ich brüllen. Lassen Sie diesen Unsinn! Ihre Frau hat einen *Knall*!!!

»Das ist mein Job«, sage ich bescheiden. »Ihre Frau spielt recht nett, und den Tieren scheint es zu gefallen.«

Er lehnt sich plötzlich entspannt zurück. »Dann bin ich, ehrlich gesagt, erleichtert.« Richard lächelt, so wie er die Solistinnen in seinem Chor angelächelt hat. Unglaublich zärtlich und sanft und … o Gott, du blöder struppiger Köter! Nicht *dich* will ich streicheln! Ihn! Unsere Hände streichen nun beide über das Fell des Köters. Wenn ich noch länger auf seine langen, schlanken, gepflegten Finger starre, dann …

»Ich konnte einfach nicht mehr. Unsere Ehe ist … gescheitert. So leid es mir tut.«

Er schließt die Augen, krault weiterhin den Hund und berührt dabei meine Hand. Ich bin wie elektrisiert.

Das muss Ihnen doch nicht leidtun, das ist doch klasse!, möchte ich schreien, aber kein Laut kommt über meine Lippen. Ich kann den Blick nicht von ihm abwenden. *Ach könnt ich fassen und halten ihn. Und küssen ihn, so wie ich wollt! An seinen Küssen vergehen sollt.*

Diesmal ziehe ich meine Hand nicht zurück. Wie einen lahmen Schmetterling lasse ich sie dort liegen.

Er streichelt meinen Daumen mit seinem Daumen.

»Sie heißen Sonja, nicht wahr?«

»Ja«, stammle ich. »Von mir aus können wir uns gern duzen.« Richard drückt bestätigend meine Hand, sodass ich sage: »Und du heißt Sebastian Rich …?!«

»Nur Richard«, sagt Richard und sieht mich so unendlich liebevoll an, dass sich mein Herz umstülpt und mein Magen gleich mit. »Ohne Sebastian.«

»Ach ja, klar«, flüstere ich. Mir wird schlecht. Ich glaube, ich muss direkt neben ihm auf der Bank in Ohnmacht fallen.

Das wäre eigentlich schön. In seinen Armen zu sterben.

»Ich … ähm … kann verstehen, warum sie dich mag«, sagt Richard plötzlich. Er streichelt meinen Daumen weiter, der gar nicht mehr auf dem struppigen Köterfell liegt, sondern auf der Bank.

Mir schwinden die Sinne.

Ich nicht, möchte ich antworten. Sie muss doch spüren, dass ich eine ausgekochte Betrügerin bin. Sie und ihre Tiere lügen doch nicht.

»Ich … ähm … mag dich auch«, höre ich mich wie aus weiter Ferne krächzen. Er schaut mir in die Augen, und ich werde so schwach, dass ich nicht weiß, wie ich mich je wieder von dieser Bank erheben soll.

Wir wären ein wundervolles, kreatives, produktives … ähm … Künstler-Paar! Ich würde die Texte schreiben und er die Musik! Wir könnten zusammen Musicals schreiben, Opern, Operetten, warum nicht auch Hollywoodfilme, die alle einen Preis für die beste Musik und das beste Drehbuch … Wahrscheinlich starre ich ihn so verzückt an, dass er mich für verrückt hält.

»Ich hoffe, sie bezahlt dich gut«, reißt Richard mich plötzlich aus meinen Träumen. »Wir sollten hier nicht länger … sie kann uns sehen.«

Mit diesen Worten verabschiedet er sich und geht langsam davon.

26

Als ich an diesem Abend völlig durcheinander und liebestrunken nach Hause komme und die Wohnungstür von innen absperren will, schießt Greta aus ihrer Höhle: »Schließ wieder auf, Mama. Toni ist noch nicht da.«

Schlagartig befinde ich mich wieder in der Wirklichkeit. Ich wirble herum und verschränke die Arme vor der Brust.

»Es ist elf Uhr abends, morgen ist Schule, und unsere Regeln gelten auch für Toni.«

»Sie ist aber noch nicht dahaaa!« Greta spricht mit mir wie mit einer debilen Dreijährigen.

»Dann ist das ihr-Pro-blem!«, leiere ich im gleichen Ton herunter und lege die Kette vor. »Unten ist die Haustür auch schon abgeschlossen.«

»Dann schließ sie wieder auf!«, zischt Greta wütend. »Toni kommt heute später!«

»So. Jetzt reicht's mir aber.« Ich schnaufe und spüre, wie ich rote Flecken bekomme, besonders einen auf der Stirn, der aussieht wie Afrika. »Ich bin kein Hotel.«

»Mama, reg dich nicht künstlich auf.«

»*Künstlich*? Ich rege mich nicht künstlich auf, ich rege mich *auf*!«

»Ja, und davon kriegst du Falten und siehst aus wie deine Mutter!«

Selbst diese grobe Beleidigung prallt an mir ab.

»Es geht mir langsam auf den Geist, dass ich für Toni ganz selbstverständlich die Wäsche mitwasche und bügle, dass ich im Supermarkt beim Einkaufen daran denke, was Toni mag und was Toni nicht mag – wobei Toni mir so etwas ja nie selbst sagt, weil sie nicht mit mir spricht. Auch, dass ich für Toni mitdecke und wieder abdecke, das Bett beziehe und morgens eine Flasche Mineralwasser, eine Packung Taschentücher, wahlweise OBs, meine Seidenpyjamahose und andere Utensilien aus ihrem Bett hole, damit ich ihre Decke aufschütteln kann.«

»Brauchst du ja nicht, Mama, *verlangt* ja keiner!«

Greta starrt mich aus zusammengekniffenen Augen an. »Toni ist *meine* Freundin und …«

Ich bin noch nicht fertig.

»Es stört mich auch, dass Toni in meiner glänzenden Seidenstrumpfhose rumläuft, die sie sich ganz selbstverständlich aus meiner Wäscheschublade im Schlafzimmer geholt hat, wo sie originalverpackt lag.«

»Die war aus dem Dromarkt. Ganz billig.«

Ich fasse es nicht. Soll ich mich jetzt auch noch dafür bedanken, dass sie sich nicht die Wolford-Strümpfe geholt hat?

»Irgendwann ist Schluss!«

Schnaufend lasse ich mich auf einen Küchenstuhl fallen. Natürlich haben die Damen ihr Geschirr mitsamt den Essensresten noch nicht abgeräumt. Aber ich muss wohl froh sein, dass sie sich überhaupt etwas gekocht haben und nicht stumm verhungert sind, während ich mit meinem Traummann Händchen gehalten habe, statt mich um die Kinder zu kümmern.

»Mama, du hast gesagt, sie soll sich wie zu Hause fühlen!«

»Ja, das habe ich vor über zwei Jahren wahrscheinlich mal gesagt. Als das damals noch liebe, schüchterne Kind zum ersten Mal bei uns auftauchte. Ich habe aber nicht gesagt: ›Zieh bei uns ein und benutze selbstverständlich alle Dinge, die du in meinem Haushalt findest. Besonders herzlich bist du dazu eingeladen, meine originalverpackten Strumpfhosen, meine Schminkutensilien und meine Nachtcreme zu benutzen.‹«

»Mama, was *ich* benutze, das benutzt eben auch Toni!«

Ich schiebe mit einer müden Handbewegung die schmutzigen Teller, das Besteck, die Ketchup-, die Maggiflasche und die benutzten Servietten beiseite. »Wenn ihr wenigstens aufräumen würdet! Aber ihr lasst alles stehen und liegen! Ihr lasst die Lichter an und die Fenster offen, sodass die Mücken reinkommen. Ihr lasst die Wäsche auf dem Fußboden liegen – nach jedem Handtuch muss ich mich bücken –, und überall finde ich eure langen schwarzen Haare! Sogar in meinem Bett! Als ihr noch blond wart, fiel es wenigstens nicht so auf. Ich bin nicht eure Putzfrau!«

So wollte ich nie reden, ehrlich, ich schwör's. Diese Worte wollte ich nie über die Lippen bringen. Zum Glück habe ich nicht noch hinzugefügt: »Ihr seid meine Sargnägel, und Gott hat mich mit euch gestraft.« Das habe ich mir gerade noch verkniffen. Ich habe meine Hormone noch im Griff. Obwohl ich heute so durcheinander bin.

»Wir *räumen* ja auf«, setzt Greta dagegen. »Wenn Toni nach Hause kommt.«

Inzwischen ist es lange nach dreiundzwanzig Uhr. Ich habe, wie schon erwähnt, bei »Gutmütigkeit« und »Langmut« ziemlich laut »Hier!« geschrien, aber jetzt spüre ich so etwas wie nackte Wut. An der Wutbude bin ich wohl doch vorbeigekommen. Auch wenn die Wut noch originalverpackt war – eingeschweißt –, jetzt bricht sie sich Bahn!

»Toni kommt heute nicht nach Hause«, sage ich mit erstaunlich kalter Stimme. »Jedenfalls nicht in *unser* Haus.

Gern kann sie zu sich nach Hause gehen. Und den Rest mit ihren Eltern diskutieren. Zum Beispiel, wo sie sich um diese Zeit herumtreibt.«

»Mamaaaa!«, heult Greta plötzlich auf. »Das kannst du ihr nicht antun!«

»Und ob ich das kann«, schnaube ich. »Siehst du ja!«

»Mamaaaaa! Die kann nicht mehr nach Hause!«

»Was du nicht sagst«, entrüste ich mich. »Und zu mir auch nicht. Mir reicht's!«

Wütend fange ich an, die schmutzigen Teller abzuräumen. Zu meiner Überraschung springt Greta auf und reicht mir das Besteck. Als ich mit Schwung die Spülmaschine öffne, stelle ich fest, dass sie zum Bersten voll ist. Mit schmutzigem Geschirr. Das *darf* doch nicht wahr sein! Wütend stemme ich die Hände in die Hüften: »Hatten wir die Küchendienste nicht eindeutig verteilt? Du kümmerst dich um die Wäsche und Toni um das Geschirr? Ihr beide bringt täglich den Abfall runter? Das hatten wir genau so besprochen!«

Jetzt höre ich mich original an wie Elvira Berkenbusch.

»Die Spülmaschine spült nicht mehr richtig! Was kann Toni denn dafür!«

»Na klar, weil ihr sie mit Essensresten überlastet! So ein angetrocknetes Zeug muss vorgespült werden!«

Ich könnte platzen vor Frust, als ich das gammelige Geschirr aus der Spülmaschine klaube und die alten Nudeln und Möhren im Müll entsorge. Natürlich quellen sämtliche Abfallkörbe über vor Cornflakes-Packungen, leeren Flaschen und Küchenabfällen. Ein paar Bananenschalen haben es beim Weitwurf dann auch neben die Tüte geschafft. Und Zigarettenkippen stinken mir auch. Im wahrsten Sinne des Wortes!

»Bei mir wird *nicht* geraucht«, höre ich mich keifen.

»Mama, ich rauche ja nicht! Nur die Toni raucht!«, beschwichtigt mich Greta und reicht mir eine Flasche Bier.

»Jetzt komm mal wieder runter! Beruhige dich!«

Das einzig Gute an der Sache ist: Ich bin Sebastian Richter. Und mache eine Kolumne daraus. Brühwarm. Denn als *Mann* bin ich ja ein Held, wenn ich all diese Dinge ertrage. Alle meine Leserinnen werden lächelnd den Kopf schütteln, mir ihr Scheuerpulver schicken und ihre selbst gehäkelten Putzlappen oder gleich anbieten, selbst mit Schrubber und Wischeimer vorbeizukommen. Bestimmt erreichen mich auch ein paar Angebote, Toni zu adoptieren, wenn Sebastian Richter sie nur regelmäßig besucht.

Als *Frau* könnte ich niemals eine Kolumne daraus machen. Carmen Schneider-Basedow würde sie mir um die Ohren hauen.

»Das ewig gleiche Hausfrauen-Gejammer kann ich meinen Leserinnen nicht zumuten.«

Als Frau muss ich mir nämlich selbst die Schuld dafür geben, dass ich in so einem Schlamassel stecke. Ich habe mein Leben eben nicht im Griff. Und muss mich schrecklich schämen. Das Wort »Schlampe« gibt es auch nur für Frauen. Eine männliche Form wie »Schlamp«, »Schlamper« oder »Schlamperich« existiert nicht.

Okay, die Kolumne. Gleich morgen. Und endlich der letzte Akt des Musicals. Die eine Szene muss ich komplett umschreiben. Werner Gern will natürlich das letzte Wort haben. Es gibt ein neues Tom-Konrad-Lied, das kein Mensch kennt, aber auf Wunsch von Tom himself dringend noch eingebaut werden muss. Und dann ist da immer noch die Homestory, die Carmen Schneider-Basedow unbedingt haben will! Mit Sebastian Richter, der von seinem Glück noch gar nichts weiß!

Mir wird schwindelig.

Als hätte ich nicht schon genug Sorgen, verdammt noch mal! Wütend knalle ich die Teller und Töpfe in den Spülstein, um alles mit der Hand zu spülen.

Immerhin hat Greta zu einem Trockentuch gegriffen. Sie spürt, dass es mir ernst ist. Ich möchte Toni endlich rauswerfen. Mir egal, ob sie zu Hause Ärger kriegt.

»Die Grenzen sind nicht erreicht, die Grenzen sind überschritten«, höre ich mich in mein Spülwasser keifen.

Jetzt soll ich mein bisschen Nachtschlaf auch noch opfern, um auf Toni zu warten, die sich irgendwo herumtreibt?

Als Greta die Brisanz der Lage erfasst, spricht sie hastig in ihr Handy. »Kimmst besser hoam. Die Mama is voll sauer!«

»Ja, da wundert ihr euch, was? Dass ich gutmütiges Mutterschaf auch mal blöke, wenn's mir zu viel wird!«

»Mama, dann *geh* doch ins Bett! Wir sind auch *ganz leise*, wenn Toni nach Hause kommt!«

Ich atme scharf aus.

»TONI KOMMT HEUTE NICHT MEHR NACH HAUSE. Die Haustür bleibt abgeschlossen. Und aus.«

Mein Blick wandert zur Küchenuhr. Es ist Mitternacht.

Mann, kann ich hart sein. Ich bin selbst überrascht, was mir da für grausame Worte aus dem Mund purzeln. Sie fallen ins Spülwasser und versinken in der heißen Brühe.

»Mama, das kannst du der Toni nicht aaaaannnntuuuuun«, heult nun meine arme Greta los. »Die schläft sonst unter der Salzachbrücke!« Schwarze Schminke rinnt über weiche Kinderwangen.

Oh Gott, die arme Toni. Was, wenn ihr etwas zustößt?

Ich wische mir die Hände an der Küchenschürze ab. »So. Jetzt rufe ich Tonis Mutter an.«

Entschlossen greife ich zu der Mappe mit den Adressen der anderen Schüler.

»Mammaaaaaaa!«, beschwört mich Greta. Die nackte Panik steht ihr ins Gesicht geschrieben. »Du kannst doch jetzt nicht Tonis Mutter anrufen!«

»Nein?«, zische ich wütend, während meine Finger bereits Anstalten machen, die Nummer zu wählen. Blöderweise muss ich erst die Lesebrille aufsetzen. Und wo die wieder hin ist … Mit nassen, verschrumpelten Händen suche ich sie zwischen der Zeitung von gestern und meinen zuletzt ausgedruckten Kolumnen. Ich fühle mich so hilflos! »Warum kann ich Tonis Mutter nicht anrufen? Vielleicht, weil sie schon schläft? Das würde ich jetzt nämlich auch gerne!« Nein. Ich wähle jetzt. Mit oder ohne Brille.

»Mamaa, BITTTTTE!!!« Greta weint nun dicke Krokodilstränen. »Du hast ja keine Ahnung, wie *sauer* ihr Vater werden kann!«

»Ach was. Toni hat auch einen Vater?«

»Jaaaaa, Mann! Der schlägt sie. Und nicht nur das! Wenn er betrunken ist …«

Greta ist in Tränen aufgelöst.

Ich lasse den Hörer sinken. Und mich auf die Schreibtischkante. Oje. Das hätte man mir vielleicht mal sagen können! Aber der Klon redet ja nicht mit mir.

»Kimm jetzt endlich heim, herst«, zischt Greta in ihr Handy. »Die Mama wollte gerade schon deine Eltern anrufen!«

Oh Gott. Alarmstufe Rot. Ich höre Toni – tatsächlich – etwas ins Handy sagen. Sie *kann* sprechen.

»Wo steckt sie denn?«, frage ich besorgt.

»Irgendwo mit dem Harry an der Salzach. Der Harry ist sturzbetrunken, und sie kümmert sich um ihn. Sie kann ihn jetzt nicht alleinlassen. Aber sie beeilt sich.«

Um zehn nach eins höre ich von außen den Schlüssel im Schloss.

Aha! Das Kuckuckskind begehrt Einlass. Rasselnd nehme ich die Kette ab und drehe klirrend den Schlüssel herum. Da steht das Kuckuckskind. Mit hängendem Gefieder. Ich denke an den verlorenen Sohn aus der Bibel. An diese schöne Stelle mit dem Schweinetrog. Ich breite die Arme aus, trete einen Schritt zurück und sage: »Willkommen zu Hause.«

Das Kuckuckskind krächzt: »Entschuldigung.«

Fassungslos starre ich es an. Es hat mit mir geredet!

Greta wirft mir einen warnenden Blick zu, der sagt: »Wehe, du machst ihr jetzt auch noch Stress!« Sie fasst Toni am Arm und zieht sie in die Küche.

Ich trolle mich in mein Schlafzimmer und rufe: »Gute Nacht! Und bitte schminkt euch heute mal in eurem Zimmer ab! – Ich würde jetzt gern ein bisschen schlafen!«

Dann liege ich geschlagene fünf Stunden wach und denke an Richard. Bis die Glocken wieder anfangen zu läuten.

27

Carmen Schneider-Basedow lässt nicht locker. Inzwischen ruft sie jeden Tag an: »Frau Kopf, Sie haben mir die Homestory versprochen! Rechtzeitig zum Musical möchten wir einen Vierseiter in *Frauenliebe und Leben* platzieren! Sie *müssen* mir jetzt einen Termin dafür geben! Wir schicken Fotografen, Maske, eine Reporterin, und wenn es sich zeitlich einrichten lässt, möchte ich persönlich dabei sein!«

Nein. Alles, nur das nicht! Carmen Schneider-Basedow und ich sollten uns nicht begegnen. Schon gar nicht in Rot mit schwarzen Tupfen.

»Ich werde sehen, was ich tun kann«, verspreche ich zum wiederholten Mal. »Herr Richter befindet sich im Endspurt wegen des Musicals, und ich habe strikte Anweisung, ihn in dieser wichtigen Schaffensphase nicht zu stören. Er muss noch ein paar Szenen umschreiben und einen komplett neuen Schlager einbauen.«

»Er ist ja soooo tüchtig! Seine letzte Kolumne war übrigens brillant«, säuselt Frau Schneider-Basedow in mein Ohr. »Wie er nachts auf das fremde Kind warten musste, und wie humorvoll er die Szene beschrieben hat! So ein großes Herz hat er, und so viel Geduld! Wir haben eine Flut von Leserbriefen erhalten! Dürfen wir die Sebastian trotz seines Stresses schicken?«

»Immer nur her damit«, brumme ich gönnerhaft.

»Wie er das alles schafft«, sagt Carmen Schneider-Basedow. »Das interessiert unsere Leserinnen am meisten. Die Homestory wird von allen mit Spannung erwartet!«

Oh Gott, das darf jetzt nicht wahr sein. Heute Nacht kam Greta in mein Schlafzimmer, genau zwischen zwei und drei, wenn draußen keine Glocken läuten, keine Nutten heimkommen und keine Randalierer Mülltonnen umwerfen. Sie stand an meinem Bett und krächzte: »Ich hab Halsweh!«

»Hat das nicht Zeit bis morgen früh?«, habe ich sie angefleht.

»MAMAA! Wenn ich sage, ich hab Halsweh, dann habe ich Halsweh!«

Also habe ich Tee gemacht, Fieber gemessen, Zäpfchen gesucht – »Mama! Spinnst du? Das ist sexuelle Belästigung!« – und mithilfe einer Taschenlampe und meiner Lesebrille in ihren Hals geschaut. Der sah sehr rot aus. Irgendwie ungesund. So schlimm, dass Greta sogar das Schlucken einer Schmerztablette verweigerte: »Das tut zu weh!« Da schrillten bei mir sämtliche Alarmsirenen los.

Auf einmal spuckte Greta Blut. Ein Riesenschwall kam aus ihrem Mund geschossen.

»Mamaaaa! Ich sterbe!! So tu doch was!«

Außer zittern und ihr ein Handtuch vor den Mund pressen konnte ich in den ersten fünf Sekunden tatsächlich nichts tun.

»Mamaaaa! Ich verblute!«

Oh Gott! In Panik habe ich – ganz ohne Lesebrille – den Notruf gewählt, aber der funktionierte nicht, und so bin ich mit der spuckenden und röchelnden Greta in den strömenden Regen hinaus auf die Straße gerannt, zu meinem kleinen Auto, das ein paar Straßen weiter parkte.

Das verpennte Kuckuckskind kam hinter uns hergeflattert.

»Du bleibst zu Hause«, habe ich gerufen, aber es krabbelte einfach ins Auto. Es ist immer da, wo Greta ist. Das hätte ich langsam wissen müssen.

Der Klon hielt das Handtuch, Greta spuckte hinein, und ich fuhr wie von der Tarantel gestochen über rote Ampeln.

Um vier Uhr dreißig saßen wir in der Notaufnahme des Krankenhauses. Dort wurde die Blutung mithilfe einer Riesennadel, die man meinem armen Kind in den Hals jagte, vorläufig gestillt.

Jetzt ist es halb sieben, und es waren immerhin schon drei Schwestern und ein Arzt bei uns. Letzterer war sehr jung und wirkte äußerst übernächtigt. Er stocherte mit allerlei furchterregendem Besteck in Gretas Hals herum und sagte besorgt: »Die Mandeln sind total vereitert und taubeneigroß. Sie müssen sofort raus.«

Na prima. Ich habe ja sonst nichts vor in nächster Zeit.

Nun sitzen wir schon eine Ewigkeit in diesem tristen Flur, neben uns Patienten, die auch nicht wirklich gute Laune ausstrahlen. Mir knurrt entsetzlich der Magen, und ich gäbe alles für eine Tasse Kaffee.

»A bissl dauerts noch, gell?«, sagt eine rundliche Schwester im hellblauen Kittel, als sie uns sieht. »Bist nüchtern?«

Greta nickt unter Tränen, der Klon starrt blass vor sich hin. So völlig ungeschminkt habe ich Toni noch nie gesehen. Sie kaut auf ihrem Piercing herum.

»Rheinfall, Greta?«, wird Greta aufgerufen. »Bitte zur Anmeldung.«

Wir springen auf. Der Klon folgt uns unauffällig. In der Anmeldung warten etwa zwanzig Personen vor einem Glasschalter.

»Dauert jetzt a bissl«, sagt eine freundliche Frau im hellblauen Kittel. »Dürfens derweil Platz nehmen.«

Gut. Jetzt sitzen wir also hier. Immerhin haben wir es vom überfüllten Flur in das überfüllte Wartezimmer der Anmeldung geschafft.

Nach etwa einer halben Stunde sagt eine freundliche Schwester im hellblauen Kittel zu uns: »Dürfens schon weiterkimma.«

Wir trippeln hinter der hellblauen Friedenstaube her und siehe da: Ein kleiner Untersuchungsraum tut sich auf. Inzwischen ist meinem Küken so schlecht, dass man es auf eine Liege bettet und ihm eine Infusion legt. Ich sitze besorgt daneben und halte Händchen. »Geil, Toni, da müssen wir heute die Matheprüfung nicht mitschreiben«, krächzt mein Kind mit letzter Kraft.

Mo-ment. Ich kann unmöglich zulassen, dass Toni die letzte wichtige Matheprüfung nicht mitschreibt!

»So. Du kommst jetzt mit. Ich fahre dich zur Schule«, höre ich mich mit fester Stimme sagen. »Keine Diskussion.« Ich setze einen Blick auf, unter dem Tischbeine einknicken und einem das Blut in den Adern gefriert. Und das Wunder geschieht: Toni schleicht blass und stumm hinter mir her, während ich fluchend über den überfüllten Parkplatz renne. Wo steht denn nur mein Auto? Wo habe ich es denn heute Nacht hingestellt? Ich muss mich beeilen, denn ich will wieder bei Greta sein, wenn sie endlich drankommt! Bestimmt brauchen die Ärzte eine Unterschrift von mir oder so!

Oh. Noch ein Wunder: Aus meinem kleinen schäbigen Leasingauto ist auf einmal ein großer glänzender Kombi geworden. Mist. Als ich hier heute Nacht ankam, habe ich das Schild an der Mauer noch nicht gesehen. Es trägt die Aufschrift: »Reserviert für Chefarzt Dr. Auer«.

Ich fluche und raufe mir die Haare. Mit plötzlicher Entschlossenheit zerre ich Toni zum Taxistand.

»So. Da steigst du jetzt ein.« Ich renne um den Wagen herum und sage dem Fahrer: »Sie bringen mir das Mädchen bitte ins Hochbegabten-Gymnasium. Lassen Sie sich nicht davon abbringen. Sollte das Mädchen behaupten, es sei nicht hochbegabt, glauben Sie ihm kein Wort. Hier sind fünfzehn Euro. Der Rest ist für Sie.«

Fünf Minuten später stehe ich wieder an Gretas Lagerstatt. Meine arme Kleine – täusche ich mich, oder atmet sie schwer? Hat sie nervöse Zuckungen? Was macht sie denn da? Hyperventiliert sie? Bei näherem Hinsehen erkenne ich die typische Handbewegung: Sie simst.

Zum Glück kommt jetzt ein Arzt im weißen Kittel hereingeweht, schaut meiner armen Greta in den vereiterten Hals und sagt besorgt: »Prominente Mandeln. Die rechte dreimal so groß wie die linke.«

Also, dass *Mandeln* prominent sein können, das ist mir neu. So was hat meine Tochter im Hals? Ich wusste schon immer, dass sie etwas Besonderes ist.

Greta erträgt die Diagnose mit stoischer Gelassenheit.

Man bringt mir eine Menge Formulare, die ich ausfüllen soll. Da Greta mit SMS-Schreiben beschäftigt ist, mache ich mich allein ans Werk.

Etwa zehn Din-A-4-Seiten sind auszufüllen, und ich kreuze überall »Nein« an.

Gelbsucht, Malaria, Depressionen, künstliches Gebiss, lose sitzende Zähne, Arthritis, Herzinfarkt, Schlaganfall, Hörsturz.

Mein Gott, bin ich dankbar, dass ich überall »Nein« ankreuzen darf! Es geht immerhin um mein Kind, Greta!

Bis auf Hormon-Tsunamis, die sie in regelmäßigen Abständen überschwemmen, ist meine Tochter völlig gesund.

»Hören Sie manchmal schlecht?«

Ja. Da muss ich wahrheitsgemäß antworten.

»Fallen Ihnen schon leichte Hausarbeiten schwer?« Ja. Auf jeden Fall.

»Brauchen Sie für Ihre tägliche Körperpflege ungewöhnlich lange?« Ja. Mindestens zwei Stunden.

»Fällt Ihnen das Bücken schwer?« Ja! Mensch, woher wissen die das bloß?

Als Greta mir über die Schulter schaut, weil gerade keine SMS kommt, reißt sie mir wütend das Blatt weg: »Mama, *spinnst* du? Das muss man *wahrheitsgemäß* ausfüllen!«

»Aber das tue ich doch!«

»Nee, Mama, echt jetzt! Meinst du, ich will hier noch ein paar Stunden rumliegen? Ich will endlich operiert werden!« Auf dieses Stichwort hin kommt wieder der Arzt und stellt uns alle hundertzwanzig soeben schriftlich beantworteten Fragen noch einmal. Dann erklärt er uns in aller Ausführlichkeit, was während Gretas Vollnarkose passieren wird.

»Haben Sie noch Fragen?«, schließt der Arzt seine Erklärungen ab.

»Nein«, sage ich schnell.

»Ja«, sagt Greta ernsthaft und wirft mir einen Wehe-du-machst-jetzt-eine-bescheuerte-Bemerkung-Blick zu. »Darf man nach der Operation küssen?«

28

Zugegeben. Es ist ein bisschen stressig im Moment. Ich hocke in dem winzigen Krankenzimmer mit Blick auf die Krankenhausmauer, wo mein Wagen gestern abgeschleppt wurde, und hacke die letzten Szenen meines Musicals in den Laptop. Meine entzückende Tochter Greta hat ein ätzendes kariertes, vorne geknöpftes Nachthemd an und schläft. Sie sagt nichts. Sie simst auch nicht. Der Klon liegt auf dem Beistellbett, das eigentlich für mich bestimmt war, und schläft auch. Allerdings nicht im ätzenden Krankenhaushemd, sondern in einem unserer Lieblings-T-Shirts mit der Aufschrift »Saufen ist cool«.

Und unter uns: Nachdem eine blaue Friedenstaube mir einen lauwarmen Klecks Blumenkohlbrei im Plastikschälchen sowie eine halbe Tasse lauwarmen Hagebuttentee angeboten hat, bin ich zu der Würstchenbude am Taxistand geschlichen und habe mir verschämt eine Dose Stiegl geholt. Mit diesem Bier spüle ich mein Mittagessen hinunter. Um elf Uhr vormittags. Aber ich bin schließlich seit fast drei Uhr auf. So. Nur die Harten komm' in' Garten.

Werner Gern macht mir inzwischen leisen Druck. Er wird richtig nervös, als ich ihn erneut vertröste: »Herr Richter ist bei seiner Tochter im Krankenhaus. Nein, nichts Schlimmes. Nur die Mandeln. Ja, ganz akut. Nein, er arbeitet dort weiter. Er wird in den nächsten zwei Wochen fertig sein.«

Und Frau Carmen Schneider-Basedow vertröste ich auf die gleiche Weise: »Die Homestory mit Herrn Richter müssen wir leider noch einmal verschieben. Sein Kind ist krank. Es hat heute Nacht Blut gespuckt, und er musste mit zur Notoperation.« Die allgemeinen Mitleidsbekundungen und den riesigen Blumenstrauß werde ich Sebastian Richter natürlich aushändigen.

Ist das nicht ungerecht?

Eine Frau, eine Tat.

Ein Mann, eine Heldentat.

Irgendwann erwacht der Klon.

»Na?«, frage ich. »Wie geht's?«

Bestimmt hat der Klon Phantomschmerzen.

Der Klon reibt sich die Augen, greift stumm zur Fernbedienung und macht den Fernseher an, der über dem Tischchen an der Decke hängt.

Na, dann wollen wir mal weiterarbeiten. Ein fulminantes Finale! Der junge Held in meinem Musical springt gerade aus dem dritten Stock des Schulgebäudes, um seinem kurzen Leben ein Ende zu setzen, landet aber direkt in den Armen seiner Eltern, die sich inzwischen wieder versöhnt haben. Der Chor singt dazu den absoluten Nummer-eins-Hit von Tom Konrad: »Das Einzige, was zählt – das Einzige, was wirklich zählt, bist du!«

Mir kommen die Tränen, während ich das schreibe. Ich bin völlig begeistert von dem wirklich gelungenen Plot! Auch Werner Gern wird begeistert sein. Genauso hat er sich das gewünscht! Immer wieder hat er am Telefon gesagt: »Emotionen! Sagen Sie Herrn Richter: Emotionen! Er kann ruhig fingerdick übertreiben! Es darf vor Kitsch nur so triefen! Das Publikum will es so!«

Eine schlecht synchronisierte Krankenhausserie stört meine Konzentration. Immer wieder schaue ich auf den Bildschirm und sehe, wie sich diese Serienärzte und Patienten beschimpfen.

»Kannst du das nicht etwas leiser stellen?«, frage ich genervt.

»Mamaaaa!«, kommt es da aus dem töchterlichen Vogelschnabel. »Was soll die arme Toni denn *machen*? Sich *langweilen*?«

Oh! Mein Kind ist erwacht! Ich stürze an sein Bett.

»Wie fühlst du dich?«

»Passt scho.«

Ich beuge mich zärtlich herab und streichle ihre blasse Wange: »Hast du Schmerzen?«

»Passt scho!!!«

Der Klon schaut in den Fernseher.

Da öffnet sich die Tür, und Pauli, der bezaubernde sechzehnjährige Freund meiner Tochter, schiebt sich mit einem Blümchen herein. Nachdem er mich mit »Servus Schwiegermama« (jetzt hab ich selbst Schluckbeschwerden!!) begrüßt hat, legt er sich zu meinem kränkelnden Küken ins Bett. Die beiden kuscheln sich aneinander. Greta sieht elend aus. Ihr fallen die Augen zu.

Nach einer halben Stunde erwacht Greta erneut.

»Derf ma dich küssen?«, fragt Pauli, und Greta nickt unter größten Schluckbeschwerden.

Toni schaut die Serie. Ihr Freund kommt erst heute Nachmittag. Bei dem Lärm kann ich mich wirklich nicht konzentrieren. Ich beschließe, mir einen Moment die Beine zu vertreten. Auf dem Flur kontrolliere ich mein Handy. Oje. Vorwurfsvoll blinkt es mir entgegen: neun Anrufe in Abwesenheit. *Neun Anrufe!*

Bestimmt Werner Gern und Carmen Schneider-Basedow. Mit tausend Fragen! Zur Pressekonferenz, zum Musical, zur Homestory. Wenigstens *ich* sollte erreichbar sein! Verdammt! Als Sebastian Richters Managerin muss ich stets als Ansprechpartnerin zur Verfügung stehen.

Die Schlinge um meinen Hals zieht sich immer mehr zu. Ich verlasse fluchtartig den muffigen Flur und renne die Treppen hinunter in den Krankenhausgarten. Hier gehen Menschen spazieren, die Rollstühle oder ihr eigenes Infusionsgestell schieben. Auf der Bank sitzt eine Krankenschwester und liest die Sebastian-Richter-Kolumne. Nervös höre ich die Mailbox ab:

»Hier ist Elvira Berkenbusch! Sie sind zehn Minuten zu spät! Wir vermissen Sie!«

Oh! Ist heute Mittwoch? Das war mir total entgangen!

»Elvira Berkenbusch noch mal. Wo stecken Sie? Eduard, Corri – wir alle warten auf Sie!«

»Elvira Berkenbusch. Wir machen uns inzwischen große Sorgen. Sie sind doch sonst immer so zuverlässig!«

»Hallo. Ähm. Hier ist Siegfried. Wollte nur fragen, ob alles passt mit dem Laptop, ob du im Krankenhaus Empfang hast und ob ich mal vorbeischauen soll. Ja. Na dann. Scheint alles zu passen. Okay, passt.«

»Elvira noch mal. Ich habe Ihnen schon einmal erklärt, dass die Tiere Regelmäßigkeit brauchen. *Zuverlässigkeit.* Sonst gerät ihr gesamter Biorhythmus durcheinander. Ich dachte, das hätten Sie verstanden! Wir üben den vierhändigen Schubert inzwischen ohne Sie. Sind sehr traurig!« Im Hintergrund trauriges Meckern und ein beleidigtes Grunzen.

»Werner Gern. Habe die letzte Szene von Sebastian Richter gerade per E-Mail erhalten und bin begeistert! Er hat den neuesten Hit wirklich fulminant untergebracht. Tom Konrad ist zu Tränen gerührt! Die Schauspieler proben schon! Richten Sie Sebastian und seiner Tochter die besten Genesungswünsche aus! Freue mich wirklich sehr, ihn nun bald kennenzulernen. Die Fotos kleben schon in ganz Hamburg an den Litfasssäulen! Sogar die Doppeldeckerbusse fahren damit herum!«

»El-vi-ra! (Schluchz) Jetzt haben wir alle Angst, Sie kommen gar nicht mehr! (Heul).«

»Carmen Schneider-Basedow hier. Guten Tag, Frau Kopf, ich weiß, ich sollte nicht stören, der arme Sebastian Richter weiß ja vor Arbeit und privaten Sorgen weder ein noch aus. Aber wir planen die Homestory jetzt endgültig und definitiv für die Ausgabe am 20. Juni ein, das heißt, wir müssten spätestens am 10. Juni bei Herrn Richter zu Hause den Fototermin und das Interview machen. Leider kann ich persönlich nicht dabei sein, weil ich bei den Proben für das Musical zuschaue. Ich gehe aber davon aus, dass seine Kinder und mindestens der Hund zur Verfügung stehen werden. Rufen Sie mich sofort zurück und bestätigen Sie mir den Termin, bitte, danke!«

»Sonja? Hier ist Richard. (Räusper) Richard Berkenbusch. Ich hoffe, Sie erinnern sich an mich. Ich bin Elviras Mann, und sie hat eine Art Nervenzusammenbruch. Ähm, ich würde Sie wirklich dringend um Rückruf bitten.«

Ich starre mein Handy an. Meine Hand zittert. Diese tiefe, melodische Stimme! Diese … Oh Gott. Er siezt mich wieder. Er fragt, ob ich mich an ihn *erinnere*!

Ich fahre mir mit der Hand durch die abstehenden Haare, die heute natürlich noch keinen Kamm und keine Bürste gesehen haben. Geschweige denn eine Dusche oder ein Shampoo.

Er hat mich angerufen! Er hat mich ganz persönlich auf meinem Handy angerufen! Er bittet mich um einen Rückruf!

Meine Knie werden weich. Ich sinke auf eine Bank. Die Vögel zwitschern so laut, dass ich mein Herzklopfen fast nicht mehr hören kann. Nur spüren. Meine Hände zittern. Er hat mich angerufen. *Er hat mich angerufen!*

Ich schließe die Augen und zwinge mich, ein paarmal tief durchzuatmen. Dann schaffe ich es, die Rückruf-Taste zu drücken.

»Richard Berkenbusch?«

»Sonja Rheinfall.« Ich räuspere mich. »Leider konnte ich die Klavierstunde nicht wahrnehmen. Es tut mir wirklich sehr leid, aber ich bin bei meiner Tochter im Krankenhaus, sie wurde heute Morgen an den Mandeln operiert. Nichts Dramatisches, aber, nun ja, ich glaube, sie braucht mich. Und da man im Krankenhaus nicht telefonieren darf, habe ich es ganz versäumt, mich bei Ihrer Frau zu entschuldigen. Es tut mir leid. Ehrlich gesagt, ich … ich hatte sie vollkommen vergessen.« Mein Herz rast.

Jetzt, wo ich ihn an der Strippe habe, sollte ich ihm endlich erklären, was ich in Wirklichkeit von ihm will: Im Übrigen müssen Sie in vier Tagen für eine Homestory zur Verfügung stehen und in zwei Wochen für eine Pressekonferenz nach Hamburg fliegen. Ich habe Sie nämlich missbraucht und mit Ihrem schönen Männergesicht ein halbes Jahr lang Kolumnen und ein Kindermusical geschrieben. Aber machen Sie sich nichts draus. Ich bin keinesfalls so verrückt wie Ihre Frau.

Natürlich sage ich nichts. Ich lausche nur.

»Da bin ich aber erleichtert. Das werde ich Elvira so ausrichten. Sie hat sich mit ihren dreizehn Hunden und sieben Katzen ins Schlafzimmer zurückgezogen. Sie leidet wohl gerade an massiven Verlassenheitsängsten. Tja, und daran bin ich auch nicht ganz unschuldig.«

Ich fasse mir ein Herz. »Ähm … glauben Sie nicht, dass Ihre Frau vielleicht mal mit einem Therapeuten sprechen sollte? Wäre ein Psychologe nicht der bessere Ansprechpartner? Nicht, dass ich ihr nicht gern Klavierunterricht gebe, aber da scheint mir der Wurm doch tiefer zu sitzen. Und im Moment stehe auch ich schrecklich unter Stress. Es ist nämlich was passiert, das auch Sie etwas angeht. Also, die Wahrheit ist die: Ich müsste Sie dringend sprechen, und zwar in einer persönlichen Angelegenheit, die gar nichts mit Elvira zu tun hat, sondern nur mit uns beiden. Aber ich komme hier nicht weg …«

Auf einmal hallt meine Stimme so merkwürdig. Die Leitung ist … Er wird doch nicht … Habe ich ihn etwa … »Hallo? Sind Sie noch dran?«

Ich schlage mir mit der flachen Hand auf den Mund. Wieder einmal ist ein ungefilterter Redeschwall aus mir herausgekommen! Ich habe den armen Mann verschreckt. Er denkt, ich hätte mich in ihn … Ich habe mich so dämlich ausgedrückt, dass er den Eindruck gewonnen hat … Ich *Idiot*!

Verdammt! Ich kann es nicht fassen! Richard Berkenbusch hat aufgelegt!! Was soll ich tun? Was soll ich nur tun? Warum mache ich immer alles falsch?

Mit hängendem Kopf und zitternden Knien schleiche ich mich wieder zurück zu Gretas Krankenzimmer. Nach einem kurzen, diskreten Klopfen öffne ich die Tür.

Mein Blick wandert zum schmalen Bett. Da liegen die beiden. Für meinen Geschmack ein bisschen zu sehr ineinander verkeilt. Was um Gottes willen … treiben die da? Das Kind ist frisch operiert! Die Bettdecke bewegt sich rhythmisch auf und ab.

Hallo! Ja, bin ich denn … Ich meine, ich war doch nur fünf Minuten … na gut, sieben … oder höchstens zehn! Die werden doch nicht so kurz nach der Operation … *Hallo*?! Das ist doch wohl … Mama hat Nein gesagt! Wie eine wild gewordene Vogelmutter flattere ich durchs Zimmer und zupfe an der Bettdecke. Wollt ihr wohl … Das war nicht abgemacht. Die Bettdecke rutscht zu Boden.

Oh. Ich traue meinen Augen nicht.

Das … Bin ich denn schon so verwirrt … Aber da lag doch eben noch …

Die beiden Turteltäubchen, die da ihre Leistungssportübungen absolvieren, sind ja gar nicht … Das sind ja …

Der Klon schaut mich erschrocken an. Wer da auf ihr liegt, das ist nicht Pauli. Das ist der andere.

»Ja, seid ihr denn … Habt ihr sie noch alle? Ich meine, das hier ist ein *Krankenhaus*!«

»Wir sind aber nicht krank«, feixt der Bursche.

»Wo ist Greta?«, zische ich und durchbohre ihn mit fragenden Blicken.

»Nachblutungen oder so«, sagt der Bursche. »Der Pauli hat sie begleitet. Sie waren ja nicht da.«

So. Jetzt habe ich wieder den Schwarzen Peter. Ich bin schuld. An allem. Natürlich auch an einer eventuellen Schwangerschaft des Klons.

»Raus jetzt aus diesem Zimmer«, stoße ich hervor. »Und wehe, ihr taucht hier noch einmal auf!« Ich mache auf dem Absatz kehrt und renne davon.

29

Zum Glück erweisen sich meine Sorgen um Greta als unbegründet. Sie sitzt händchenhaltend mit Pauli im Aufenthaltsraum und spuckt Blut durch ihre Zahnspange in eine Pappschale. Das ist ein dermaßen rührender Anblick, dass mir die Tränen kommen. Welche Vierzehnjährige hat denn schon so eine krisenfeste Bindung und wird so treu von einem Sechzehnjährigen geliebt – auch wenn sie ungeschminkt ist und ein klein kariertes Nachthemd trägt?

»Wie geht es dir, mein Schatz?« Ich sinke in den freien Stuhl an ihrer Seite und streiche ihr das verschwitzte Haar aus der Stirn.

»Passt scho.«

»Tut es sehr weh?«

»Passt scho.«

»Kann ich irgendwas für dich tun?«

»*Passt scho, Mama!*« (krächz, spuck)

»Geh doch wieder in dein Bett«, sage ich besorgt. »Du bist frisch operiert und sollst dich ausruhen.«

Greta verzieht schmerzverzerrt das Gesicht.

»Mamaaaaa!«

Mein Gott, ich *kann* aber auch penetrant sein! Als ich überlege, wohin ich jetzt gehen kann, um am wenigsten aufzufallen, öffnet sich die Tür zum Aufenthaltsraum, und eine blaue Friedenstaube weht herein.

Bitte jetzt kein lauwarmer Blumenkohlbrei im Plastiknapf!

»Da wäre Besuch für Sie«, zwitschert sie freundlich. Dabei kichert sie so eigenartig, und im Hintergrund sehe ich andere Schwestern die Hälse recken.

»Isser des?«

»Naa, des isser net!«

»Noch mehr Besuch für Greta? Nein, das halte ich für keine gute Idee«, sage ich und stelle mich schützend vor mein armes Kind. »Meine Tochter braucht Ruhe. Sagen Sie den jungen Leuten, sie sollen morgen wieder ko …« Mir bleibt das Wort im Halse stecken.

Denn eine schwarz gekleidete Gestalt schiebt sich hinter der Schwester her.

Mir bleibt das Herz stehen. Alles Blut schießt mir aus dem Gesicht und staut sich augenblicklich in meinen Zehen.

Es ist Richard. Richard Berkenbusch.

»Du hast gesagt, dass du etwas mit mir besprechen musst, das nur uns beide etwas angeht. Da habe ich gedacht, es ist am besten, wir sprechen mal in aller Ruhe unter vier Augen.« Richard schlendert neben mir durch den Krankenhausgarten. Er duzt mich wieder! Die Amseln singen, die Kastanien blühen, und blauweiße Friedenstauben flattern aufgeregt zwischen den Gebäuden hin und her.

»Des isser doch!«

»Naaa, des isser net!«

Ich habe Mühe, das Zittern in meinen Beinen zu unterdrücken.

»Dasselbe wollte ich zu dir sagen«, beginne ich schüchtern. »Ich muss dich wirklich dringend unter vier Augen sprechen. Es ist nämlich etwas … vorgefallen.«

»Du machst es aber spannend«, sagt Richard und bleibt stehen. Er schaut mir in die Augen und lächelt so, dass meine Knie zu Pudding werden.

Eine ganz vorwitzige Friedenstaube wagt sich in unsere Nähe und zwitschert: »Hättens an Autogramm dabei?«

Ganz automatisch greife ich in das Außenfach meiner Handtasche und reiche ihr im Vorbeigehen eines. Es ist bereits mit »Sebastian Richter« unterschrieben.

Sie drückt es glücklich an ihren Kittel und flattert zu den anderen, die abwartend auf der Stange hocken.

Richard hat davon, Gott sei Dank, gar nichts mitbekommen, denn auch er hat etwas auf dem Herzen:

»Du hattest natürlich völlig recht mit dem, was du vorhin am Telefon sagtest«, fährt er fort. »Meine Frau braucht wirklich therapeutische Hilfe. Und es ist wirklich ziemlich dreist von mir zu erwarten, dass du mir aus der Patsche hilfst. Das kann ich nicht von dir verlangen.«

Letzteres wäre mein Text gewesen. Und zwar im O-Ton!

Aus dem Augenwinkel sehe ich, wie sich die hellblau gewandeten Krankenschwestern kichernd das Autogramm zeigen. Sie scheinen sich zu beraten, welche sich als Nächste zu uns vorwagen soll.

»Lass uns hier entlanggehen …« Ich zupfe Richard am Ärmel und lenke ihn in eine Kastanienallee, um ihn vor den Blicken der Schwestern zu schützen.

Doch da kommt schon die nächste vorwitzige Blauweiße herbeigehüpft. Ich sehe sie so drohend an, dass sie sich nicht näher herantraut.

Richard bleibt stehen. »Du bist gar keine Klavierlehrerin. Habe ich recht?« Er schaut mir prüfend ins Gesicht. »Du kannst gar nicht Klavier spielen. Jedenfalls nicht richtig.«

Mir wird schlecht. Ich schaue zu Boden.

»Nein, ich habe damals nur diesen Sommerkurs am Mozarteum …« Weiter komme ich nicht.

Die Schwester zückt einen Fotoapparat und knipst Richard und mich.

Richard scheucht sie unwillig weg. »Was soll das? Sie verwechseln mich!« Dann sagt er lächelnd zu mir: »Du kannst noch nicht mal D-Dur vom Blatt spielen.«

»Kann ich auch nicht …«, hebe ich an und schäme mich zu Tode.

»Ich wollte nicht indiskret sein, aber ich habe dich und Elvira beim letzten Mal ein bisschen belauscht. Und mir ist aufgefallen: Du spielst fast so schlecht wie sie. Nur nicht so aggressiv. Viel weicher. Sanfter.« Er grinst mich beinahe anzüglich an.

Ich beiße mir auf die Lippen und wünsche mir im selben Moment, er würde es tun.

»Also, wenn du keine Klavierlehrerin bist, was bist du dann? Was treibt dich in meine Nähe?« Seine dunkelbraunen Augen ruhen prüfend auf meinem Gesicht.

»Nun, das ist eine lange, um nicht zu sagen komplizierte Geschichte …«

Warum *erzähle* ich ihm nicht endlich alles?

Die Krankenschwestern spähen zwischen den Büschen hindurch.

»Ich weiß jetzt auch, wo ich dich schon mal gesehen habe.« Richards Stimme ist immer noch sanft und freundlich. »Im Chor. Bei der Einspielprobe. Mendelssohn, *Sommernachtstraum.*«

Ich starre zu Boden und schweige.

»Du hattest als Einzige keine Noten. Und du hast falsch eingesetzt.«

»Ich bin auch keine Chorsängerin«, gebe ich zerknirscht zu.

Mir ist so schlecht. Ich weiß nicht, wie ich es ihm beibringen soll.

Ich knete meine Finger, bis meine Knöchel weiß sind.

»Aber aus irgendeinem Grund kümmerst du dich rührend um meine Frau«, bohrt Richard leise nach.

»Nun ja, sie ist … ein bisschen verwirrt.« Ich streiche mir eine Haarsträhne aus der Stirn.

»Oder bin *ich* es, der dich verwirrt?«

Ich muss schlucken.

Er schaut mich plötzlich dermaßen intensiv an, dass ich glaube, tot umfallen zu müssen.

Er legt ganz sanft seine Hand auf meine ineinander verschlungenen Finger: »Sonja. Da ist so eine merkwürdige Verbundenheit zwischen uns, obwohl wir uns eigentlich kaum kennen.«

Seine Stimme ist zärtlich. Ich taste nach der nächsten freien Bank, auf die ich mich kraftlos sinken lasse.

»Ich weiß, du hast Hemmungen, weil ich noch verheiratet bin, aber die Ehe besteht nur noch auf dem Papier, und das sage ich nicht, weil das alle Männer sagen, Sonja. Du hast doch gesehen, was bei uns los ist …« Richard setzt sich nun neben mich auf die Bank. »Ich sehne mich nach einer normalen Frau, die mitten im Leben steht, nicht mit Eseln spricht und mich für irgendwelche verrückten Hirngespinste einspannen will …«

Ich muss husten.

»Sonja, dass wir uns ständig wiederbegegnen, das ist doch kein Zufall!«

»Nein«, sage ich rau.

Mein Handy klingelt, und ich zerre es mit fahrigen Bewegungen aus der Handtasche. Als ich es an die Backe reiße und »Hallo« sage, fällt die Handtasche von der Bank.

»Werner Gern«, höre ich die sonore Stimme des Produzenten, »ich hoffe, ich störe nicht?«

Im selben Moment bückt sich Richard nach dem Tascheninhalt, der auf den geharkten Parkweg gekullert ist.

»Nur ein bisschen«, stammle ich, als Richard die Autogrammkarten aufsammelt, die aufs Gesicht gefallen sind. Auf *sein* Gesicht.

Richard will die Karten gerade wieder in die Tasche stecken, aber eine davon hat sich umgedreht. Er starrt auf sein Konterfei. Und dann auf mich. Immer abwechselnd.

»Sebastian ist nicht gerade zufällig in Ihrer Nähe?«, höre ich Werner Gern sagen.

»Doch«, flüstere ich, und der Kloß in meinem Hals ist schmerzhafter als nach jeder Mandeloperation. »Er sitzt gerade neben mir.«

Jetzt muss ich sterben. Bitte, lieber Gott, lass mich einfach tot umfallen.

Richard staunt seine Autogrammkarte an: »Sebastian Richter?«, fragt er ungläubig. »Wer soll das sein?«

»Du!«, flüstere ich panisch, das Handy an die Brust gepresst.

»Du bist ein Star-Autor!« Verzweifelt wedle ich mit den Händen und bedeute ihm, dass da jemand am Handy mithört. »Du schreibst Kolumnen und bist sehr beliebt!«

Richard schaut sich verwirrt nach den Krankenschwestern um, die wieder hinter den Büschen kichern.

»Aber sie verwechseln mich! Alle! Das ist zwar mein Foto, aber …«

Ich lege ihm den Finger auf den Mund, und er hört auf zu sprechen.

Ich verziehe schuldbewusst das Gesicht. »Das bist *du*! Das ist alles meine Schuld. Bitte!«, presse ich zwischen den Lippen hervor. »Gleich erkläre ich dir alles!«

Noch immer zeige ich warnend auf das Handy, das ich an mein Dekolleté presse wie Elvira ihr aus dem Nest gefallenes Eichhörnchen.

»Bitte, sag einfach nur Hallo! Bitte!« Ich hüpfe wie ein Kind, das dringend Pipi muss, vor ihm auf und ab. »Spiel mit!«, flehe ich mit überkieksender Flüsterstimme.

In dieser Sekunde kommen vier oder fünf neue Friedenstauben um die Ecke geflogen. Es hat sich endgültig herumgesprochen, dass Sebastian Richter hier ist. Sie rotten sich kichernd um Richard zusammen, der ganz benommen mit seinen Autogrammkarten auf der Bank sitzt, und zwitschern:

»Bitte eines für meine Mutter! Die fällt um vor Freude, die liest Ihre Kolumnen immer.«

»Bitte eines für mich! Petra ist mein Name!«

»Hannelore! Naa i glaubs net, i werd narrisch.«

Aufmunternd reiche ich Richard einen Stift. »Bitte, Sebastian. Unterschreibe doch. So viel Zeit muss sein!«

»Sebastian gibt gerade Autogramme«, sage ich mit kratziger Stimme in den Hörer. »Er ist mal wieder umringt von weiblichen Fans. Es ist kein Rankommen!«

»Ja, das höre ich«, lacht der Produzent. »Großartig, großartig, ich warte.«

Ich versuche vergeblich, die Tauben mit einer wedelnden Handbewegung zu verscheuchen, und sage beschwörend zu Richard:

»Sebastian, der Produzent deines Musicals möchte dich kurz begrüßen. Es geht um den Fototermin in Hamburg und um die Homestory mit deinen Kindern. Außerdem will er wissen, wie es deiner Tochter geht, die an den Mandeln operiert wurde.« Alle diese Stichworte spreche ich so deutlich und laut aus, als hätte ich einen schwachsinnigen Laienschauspieler vor mir, der im falschen Stück gelandet ist.

Richard starrt mich perplex an.

Dabei hat er sich gerade noch so lobend über mich geäußert, von wegen, wie normal ich bin und dass ich ihn nicht für irgendwelche verrückten Hirngespinste einspannen will. Schon wieder eine durchgeknallte Frau! So ein Pech aber auch!

»Sebastian«, flöte ich. »Rede mit ihm! Sag einfach nur Hallo!«

Verdattert nimmt Richard das Handy und sagt: »Hallo?«

Er schaut auf die Autogrammkarte und liest ab: »Sebastian Richter?« Die Krankenschwestern warten nur zwei Meter weiter. Sie giggeln und stoßen sich zwischen die Rippen.

Ich beiße mir auf die Fingernägel und starre ihn erwartungsvoll an.

»Ja, ach so. Natürlich, klar. Aha. Es hat Ihnen gefallen. Da bin ich aber froh.« Er muss wider Willen lächeln und fährt fort: »Na ja, D-Dur ist vielleicht zu schwierig, das hat nämlich zwei Kreuze, aber ich kann es auch in C-Dur schreiben.«

Ich könnte ihn küssen! Ich glaube, ich tue es auch! Ich stelle mich auf die Zehenspitzen und küsse ihn auf die Wange. Er hält meine Hand fest: »Ein paar Noten muss ich dann halt noch ändern, und der Schlussakkord vom ersten Akt hat zu viel Blech, die Streicher sind zu schwach besetzt, und das Horn-Solo ist vielleicht zu …«

Halt! Das geht in die völlig falsche Richtung! Ich schüttle entsetzt den Kopf und fuchtle mit den Armen.

Er hält das Handy von sich weg und fragt mich hastig: »Habe ich den Text oder die Musik geschrieben?«

»Den Text! Die Musik gibt es schon!«

»War ein Scherz«, sagt er cool. »Der Plot gefällt Ihnen also. Ja, die Arbeit hat mir wirklich Spaß gemacht. Wie es meiner Tochter geht?« Er sieht mich fragend an.

Ich nicke heftig und zeige auf meinen Hals. »Ja, sie ist noch etwas heiser, aber auf dem Weg der Besserung.«

Plötzlich merke ich, dass ich ebenfalls grinse. Ich strahle über das ganze Gesicht. Ich puste ihm noch eine Kusshand zu.

Richard lächelt auch. »Ja, danke. Das mache ich. Ich gebe Ihnen dann noch mal die Sonja.«

»Hella«, sage ich. »Sebastian sagt noch Sonja zu mir. Wir kennen uns noch aus uralten Zeiten. Habe ich Ihnen ja erzählt.«

Richard gibt bereits wieder Autogramme.

Werner Gern lacht. »Heute war der liebe Sebastian ja richtig kooperativ und gesprächig! Wissen Sie, manchmal habe ich wirklich gedacht, Sie führen mich an der Nase herum, Frau Kopf. Manchmal habe ich fast gedacht, diesen Sebastian Richter gibt es gar nicht, und Sie nehmen immer nur irgendeinen Kerl zu Hilfe, der zufällig gerade in der Nähe ist.« Herr Gern lacht sonor.

Ich lache hysterisch mit. »Aber Herr Gern! Was denken Sie denn von mir! Natürlich gibt es ihn! Er ist umzingelt von weiblichen Fans!«

»Ja, mich gibt's«, ruft Richard plötzlich übermütig. »Ich bin ein schöner Mann! Ich habe ein tolles Musical geschrieben, ich schreibe tolle Kolumnen, und die Frauen lieben mich!«

Nanu, was ist denn in den gefahren? So kenne ich ihn ja gar nicht!

»Ein Musical, ein Musical! Wann kommt das raus?«, zwitschern die Friedenstauben aufgeregt auf dem geharkten Parkweg.

»Also dann«, ruft Werner Gern dazwischen. »Ich freue mich schon sehr auf ein Wiedersehen mit Ihnen, Frau Kopf. Und natürlich darauf, Sebastian Richter endlich kennenzulernen! Bis nächste Woche also! Ich schicke Ihnen wieder meinen Fahrer! Ach, und noch etwas, Frau Kopf: ein Doppelzimmer oder zwei Einzelzimmer?«

Ich unterdrücke ein Glucksen. »Zwei Einzelzimmer natürlich, Herr Gern«, sage ich mit gespielter Empörung. »Ich bin seine Managerin. Habe ich das nicht deutlich gesagt?«

30

So. Endlich, endlich sind wir allein. Die Krankenschwestern haben von uns abgelassen.

»Was hat das alles zu bedeuten?«, fragt Richard. Er sieht irritiert aus. Mit einer fahrigen Bewegung streicht er sich die Haare aus dem Gesicht. Die Euphorie, die ihn so plötzlich angeflogen hat, ist schlagartig verschwunden.

»Ich glaube, du hast mir einiges zu erklären«, sagt Richard streng.

»Können wir *bitte* irgendwo anders hingehen?«, sage ich flehend. Ich kann diese Autogrammjägerinnen nicht mehr ertragen.

Richard packt mich fest entschlossen am Arm und führt mich zu seinem Auto. Schweigend öffnet er die Beifahrertür.

Schuldbewusst lasse ich mich auf den Sitz fallen und schaue ihn von der Seite an. Wie soll ich nur anfangen? Es kommt wirklich selten vor, dass mir die Worte fehlen. Aber jetzt fühlt sich mein Mund an, als hätte ich eine Wolldecke verschluckt.

Richard lenkt den Wagen auf die Hauptstraße und biegt am Leopoldskroner Weiher in Richtung Kommunalfriedhof ab.

»Wohin fahren wir?«, frage ich schüchtern.

Richard antwortet nicht. Seine Kiefer mahlen. Gut. Er hat zwar vorhin mitgespielt, ist aber bestimmt wahnsinnig enttäuscht von mir. Er hat sich etwas anderes vorgestellt, als er zu mir ins Krankenhaus kam. Nicht, dass ich ihn nur für meine Zwecke benutzt habe. Er hat geglaubt und wahrscheinlich sogar gehofft, dass ich ihm meine Liebe gestehe. Und er wollte mir die seine gestehen.

Warum *tue* ich es dann nicht einfach? Ich liebe ihn doch! Oder bin zumindest bis über beide Ohren in ihn verknallt! Aber ich schaffe es nicht. Das ist nicht der richtige Moment. Erst muss ich alles klarstellen, darf ihn dabei aber nicht kränken. Meine Gedanken drehen sich im Kreis.

Wir sitzen schweigend im Auto, bis er endlich vor einem niedlichen kleinen Haus mit Holzschindeln, Blumenbalkon und Steinskulpturen im Garten hält. Moment mal, *Steinskulpturen?*

Schüchtern schaue ich mich um: »Wohnst du hier?«

Richard öffnet ein schmiedeeisernes Tor, das leise quietscht. Irgendwie bekomme ich eine Gänsehaut bei diesem Geräusch. Wir gehen durch einen Vorgarten, und da öffnet sich auch schon die Haustür, und eine freundlich dreinblickende alte Dame streckt lächelnd die Hände aus: »Richard! Jetzt bringst du das Mädel endlich daher!«

Das ist doch ... die Frau kommt mir bekannt vor! Und überhaupt! Das kleine Holzhaus! Die ... Steinskulpturen!

Ist das etwa ... kann sie es sein? Es ist schließlich zwanzig Jahre her, seit ich damals ...

Das ... Mädel? Meint sie mich? Hat Richard etwa von mir erzählt?

»Mutter, das ist Sonja Rheinfall. Sonja, das ist meine Mutter.«

Das ist Richards Mutter? Meine süße, kleine, freundliche Gastmutter von damals?

»Kommen Sie herein! Ich bin Charlotte Vital.« Die zierliche alte Dame hat ein unglaublich herzliches Lächeln.

Jetzt wird alles gut!

Bevor ich irgendetwas stammeln kann, drückt sie beherzt meine Hand und führt uns in eine Art Gartenlaube, wo schon drei Gläser und eine Karaffe Saft auf dem Tisch stehen. Fast so, als hätte sie uns bereits erwartet. Ich sehe mich heimlich um, rieche das Holz, mustere die bunten Vorhänge.

Ja. Das ist es. *Hier* war ich damals untergebracht, bei Mechthild, meiner Kursfreundin, auf der Matratze! Und diese Steinskulptur hat sie damals geküsst, als wir die Vermieterin rausgeklingelt haben, nachts um zwei. Und die hat nur gelacht und nicht geschimpft …

»Mein Sohn hat mir schon so viel von Ihnen erzählt«, sagt die freundliche Frau Vital.

»Von mir?« Ich lasse mich völlig verdattert auf einen dunkelgrünen Klappstuhl sinken.

»Ja, er sagt, Sie sind die schlechteste Klavierlehrerin der Welt und können noch nicht mal D-Dur vom Blatt spielen!« Sie lacht sich kaputt, während sie uns Saft einschenkt. »Zwei Kreuze! Fis und Cis!«

»Sie ist gar keine Klavierlehrerin. Und deshalb …«

»Und im Chor waren Sie auch ganz schlecht«, plaudert Charlotte Vital unbekümmert weiter und rettet mich vorerst aus meinen Erklärungsnöten. »Mein Sohn hat gesagt, Sie hatten noch nicht mal Noten dabei, und falsch eingesetzt haben Sie auch.«

»Ich wollte … Es war *die* Gelegenheit …« Verschämt betrachte ich die üppigen Geranien, die die Gartenlaube schmücken. Das müssen die Urururenkel von den Geranien sein, unter denen ich damals hier saß! »Ich bin einfach mit den ganzen schwarzen Gestalten mitgelaufen, um Richard kennenzulernen. Ich *musste* Richard unbedingt finden, weil … weil …«

»So, so«, sagt Charlotte keck und stemmt die Hände in die Hüften. »Richard, deine kleine Traumfrau kommt mir bekannt vor.«

Mein Herz macht einen Sprung. Ich … seine Traumfrau? Ich komme nicht dazu, einen klaren Gedanken zu fassen, denn jetzt wendet sich Charlotte lachend an mich: »Richard, habe ich zu meinem Sohn gesagt, die Frau ist entweder in dich verknallt, oder sie hat einen Knall. Wie die Elvira.«

»Sieht ganz so aus«, sagt er grimmig.

Ich beiße mir auf die Fingernägel.

»Und ich habe auch gesagt: Richard, hol das Frauenzimmer her, ich schau sie mir an und sage dir, was mit ihr los ist.« Sie mustert mich aus ihren hellwachen Augen: »Sie müssen nicht nervös sein! Ich fresse Sie schon nicht! Sagen Sie mal, woher kenne ich Sie?«

»Vielleicht ….« Ich zucke die Achseln und unterdrücke einen Schluckauf. »Haben Sie vielleicht mal Zimmer vermietet, an Studenten von der Sommerakademie?«

»Ja natürlich«, sagt Charlotte und mustert mich noch eingehender als zuvor. »Vor zwanzig Jahren. Da war Richard gerade aus dem Haus, und ich hatte sein Lausbubenzimmer frei. Aber wenn er auf Besuch kam, hat er sich einen Spaß daraus gemacht, sich mit nacktem Oberkörper auf die Regentonne zu stellen und zu rufen: ›Ich bin ein schöner Mann! Schaut's mich nur alle an, ich bin ein schöner Mann!‹ Und meine Mieterinnen haben sich kaputtgelacht über den frechen Bengel!«

Das muss ich wohl verpasst haben. Schade, denn wenn ich Richard damals schon kennengelernt hätte … Dann wäre vielleicht manches anders gekommen, und ich müsste ihm jetzt nicht …

»Ich habe vor zwanzig Jahren auch bei Ihnen übernachtet«, stammle ich und versuche, mein Herzklopfen zu übertönen.

»Bei meiner Freundin Mechthild!«

Sie zögert, schüttelt fragend den Kopf. »Mechthild?«

»Offiziell hatte ich eine andere Gastmutter«, sprudelt es aus mir heraus. »Aber da habe ich mich nicht wohlgefühlt. Die Frau war so unfreundlich, und das Haus lag an einer hässlichen Durchgangsstraße. Da hat mich meine Freundin Mechthild einfach mit zu Ihnen genommen und gesagt: Die ist so fröhlich und großzügig … Ich habe also eine Nacht bei Ihnen auf der Matratze übernachtet und bin nie mehr zurückgegangen. Ich war sozusagen ein Kuckuckskind und habe mich bei Ihnen eingenistet!«

In diesem Moment wird mir schlagartig klar, dass auch ich mich einmal in einem fremden Nest wohler gefühlt habe als in meinem eigenen.

»Ach, *Sie* waren das, die mich nachts rausgeklingelt haben«, sagt Charlotte Vital lachend und nimmt mich plötzlich herzlich in den Arm. »Und *wie* ich mich an Sie erinnere! Sie haben immer nur gelacht und gesungen, als könnten Sie die ganze Welt umarmen!«

»Ja, es war die schönste Zeit meines Lebens«, stammle ich. »Weder davor noch danach habe ich mich je wieder so geborgen und angenommen gefühlt.«

»Ihr *kennt* euch?«, fragt Richard ungläubig und streicht sich mit beiden Händen die Haare aus dem Gesicht. Spätestens jetzt muss er sich wie das Opfer einer noch viel größeren Verschwörung vorkommen. Mit den Händen in den Hosentaschen lehnt er an der Gartenlaube und sieht mich so merkwürdig an. Fast … feindselig.

Aber Charlotte umarmt mich lange. Sie hat sich eigentlich gar nicht verändert, ihr Lachen ist noch genauso spitzbübisch wie früher. Sie hält mich auf Armeslänge von sich ab: »Dann wollen wir die liebe Sonja mal unter die Lupe nehmen! Ich bin achtundachtzig Jahre, und mir macht niemand etwas vor!« Richards Mutter öffnet eine Sektflasche und schüttet uns allen noch etwas von dem sprudelnden Elixier in unseren Saft. »Mit der Elvira hat mein Sohn so ein Pech gehabt.« Sie schaut mich prüfend, aber aufmunternd an und hebt ihr Glas: »Prost, Sonja! Wenn Sie noch die Gleiche sind wie damals, hat mein Richard diesmal mehr Glück.«

Ich nehme verlegen einen Schluck und drehe mein Glas in den Händen. »Also?«, frage ich schließlich scheu. »Was ist Ihr Eindruck?«

Sie stellt mit Schwung ihr Glas auf den Tisch: »Meine alte Sonja hat sich nicht verändert.«

»Nein.« Da bin ich aber erleichtert.

»Aber Sie führen etwas im Schilde!« Sie hebt gespielt drohend die Hand und wedelt mit dem Zeigefinger vor meiner Nase herum. »Ich spüre das genau. Sie haben mit meinem Richard irgendetwas vor. Etwas Außergewöhnliches.«

Ist Richards Mutter etwa eine Hellseherin? Mir wird ganz unheimlich zumute.

»Das kann man wohl sagen. Vorhin musste ich jedenfalls ständig Autogramme geben«, sagt Richard schmallippig, der sich erst jetzt zu uns an den Tisch setzt. »Ich bin nämlich ein beliebter Kinderbuchautor. Oder was bin ich genau, Sonja?« Er mustert mich kalt.

Jetzt wird es wirklich höchste Zeit zu beichten. Hier in dieser Gartenlaube, in der ich damals über meinen Notenblättern saß, bei einer Gastmutter, die mir nie im Leben böse war, schaffe ich es endlich, mit der Sprache herauszurücken. Ich kann nur hoffen, dass Richard mir anschließend auch nicht böse sein wird.

»Ich habe das Bild Ihres Sohnes im Schaufenster eines Fotogeschäfts gesehen«, beginne ich, nachdem ich mir noch mal Mut angetrunken habe. Erst spreche ich zögernd, dann sprudelt es nur so aus mir heraus.

Die Augen von Richard und seiner Mutter werden immer größer, als ich erzähle, dass ich im Winter meine Kolumne verloren habe, weil die neue Chefredakteurin etwas Außergewöhnliches, etwas Besonderes wollte, »und keinen Hausfrauenkram«. Ich zeichne Gänsefüßchen in die Luft.

»Sie wollte ihre Leserinnen nicht mit ihresgleichen belästigen. Aber meine Existenz hing davon ab. Und die meiner Kinder. Eine Zeit lang ging es mir wirklich schlecht. Wir wohnen in einer Vierzimmerwohnung unterm Dach, und ich muss ganz allein für uns aufkommen. Ich hatte Existenzängste und wusste nicht, wie es weitergehen soll. Aber dann habe ich mir überlegt, meine Kolumnen als Mann zu schreiben.« Ich räuspere mich und rutsche verlegen auf meinem Stuhl herum. »Das ging so lange gut, bis die Chefredakteurin unbedingt ein Foto von diesem Mann wollte. Ich hatte überhaupt keine Zeit zum Nachdenken. Meine männlichen Bekannten und Verwandten eigneten sich nicht für die Figur, die ich da erschaffen hatte.«

Die Mutter schüttelt erstaunt den Kopf.

Ich breche verwirrt ab: »Aus irgendeinem Grund habe ich Sebastian Richter nämlich als gut aussehend beschrieben.«

Die Mutter lacht laut auf. Sie scheint von meiner Geschichte begeistert zu sein. »Erzählen Sie weiter! Das passt zu Ihnen, Sonja, das ist ganz typisch für Sie!«

Ich sehe Richard fragend an, aber seine Miene ist undurchdringlich.

»Nun ja. Aus irgendeinem Grund war mir Richards Bild schon seit Längerem aufgefallen. Es wurde auch nicht abgeholt, sondern stand immer im Schaufenster und schaute mich an. Und da habe ich es einfach gekauft. Das ging ganz leicht.« Ich zucke mit den Schultern und sehe die beiden verständnisheischend an. Richard schaut weg, er wirkt verletzt, und so wende ich mich an seine Mutter: »Wirklich, ich wollte Ihrem Sohn nie zu nahe treten, es tut mir entsetzlich leid, dass Sie jetzt denken, ich wollte … Ich wäre möglicherweise in ihn …«

Was *rede* ich denn da? Warum *sage* ich das jetzt?

Ich breche ab. Mein Blick sucht den von Richard. Der starrt mich fassungslos an. Die nackte Enttäuschung steht ihm ins Gesicht geschrieben. Er *hat* es geglaubt. Er dachte, ich sei in ihn verliebt. Zu Recht!

Scheu wandern meine Augen wieder zurück zu seiner gütig lächelnden Mutter. Die nickt mir aufmunternd zu.

»Fahren Sie fort, meine liebe Sonja. Ich finde die Geschichte ziemlich spannend.«

Ich schlucke. »Aber dann wollte die Chefredakteurin ihn unbedingt kennenlernen! Ich hatte mir selbst eine Falle gestellt, und die drohte zuzuschnappen! Bitte versuchen Sie, mich zu verstehen. Ich musste das Spiel weiterspielen, um nicht schon wieder meine Kolumne zu verlieren. Wir *leben* schließlich davon, meine Kinder und ich!«

Ich verstumme, denn plötzlich wird mir klar, dass meine Stimme ziemlich schrill geworden ist. Ich atme einmal tief durch. Jetzt bloß nicht losheulen oder sonst wie aus der Rolle fallen. Noch stehen meine Karten gut. Die reizende Mutter ist nach wie vor auf meiner Seite.

»Und dann habe ich mich als seine Managerin ausgegeben und es mit der Verzögerungstaktik versucht. Eine Zeit lang hat das ziemlich gut geklappt.«

Richard sieht überrascht auf. »Du bist also meine Managerin! Ach, deshalb hattest du die Autogrammkarten in der Tasche! Du spielst also schon länger mit mir wie mit einer Marionette und führst mich der deutschen Öffentlichkeit vor, ohne dass ich etwas davon weiß!« Richard stößt ein schnaubendes Lachen aus.

Mit voller Wucht erkenne ich, wie ausgenutzt er sich fühlen muss. Erst von Elvira, die ihn für ihre versponnene Tiertherapie einspannen wollte, und jetzt … von mir.

Mir wird heiß. Ich muss das klarstellen! Meine Hände krallen sich in den Saum meines Kleides.

Ich gebe mir einen Ruck.

»Ich wollte nicht mit dir spielen, Richard! Ich habe nur dein Bild benutzt! Für mein Phantom, Sebastian Richter! Ich dachte, das reicht. Aber jetzt musst du nach Hamburg auf eine Pressekonferenz, weil du ein tolles Musical geschrieben hast.«

»Habe ich aber nicht.«

»Nicht *du*, sondern Sebastian Richter!«

»Den es gar nicht gibt«, unterbricht Richard mich trocken. »*Du* hast das Musical geschrieben. Und die Kolumnen.«

Er klingt vorwurfsvoll, richtig verbittert.

»Es tut mir leid, wirklich! Jetzt kann ich nur noch hoffen, dass du mich nicht hängen lässt. Ohne dich komme ich aus dieser Nummer nicht mehr raus!« Ich sehe ihn flehentlich an, doch er weicht meinem Blick aus.

Seine Mutter mustert mich besorgt. Sie sieht mich verständnisvoll an und zwinkert mir unmerklich zu. Ich zupfe an meinem Kleid herum, weiß gar nicht, wie ich sitzen soll. Plötzlich fühle ich mich, als hätte ich ein schreckliches Verbrechen begangen.

Und das habe ich ja auch! Im Grunde ist das alles vorsätzlicher Betrug.

»Warum sollte ich da mitspielen?«, fragt Richard kühl. »Mich weiterhin zum Hampelmann machen lassen?«

Ich öffne automatisch den Mund, um etwas zu antworten, aber plötzlich fällt mir nichts mehr ein.

»Zeigen Sie mal her, Sonja.« Die Mutter streckt fordernd die Hand nach den Autogrammkarten aus und betrachtet schmunzelnd das Bild: »Das hat Elvira vor Jahren in Auftrag gegeben. Sie wollte, dass Richard auf ihrem Gnadenhof Konzerte gibt, für die Tiere.« Sie legt ihrem Sohn die Hand auf den Arm: »Aber Richard wollte nicht vor Schweinen und Eseln spielen. Und das kann ich auch verstehen.«

»Jedenfalls hat Elvira das Foto nicht mehr abgeholt, als ich mich weigerte, im wahrsten Sinne des Wortes Perlen vor die Säue zu werfen«, sagt Richard. »Und damit ging unsere Ehe dann auch endgültig den Bach hinunter.«

In das plötzliche Schweigen hinein sagt Richards Mutter: »Neulich, im Supermarkt an der Kasse. Da hielt mir eine Frau so ein Blättchen unter die Nase und fragte: ›Ist das nicht Ihr Sohn?‹«

Ich erstarre. »Und? Was haben Sie gesagt?«

»›Mein Sohn spielt nicht Klavier für Ziegen und Gänse, und er schreibt auch keine Kolumnen für sie.‹ Das habe ich gesagt. Ich hatte aber meine Brille nicht dabei.«

»Und wie soll dieses Spiel jetzt weitergehen?« Richard schaut mich abwartend an. Seine Augen sind fast schwarz.

»Tja«, sage ich verlegen. »Das Problem ist …« Ich drehe das Glas so nervös in meinen Händen hin und her, dass es mit fettigen Fingerabdrücken übersät ist. »Also, das größte Problem besteht darin, dass sie eine Homestory wollen. In vier Tagen. Mit Kindern. Und Hund. In Sebastian Richters Haus.« Ich stelle das Glas verlegen ab und knete meine Finger. Ich weiß nicht, wo ich hinschauen soll. »Ich habe nämlich ein nettes kleines Einfamilienhaus beschrieben. Mit Garten. Und Kamin.« Ich schlucke. »Und … mit Steinskulpturen.«

Richard lässt mich nicht mehr aus den Augen.

»Dann nehmt doch meins«, ruft die Mutter froh. »Endlich kommt hier mal Leben in die Bude! Stimmt's, Richard? Du bist ein schöner Mann. Das sollen ruhig alle sehen!«

Mir bleibt der Mund offen stehen. »Das würden Sie machen?«, frage ich fassungslos. »Das würden Sie wirklich machen?«

»Kommt in Ihren Kolumnen auch eine Oma vor?«, fragt sie hoffnungsfroh.

»Leider nein …« Ich hebe entschuldigend die Hände. »Sebastian ist komplett alleinerziehend.«

Richard schaut mich nur fassungslos an und schüttelt den Kopf. Mein Mund ist ganz trocken. Oh Gott. Wenn er mich jetzt rauswirft! Wenn er jetzt sagt, er spielt nicht mit!

Er verschränkt die Arme vor der Brust und wirft den Kopf in den Nacken. Er starrt an die Decke der Gartenlaube. »Das begreife ich nicht«, murmelt er fassungslos. »Wie ich mich in einem Menschen so täuschen konnte!«

Ich bin verzweifelt. Ich muss ihn überzeugen. Meine berufliche Zukunft hängt davon ab. Ich darf mir keine Blöße geben. Nur nicht sentimental werden jetzt!

»Es ist doch nur Spaß! Du hast doch eben am Telefon auch mitgespielt! Du hast es doch regelrecht genossen, als die Krankenschwestern …«, sage ich.

Richard antwortet nicht Er zuckt nur mit den Achseln und wippt auf seinem Stuhl herum.

Nein. Nein. Das kann nicht sein. Ich muss nur ganz ruhig und gefasst bleiben.

»Gut. Das kriegen wir hin.« Entschlossen steht Frau Vital auf und fängt an, ein paar Kissen aufzuschütteln. »Richard.

Wir putzen einmal gründlich durch, du setzt dich an den Kamin und tust so, als ob du schreibst. Vorher musst du halt noch Holz hacken, aber das wirst du ja wohl hinkriegen. Ein Hundsvieh leihen wir uns von der Elvira, möglichst ein braves, liebes, wohlerzogenes. Aber …« Sie rauft sich ratlos die Haare. »… wo kriegen wir die Kinder her?«

»Ich hätte zufällig welche«, flüstere ich matt. »Ganz brave, liebe, wohlerzogene.«

»Na bitte«, sagt Charlotte Vital freudig. »Das wird ein Spaß! – Richard! Was hast du denn?«

»Ich weiß nicht, ob ich bei der Sache mitspiele«, sagt Richard kühl.

»Aber natürlich spielst du mit! Richard! Willst du deiner neuen Freundin denn nicht helfen? Die steckt doch schwer in der Klemme!«

»Ich glaube nicht, dass Sonja meine neue Freundin ist«, antwortet Richard plötzlich rau. Er springt auf und vergräbt erneut die Hände in den Hosentaschen. »Ich hatte irrtümlicherweise das Gefühl … Aber das war wohl ein Trugschluss.«

Er zieht mich am Arm aus der Gartenlaube. »Ich denke, du solltest jetzt gehen.« Er lässt meinen Arm fallen, als würde es ihn vor mir ekeln.

Hastig verabschiede ich mich von der herzlichen Mutter und bedanke mich für den Saft.

»Er mag Sie, das hat er mir immer wieder gesagt«, flüstert sie mir ins Ohr und drückt meinen Arm. »Er mag Sie sogar sehr!«

Richard zieht mich von ihr weg.

»Sprecht euch ruhig aus«, ruft sie freundlich hinter uns her und winkt uns nach.

31

»Du hast mich also tatsächlich nur benutzt.« Richard lehnt an seinem Wagen und weiß offensichtlich nicht, ob er mir die Beifahrertür aufmachen soll. Er schlägt mit der flachen Hand auf das Autodach. »Und ich Trottel habe mir ernsthaft eingebildet, du wärst an mir als Mann interessiert. Als Richard. Aber du hast in mir immer nur Sebastian gesehen.«

Ich weiche seinem Blick aus. Mein Gott, wie sehr habe ich ihn verletzt!

»Ich hatte von der ersten Sekunde an das Gefühl, dass es zwischen uns funkt.« Er zögert, dreht sich um die eigene Achse, fährt sich mit dieser typischen Handbewegung durch die Haare, schaut wieder ratlos zum Himmel. »Und dachte, dass es dir genauso geht.«

Dabei geht es mir doch genauso! Ich müsste ihm jetzt um den Hals fallen und ihm sagen, wie sehr ich ihn mag. Oder besser, wie sehr ich längst rettungslos in ihn verknallt bin. Dass sich das eine aus dem anderen ergeben hat. Und dass wir ein ganz tolles Team werden könnten.

Aber ich bringe es einfach nicht fertig. Er würde es mir ohnehin nicht glauben – jetzt, wo er von meinem Betrug weiß. In Anbetracht der Tatsache, dass seine Mutter immer noch winkend in der Haustür steht, möchte ich jetzt gerne einsteigen und wegfahren. Deshalb schweige ich lieber.

Richard lehnt an seinem Wagen und fixiert mich aus

300

fast schwarzen Augen. Kein Lächeln. Keine Ermunterung. Nichts.

»Ich hatte mir doch tatsächlich eingebildet, du hättest ein aufrichtiges Interesse an mir.« Richard schüttelt den Kopf und stößt ein verächtliches Schnauben aus. »Wie du mir nachgerannt bist! Die Probe! Das Gut Teufelberg! Elvira! Das Café Tomaselli!« Er lacht zynisch. »Und ich dachte, die Frau steht auf dich! Die gibt sich sogar als Klavierlehrerin aus, nur um an dich heranzukommen.«

Ich schließe kurz die Augen und lausche auf das Pochen meines Herzens, das nur noch eines zu hämmern scheint: Sag Ja, sag Ja, sag Ja …

Doch irgendetwas hält mich zurück. Vielleicht, weil er sich seiner Sache so sicher war. Unverschämtheit! Ich starre ihn trotzig an. Nee, mein Lieber, so ist es nun wirklich nicht! Ich bin seit Jahren männerlos glücklich. Ich habe meine Kinder allein großgezogen. Und sooo tief bin ich noch nicht gesunken, dass ich einem schönen Mann dermaßen penetrant nachlaufe.

»Wie man sich täuschen kann!«, sagt er zum wiederholten Male. »Und nun erwartest du, dass ich dein Theater mitspiele. Wieso sollte ich?«

Ich weiß auch nicht, welcher Teufel mich reitet, dass ich leichthin sage: »Ich brauchte einfach einen gut aussehenden Kerl. Und den habe ich mir gekauft. Machen Männer doch umgekehrt auch!«

Er sieht mich sprachlos an.

»Ich gehöre nicht zu den Mädels, die gut aussehenden Männern hinterherlaufen und sich benehmen wie dämliche Groupies«, gerate ich immer mehr in Fahrt. »Das tun vielleicht deine Chormädels. Die himmeln dich alle an.« Meine Stimme zittert ein bisschen. Ich klinge zickig und hysterisch.

»Aber ich nicht. Die hast du wahrscheinlich alle schon …
Na ja, so genau will ich das gar nicht wissen.« Ich mache
eine wegwerfende Handbewegung und lehne mich mit verschränkten Armen an sein Auto.

»Was soll denn das nun wieder heißen? So einen Blödsinn
hat mir Elvira auch schon vorgeworfen!«

Er ist tief getroffen. Seine Wangen glühen.

Das darf doch nicht wahr sein! Wie oft habe ich davon geträumt, dass er mir so nahe ist? Dass er mir seine Liebe gesteht? Warum mache ich alles kaputt? Ich weiß, ich klinge
schrill und aggressiv, aber ich kann nicht anders: »Du bist
doch der Hahn im Korb bei deinen Weibern!« Ich werde
plötzlich wütend auf ihn, weil er nicht merkt, wie sehr ich ihn
mag. »Und du genießt es! So wie du heute die Situation mit
den Krankenschwestern genossen hast! Alle schönen Männer
sind eitel! Warum badest du nicht einfach in dem Ruhm, den
du mir verdankst? Das willst du doch! Da muss ich dich doch
nicht auch noch toll finden! Nein, ich war wirklich nur ge-
schäftlich an dir interessiert! Genau wie du gesagt hast.« Ich
hebe hilflos die Hände. »Können wir jetzt fahren?«

Richard zuckt zusammen, als hätte ich ihm eine Ohrfeige
gegeben.

Gott, ich könnte mir die Zunge abbeißen! Aus dem Augenwinkel sehe ich seine Mutter. Sie hat ihre soeben noch
freudig winkende Hand sinken lassen. Am liebsten würde ich
jetzt zu Charlotte laufen und mich in ihre Arme werfen!

Richard macht keine Anstalten, mit mir wegzufahren. Er
lehnt schwer atmend am Auto und starrt mich an. Ich weiß
nicht, was ich sagen soll. Den Tränen nahe, weiche ich ein
paar Schritte zurück. »Ich kann auch zu Fuß zum Krankenhaus gehen. Du hast sicher noch eine Verabredung mit einer
Chordame. Schöne Männer haben ja immer gleich mehrere

Eisen im Feuer.« Warum sage ich das? Warum bin ich so gehässig?

»Ich habe dein Spiel heute sofort mitgespielt, weil ich dich wirklich mochte«, stößt Richard plötzlich angespannt hervor. »Ich hatte das Gefühl, dass du in der Klemme steckst, und wollte dir helfen. Ich hätte dir tatsächlich jeden Gefallen getan ...«

Er bricht ab, zuckt die Achseln. »Ist ja auch egal jetzt.«

Er benutzt das Imperfekt! *Mochte! Wollte! Hätte!*

»Trotzdem werde ich kein Spielverderber sein. Denn schließlich hängt deine gesamte Existenz davon ab.« Er schaut mit zusammengekniffenen Augen zu seiner Mutter hinüber, die immer noch in der offenen Haustür steht. »Meine Mutter ist die hilfsbereiteste Person, die ich kenne. Sie würde es mir nie verzeihen, wenn ich dich jetzt hängen lasse. Sie hat dich von der ersten Sekunde an gemocht. Genau wie ich.« Als er wieder zu mir herschaut, zieht sich mein Herz zusammen.

»Aber ich mag dich doch auch«, stoße ich zwischen zusammengebissenen Zähnen hervor. »Und ich bin dir wirklich auf ewig dankbar, wenn du mich jetzt nicht im Stich lässt.«

Er zuckt die Achseln. »Passt schon.«

Diese zwei Silben sagen wirklich alles! Es ist vorbei, bevor es überhaupt angefangen hat! Ich habe es vermasselt.

Eine Weile sagt niemand etwas, sogar meine liebe Gastmutter hat sich diskret in das Innere ihres Hauses verzogen. Nur das Zwitschern der Amseln ist aus den Nachbargärten zu hören. Mir wird wieder bewusst, was für eine schöne Wohngegend das ist. Und wie sehr ich mich hier heimisch fühlen würde. Ich begreife, dass ich dieses Haus, diesen Garten und diese Gegend seit zwanzig Jahren in meinem Herzen getragen und sie unbewusst in meinen Kolumnen beschrieben habe. Hier gehört Sebastian Richter hin. Und hier gehöre ich hin. Und meine Kinder.

Mir kommen die Tränen, und ich blinzle sie zornig weg. Der Duft nach frisch gemähtem Rasen zieht mir in die Nase und löst eine fast vergessene Sehnsucht aus. Nach Geborgenheit. Nach so einer Mutter. Nach so einem Mann. Wir könnten genau die Traumfamilie sein, die wir demnächst einem deutschen Hausfrauenblatt vorspielen werden.

Aber ich musste ja alles kaputt machen.

Unsere Homestory landet auf dem Titel der *Frauenliebe und Leben.* »Star-Autor Sebastian Richter öffnet uns die Tür zu seinem privaten Reich! Exklusiv für *Frauenliebe-und-Leben*-Leserinnen!« Wenige Seiten später sitzt Sebastian Richter schreibend vor seinem Kamin und lächelt dem Betrachter entgegen. Neben ihm auf dem Beistelltisch steht ein Glas Rotwein, und im Hintergrund liegt ein großer zotteliger Hund. Den haben wir uns von Elvira ausgeliehen, obwohl sie uns lieber das Schwein Eduard zur Verfügung gestellt hätte. Ich habe Elvira bei der letzten Klavierstunde erklärt, dass ich privat nichts von ihrem Mann will.

Da hat sie gelacht und gemeint, ich könne ihn haben. Sie habe nicht die Absicht, jemals wieder mit einem menschlichen Wesen zusammenzuwohnen.

Als die Klavierstunde vorbei war, hat sie, während sie den üblichen Fünfzig-Euro-Schein aus der Handtasche zog, beiläufig erwähnt, dass sie und ihre Tiere jetzt ein Profil bei Facebook erstellen wollen. Ob ich zufällig jemanden wüsste, der ihr dabei helfen könnte? Sie bräuchte allerdings jemanden, der wirklich verständnisvoll und geduldig sei und ein Herz für Tiere habe. So wie ich.

Natürlich habe ich ihr sofort Siegfried empfohlen.

Und der ist auch schon bei ihr gewesen. Ich glaube, die beiden verstehen sich.

Aber zurück zu »unserer« Homestory. Ganz großes Kino! »Vater werden ist nicht schwer – Vater sein dagegen sehr!« lautet die fett gedruckte Überschrift. Im Vorspann steht: »Sebastian Richter, wie er wirklich ist! Wie er lebt, woher er seine Ideen nimmt und wo er wieder auftankt. Demnächst erscheint sein Musical mit Schlagern von Tom Konrad! Karten jetzt online bestellen!« Auf mehreren Seiten ist dann das Leben des alleinerziehenden Vaters und Autors in allen Facetten dargestellt. Man sieht ihn beim Frühstückmachen in der Küche, beim Joggen mit Alex und dem Hund auf der Hellbrunner Allee, beim Kochen in der Landhausküche, beim Blumengießen auf dem Balkon. Er sitzt zwischen Greta und ihrem Klon in der Gartenlaube und macht mit ihnen Hausaufgaben, er füllt lächelnd die Waschmaschine und steht konzentriert am Bügelbrett. Meine entzückende Gastmutter Charlotte hat ihm schnell die erforderlichen Handgriffe gezeigt. Man sieht ihn mit Pauli Rollerbladen und mit Greta und dem Klon beim Staudenpflanzen.

Das Wetter hat wirklich hervorragend mitgespielt. Die Kinder auch. Und das kam so:

Als ich an jenem denkwürdigen Abend nach einem ziemlichen Gewaltmarsch ins Krankenhaus zurückkam, saßen sie alle vier auf dem Bett und starrten in den kleinen Fernseher. Ich hatte schon den ganzen Weg über mit den Tränen gekämpft. Als ich dann in das muffig riechende Krankenzimmer kam, wo erwartungsgemäß keiner von mir Notiz nahm, schlich ich mich erst mal ins Badezimmer, um mir kaltes Wasser ins Gesicht zu spritzen. Bewaffnet mit einem Handtuch, hinter dem ich mich bei einer akuten Tränenflut verschanzen

305

wollte, kam ich dann heraus und begann ihre leeren Flaschen und aufgerissenen Süßigkeitsverpackungen einzusammeln. Das Klappern und Rascheln hat sie wohl gestört, denn auf einmal nahmen sie mich wahr. In diesem Moment liefen mir die Tränen dermaßen über das Gesicht, dass ich mit dem Schnäuzen gar nicht mehr nachkam. Es ist wirklich erstaunlich, wie viel Tränenflüssigkeit ein Mensch produzieren kann.

»Mamaaaa! Du heulst ja!«

»Ja! Tut mir leid!«

»Was ist denn los?«

Plötzlich streckten sich acht Arme nach mir aus, und ich sank auf das kekskrümelverunzierte, schokoladenfleckige Bett. Dann hörte ich, wie jemand sagte: »Eh, macht doch mal den Fernseher aus, die heult echt!«

»Wer hat dir was getan, Schwiegermama? Den schlag ich zu Brei!«

Ich schluchzte Unverständliches in das Handtuch, jammerte, wie dumm ich doch wäre, aber auch gar nichts auf die Reihe kriegte und …

Und plötzlich wollten die Kinder das so gar nicht im Raum stehen lassen!

»Mama, du bist die Beste, Netteste, Liebste …«, krächzte die kranke Tochter heiser. Was sprach da aus ihr? Die Narkosemittel?

»Echt wahr, Schwiegermama«, fiel jedoch auch der süße Pauli mit ein und strich mir sanft übers Haar. »Absolut cool und total nett!«

»Du bist die voll süße Gastmutti«, sagte der Klon.

Das Kuckuckskind hat mit mir gesprochen! »Meinst du das ernst?«, habe ich voller Rührung geschluchzt.

Der Klon nickte bestätigend und starrte mich aus schwarz umrandeten Augen an. Ihr Freund sprang auf und angelte

306

eine versteckte Bierdose unter dem Bett hervor. »Hier. Trink mal einen Schluck, das beruhigt die Nerven.«

Ich trank und schluchzte und schnaubte ins Handtuch, Tränen, Rotz und Bier tropften auf die Bettdecke, und wir hatten es furchtbar gemütlich.

Irgendwann nutzte ich die Gunst der Stunde und die Gunst der jungen Leute und stieß erstickt hervor: »Ich brauche euch für ein Fotoshooting mit Sebastian Richter! Ihr müsst so tu-hun, als wärt ihr seine Ki-hinder!«

Statt des erwarteten »Spinnst du?«, »Das kannst du dir von der Backe putzen!« oder »Ich glaub, mich streift ein Bus!« kam überraschenderweise: »Für dich machen wir alles!«

»Wir ziehen uns einen Seitenscheitel und tragen meinetwegen auch Lederhose!«

»Und ein ätzendes, uncooles Dirndl, Mama!«

Das Kuckuckskind nickte stumm, aber heftig.

Auf einmal hatte ich das Gefühl, dass es mich total liebt. Wir nahmen uns in den Arm, und ich schluchzte in sein rosa Kapuzenshirt, das ich immer zu heiß wasche.

Unter Tränen entschuldigte ich mich, dass ich neulich so rüde geschimpft hatte, nur weil es erst um zehn nach eins ins Nest geflogen kam.

»Weißt du, ich hatte auch mal eine Gastmutti und war Kuckuckskind«, sagte ich schluchzend. »Und bei der habe ich nachts um zwei geklingelt. Sie hat mir aufgemacht und überhaupt nicht geschimpft! Sie war die süßeste und liebste und netteste … Und stell dir vor, ich habe sie heute wiedergefunden, nach zwanzig Jahren!« Ich heulte mir die Augen aus dem Kopf.

»Passt scho«, sagte das Kuckuckskind.

»Und ich liebe ihren Sohn«, heulte ich noch viel lauter. »Aber der liebt mich nicht! Weil ich alles falsch gemacht habe!«

Die vier tätschelten und trösteten mich, und ich trank noch ein zweites Stiegl, das der junge Bursche unter dem Bett hervorzog. Danach ging es mir plötzlich besser.

Ich entschuldigte mich für meine hysterischen Anfälle, was nasse Handtücher auf dem Boden, volle Aschenbecher in der Küche, halb ausgetrunkene Kakaogläser im Wohnzimmer und Schokoladenpapierchen auf dem weißen Teppich anbelangt. Auch für mein überflüssiges Gezeter wegen der Wasserpfeife und des Koitus interruptus im Krankenhausbett habe ich mich entschuldigt. Ich gab reumütig zu, ein schrecklich spießiger Spielverderber zu sein. Das Kuckuckskind nickte nachsichtig und tätschelte mir tröstend den Oberarm. Und mein eigenes Rabenkind tätschelte mitsamt Kanüle im Flügel auch mit.

So habe ich die streng riechenden Nesthocker weichgeklopft für das Fotoshooting, und sie haben perfekt mitgespielt, den ganzen Nachmittag. Ich habe natürlich die strenge Managerin gegeben, die ein wachsames Auge auf Sebastians Privatsphäre und die seiner Kinder hat. Das Kinderzimmer – sprich Charlotte Vitals Schlafzimmer, Nähzimmer, Bügelzimmer – durfte also nicht betreten werden. Nur der Wohnbereich und die Küche. Vorher hatten wir noch Fotos und Bastelwerke von meinen Kindern aufgehängt und zwei Dutzend Paar Markenturnschuhe und Kapuzenshirts im Flur verstreut. Charlotte Vital hat sich darüber kaputtgelacht: »Endlich mal junges Leben in meinem alten, viel zu aufgeräumten Haus! Ich war ja auch alleinerziehend, wissen Sie! Was, Richard? Auf einmal sind wir eine richtige Familie! So einen Haufen Enkel habe ich mir immer gewünscht!«

Richard war der absolut souveräne alleinerziehende Vater. Und hat unermüdlich mit seinen geliehenen Kindern und dem geliehenen Hund in die Kamera gelächelt. Es hat wirklich so ausgesehen, als wären sie ein Herz und eine Seele. Als würden sie sich wirklich mögen.

Die Kinder waren tatsächlich begeistert. Richard ist ganz locker und selbstverständlich mit ihnen umgegangen. Mit Greta hat er sogar Klavier gespielt. Vierhändig. Er meinte, das sei fürs erste Mal wirklich erstaunlich gut gegangen.

»Jedenfalls besser als mit Elviras Tieren«, hat Charlotte Vital lachend zu mir gesagt. »Er hat sich immer Kinder gewünscht, wissen Sie. Mit denen man richtig reden und Musik machen kann. Ihre Kinder sind wirklich hellwache, intelligente junge Geschöpfe. Hut ab, das haben Sie toll hingekriegt. Sie können stolz auf sich sein, Sonja!«

Da war ich ganz verlegen. Sollte ich … einmal etwas richtig gemacht haben?

Einen Moment lang musste ich wieder an Lutz in der Gondel denken: »›Helm ab‹, ein alleinerziehender Vater …«

Und nun … Anerkennung! Als Frau! Von einer Frau!

Richard hat jedenfalls toll mitgespielt. Am Klavier und … überhaupt. Den ganzen Nachmittag.

Und kein Wort mit mir gesprochen.

32

Heute ist der erste Juli. So steht es jedenfalls auf meinem Flugticket. Heute ist die Pressekonferenz in Hamburg. Ich könnte sterben vor Aufregung.

Jetzt, wo ich in meinem roten Kleid mit den schwarzen Tupfen, das ich inzwischen käuflich erworben habe, und mit meinem roten Rollköfferchen in die Ankunftshalle trete, schlägt mein Herz vor Freude einen Purzelbaum: Da steht, groß und unübersehbar, fröhlich grinsend mit einem riesigen Blumenstrauß: Werner Gern!

Er breitet die Arme aus, und ich frage mich gerade, ob die Einladung, an seine Brust zu sinken, auch wirklich mir gilt und nicht irgendeinem Hollywood-Star, der möglicherweise hinter mir von der Gepäckausgabe kommt, als er auch schon auf mich zuschreitet: »Meine liebe Hella Kopf! Sie haben mir einen Star aufgebaut! Ganz Hamburg wartet auf Sebastian Richter!«

Vorsichtig lehne ich mich an seine breite kaschmirbewehrte Brust, sehr darauf bedacht, keinerlei Make-up-Flecken auf seinem teuren Maßgeschneiderten zu hinterlassen.

Werner Gern hält mich prüfend auf Armeslänge von sich ab: »Sie sehen gestresst aus ... Wo ist er denn, unser Shootingstar? Es gibt ihn doch wirklich?« Er lacht dröhnend.

»Da hinten kommt er«, sage ich müde. Richard hat es doch tatsächlich fertiggebracht, sich den ganzen Flug über schlafend zu stellen! Er ist ganz in Schwarz gekleidet, seine dunklen Haare glänzen seidenmatt. Ich schaue ihn ein paar Sekunden zu lang an. Er wirkt aufgewühlt, als er mich an der Brust von Werner Gern verweilen sieht. Ich reiße mich los.

»Herr Gern, das ist Sebastian Richter. Sebastian, das ist Werner Gern.«

»Grüß Gott«, sagt Richard, was in Hamburg ein unpassender Gruß ist. Er vergräbt seine Hände in den Hosentaschen. Seine Miene ist verschlossen. Man könnte meinen, er sei arrogant.

»Freut mich, Sie kennenzulernen!« Werner Gern hält Richard die Hand hin, sodass dieser gezwungen ist, seine aus der Hosentasche zu nehmen, um sie schütteln zu lassen.

Werner Gern lacht und tätschelt mit der freien Hand Richards Schulter. »Wissen Sie was? Ich habe wirklich bis zur letzten Sekunde gezweifelt, ob es Sie gibt. Aber jetzt stehen Sie leibhaftig vor mir! Sensationell, wirklich, sensationell!« Ich muss gegen meinen Willen grinsen, hoffe, dass Richard es auch tut.

Doch Richards Gesicht ist überschattet, er wirkt angespannt.

»Aber da ist er, der berühmte Sebastian Richter. Und er ist ein schöner Mann.« Werner Gern lacht jovial. »Der Shootingstar, der Traum-Autor, der Super-Papa. Ja, Sie sehen in Wirklichkeit fast noch besser aus als auf dem Foto. Die gesamte Hamburger Journalistenmeute wartet bereits auf Sie! Aber Sie sind ja ein Medienprofi und genießen den Rummel, wie man auf den Fotos in der *Frauenliebe und Leben* sieht.«

Richard funkelt mich böse an. Ich zucke zusammen und senke den Blick. Dabei sehe ich, wie er seine Hand, die Werner Gern endlich wieder freigegeben hat, zur Faust ballt.

Richard, möchte ich rufen, es tut mir leid! Ich wollte dich nicht vorführen wie einen Clown!

»Tom Konrad ist auch schon unterwegs mit seinem Hubschrauber«, sagt Werner Gern, meinen roten Rollkoffer selbstverständlich an sich nehmend. »Er ist der andere Megastar. Das deutsche Erfolgsduo wird die Kassen füllen.«

»Wer ist Tom Konrad?«, fragt Richard verwirrt. Er streicht sich mit beiden Händen die Haare zurück.

»Sebastian hat einen etwas fragwürdigen Humor«, höre ich mich klirrend lachen, während ich versuche, mit kleinen Trippelschritten auf den einzigen hochhackigen Pumps, die ich besitze, mit dem langbeinigen Produzenten Schritt zu halten.

»Das ist doch nicht etwa dieser Schlager-Fuzzi?«, zischt Richard mir verärgert zu, als Werner Gern mit Schwung in der Drehtür verschwunden ist. Als Nächstes befinden sich Richard und ich darin, Schulter an Schulter. »Dieser C-Dur-Heini?«

»C-Dur-Heini?«, presse ich zwischen den Lippen hervor. Ich lächle verkrampft. »Ich hatte dir doch gesagt, dass die Musik schon fertig ist! Und habe in diesem Zusammenhang bestimmt auch den Namen Tom Konrad erwähnt! Falls sie deinen künstlerischen Ansprüchen nicht gerecht wird, tut das hier und heute nichts zur Sache!«

Wir laufen fast in den Produzenten hinein und sind gezwungen, unsere kleine Meinungsverschiedenheit zu vertagen.

»Der Wagen kommt sofort!«

Zu meiner Erleichterung taucht in diesem Moment eine schwarze Limousine auf, und wir lassen uns auf die Rückbank gleiten. Werner Gern setzt sich neben den Chauffeur. Mit seinem breiten Kreuz beult er die Rückenlehne des Beifahrersitzes so sehr aus, dass ich meine Knie nach links schieben muss, in Richards Richtung. Unsere Beine berühren sich.

Richard zuckt zurück und schaut teilnahmslos aus dem Fenster. Ich beiße mir auf die Unterlippe.

»Haben Sie eine Rede vorbereitet?«, fragt der Produzent leutselig. »Nur ein paar unverbindliche, freundliche Worte für die Journalisten.«

»Ja, natürlich«, sage ich schnell und ramme Richard meinen Ellbogen in die Seite. »Wir gehen das gleich noch mal schnell durch, nicht wahr, Sebastian?« Ich lache eine Spur zu gekünstelt, als ich Werner Gerns prüfende Augen im Rückspiegel sehe.

Richard schaut mich wortlos an und nickt reserviert. Es versetzt mir einen Stich.

»Von der Handlung des Musicals bitte noch nicht allzu viel verraten«, bittet Werner Gern. »Tom Konrad hat ein Problem damit, nicht der einzige Star zu sein. Unter uns, nur damit Sie vorgewarnt sind: Er wollte ursprünglich ganz allein auf dem Plakat stehen, möchte auch am liebsten allein in alle Talkshows, duldet sozusagen keinen Gott neben sich. Das haben wir so nicht kommen sehen. Ich hoffe, Herr Richter, Sie können damit leben.«

»Oh ja«, sagt Richard mit einer Prise Sarkasmus in der Stimme. »Wunderbar kann ich damit leben.«

Ich zucke zusammen. Auch das noch! Soll mein armer Richard hier auch noch die zweite Geige spielen oder was?

»Aber Tom Konrad hat doch im Grunde nichts zu dem Musical beigetragen«, wage ich schüchtern einzuwenden. »Ich meine, seine Schlager gab es ja schon!«

»Tom Konrad will das Musical als sein Lebenswerk verkaufen«, brummt Werner Gern und reibt sich verlegen die Schläfe.

Ich zucke zusammen. Nein, alles, was recht ist!

»Die eigentliche Arbeit hatte doch wohl Sebastian! Wissen Sie, wie der arme Mann geschuftet hat, Tag und Nacht?« Ich atme scharf aus, bevor ich weiterzetere: »Und sich noch ganz nebenbei um die Kinder und den Haushalt gekümmert hat. Jede freie Sekunde saß er am Laptop, um die Deadline auch wirklich zu schaffen und den Schlagern dieses Tom Konrad gerecht zu werden!« Ich schnappe empört nach Luft. »Das kann von dem Herrn, der sich da quasi ins gemachte Nest setzt, ruhig gewürdigt werden! Der eigentliche Macher des Musicals ist Sebastian Richter!«

Ich bin selbst überrascht, was für ein Wortschwall mir da aus dem Mund purzelt.

»Im Übrigen lebt Sebastian Richter davon! Der schwelgt nicht in Millionen und fliegt mit dem Privatjet herum. Er hat auch keine Zeit, sich mit jungen Mädchen zu vergnügen …«

Täusche ich mich, oder zuckt Richard neben mir auf dem Autositz zusammen? Plötzlich drückt er sanft sein Bein gegen mein Knie, und endlich halte ich die Klappe.

»Es ist wirklich rührend, wie Sie Ihren Klienten mit Zähnen und Klauen verteidigen«, lässt sich Werner Gern vom Beifahrersitz aus vernehmen. »So eine Managerin kann man nicht mit Gold aufwiegen.«

»Passt schon«, brumme ich, geschockt über mich selbst.

Ich spüre, wie mein Gesicht brennt. Bestimmt bin ich knallrot. Am besten werde ich erst mal eine neue Schicht Make-up auflegen.

Als wir aus dem Auto steigen, fühlen sich meine Beine auf einmal wie Gummi an. Wir sind auf der Reeperbahn! Der Hamburger Musical-Palast ist bereits umlagert von Journalisten und Autogrammsammlern. Auf einem riesigen Plakat prangen die Konterfeis von Tom Konrad und Sebastian Richter: »Das deutsche Erfolgsduo! Erstmals gemeinsam! Weltpremiere ihres Musicals!«

Richard schnaubt leise, als er es sieht.

»Der ist das also? Ich hatte es befürchtet!«

Ich starre ihn erschreckt an. Wird er das hier durchstehen?

Die Fans – hauptsächlich Frauen mittleren Alters – fangen an zu kreischen, als sie Richard sehen.

»Sebastian! Bitte ein Autogramm! Bitte ein Foto!«

»Jetzt nicht. Vielleicht später! Erst die Arbeit, dann das Vergnügen!« Werner Gern nimmt mich beherzt am Arm und führt mich und Richard durch einen Hintereingang in das Gebäude.

»Sebastian!«, kreischt es aus Hunderten von Frauenkehlen. »Sebastian Richter! Wir lieben Sie! Bitte schreiben Sie weiter so!« Richard sieht aus wie ein Gefangener, als er durch die Meute geschoben wird. Er genießt es nicht. Kein bisschen. Was habe ich ihm nur angetan? Ich war noch nie so durcheinander. Was habe ich mir nur dabei gedacht?

»Kommen Sie. Herr Konrad macht Schwierigkeiten.«

Was soll das heißen, Herr Konrad macht Schwierigkeiten? Habe ich nicht schon genug Schwierigkeiten? Habe ich nicht einen beleidigten, sich betrogen und hintergangen fühlenden Richard im Schlepptau, der kein Wort mehr mit mir spricht, seit ich ihm eröffnet habe, dass ich nichts für ihn empfinde – was absolut *nicht* der Wahrheit entspricht? Stattdessen bin ich dermaßen in ihn verknallt, dass es bis in die Haarspitzen wehtut.

»Bitte, hier entlang.« Herr Gern hält uns eine schwere Eisentür auf. Er schiebt mich mit sanftem Griff hindurch und lässt seine Hand eine Spur zu lange auf meinem Rücken liegen. Ich sehe mich nach Richard um. Der Blick, der mich mitten zwischen die Augen trifft, brennt wie Feuer.

Ich stolpere wie in Trance über mehrere Treppen, und als ich schnaufend und schweißüberströmt oben ankomme, stehen wir auf der Dachterrasse des Musical-Palasts. Ich sehe einige weiß gedeckte Stehtische, auf denen Erfrischungen aufgebaut sind. Eine Maskenbildnerin fuhrwerkt sofort mit Pinsel und Puderquaste in Richards Gesicht herum. Unten auf dem Vorplatz hat sich eine Menschentraube versammelt. Fotografen richten ihre riesigen Objektive auf ihn, Fans stehen aufgeregt hinter den Absperrungen und halten schreiend ihre Handys hoch.

»Haben Sie die Rede?« Eine junge nervöse PR-Dame im schwarzen Kostüm schüttelt erst Richard, dann mir die Hand.

»Wir müssen sie noch mal kurz durchgehen«, murmle ich, als ich einen panischen Blick von Richard auffange, der gar nicht weiß, wie ihm geschieht. »Er soll nichts über das Musical sagen. Was bleibt denn da noch übrig?«, frage ich erbost. Er könnte sich auf eine Regentonne stellen und »Ich bin ein schöner Mann!« rufen. Hahaha.

Die junge PR-Dame im schwarzen Hosenanzug versucht vergeblich, ihre wenigen blonden Haare, die im Wind wehen, zu bändigen. Sie dreht sich um ihre eigene Achse, woraufhin sie die Haare im Mund hat. »Es genügt, wenn er etwas über sein Leben als alleinerziehender Vater sagt. Und dass er über dieses Thema wöchentlich eine Kolumne schreibt. Für die *Frauenliebe und Leben*. Danach überlassen Sie bitte Herrn Konrad die Bühne.«

»Kommt gar nicht infrage!«, höre ich mich gegen den Lärm und den Nordwind auf der zugigen Terrasse anrufen. »Das Musical ist Sebastian Richters Werk! Der hat sich dafür fast totgeschuftet!«, füge ich noch leise brummend hinzu. Richard schenkt mir einen Blick, der plötzlich einen Funken Anerkennung enthält. Verständnis, ja, Zärtlichkeit.

Meine Knie werden weich.

Die PR-Dame lauscht in ihr Funkgerät und streicht sich

nervös eine Strähne zurück. »Es tut mir leid, Herr Richter. Wir können da gar nichts machen. Herr Konrad wirft sonst alles hin!«

»Ich weiß gar nicht, was ich hier soll!« Richard schüttelt die Maskenbildnerin ab wie ein lästiges Insekt. Mein Kopf fährt herum. Oh Gott. Wenn er jetzt abhaut! Richard starrt fassungslos auf die Menge. Jemand steckt ihm ein Mikro an den Kragen und bittet ihn um eine kurze Sprechprobe. Richard schaut sich Hilfe suchend nach mir um. Er ist offensichtlich sehr nervös.

Die PR-Dame nickt, hält das Funkgerät ans Ohr, sagt »Alles klar« und dann verlegen zu Richard: »Wie Sie wissen, ist Herr Konrad leider ein wenig eigen, was die PR für das Musical betrifft. Er möchte Sie bitten, sich sehr kurz zu fassen und sich im Grunde … ähm … im Hintergrund zu halten. Wir hatten bereits im Vorfeld einige unschöne Diskussionen mit seinem Management. Unser Produzent Werner Gern versucht gerade, mit ihm zu telefonieren. Tom Konrad ist noch im Hubschrauber und landet gleich hier auf dem Dach. Aber sein Management besteht darauf …« Ihr scheinen die Worte zu fehlen.

Ich blähe mich auf wie ein Schwan, der sich und seine Brut gegen einen Hund verteidigt. Plötzlich habe ich dreimal so viele Federn wie sonst. Ich bin HELLA KOPF!!!

»Und Herrn Richters Management besteht darauf, dass hier die Arbeit von Herrn Richter gewürdigt wird!«, höre ich mich gegen den Wind anschreien. »Sonst wird dieser arrogante C-Dur-Heini mich mal kennenlernen!«

Die PR-Dame spricht wieder aufgeregt in ihr Funkgerät, und da höre ich schon ein Knattern in der Luft.

Richard stellt sich auf einmal neben mich. Oje. Jetzt gibt es Ärger. Er wird die Sache hinschmeißen, sagen, dass er sich nicht länger zum Affen machen lässt. Mein Herz rast wie verrückt, und ich wage es nicht, ihn anzusehen. Doch dann spüre ich, wie er plötzlich meine Hand nimmt, und mir wird ganz heiß. Meine Beine zittern, und mein Mund ist ganz trocken. Ich glaube, mir wird schlecht. Nein, im Gegenteil! Mein Magen, der eben noch rebelliert hat, fühlt sich auf einmal so … Bilde ich mir das nur ein, oder streichelt Richard wirklich ganz sanft meinen Daumen? Genau wie damals, als wir zusammen auf Gut Teufelberg auf der Bank saßen? Es ist wie eine Geheimsprache. Seine Haut spricht zu mir. Endlich! Endlich ist der Bann gebrochen! Ich verschränke meine Finger mit den seinen. Ein riesengroßes Glücksgefühl überflutet mich. Ach, was soll's! Im Grunde ist es doch ganz egal, ob der Schlager-Fuzzi den Ruhm für sich allein haben will! Was wirklich zählt, ist die Liebe! Ein Gefühl, von dem Tom Konrad nur träumen kann! Ich blicke zur Seite und sehe Richard in die Augen. Sein Blick ist warm und voller Zärtlichkeit.

»Danke«, flüstere ich und lächle ihn unter Tränen an. »Bitte entschuldige, dass ich dich in so ein Fegefeuer der Eitelkeiten geschleppt habe! Bitte lass uns diese Nummer hier durchziehen und dann verschwinden!«

In diesem Moment geht ein Raunen und Schreien durch die Menge, und alle Gesichter wenden sich dem knallblauen Himmel zu, wo ein Hubschrauber über unseren Köpfen kreist. Werner Gern stürzt mit wehenden Haaren auf die Dachterrasse und schüttelt bedauernd den Kopf, als er meinen fragenden Blick sieht. »Nix zu machen«, brüllt er gegen den Lärm an.

Ich drücke Richards Hand ganz fest. Er erwidert den Druck. Wir können uns nicht mit Worten verständigen, der Lärm, mit dem der knatternde Propeller die Luft zerreißt, ist einfach zu groß.

Mit Getöse landet der Hubschrauber, und unsere Haare und Jacken flattern im Wind. Ich muss die Augen zukneifen, weil sie wie verrückt tränen. Ich verberge mein Gesicht an Richards Brust und fühle seine Hand schützend auf meinem Hinterkopf. Endlich rotieren die Propeller langsamer, der Lärm verebbt, der Wind wird schwächer. Die Leute unten auf dem Vorplatz halten den Atem an. Der sanfte Druck von Richards Hand lässt unmerklich nach, seine Hand gleitet auf meinen Rücken.

Egal, denke ich. Egal, was jetzt passiert. Ich habe diesen Mann. Ich liebe ihn. Wir haben zusammengefunden. Er hat mir verziehen. Wie auch immer diese Farce hier weitergeht, wir werden Hand in Hand nach Hause gehen.

Schließlich entsteigt dem Hubschrauber mit wehendem Toupet der große berühmte einzig wahre Tom Konrad. Er trägt ein weißes Hemd über engen schwarzen Jeans, und ich muss beeindruckt zugeben, dass er sich für sein Alter gut gehalten hat.

Die Leute unten auf dem Platz brechen in frenetischen Jubel aus. Kameras, Handys und Aufnahmegeräte werden hochgereckt. Man könnte meinen, man wäre beim Ostersegen in Rom.

Wut keimt in mir auf. Ich will, dass mein Richard genauso in Szene gesetzt wird! Darauf muss ich als seine Managerin bestehen! Er ist viel zu bescheiden! Wenn man mit der Linienmaschine in der Economyclass anreist und durch den Hintereingang gekrabbelt kommt, kann man natürlich keinen solchen Eindruck schinden! Obwohl die Fans ihn begeistert begrüßt haben – gegen Tom Konrad ist er ein C-Promi. Meine Augen suchen Richard, der dicht neben mir steht. Er lächelt mich zärtlich an, und Millionen Härchen auf meiner Haut stellen sich auf.

Eines ist unbestreitbar: Richard ist halb so alt wie Tom Konrad. Und er sieht doppelt so gut aus.

Tom Konrad winkt gespielt bescheiden und greift huldvoll lächelnd zum Mikrofon, das Werner Gern ihm reicht. Sofort tritt Stille ein.

»Liebe Fans, liebe Anhänger meiner Musik«, sagt Tom Konrad mit sonorer Stimme, die sofort auf dem Platz aus verschiedenen Lautsprechern widerhallt. »Ich darf Ihnen heute mein Lebenswerk vorstellen. Die große Tom-Konrad-Lovestory! Vierundzwanzig meiner unsterblichen Welthits sind darin untergebracht und erzählen die Geschichte eines kleinen Jungen, der von seinen Eltern in ein Internat gesteckt wird, dort lernt, wer er ist und wofür es sich zu kämpfen lohnt. Er begegnet der Liebe, aber auch den Herausforderungen des Lebens. Diese Geschichte ist meine ganz persönliche Geschichte.«

Richard und ich schauen uns fragend an. »Hä?«, mache ich erzürnt, und Richard drückt mich an sich und sagt: »Lass den alten Knacker doch.«

»Auch ich habe mich schon als kleiner Junge ganz allein mit meiner Mundharmonika in der Welt der Nachkriegszeit zurechtfinden und behaupten müssen. Auch ich wurde von meinen Eltern verlassen, war auf mich selbst gestellt. Auch ich lernte dann die Liebe kennen, und auch mir ist es letztlich gelungen, meine Familie wieder zusammenzuführen, genau wie dem kleinen Protagonisten Florian Wartberg in meinem Musical. Dass mein Leben nun in meinem eigenen Musical unsterblich wird, ist ein unbeschreibliches Gefühl. Die Bewunderung und Treue, die mein Publikum mir seit fünfzig Jahren entgegenbringt, wird in diesem meinem Lebenswerk ihren Höhepunkt erleben. Ja, man kann wirklich von einem multimedialen Orgasmus sprechen.«

»Hä?«, sage ich wieder gereizt, und Richard flüstert mir etwas ins Ohr, das hier niemanden etwas angeht. Ich kichere und werde rot. Werner Gern schaut zu uns hinüber und grinst. Von wegen zwei Einzelzimmer, wird er sich denken.

»Meine Fernsehshows, meine Schallplatten, später dann die CDs und DVDs, meine Internetauftritte, meine ausverkauften Tourneen und jetzt auch noch: mein Musical! Mein Musical, das alle meine Welterfolge in einer zweistündigen Show vereint!« Er wird von tosendem Applaus unterbrochen. »Ich gehe davon aus, dass es bis an mein Lebensende jeden Abend ausverkauft sein wird. Denn es ist mein Werk. Mein Lebenswerk. Zeigen Sie mir Ihre Treue. Ich werde Ihnen auch treu sein. Und das ist ein Versprechen.«

Die Leute, hauptsächlich natürlich Frauen, toben und klatschen und kreischen vor Begeisterung. Es ist dieselbe Zielgruppe wie die von Sebastian Richter. Es sind die *Frauenliebe-und-Leben*-Leserinnen. Das hatte Werner Gern ja klar erkannt, als er mir … Entschuldigung, Sebastian Richter, den Auftrag für das Musical gab.

Erst jetzt fällt mir auf, dass viele von ihnen T-Shirts mit dem Tom-Konrad-Konterfei tragen. Sie schwenken die dazupassenden Fähnchen und fallen sich weinend in die Arme. Werner Gern schüttelt Tom Konrad kraftvoll die Hand und redet dabei auf ihn ein. Zeigt er etwa auf … uns? Ich meine, auf … Richard? Ich bin wie elektrisiert.

»Ach so«, sagt Tom Konrad schließlich leicht unwillig in den allgemeinen Lärm hinein, und seine Stimme hallt Sekundenbruchteile später auf dem Platz vor dem Musical-Palast wider. »Die Idee zu dieser Geschichte … falls das noch von Belang ist, die hatte ein junger, bisher völlig unbekannter Autor.«

Er schaut sich betont suchend um, und Werner Gern

zischt ihm etwas ins Ohr. »Ein gewisser Sebastian Richter. Er ist zufällig gerade hier und … begrüßen Sie ihn doch vielleicht mit einem Applaus!«

Die Leute klatschen, manche von ihnen pfeifen und schreien sogar. »Sebastian! Sebastian Richter!«

»Jetzt Sie!«, zischt die PR-Dame, die nervös angetrippelt kommt. Sie erhält gerade Anweisungen über ihr Funkgerät. »Nur ganz kurz, bitte, Herr Richter. Dass Sie die Idee hatten. Mehr nicht.«

Richard, der bis jetzt unmittelbar neben mir stand, strafft die Schultern. Er räuspert sich und nimmt das Mikrofon entgegen.

Ich starre ihn an. »Hallo? Willst du jetzt wirklich … Also, weißt du, was du sagen sollst? Ich meine, wir hatten das noch gar nicht im Detail besprochen«, stammle ich. Richards dunkle Augen ruhen auf mir. Mit zitternden Knien begleite ich ihn zur Mitte der Terrasse, wo das Rednerpult aufgebaut ist und wo einige Dutzend Fernsehkameras stehen. Tom Konrad hat sich bereits wieder abgewandt und plaudert mit einer jungen Hostess.

»Los, reden Sie!«, zischt unsere PR-Dame mir in den Nacken. »Bevor Tom Konrad wieder abfliegt! Dann wird der Hubschrauber so einen Lärm machen, dass man kein Wort mehr verstehen kann! Und das ist … ähm … vermutlich seine Absicht!«

Ich bin so schrecklich nervös! Die Sonne spiegelt sich in all den Kameras, die nun auf Richard gerichtet sind, und ich muss die Augen zusammenkneifen.

Zögernd faltet Richard das Blatt mit der Rede, die ich für ihn vorbereitet habe, auseinander und streicht es auf dem Rednerpult glatt.

»Meine sehr geschätzten Damen und Herren«, beginnt er

mit seiner leisen, aber eindringlichen Stimme, und das Ge-
murmel, das sich nach der Rede von Tom Konrad erhoben
hat, verebbt langsam.

»Liebe Leser und hauptsächlich Leser*innen* der Sebastian-
Richter-Kolumne!«

Herzlicher Beifall von den Frauen dort unten auf dem
Platz ist die Antwort.

»Sie haben gerade gehört, was Tom Konrad über *sein* Musical gesagt hat!«

Warum betont er denn ausgerechnet dieses Wort? Warum
malt er dazu Anführungszeichen in die Luft? Das fängt aber
gar nicht gut an! Er wird doch nicht … Ich meine, er wird
doch jetzt nicht die Strategie der Produktionsfirma unter-
wandern wollen …?

»Tom Konrad bezeichnet das Musical als *sein* Lebenswerk. Er hat schon einiges über die Handlung verraten …«

An dieser Stelle blickt sich Richard fragend nach mir um.

»Es geht um einen kleinen Jungen, Florian Wartberg, der
von seinen Eltern ins Internat gesteckt wird, dort die Liebe findet und seine Familie schließlich wieder zusammen-
bringt …«

Ich schlucke. Was soll denn das werden? Ich meine, was
bezweckt Richard denn damit? Das steht doch so überhaupt
nicht in meiner für ihn vorbereiteten Rede?! Hilflos schaue
ich zu Werner Gern hinüber, der auch nur fragend die Achseln zuckt. Tom Konrad, der sich bereits wieder zu seinem
Hubschrauber begeben hat und gerade versucht einzustei-
gen, hält überrascht inne.

»Meine lieben Leserinnen und Tom Konrad, ich *kenne*
diese Geschichte überhaupt nicht!«

Nun hat Richard die Rede, die ich vorsorglich für ihn in
Großbuchstaben getippt habe, endgültig beiseitegelegt.

Die Leute fangen an zu tuscheln, heben die Köpfe und lassen ihre Kameras und Handys sinken.

»Ich kenne ehrlich gesagt auch Tom Konrad nicht. Ich habe noch nie einen Song von ihm gehört.« Die Leute sind nun völlig irritiert. Einige schreien »Buh!«, andere »Was soll der Scheiß!«.

»Hören Sie sofort auf damit!«, zischt nun die PR-Dame mit unterdrückter Wut. »Sie haben sich an unsere Vereinbarungen zu halten!« Sie hält ihr Funkgerät ans Ohr. »Verbieten Sie ihm das!«, keift sie mich an. »Das gibt sonst Riesenprobleme mit Tom Konrad!«

»Richard!«, stoße ich verzweifelt hervor. »Ich meine … Sebastian! Bitte verdirb es jetzt nicht!« Meine Lippen formen ein stummes: »*Bitte!*« Ich bin den Tränen nahe. Warum vermiest er mir das alles? Ich dachte, er hält zu mir?

Ich merke, wie bei der versammelten Presse neues Interesse aufflammt.

»Wenn Sie seine Lieder gar nicht kennen, wieso haben Sie dann das Musical für ihn geschrieben?«, ruft ein Journalist.

»Das steht zumindest in der Pressemitteilung!« Die rothaarige Fotografin, die zu ihm gehört, richtet ihr Objektiv direkt auf Richards Lippen.

»Ich habe das Musical nicht geschrieben«, antwortet Richard plötzlich mit fester Stimme. »Ebenso wenig wie dieser Herr!« Er zeigt auf Tom Konrad, der auf den Stufen seines Helikopters festgewachsen zu sein scheint.

»Weder er noch ich sollten uns mit fremden Federn schmücken!« Er dreht sich zu dem startbereiten Helikopter um und sagt sehr laut in sein Handmikrofon: »Herr Konrad, oder wie auch immer Sie heißen mögen, so etwas tut ein Gentleman nicht!«

Ich starre Richard entsetzt an.

»Nein«, rufe ich verzweifelt. »Bitte nicht!«

Die Journalisten recken mittlerweile ihre Hälse, und die Fotografen reißen ihre Kameras wieder in die Höhe.

»Nach Ihren vielen Erfolgen sollten Sie das in Ihrem gesegneten Alter doch nicht mehr nötig haben«, fährt Richard unbeirrt fort.

Er wendet sich wieder an das Publikum, das ihn nun mit offenem Mund anstarrt.

»Ich bin nicht Sebastian Richter«, lässt er plötzlich die Bombe platzen. »Sie müssen mich verwechseln!«

»Das hat George Clooney auch schon behauptet«, schreit eine Frau aus dem Publikum, und die anderen lachen.

»So? Und wer ist dann Sebastian Richter?«, ruft die rothaarige Fotografin und schaut sich suchend um, bereit, ihr Objektiv auf eine andere Person zu richten.

»Sebastian Richter gibt es nicht.«

Ich höre, wie die Leute nach Luft schnappen, die erstaunten Rufe, das enttäuschte Stöhnen, nehme das Blitzlichtgewitter wahr. Richard schaut mich entschuldigend an und presst die Lippen zusammen. Die Journalisten bombardieren ihn mit Fragen.

Okay, ich will auf der Stelle tot umfallen. Oder den Mut haben, von der Dachterrasse zu springen.

Ein Aufschrei geht durch die Menge, und Werner Gern kommt nun im Laufschritt vom Hubschrauberlandeplatz angerannt. Er fuchtelt mit den Armen, so als wollte er verhindern, dass Richard noch einen einzigen Ton sagt.

Richard nimmt wieder das Mikrofon und spricht hinein:

»So. Und jetzt erzähle ich Ihnen die wahre Geschichte. Wenn Sie die Wahrheit hören wollen.«

33

»Dieses Musical stammt aus der Feder einer Frau«, sagt Richard und lächelt mich an.

Die Leute verstummen. Tom Konrad wehrt wütend den helfenden Arm ab, der ihn in den Helikopter ziehen wollte.

Die Propeller drehen sich langsamer und kommen schließlich zum Stehen.

»Wie auch die Kolumnen in der *Frauenliebe und Leben.*«

Ungläubiges Raunen ist die Antwort. Werner Gern kommt nun auf uns zugeschossen, ein verschwommener Riese in braunem Tweed. Hoffentlich kommt es zu keiner Schlägerei. Doch Richard lässt sich nicht aus der Ruhe bringen.

»Sie hatte nicht nur ›die Idee‹, wie Sie, Herr Konrad, sich auszudrücken belieben! Sie hat das gesamte Musical-Drehbuch geschrieben, Wort für Wort.«

Werner Gern ist jetzt bei Richard angekommen und will ihm das Mikro entreißen. Er hält mitten in der Bewegung inne, weil Richard einfach weiterspricht.

»Wissen Sie, wie die Frau geschuftet hat, Tag und Nacht?« Er atmet scharf aus, bevor er Werner Gern seinen Arm entreißt:»Und sich noch ganz nebenbei um die Kinder und den Haushalt gekümmert hat. Jede freie Sekunde saß sie am Laptop, um die Deadline auch wirklich zu schaffen und den Schlagern dieses Tom Konrad gerecht zu werden!«

Ich halte die Luft an und fühle, wie ich wieder überall rote

Flecken bekomme. Werner Gern fährt sich voller Unbehagen über das Gesicht. Ich starre ihn mit einem flauen Gefühl im Magen an. Ich würde gern etwas Beschwichtigendes sagen. Aber bringe keinen Ton heraus. Ich bin wie gelähmt.

»Im Übrigen lebt diese Frau davon! Sie schwelgt nicht in Millionen und fliegt mit dem Privatjet herum. Sie hat auch keine Zeit, sich mit jungen Männern zu vergnügen …«

Täusche ich mich, oder zuckt Tom Konrad auf seinem Helikopter-Stüfchen zusammen? Jedenfalls lässt er die Hand der blutjungen Hostess sofort los.

»Nein!«, stoße ich verzweifelt hervor. Ich halte mir die Hände vor das Gesicht. »Bitte nicht, Richard!«

»Die besagte Autorin, von der ich hier spreche, sah sich nur deshalb gezwungen, einen gut aussehenden Mann vorzuschieben, weil ein namhaftes deutsches Hausfrauenblatt keinen ›Hausfrauenscheiß‹« – hier malt er wieder Gänsefüßchen in die Luft – »mehr drucken wollte. Hinter der Maske eines Mannes, eines alleinerziehenden Vaters, hat das allerdings sehr gut geklappt.«

Werner Gerns Gesichtsausdruck hat sich vollkommen verändert. Während er noch vor zehn Sekunden wild entschlossen war, Richard zum Schweigen zu bringen, starrt er mich nun verwundert, ja bewundernd an. Seine kämpferische Miene weicht erst einem breiten Grinsen, dann einem herzlichen Lächeln.

»Hab ich es doch gewusst«, flüstert er mir zu. »Das kostet die Schneider-Basedow den Kopf.«

Irgendwie bringe ich ein verspanntes Grinsen zustande.

Richard entgeht das nicht, und er spricht weiter.

»Meine Damen, ich möchte mich kurz bei Ihnen vorstellen. Mein Name ist Richard Berkenbusch, ich bin Pianist und Chorleiter und arbeite mit einem Frauenchor. Sie können mir glauben, dass Stutenbissigkeit und Missgunst unter Frauen für mich kein Fremdwort sind.«

Im Publikum ist es nun totenstill. Man kann eine Stecknadel fallen hören.

»Aber ist es nicht traurig, dass Sie die Kolumnen einer alleinerziehenden Mutter nicht mehr lesen wollten, während Sie die eines alleinerziehenden Vaters geradezu verschlungen haben?«

Ich bin wie betäubt. Werner Gern steht nun so dicht neben mir, dass ich an seiner breiten Schulter Halt finde.

»Die Frau, aus deren Feder sowohl die Kolumnen als auch dieses Musical stammen, steht hier schräg hinter mir.« Richard macht eine einladende Geste mit seinem Arm. »Bis vor zehn Minuten hat sie sich noch als meine Managerin ausgegeben, nur um den Job nicht zu verlieren und ihre Kinder weiterhin ernähren zu können. In dieser Rolle nannte sie sich ›Hella Kopf‹.«

Einige Leute pfeifen anerkennend, andere brechen in beifälliges Gelächter aus. Ein paar klatschen müde.

»In Wirklichkeit ist sie eine ganz normale Frau. Die nicht kochen kann, wie meine Mutter mir heimlich zugetragen hat, und die ein herrlich chaotisches Leben in einer Mietwohnung unterm Dach führt. Mit ihren Kindern und Kuckuckskindern, die alle in ihr Nest geflogen sind und nicht wieder wegfliegen, weil es bei ihr so viel Wärme und Liebe gibt.«

In diesem Moment fliegt die Tür auf, und eine entrüstete Gestalt im roten Kleid stöckelt aufgeregt auf mich zu. »Sie ist eine Betrügerin!«, keift sie, während sie mit ausgestrecktem Arm vorwurfsvoll auf mich zeigt.

Oh Gott. Es ist … du liebe Güte. Wo kommt die denn auf einmal her? Es ist Carmen Schneider-Basedow!

Ich stehe gebeugt da, mir laufen die Tränen übers Gesicht,

und meine mühsam gestylte Karrierefrau-Frisur ist völlig zerzaust.

Richard lächelt mich so warmherzig aus seinen samtbraunen Augen an, dass ich beinahe in Ohnmacht falle.

Carmen Schneider-Basedow baut sich nun in der Mitte der Terrasse auf. Sie schnaubt vor Wut. »Diese Frau hat die deutsche Leserin Woche für Woche belogen und betrogen! *Frauenliebe und Leben* ist ein seriöses Blatt. Wir werden auf Schadensersatz klagen! Hier, das ist sie!« Ihre spitzen Finger bohren sich in meine Brust. »Ihr Name ist Sonja Rheinfall. Der Name ist natürlich Programm!«

Tosendes Gelächter und Beifall sind die Quittung. Werner Gern lacht auch.

Ich recke das Kinn und richte mich auf. »Für meinen Namen kann ich nichts«, sage ich mit fester Stimme. »Aber für mein Leben bin ich selbst verantwortlich. Und für das meiner Kinder. Da ist mir jedes Mittel recht.«

»Wir kriegen das hin«, sagt Werner Gern. »Wir stehen hinter Ihnen. Sie haben hervorragende Arbeit geleistet. Und mit unserer Rechtsabteilung werde ich reden.«

Oh Gott. Rechtsabteilung. Das wird noch Ärger geben.

Plötzlich höre ich ein lautes Klicken unmittelbar vor meinem Gesicht und finde mich in einem Blitzlichtgewitter wieder. Sämtliche Journalisten haben sich um mich versammelt! Und ich hatte es noch nicht einmal bemerkt.

»Verschwinden Sie«, sage ich mit belegter Stimme. Diese Pressemeute geht mir bereits gewaltig auf die Nerven. Das wird sowieso noch ein Medienspektakel werden. Spätestens wenn ich wegen Betrugs vor Gericht stehe.

Ich schaue auf den Platz hinunter, zu den Leuten, die immer noch ungläubig dastehen und sich beraten – und schnappe nach Luft.

Sind das nicht ... Ich meine, ist das nicht ... Ich recke mein Kinn. Ist das nicht mein Sohn Alex? Mitten zwischen den Leuten? Und wen hat er denn dabei? Das sind ja ...? He! Ich reibe mir die Augen. Ich fasse es nicht!

Das sind ja alle meine Vogelküken, die da gerade aus dem U-Bahn-Tunnel krabbeln! Greta, ihr Klon, Pauli und Didi ... Und wer kommt da als Letzte hergerannt wie ein junges Mädchen? Also, dieses Dirndl ist vielleicht etwas unpassend für Hamburg, aber ... Ja, sie ist es wirklich! Richards Mutter! Meine Gastmutter Charlotte! Sie sind nach Hamburg gereist, um bei der Pressekonferenz dabei zu sein! Wie haben sie das nur geschafft? Sie müssen den ganzen Tag im Zug gesessen haben. Ich schlage mir mit der flachen Hand auf den Mund. Da! Sie winken! Sie haben mich entdeckt! Aufgeregt hüpfe ich auf und ab. Richards Mutter hüpft auch. Sie winkt und schreit und jubelt und nimmt Greta und Toni begeistert in den Arm. Sie haben sich alle zusammengetan, um an diesem großen Tag bei mir zu sein!

Werner Gern hat sich inzwischen gefangen und greift zum Mikrofon, während Richard lächelnd auf mich zugeht und mich von hinten umarmt. Ich zittere am ganzen Körper.

»Meine Damen und Herren, ich darf Sie nun bitten, im Musical-Palast Platz zu nehmen. Die Presse-Vorführung beginnt in zehn Minuten!«

In dem Moment sehe ich Tom Konrad langsam von seinem Hubschrauberlandeplatz auf uns zukommen.

Ich fühle mein Herz unrhythmisch poltern.

Der wird doch nicht ... Ich meine, der kann doch jetzt nicht ... Wenn der jetzt auch noch Ärger macht und alles hinschmeißt!

Aber Tom Konrad kommt in friedlicher Absicht.

»Ich muss mich wohl bei Ihnen entschuldigen«, sagt er, als er dicht vor uns steht. So aus der Nähe betrachtet sieht der Mann wirklich so alt aus, wie er ist. Jetzt sehe ich, dass auch dieser Mann sterblich ist. Auch er ist kein Gott.

»Ich wollte meinen Ruhm wirklich nicht mit einem anderen Mann teilen«, sagt Tom Konrad und lächelt entschuldigend. »Schon gar nicht mit einem jüngeren, so gut aussehenden Shootingstar, dem alle Frauenherzen zufliegen.«

Richard lächelt versöhnlich. »Ich brauche nur ein einziges Frauenherz, das mir zufliegt«, sagt er bescheiden. »Und das ist dieses hier.« Er legt seine Hand auf die Stelle, wo er mein Herz vermutet, und ich bekomme ziemlich weiche Knie.

Tom Konrad wendet sich an meine errötende Wenigkeit: »Dann kann ich Ihnen jetzt auch persönlich sagen, wie sehr mir Ihre Geschichte gefällt. Sie ist genau so, wie ich sie mir gewünscht habe: einerseits witzig, modern und jung, andererseits tief- und hintergründig. Sie haben es geschafft, die Probleme und Konflikte von drei Generationen zu beschreiben, ohne dabei ins Sentimentale abzugleiten.«

Jetzt bin ich aber platt. Woher der plötzliche Sinneswandel?

»Und das aus Ihrem Munde, Herr Konrad!«, sage ich beeindruckt. »Das bedeutet mir viel!«

»Ich finde Ihre Kolumnen wirklich mitreißend und lebensnah«, sagt Tom Konrad nun. »Ich lese sie oft im Flugzeug. Und die liebe Carmen wird sich selbst den größten Gefallen tun, wenn sie Sie unter Vertrag behält. Und zwar unter dem Namen Hella Kopf. Denn der passt zu Ihnen. Das Mädchen muss eben auch mal über seinen Schatten springen. Genau wie ich.«

Werner Gern tritt auf uns zu, und plötzlich stehen wir alle vier erneut im Blitzlichtgewitter. »Ich habe schon mit Carmen geredet«, grinst er breit. »Die ist so klein mit Hut. Sie soll froh sein, wenn sie nicht gefeuert wird.«

Richard drückt meinen Arm, und ich fühle unbändige Freude in mir aufsteigen und genieße den Triumph.

»Na bitte«, sagt Werner Gern hochzufrieden. »Jetzt stehen die Macher des Musicals doch noch für ein Pressefoto zusammen! So gehört sich das! Meine Damen und Herren, ich bin ganz sicher, das Musical wird ein großer Erfolg. Es ist aus der Feder einer Frau!«

Tom Konrad legt sogar den Arm um mich für das gemeinsame Foto, und dann verabschiedet er sich, um nun endgültig in seinen Helikopter zu steigen.

»Aus der Feder einer Frau«, sagt eine Reporterin. »Das ist eine gute Überschrift!«

Die Pressemeute packt endlich ihre Sachen und geht zu den weiß gedeckten Tischen hinüber, wo die Häppchen und Erfrischungen für sie bereitstehen.

Ich mache meinen Kindern und Kuckuckskindern ein Zeichen, dass sie durch den Seiteneingang heraufkommen sollen. Und dass es hier etwas zu essen gibt!

Werner Gern nimmt Richard vertraulich zur Seite:

»Herr Richter, oder wie auch immer Sie heißen, darf ich Sie mal kurz sprechen? Wie ich höre, sind Sie Musiker und Pianist und arbeiten mit einem Chor. Könnten Sie sich vorstellen, für unsere Musicalfirma ›Big Applause‹ demnächst ein eigenes Stück zu komponieren und zu arrangieren? Wir brauchen die Antwort auf ›Chorus Line‹! Ich meine, im Doppelpack mit der Texterin Sonja Rheinfall sind Sie ein unschlagbares Team!«

Mir bleibt der Mund offen stehen.

Ist das ein … Angebot? Ich meine, gibt er gerade Richard den Auftrag, mit mir zusammen ein neues Musical zu schreiben? Über einen Chor? Das wäre der Traum, das wäre … Ich kann es gar nicht fassen! Ich sehe, wie Richard vor Freude errötet und wie die beiden Männer ihre Visitenkarten tauschen.

Jemand tippt mir von hinten auf die Schulter. Ich wirble herum und sehe mich … Carmen Schneider-Basedow gegenüber. Neben ihr steht wie aus dem Boden gestampft Corinna Regen.

»Wir müssen Ihnen wohl gratulieren«, sagt Carmen Schneider-Basedow mit nervösem Lachen. Ihr knallroter Lippenstift, den sie wohl gerade frisch aufgetragen hat, klebt auf ihren Zähnen. »Ich möchte Ihnen ein Angebot machen. Es handelt sich sozusagen um eine Win-Win-Situation. Damit wir beide nicht das Gesicht verlieren.«

Da bin ich aber mal gespannt. Carmen Schneider-Basedows Angebote und deren Verlässlichkeit sind mir noch sehr gut im Gedächtnis. Ich sehe mich noch völlig verzweifelt zum Kiosk rennen und vergeblich in der *Frauenliebe und Leben* blättern. Danke, Carmen. Sie sind charakterlich großartig.

»Sie schreiben weiterhin unter dem Namen Sebastian Richter die Familienkolumne, dafür bekommen Sie zusätzlich die letzten zwei Seiten und schreiben unter Ihrem eigenen Namen einen Beitrag Ihrer Wahl. Dann haben Sie zwei Kolumnen im Blatt. Und natürlich das doppelte Honorar.«

»Aber … das ist doch *mein* Platz im Blatt!«, empört sich Corinna. »Übrigens hast du Lippenstift auf den Zähnen!«

»Liebling, ich wollte es dir schon lange sagen: Du kannst nicht schreiben. Deine Kolumnen sind todlangweilig. Ich will Sebastian Richter.«

»Ich fürchte, der Zug ist längst abgefahren«, höre ich mich sagen. Ich strecke den Arm nach Richard aus: »Hast du nicht eben laut und deutlich vor der Presse verkündet, dass es Sebastian Richter gar nicht gibt?«

»Ja«, lacht Richard die beiden Sumpfhühner entwaffnend an, die jetzt mit hängenden Flügeln nebeneinanderstehen. »Das wird spätestens morgen in allen Zeitungen stehen. Die Damen entschuldigen uns bitte? Sonja, Herr Gern möchte dir die Chefredakteurin der *Woman like me* vorstellen, sie ist sehr an einer wöchentlichen Kolumne interessiert.«

Er zieht mich weg, und ich zucke bedauernd die Achseln.

Richard dreht sich noch einmal um und ruft triumphierend: »Aus der Feder einer Frau!«

ENDE

DANK

Mein inniger Dank gilt wie immer dem fantastischen Team vom Diana Verlag, allen voran Britta Hansen, die wieder mal mit norddeutscher Gründlichkeit und Strenge die Geschicke meiner Romanhelden kontrolliert hat. Ihr verdanke ich diesmal auch den Titel.

Bedanken möchte ich mich auch bei Doris Schuck, die mich mit gleichbleibender Geduld in die abenteuerlichsten Flecken des deutschen Sprachraums schickt, bei Claudia Limmer und Julia Winkel von der Presseabteilung und natürlich beim Verleger Ulrich Genzler, der immer an mich glaubt und für Neues offen ist.

Mein ganz persönlicher Dank gilt diesmal besonders:

Gregor Faistauer, für seine unermüdliche Geduld und Bereitschaft, mir mit meinem neuen Computer zu helfen.

Meinen Töchtern Franzi und Fritzi, die wieder mal die Geschichte mitentwickelt und zwischenzeitlich auf ein warmes Mittagessen verzichtet haben. Natürlich danke ich euch auch für eure O-Töne, die sich kein Autor ausdenken kann.

Meinem Sohn Florian für die brillanten Ideen, die er im Skilift hatte. Er hat Sebastian Richter erfunden und ganz nebenbei ein Superabitur gemacht.

Meinem Sohn Felix, der zwischendurch die Einkäufe erledigt und seinen Geschwistern die besten Bratnudeln der Welt gekocht hat.

Auch er hat währenddessen ganz locker sein Abitur geschafft.

Ich danke meinen Söhnen für die wunderbare Zeit, die wir hier zusammen hatten, und wünsche ihnen für ihre Pläne in der großen weiten Welt alles nur erdenklich Gute. Im Nest unterm Dach wird es immer ein Plätzchen für sie geben.

Meinem Mann Engelbert für seine Fürsorge und Unterstützung, auch wenn sie vom anderen Ende der Welt kommt.

Meinen Freundinnen und Probeleserinnen Michaela, Sunny, Marlies, Brigitte und Wally.

Und last but not least: Meiner früheren Gastmutter und heutigen guten Freundin Charlotte Vital. Dafür, dass ich damals bei ihr auf der Matratze schlafen durfte. Und dass sie bis heute immer für mich da ist.

Personen und Handlung dieses Romans sind wie immer frei erfunden.